Anne Stuart
Tras la máscara

Editado por Harlequin Ibérica.
Una división de HarperCollins Ibérica, S.A.
Núñez de Balboa, 56
28001 Madrid

© 2010 Anne Kristine Stuart Ohlrogge. Todos los derechos reservados. TRAS LA MÁSCARA, N° 106 - 1.10.10
Título original: Ruthless
Publicada originalmente por Mira Books, Ontario, Canadá.
Traducido por Ana Belén Fletes Valera

Todos los derechos están reservados incluidos los de reproducción, total o parcial. Esta edición ha sido publicada con permiso de Harlequin Enterprises II BV.
Todos los personajes de este libro son ficticios. Cualquier parecido con alguna persona, viva o muerta, es pura coincidencia.
™ TOP NOVEL es marca registrada por Harlequin Enterprises Ltd.

® y ™ son marcas registradas por Harlequin Enterprises Limited y sus filiales, utilizadas con licencia. Las marcas que lleven ® están registradas en la Oficina Española de Patentes y Marcas y en otros países.

I.S.B.N.: 978-84-671-9172-1
Depósito legal: B-35182-2010

Dedicado a mi editora, una maravillosa mujer de mediana edad, por su tolerancia y a mi brillante agente por su arrojo

EL COMIENZO

París, 1768

La entrevista con el abogado no había ido bien. Elinor Harriman llegó a casa justo cuando su hermana, Lydia, terminaba de tratar con el casero, y se deslizó furtivamente antes de que aquel pervertido la viera. *Monsieur* Picot no tenía paciencia con ella ni con su madre, pero con su hermana pequeña era distinto. A Lydia le bastaba con dejar que sus claros ojos azules se llenaran de lágrimas y que su boquita de piñón se frunciera en un puchero tembloroso para que *monsieur* Picot se deshiciera en disculpas y promesas de que todo estaba en orden. No se dio cuenta de que se la habían vuelto a jugar hasta que la puerta se cerró bruscamente a su espalda y Elinor desapareció escaleras arriba, dando las gracias por no haber tenido que defender el honor de Lydia como habría ocurrido si *monsieur* se hubiera entusiasmado en exceso.

Nunca lo hacía. Ninguno de los caseros, carniceros o verduleros con los que trataban se había aprovechado jamás de la delicada belleza de Lydia. Su hermana irradiaba una inocencia tan exquisita que nadie se atrevía. Ni en una zona de la ciudad tan poco próspera como aquélla, se le ocurriría a nadie decirle algo mínimamente ofensivo.

—Ya te lo dije —aseguró Lydia con una pícara sonrisa que

distaba mucho de su sonrisa de Madonna–. Siempre funciona.

Elinor se derrumbó en el sillón más cercano y soltó un gemido de dolor cuando un muelle se le clavó en el trasero. En la última mudanza forzosa habían tenido que renunciar a todo excepto a sus muebles, que se encontraban en un estado lamentable. El salón de aquella diminuta vivienda situada en los márgenes de uno de los vecindarios menos respetables de París contenía tres sillas y una mesa ridículamente pequeña que hacía las veces de escritorio, superficie sobre la que comer y tocador, y las sillas eran meramente funcionales. Los dormitorios eran igual de malos. En el primero, su madre roncaba en la cama con su colchón hundido, en el otro no había más que un colchón compartido directamente sobre el suelo. No quería ni pensar en cómo dormían nana Maude o Jacobs, el cochero, en la parte de atrás de la casa, la que servía de cocina y habitaciones para el servicio.

Era absurdo tener cochero cuando hacía años que no tenían caballo, y mucho menos carruaje propio. La última vez fue al llegar a París, cuando su madre estaba enamorada y las dos hermanas gozaban de su nueva aventura. Pero Jacobs las había acompañado desde Inglaterra, bajo el hechizo de lady Caroline como la mayor parte de los hombres, y nada, ni siquiera el hecho de no cobrar ni un penique lo persuadía para que se marchara.

Amante y dinero habían desaparecido muy rápidamente. Elinor no soportaba ver el estado al que había quedado reducida lady Caroline Harriman a lo largo de los últimos diez años. Su madre se encontraba en esos momentos demasiado enferma como para causar problemas, demasiado para ir a buscar otra botella que la sumiera aún más en la ruina, otro juego de azar u otro hombre que financiara sus necesidades más imperiosas, entre las que nunca había habido lugar para sus hijas.

—¿Entonces cuánto tiempo tenemos? —le preguntó, echando mano a la labor de punto que estaba tejiendo. Se le daba horriblemente mal, pero estaba convencida de que podía hacer algo útil, aunque sus medias y corpiños revelaran siempre puntos sueltos. Nana Maude la había enseñado, pero estaba claro que no se le daba muy bien.

Lydia suspiró.

—Volverá dentro de una semana, pero no creo que sea capaz de librarme de él con tanta facilidad la próxima vez —la dulce Lydia era perfecta en todos los aspectos, hermosa, encantadora e inteligente, por no mencionar sus primorosas labores con la aguja. Bailaba a la perfección con las pocas lecciones que su madre les pagó en una ocasión, sabía pintar bien, cantaba como un pájaro y hombre que la conocía, hombre que se convertía de inmediato en su esclavo, desde Jacobs, su viejo criado, hasta el joven y adinerado vizconde Miraboux, a quien conociera en la biblioteca pública. Durante un breve periodo de tiempo, Elinor confió en que sería la solución a sus problemas, hasta que la familia del vizconde se enteró de lo que estaba ocurriendo y lo sacaron de la ciudad a toda prisa para embarcarlo en un largo viaje por Europa.

Le habían ofrecido dinero, pensó Elinor frotándose las manos heladas, y ella había sido tan estúpida como para arrojárselo a la cara de engreídos que tenían. Como si una Harriman fuera a rebajarse a un soborno. Pero en aquel momento, justo después de saber que *monsieur* Picot les había dado una semana más de tiempo, Elinor pensó que sería capaz de casi cualquier cosa con tal de mantener a salvo a Lydia y a su pequeña familia. Incluso a su imprudente madre.

Si lady Caroline no les había causado problemas últimamente era porque estaba demasiado enferma para ello. No tenían dinero para llamar al médico ni para comprar medicamentos, y la fiebre que le había enrojecido el cuerpo y enturbiado la mente, nunca especialmente lúcida, era una bendición. Enferma como estaba, postrada en cama por el momento al menos, no podría hundirlas aún más en las deudas.

—Venga, cuéntame qué ha ocurrido con el abogado, Nell —dijo Lydia, utilizando el apelativo cariñoso que sólo ella empleaba para dirigirse a su hermana—. ¿Nuestro padre nos ha dejado una vasta fortuna que alivie las penurias de *maman* en sus últimos días? ¿Una mísera pensión tal vez?

—Nos ha dejado algo, aunque «vasta fortuna» tal vez sea demasiado optimista —dijo Elinor con tono lúgubre—. Ha dejado el título y las propiedades a un tal señor Marcus Harriman, y una cantidad sin duda mucho menor a nosotras. Probablemente no nos habría dejado nada si hubiera podido evitarlo —se cuidó mucho de soslayar el hecho de que fuera lo que fuera dicha herencia pertenecía, nominalmente, a ella. La paternidad de Lydia no estaba clara, pero de lo que sí había certeza era de que Elinor y ella no tenían el mismo padre. Aunque la ley británica declaraba que todo hijo nacido dentro de un matrimonio era legalmente hijo del marido, su padre había hecho alarde de una infinita capacidad inventiva a la hora de denegar a sus hijas y a su ex mujer ayuda económica alguna.

Lydia suspiró.

—A lo mejor puedo conseguir que *monsieur* Picot nos dé una semana más de tiempo si le permito ciertas libertades. No creo que un beso vaya a comprometer mi alma si eso nos ayuda a mantener un techo sobre nuestras cabezas.

—¡No! —exclamó Elinor. Al hacerlo se le escapó otro punto y terminó tirando la labor con gesto de frustración. Entonces miró a su hermana—. El abogado me ha dicho que nuestro padre nos ha legado algo, eso está claro, aunque al parecer existe una ridícula condición que estipula que debo viajar a Inglaterra para recibir la herencia. Ojalá nos hubiéramos enterado de su muerte antes. Podríamos haber puesto en marcha este asunto hace meses. Supongo que enviarían la notificación del fallecimiento a nuestra antigua residencia, y dado que salimos en mitad de la noche dejando un montón de facturas sin pagar, no es muy probable que fueran capaces de transmitir la información. Estoy segura de que no será una cantidad tan miserable. No dejaría que sus hijas murieran de hambre.

Lydia sonrió con ironía.

—No me endulces las cosas. Siempre dijo que no quería saber nada de la prole de la zorra con la que había tenido la mala suerte de casarse. ¿Por qué habría de cambiar de idea en el lecho de muerte?

—Bueno, seguía furioso, sí. Nuestra madre lo abandonó hace sólo unos pocos años, lo cual lo convirtió en objeto de las burlas de todo Londres. Tarde o temprano recordaría que somos sangre de su sangre y que tiene una responsabilidad hacia nosotras.

—Creía que afirmaba que en realidad no somos hijas suyas, ¿no es cierto?

Elinor casi no se acordaba de su padre. Fue un hombre alto, especialmente desagradable y al que no le interesaban nada más que los caballos y las mujeres. Elinor siempre consideró una flagrante injusticia que denunciaran a su mujer por tener intereses similares, pero había terminado por comprender que la justicia poco tenía que ver con la realidad.

—Pues claro que somos sus hijas —contestó Elinor. Menos mal que Lydia no tenía sospechas acerca de su verdadera paternidad—. Soy tan alta como muchos hombres, y tengo su espantosa nariz.

—Tienes una nariz bonita, Nell —dijo Lydia cariñosamente—. Te aporta carácter, mientras que yo sólo soy una cara bonita como muchas otras.

—Muchas veces lo daría todo por ser una cara bonita como muchas otras —respondió Elinor con tristeza.

—No es verdad. No creo que de verdad quieras ser otra persona —dijo Lydia.

Elinor se obligó a soltar una carcajada.

—Probablemente tengas razón. Siempre he sido terriblemente obstinada. Me gustaría ser exactamente como soy, sólo que fabulosamente rica. Un deseo perfectamente razonable, ¿no te parece? Desgraciadamente, la única forma de obtener fortuna es casándome con una, y La Nariz me lo impide.

—Un buen hombre sabría apreciarte, con esa elegante nariz tuya y todo —objetó Lydia con firmeza—. Yo, por mi parte, tengo toda la intención de casarme con alguien fabulosamente rico, por lo que no debes preocuparte por nada. Serás libre para casarte por amor.

Elinor resopló con incredulidad, una reacción muy poco apropiada para una dama.

—Eso que dices está muy bien, cariño, pero ¿cómo vas a encontrar a ese hombre tan rico viviendo como vives en los márgenes de los barrios bajos de París? A este paso, dentro de muy poco estaremos en el corazón mismo de la peor zona de la ciudad, aunque estoy segura de que sobreviviremos.

—Tengo fe —dijo Lydia sin más—. La respuesta llegará cuando más la necesitemos —por si fuera poco, Lydia era una devota cristiana, mientras que Elinor había perdido la fe muchos años atrás, cuando conoció a sir Christopher Spatts, y ahora sólo acompañaba a Lydia a la iglesia para guardar las formas.

—Pues yo creo que la respuesta viene con mucho retraso —masculló Elinor—. Si pudieras hacer que se diera un poco de prisa, te lo agradecería mucho.

Se oyó alboroto procedente de la parte de atrás de la vivienda y a continuación Jacobs entró como un torbellino en la habitación, el sombrero en la mano, su rostro curtido fruncido de preocupación. Nana Maude llegó pisándole los talones.

—Se ha ido, señorita —anunció.

No había duda respecto a quién se refería.

—¿Qué quieres decir con que se ha ido? —preguntó Elinor, levantándose de un salto—. ¿Ha muerto?

—No, señorita Elinor —contestó nana Maude, con voz pastosa por la preocupación—. No sé cómo, pero vuestra madre logró dar con el poco dinero que tenía reservado para comprar comida, se ha puesto su mejor vestido y se ha ido.

—Ay, Dios mío. ¿Y cómo ha podido hacer tal cosa? Creía que apenas podía moverse —replicó Elinor con un escalofrío—. Pero podremos encontrarla, ¿no? No puede haber ido muy lejos.

—Estuve a punto de alcanzarla, señorita —dijo Jacobs frustrado, retorciendo el sombrero entre sus enormes y fuertes manos—. Me pareció verla corriendo calle abajo, pero se subió a un carruaje antes de que pudiera alcanzarla.

—¿Un carruaje? ¿Estás seguro de que era mi madre? No sabía que a estas alturas conociera a alguien que tuviera carruaje.

—Era ella —repuso Jacobs con rostro sombrío—. Y pude reconocer el escudo del carruaje a pesar de la escasa luz de las farolas.

—Ay, Dios —gimió Elinor—. ¿En qué nuevo lío nos ha metido esta mujer? ¿De quién era el carruaje?

—De St. Philippe.

—Maldita sea —exclamó Elinor—. No me mires así, nana Maude. Sé que me educaste para no hablar mal, pero a veces la situación obliga a una a soltar una imprecación, y ésta es una de ellas. Conoces al amigo de St. Philippe, ¿verdad, Jacobs?

—Yo no lo sé —comentó Lydia, con los ojos azules relucientes de curiosidad.

—Ni falta que te hace —le espetó Elinor.

—Es ese ser horrible, ¿verdad? —dijo nana Maude, con tono lúgubre—. Se ha escapado para meterse en la guarida del demonio, un lugar en el que se celebran todo tipo de orgías y sacrificios; perderá el poco dinero que habíamos ahorrado y probablemente terminen sacrificándola a su satánico señor.

—No creo que se realice ningún sacrificio, nana —comentó Elinor con tono práctico, intentando pasar por alto el frenético ritmo de su corazón.

—Sí que lo hacen —contestó nana Maude, asintiendo con la cabeza tan vigorosamente que el movimiento hizo que se le ladeara la cofia de encaje con que se cubría el cabello plateado—. Las mujeres que se adentran en ese lugar no salen de allí con vida. Matan vírgenes y se beben su sangre.

—En ese caso, si son vírgenes las mujeres que sacrifican, creo que nuestra madre estará a salvo —contestó Elinor arrastrando las palabras, decidida a borrar la expresión de terror que cubría el rostro de su hermana—. Y dudo mucho que nadie vaya a quedarse tan cautivado por ella como para hacerla desaparecer. Apostará en alguna mesa de juega el poco dinero que tiene, lo perderá y volverá a casa arrastrándose, enferma e incapaz de valerse por sí misma.

—No lo entendéis, señorita —repuso nana Maude—. Se ha llevado todo el dinero que nos quedaba. Y también el broche de diamantes.

Elinor sintió que un gélido escalofrío le recorría la espina dorsal. Era el último objeto de valor que les quedaba, una pieza pequeña con diminutos brillantes imperfectos que no valía una fortuna, pero que había estado guardando para un caso de emergencia que no estuviera relacionado con su deliberadamente autodestructiva madre.

—Entonces tendré que ir a buscarla.

Elinor hizo caso omiso de los alaridos de protesta de la mujer. Jacobs no dijo nada, sabía que no les quedaba más remedio. Lydia se puso en pie.

—Voy contigo, Nell.

—Tú te quedas aquí. Yo sé que no me va a pasar nada en ese nido de depravación, pero se echarían sobre ti como una manada de lobos hambrientos.

—Creo que sobrevaloras mi atractivo —contestó Lydia con una desbordante sonrisa.

—Y yo creo que tú lo infravaloras. ¿No has oído a nana cuando ha dicho que se beben la sangre de las jovencitas vírgenes? —dijo Elinor en tono trivial con intención de apaciguar los miedos de su hermana.

Lamentablemente para Elinor, su hermana podía leer lo que pensaba.

—Tú también eres virgen, querida, a menos que me lo hayas estado ocultando. Lo que significa que también se beberán la tuya.

Elinor ni se inmutó.

—No van a beberse la sangre de nadie. Les gusta verse envueltos en el escándalo y el secretismo, pero sospecho que no son tan peligrosos como los pintan —contestó con tono pragmático.

—Asesinan bebés —porfió nana Maude.

—Basta —dijo Elinor—. No soy un bebé. Jacobs me llevará a la casa del conde de Giverney, sacaremos a nuestra madre y estaremos de vuelta antes de medianoche.

—Disculpadme, señorita, pero se dirigían fuera de la ciudad —dijo Jacobs—. Creo que iban a su *château*.

Elinor mantuvo la calma.

—¿Y a qué distancia se encuentra?

—No está muy lejos, señorita. A una hora de la ciudad si nos damos prisa.

—Entonces estaremos de vuelta al amanecer —dijo—. Sanas y salvas, y esta vez ataremos a nuestra madre a la cama cuando no estemos aquí para vigilarla.

—¿Y cómo piensas llegar al castillo? —preguntó Lydia—. Según tengo entendido no disponemos de carruaje, ni caballos ni dinero para alquilar uno. ¿Pretendes llegar allí andando?

Elinor intercambió una mirada cómplice con Jacobs, que salió de la habitación sin decir palabra.

—Jacobs se ocupará —contestó ésta sin dar más explicaciones—. Mientras, cuento con que te ocupes de que la habitación de nuestra madre esté limpia y preparada para cuando lleguemos. Probablemente tengamos que atarla como cuando sufrió aquellos ataques de locura. Dependerá de la cantidad de ginebra que haya bebido y de si habrá ingerido alguna otra sustancia peligrosa.

—No quiero que vayas sola.

—Yo iré con ella —dijo nana Maude, que Dios la guardara por su generoso y anciano corazón. El reuma no la dejaba andar casi, pero sería capaz de enfrentarse a un regimiento de dragones por defender a sus niñas.

—No, nana —dijo Elinor con suavidad—. Necesito que te quedes aquí y cuides de Lydia —le sostuvo la mirada un momento durante el cual intercambiaron un universo de entendimiento mutuo. Si por cualquier motivo ella, Elinor, no volviera, Lydia necesitaría a alguien, y nana era su única opción.

Nana Maude asintió con la cabeza y Elinor vio que los ojos le brillaban a causa de las lágrimas.

—No seáis ridículas. No me estoy metiendo de cabeza en el infierno. El conde de Giverney no es más que un hombre al que le gusta celebrar fiestas decadentes, no Satán en persona, y a buen seguro os digo que yo no soy el tipo de mujer capaz de encender sus más oscuras pasiones. Además, Jacobs lleva pistola, y dispararía contra cualquiera que intentara hacerme daño. Entraré allí, preguntaré por mi madre y seguro que estarán más que encantados de que se la quite de encima. No hay nada de qué preocuparse.

—Si exceptuamos el broche de diamantes —dijo nana Maude con tono lúgubre.

Si hubiera estado más cerca de ella, Elinor le habría dado una patada en una de las reumáticas espinillas. Aquella mujer tenía una visión terriblemente negativa de la vida y en esos momentos lo que le hacía falta a Lydia era una buena dosis de optimismo. No tenía por qué enterarse de que su último recurso se había esfumado ni de la trágica situación a la que tendrían que hacer frente si su madre había perdido la joya.

Pero en ese momento no podía permitirse perder más tiempo. Aparte de las orgías, en las sonadas fiestas que organizaba el conde de Giverney se jugaba con grandes apuestas de dinero de por medio. El broche desaparecería en cuestión de segundos, y si había alguien tan estúpido como para extender crédito a su madre, tendrían que empezar a esconderse no sólo de los tenderos, sino de otro tipo de acreedores mucho más agresivos, los aristócratas.

Agarró su raída capa y un tosco chal, y se despidió de Lydia y de nana Maude con un beso, intentando aparentar serenidad y coraje al mismo tiempo. Nana Maude se abrazó a ella como si fuera la última vez, pero Lydia se reclinó simplemente en el sillón y retomó la labor. Era una actitud fingida; sabía lo peligrosa que era la misión que se disponía a emprender Elinor, como también sabía que lo mejor que podía hacer era no dar otro motivo de preocupación a su hermana. Verla agachar su cabecita de rubios bucles hizo que Elinor sintiera ganas de llorar.

Pero no había tiempo para llorar. Minutos más tarde se encontraba envuelta en el frío aire nocturno. Se puso a toda prisa los mitones, estado propiciado más por la imposibilidad de añadir nuevos zurcidos que por cuestiones de originalidad, se cubrió el pelo de vulgar tono castaño y echó a andar calle abajo, decidida a no hacer caso de los groseros moradores del barrio.

Jacobs la esperaba en el café cercano, lugar en el que se guardaban carruajes y caballos. Las circunstancias los habían obligado a «tomar prestado» un carruaje con anterioridad una vez, la vez que lady Caroline se dio cuenta de que su presencia no resultaba grata en un baile de máscaras, aunque en aquella ocasión tuvieron suerte y lograron devolverlo sin que nadie se enterase. No estaba segura de que esa noche fueran a correr la misma suerte, pero no había tiempo para eso. Por el momento tenía que concentrarse únicamente en sacar a su madre de la guarida de Satanás. Cada cosa a su tiempo.

Jacobs se las había apañado mejor de lo que habría esperado, y en ese momento asomó con un pequeño vehículo de viaje en el que cabrían dos mujeres sin problemas. Se aprestó a meterse en el carruaje sin dar tiempo a Jacobs a bajarse a ayudarla, despareciendo en la noche acto seguido.

Era una noche fría y sin luna de principios de febrero, y si aquel vehículo había contado en algún momento con mantas con las que protegerse del frío debió de ser mucho tiempo atrás. Se quitó el chal de la cabeza y se lo puso sobre los hombros, tiritando. Tardarían una hora en llegar al castillo del conde, si no moría congelada antes.

Aun así, prefería estar medio aterida de frío, así no pensaba en algo menos desmoralizante. Se agarró al asiento mientras el carruaje se bamboleaba. Jacobs conducía a un paso frenético, pero ella confiaba ciegamente en sus habilidades. Llegarían al castillo de una pieza. El resto dependía de ella.

No era mujer que se llevara a engaños. Era perfectamente consciente de su aspecto físico. Era alta, delgada, tal vez demasiado, pero era debido al estado de su despensa, con el pelo y los ojos castaños, y una nariz de lo más desafortunada. No estaba tan mal, masculló para sí, era estrecha y elegante, y cuando fuera una anciana dama le proporcionaría un aspecto imponente. Así y todo, de poco le servía su nariz siendo joven como era y deseosa de sentirse guapa.

Pero ya no se obsesionaba con ese tema. En caso de encontrarse con aquel maldito conde, un vistazo a sus ropas anticuadas y a su pelo evitaría que se fijara en ella. Afortunadamente, eso era lo que le ocurriría con la mayor parte de los hombres. Estaba segura de que encontraría a su madre en un santiamén, la sacaría del castillo y los extraños tinglados que allí dentro tenían lugar serían sólo un recuerdo lejano.

Rezaría si aún creyera en Dios, pero ese particular consuelo no la asistía desde que perdiera la fe seis años atrás. Además, nana y Lydia ya estarían rezando como locas, si es que existía un dios que escuchara sus súplicas de verdad. Lydia era demasiado encantadora como para no hacerle caso, y nana, demasiado insistente. Con suerte ella, Elinor, sería la única que pudiera pasarle desapercibida.

Cerró los ojos. El día había sido desastroso desde el principio, con la esperanza poco probable de recibir una pequeña herencia apenas un pinchazo en el corazón en comparación con el desastre que supondría que sus perspectivas de futuro se hubieran desvanecido por completo a consecuencia de la sucesión. Por el momento no se lo diría a nadie. No era necesario dar más motivos de preocupación a nana Maude y a Lydia.

El señor Mitchum, el abogado, le había sugerido que se reuniera con el nuevo heredero, el desconocido que pasaría a tener el control de su herencia, pero había salido del despacho hecha una furia.

Tendría que reunirse con su primo lejano tarde o temprano, y había sido una estúpida saliendo del despacho de aquella forma. De hecho, si iba a recibir algún legado, por nimio que éste fuera, no podía dejar que su orgullo la empujara a rechazarlo.

Pero primero tenía que encontrar a su madre.

CAPÍTULO 1

Francis Alistair St. Claire Dominic Charles Edward Rohan, conde de Giverney, vizconde Rohan, barón Glencoe, se reclinó en su asiento dejando que sus largos y pálidos dedos vagaran suavemente por las garras de madera labrada que decoraban el enorme sillón. Apoyó la cabeza contra el reposacabezas de terciopelo mientras escrutaba los ávidos rostros de sus invitados y se permitió una tenue sonrisa. La ingente cantidad de velas iluminaba hasta los rincones más oscuros del salón y gracias a ello podía verlos a todos perfectamente, a aquellos supuestos amigos y conocidos, temblando prácticamente de anticipación ante el festín que tenían por delante. Tres días con sus noches dedicados a todo tipo de vicios decadentes, apuestas y fornicación con todo aquel que estuviera dispuesto, ya fuera una ramera o jóvenes aristócratas, hombres o mujeres; fingidos rituales satánicos con la intención de que los participantes se sintieran verdaderamente depravados, invocando a una fuerza de las tinieblas tan inexistente como la figura de un dios bondadoso, pero el hecho de murmurar latinajos delante de una cruz invertida les concedía más licencia todavía para entregarse a sus vicios. Había opio y brandy, vino y hasta whisky escocés del bueno, y esperaba que todo el alcohol hubiera desaparecido para cuando la fiesta terminara, hasta la última gota, que todos aquellos cuerpos quedaran saciados y todas aquellas almas exhaustas de cualquier asomo de moralidad.

Y él lo observaría todo, entregándose complacido cuando el deseo lo golpeara, supervisándolo todo con velado interés. Con frecuencia se había preguntado hasta dónde estaría dispuesta a llegar la gente en busca de placer. Sabía que él mismo gozaba de un apetito extraordinario, y en ocasiones necesitaba algo más que su propio placer para sentirse satisfecho. Necesitaba observar el impúdico deleite de los demás, y sus bien predispuestos acólitos se lo proporcionaban.

Hombres y mujeres aguardaban su palabra, algunos de ellos ataviados con hábitos clericales, otros apenas cubiertos de ropa. Reconoció a lady Adelia cubierta por una camisola transparente que seguro favorecería más a una bailarina con la mitad de peso que ella, y su esposo se encontraría entre los caballeros envueltos en femenino esplendor, con los labios pintados de carmín fruncidos en un puchero de anticipación.

Dejó que su mirada vagara sobre todos ellos, sus discípulos en el arte del pecado, y se incorporó en su asiento, echándose hacia atrás la mata de pelo largo y no empolvado.

–Hijos míos –dijo en el francés que todos conocían, emigrantes ingleses, franceses y alemanes que habían ido allí esa noche en busca de placer–. Bienvenidos a la diversión del Ejército Celestial. Aquí compartiréis vuestros cuerpos como compartiríais la hostia sagrada, beberéis vino como si fuera la sangre divina, y podréis hacerlo hasta hartaros, sin censura. A lo largo de las próximas tres noches, las pueriles normas de la sociedad están penadas. Nuestro lema es «Haz tu voluntad».

–Haz tu voluntad –entonaron los presentes con rotunda

seriedad, como novicias a punto de tomar los votos definitivos, dejando que una pequeña sonrisa bailoteara en la boca que todos deseaban con locura. Su determinación a seguir con su búsqueda de la depravación le provocaba risa.

Hizo un gesto de saludo con la mano envuelta en delicadas capas de encaje de Malinas.

—Id y pecad una vez más —dijo con una voz profunda y grave que resonó en el inmenso salón.

Los invitados lo aclamaron al tiempo que las grandes puertas que conducían al resto del castillo se abrían. Los festejos habían dado comienzo y Francis Rohan se reclinó en su sillón, deseando estar de nuevo en París con una copa de brandy y un buen libro entre las manos en vez de verse rodeado de aquellos pecadores ansiosos que reclamaban su constante atención.

Estaba harto. Había sido testigo de casi todo ejemplo de depravación conocida, participado en gran parte de ellas, y así y todo no había sido capaz de encontrar nada que lograra sacarlo de aquel hastío interminable. Aún era capaz de encontrar placer físico, cierto, pero no era sino una forma de descanso momentánea. Cuando así lo deseara se daría una vuelta por las habitaciones del castillo y observaría actos prohibidos por la Iglesia y el Estado, sería testigo de cómo podían ganarse y perderse fortunas a una carta, contemplaría cómo muchos hombres se abandonaban a sus instintos básicos sin miedo a las repercusiones, y, al final, regresaría a su opulento sillón y trataría de reunir algo de interés.

Una mujer se había separado del grupo de ruidosos vividores y se acercaba a él en esos momentos, el rostro cubierto con una máscara, imposible contener tan voluptuoso cuerpo dentro del insinuante vestido que portaba. Se ataba por delante y Rohan supuso que debajo de las cintas flojas no llevaba nada más que su lozana carne. Sería divertido desatar aquellas cintas, Marianne tenía los senos más espectaculares que había visto en su vida. Y conocía bien las normas. Él no era de los que besaban mucho, y ella jamás cometería el error de poner los labios cerca de su cara. En su lugar pondría aquella magnífica boca en otra parte y pasarían el rato durante una hora, mientras los invitados más cohibidos observaban.

Le hizo una señal con la mano y ella se acercó con una traviesa sonrisa en los labios. Labios desprovistos de carmín, conocía las preferencias de él. Subió al pequeño estrado que sus estúpidos seguidores habían levantado en su honor, y Rohan alabó mentalmente que las cintas llegaran hasta el dobladillo. También se fijó en que era cierto que no llevaba nada debajo.

La sentó sobre su regazo suavemente y comenzó a juguetear con los lazos, soltándolos poco a poco hasta que liberó sus pechos blancos como la leche. Los pezones se irguieron con el aire fresco de la noche y Rohan sintió el repentino deseo de chuparlos.

—Inclínate hacia atrás —le dijo con su habitual tono de desgana y ella obedeció de inmediato, arqueándose por encima del brazo del sillón, ofreciéndosele, y entonces él bajó la cabeza y lamió el botón erguido. De repente, un ruido captó su atención y se incorporó, arrastrando a Marianne consigo.

—Tienes un problema, Francis —dijo Charles Reading con su voz áspera y perezosa—. Y es un poco pronto para que empieces a degustar el banquete.

Marianne se volvió y le sonrió más alegre de lo que Rohan se sentía en ese momento.

—¿Qué clase de problema? —dijo éste—. No estoy de humor para ser padrino en un duelo, ni siquiera para detener uno. Si quieren matarse, que lo hagan. Ya limpiarán la sangre mis sirvientes.

—No se trata de ese tipo de problema. Creo que éste te

va a gustar. A mí particularmente me ha parecido irresistible.

Aquello bastó para llamar su atención. Había muy pocas cosas que Charles Reading encontrara interesantes, y las que lo hacían por fuerza tenían que ser inusuales, por lo que posiblemente se encontrara ante algo que mereciera su atención.

—Entonces no me hagas esperar. Muéstrame de qué trata ese problema.

—La tiene uno de tus lacayos. Willis iba a echarla a la calle cuando aparecí yo. Intervine porque sabía que la encontrarías interesante. ¿Le digo que la traiga?

—Será mejor que me vaya —dijo Marianne, intentando cubrirse los pechos, pero Rohan no parecía estar por la labor.

—Será mejor que te quedes —le dijo con voz fría volviéndose hacia Charles a continuación—. Entonces se trata de una «ella». ¿Y dices que es interesante? Me cuesta creerlo, pero hazla pasar ahora mismo. Aunque sólo sea para echársela a las damas y los caballeros de la sala verde.

Reading era un hombre apuesto, dejando a un lado la cicatriz que le cruzaba el lado derecho de la cara de arriba abajo dando a su sonrisa apariencia de mueca retorcida. Éste le hizo una leve reverencia.

—A vuestras órdenes, milord —dijo, retrocediendo en una parodia de servilismo, y Francis observó cómo llamaba a uno de los criados.

Charles Reading era uno de sus compañeros más divertidos. Charles tenía tan poco respeto hacia la propiedad como él mismo, pero veía las cosas con el apasionamiento propio de la juventud, lo que hacía que Francis sintiera el peso de sus treinta y nueve años. Aunque en realidad se sentía como si tuviera ochenta.

Notó que Marianne se removía inquieta en su regazo intentando recolocarse el vestido, pero no le costó agarrarle la mano con firmeza. Se acordó de que la chica disfrutaba con el dolor y Francis la retuvo con suavidad deliberada aunque sin intención de soltarla. Si iba a disfrutar de ella más tarde, tal como esperaba, no quería que se excitara demasiado, demasiado pronto. Eso la empujaría a consumir tanta energía con otra persona, y Francis prefería ser el primero.

En ese momento apareció uno de los lacayos, con Willis, el hombre que lo servía desde hacía años, al otro lado de lo que sin duda alguna era una mujer como tampoco había duda de que no se trataba de una de las prostitutas de la ciudad. Aquello iba a ser interesante después de todo. Se reclinó en el sillón y les hizo un gesto para que se acercaran, esperando mientras ellos obedecían y Reading se quedaba en segundo plano, observándolo.

—¿Qué tenemos aquí, Willis? —preguntó con su tono más agradable. Sería demasiado optimista esperar encontrar algo que atrajera verdaderamente su atención, pero no por eso había que desecharlo. No le iría mal distraerse un poco.

La mujer levantó la cabeza, pobre a juzgar por su anticuada manera de vestir, y Francis se sorprendió al encontrarse con un par de cálidos ojos castaños tan rebosantes de odio que, por un momento, se sintió fascinado. Pocas personas se atrevían a mostrar el asco que les causaba.

—¿Y quién es? —inquirió con pereza—. No me digas que a alguien se le ha ocurrido que vestir a una puta con ropas de trapera podía resultar gracioso. O no, espera... creo que tal vez se trate de una joven dama pasando una mala racha. O tal vez sea una tendera. Aunque no consigo ver de qué manera podría una tendera contribuir a la diversión de nuestra fiesta. Muévele un poco la cabeza.

El lacayo hizo ademán de obedecer, pero la chica le apartó la mano de un manotazo como si fuera una fiera. El hombre cometió el terrible error de darle un golpe en la boca y cuando la joven alzó la cabeza tenía sangre en el labio.

—No —dijo Francis con serenidad—. No creo que sea una puta, Willis. Con una nariz como ésa es imposible. Las putas tienen unas preciosas naricitas respingonas, esta joven tiene una nariz bastante importante. Tal vez sea mejor que la eches.

Aquella pequeña y desaliñada criatura lo fulminó con la mirada. Aunque en realidad no era precisamente pequeña. De hecho era más alta que la mayoría de los hombres que conocía. La chica intentó decir algo, pero Willis la empujó.

—Dice que está buscando a su madre, milord.

Francis echó la cabeza hacia atrás y soltó una carcajada.

—¿Es la hija de una puta? ¿Qué será lo próximo?

—Mi madre no es una puta —tuvo la audacia de responder ella, y el interés de Francis aumentó. Tenía una buena voz, sólida, grave, perteneciente sin duda a la clase alta de Inglaterra. Llevaba veintidós años exiliado de aquella tierra, pero había recibido en su castillo a numerosos visitantes con título como para conocer la diferencia. Era la misma voz con la que hablaba él cuando se tomaba la molestia de hablar en inglés.

—Entonces no está aquí —dijo él—. Las únicas mujeres que hay aquí son putas. Incluso la preciosa Marianne aquí presente. Claro que una puta con ilustre cuna, pero no por eso menos puta.

Esperó un momento confiando en que aquello arrancara a Marianne de su regazo, pero ésta no se movió, con sus senos desnudos expuestos a la vista de la inoportuna visita.

La chica, o mejor dicho, la mujer, lo miró. No era ninguna niña, rondaría los veintitantos, y todavía le sangraba el labio.

—Suéltala, Willis —dijo con indolencia—. Y ocúpate de ese lacayo. Me temo que va a haber que enseñarle modales por las malas. En esta casa nadie pega a nadie, a menos que así lo pida porque le resulte excitante. Y yo no veo a la señorita Mojigata muy excitada.

Francis Rohan oyó la inspiración entrecortada del lacayo y el muy necio intentó disculparse, intentó explicarse mientras Willis lo sacaba a rastras de la sala, y otro fornido lacayo aparecía para ayudarlo a sacar la basura a la calle. Rohan soltó la muñeca de Marianne, que se bajó el provocativo vestido con movimientos despreocupados ocultando así sus tesoros.

—Puedes irte, Marianne —murmuró—. Esta noche tengo cosas mejores que hacer —añadió, sin prestar ninguna atención a la mujer mientras se escabullía de allí. Despachándola así conseguiría enfadarla, lo que haría las cosas más excitantes en caso de que decidiera hacer uso de ella más tarde. Aunque en ese momento lo dudaba mucho.

Aquella cría que tenía en mitad de su salón lo miraba con desprecio, porque no había duda de que era una cría, independientemente de su edad. Era virgen, inocente; nadie la había tocado ni besado y estaba muy enfadada. Francis Rohan se preparó para disfrutar de lo lindo.

—Y dime, pequeña. ¿Qué es lo que te ha traído hasta aquí en realidad?

Estaba claro que ella deseaba mandarlo al infierno, pero las jóvenes damas no hacían tal cosa. Reprimió la ira, algo que obviamente le costó un triunfo, y se envolvió con brusquedad todavía más en la harapienta capa que llevaba, decidida a mantener la calma.

—Estoy buscando a mi madre —repitió—. Me doy cuenta de que os cuesta entender mi sencillo inglés. Puede que el nivel de disipación al que habéis llegado haya comenzado a afectar a vuestra mente, en cuyo caso me compadezco de vos, pero es mi madre quien me preocupa. Creo que llegó con *monsieur* St. Philippe, y es de vital importancia que me la lleve de vuelta a casa lo antes posible. No está bien de salud.

—¿St. Philippe? —dijo él—. Me pareció ver que tenía compañía femenina, pero no le presté mucha atención. Está claro que no eres ninguna niña, lo que me hace pensar que tu madre debe tener la edad suficiente como para tomar sus propias decisiones al respecto —chasqueó los dedos y un sirviente se apareció al instante de entre las sombras—. Trae una silla para la señorita. Parece fatigada.

—¡No! —exclamó ella—. No tengo ningún interés en conversar con vos, *monsieur le comte*. Sólo necesito que me devuelvan a mi madre.

—Y yo necesito demostrar que soy un correcto anfitrión —repuso él.

—Habéis conseguido dominar vuestros impulsos de corrección hasta el momento. ¿Por qué cambiar ahora? —le espetó ella con mordacidad.

El eco de la indirecta resonó lo suficiente en el tono que empleó como para resultarle divertido. Rohan se levantó y dejó en una mesa la copa de vino.

—En eso tienes razón, *mademoiselle*...

—No os hace falta conocer mi nombre.

—¿Y sin saber tu nombre cómo voy a buscar a tu madre? —razonó él de forma aplastante al tiempo que comenzaba a bajar los escalones del estrado. Ella no se movió y Rohan tuvo que admitirlo: aquella chica tenía verdadero arrojo para meterse en la boca del lobo y no pestañear siquiera cuando se acercó a ella.

—Harriman —dijo tras vacilar momentáneamente—. Me llamo Elinor Harriman. Mi madre es lady Caroline Harriman.

Rohan se quedó helado.

—¡Por el fuego del infierno! ¿Esa puñetera bruja está aquí? No te preocupes, preciosa. La encontraremos ahora mismo.

No tengo intención de que se mezcle con mis invitados. Me asombra que St. Philippe haya cometido la temeridad de traerla. A menos que lo haya hecho con el fin de llamar mi atención.

—¿Para qué querría hacer algo así? —preguntó la joven, desconcertada. Para Francis Rohan la inocencia era algo tedioso. La de *mademoiselle* Elinor Harriman, en cambio, le resultó extrañamente seductora.

—Porque siente afecto por mí y yo no he mostrado interés.

—¿Que siente afecto por vos? Pero si es un hombre.

—Ya lo creo que lo es —confirmó él con dulzura—. ¿Y cómo es posible que hayas vivido en París tanto tiempo y desconozcas ese tipo de cosas?

—¿Cómo sabéis el tiempo que llevo viviendo en París? —repuso ella.

—Lady Caroline Harriman abandonó al mentecato de su esposo y se vino a París con sus dos hijas hace unos diez años, y su vida no ha hecho más que experimentar un declive desde entonces. Me sorprende que aún viva.

—Si se puede decir que eso sea vivir —respondió la chica con tristeza—. ¿Puedo ir a buscarla en vez de quedarme aquí parada conversando con vos? Probablemente esté en alguna mesa de juego, y me gustaría detenerla antes de que se esfume el poco dinero que nos queda.

—Una intención muy loable, pequeña. A mí me gustaría detenerla antes de que haga correr la peste entre mis invitados. Soy inflexible con respecto a la salud de las putas...

—¡Mi madre no es ninguna puta!

Sus mejillas se sonrojaron de forma encantadora. Estaba tan delgada... Seguro que llevaba sin comer como era debido varios meses, y se permitió fantasear brevemente con la idea de tenerla desnuda en su cama mientras le daba de comer trocitos de carne y pastelillos.

La sonrisa socarrona que esbozaron sus labios estaba dirigida en parte a sí mismo por tan absurda noción. Las vírgenes eran demasiado aburridas, y ni siquiera la apasionada *mademoiselle* Harriman valía tanto la pena como para soportar los problemas que podría causar.

—Todas las mujeres que hay aquí dentro son putas, pequeña. Lo mismo que los hombres. Deja que te ofrezca una copa de vino mientras lo discutimos.

—Estáis tan trastornado como mi madre —espetó ella, girándose sobre sus talones—. Voy a buscarla.

No estaba acostumbrado a dejar que ninguna mujer le volviera la espalda, de modo que la sujetó del brazo sin contemplaciones y la obligó a girarse y mirarlo. La chica tenía la furia pintada en el rostro y una pistolita diminuta en la mano, apuntándole directamente al estómago.

Elinor se dijo que no tendría reparo en dispararle, ordenando mentalmente a su mano que dejara de temblar. Si él notara su debilidad, pensaría que era inofensiva, y entonces podría verse obligada a disparar de verdad aquella dichosa pistola. Algo que con toda seguridad no tenía deseo de hacer, a menos que fuera necesario.

Él la soltó alimentando así su confianza en que era un hombre razonable, pero no retrocedió, y lo cierto era que parecía más divertido que alarmado.

El Rey del Infierno era todo lo que se decía de él, menos y más al mismo tiempo. Era un hombre renombrado por su habilidad para seducir a una abadesa y hasta al mismo Papa, y ahora comprendía por qué. No era por su belleza física, considerable en cualquier caso. Aparentaba menos edad de la que supuestamente tenía, y el hecho de tener el pelo oscuro y largo salpicado de hebras plateadas sólo servía para proporcionarle un aspecto más leonino, más peligroso. Era alto y se movía con una elegancia innata que ponía en evidencia a los bailarines. Estaba demasiado cerca de ella, de la pistola que le había quitado a Jacobs en un momento en que estaba ocupado con el carruaje, y la miraba con demasiado interés y ni rastro de temor.

—No vas a dispararme, querida mía —dijo con calma, sin hacer ademán de arrebatarle el arma de la mano temblorosa. Y estaba temblando de verdad. No podía ocultarlo.

—No quiero hacerlo, pero la seguridad de mi madre es de suma importancia...

—Tu madre es una muerta en vida —la interrumpió él con despreocupada crueldad—. Lo sabes tan bien como yo. ¿Por qué no regresas a casa y dejas que yo la busque y la envíe de vuelta?

—No lo comprendéis. No puedo permitirme el lujo de dejar que apueste el poco dinero que nos queda —repitió. Le avergonzaba admitir lo poco que tenían, si bien la mayoría de los invitados de aquel conde eran más que capaces de perder una fortuna a una sola carta. No había necesidad de dejar que adivinase a cuánto ascendía ese poco.

—Entonces nos aseguraremos de que no lo haga —contestó él con esa voz suya que era como una caricia. No era de sorprender que la gente cayera rendida a sus pies. Era capaz de hechizar a un ángel con aquella voz—. Sabéis que no queréis dispararme. Pensad en el alboroto. Por no hablar de las explicaciones —alargó la mano y le quitó el arma con delicadeza—. Muy bonita —dijo mirando la elegante pieza con la empuñadura de nácar—. Si necesitas el dinero con tanta desesperación, siempre podrías vender esto.

—¿Y quién dice que necesito dinero con desesperación? —quiso saber ella.

—Tus ropas, pequeña. Vistes como una trapera. ¿Lo que lleva tu madre no es hábito de penitencia?

—No creo que se le permitiera la entrada aquí si así fuera.

—Al contrario. Uno de esos hábitos de penitencia resultaría de lo más apropiado aquí. Al fin y al cabo nos encontramos en una reunión del Ejército Celestial, no lo olvides.

Elinor intentó no reaccionar con estupefacción al oírlo mencionar las palabras prohibidas. Todo el mundo había oído hablar del Ejército Celestial, la reunión secreta de un montón de aristócratas disolutos con mucho tiempo libre. Había historias para todos los gustos, desde las más ridículas hasta las más desconcertantes. Se hablaba de misas negras y sacrificios de jóvenes vírgenes, orgías y todo tipo de actos blasfemos, pero nadie había afirmado nunca que el grupo existiera realmente. Hasta ese momento, en un comentario despreocupado por parte de Rohan.

Elinor observó con aprensión su estatura y el resplandeciente halo dorado que lo envolvía. Iba vestido de impecable satén negro, las torneadas piernas cubiertas por unas elegantes medias bordadas y los zapatos de tacón embellecidos con joyas aumentaban todavía más su ya de por sí portentosa estatura. Llevaba el chaleco largo y profusamente bordado desabrochado, pero no llevaba casaca. Lucía unos macizos anillos en sus largos y pálidos dedos y un zafiro en la oreja a la manera de los gitanos en el que no había reparado antes porque su pelo largo y suelto lo cubría. La mayoría de los hombres usaban peluca y llevaban su verdadero cabello corto. Era evidente que el conde de Giverney era demasiado vanidoso como para llevar el pelo corto.

—¿Satisfecha? —preguntó él con tono amable—. ¿Quieres que me dé la vuelta para que puedas contemplar mi trasero?

Elinor no se sonrojó.

—Me gusta conocer a mis enemigos. O dejáis que vaya a buscar a mi madre o me lleváis con ella.

—Definitivamente opto por lo segundo. Y aún no he decidido si somos enemigos o no —lanzó la pistola hacia el estrado, que aterrizó limpiamente en el sillón acolchado—. Me temo, querida señorita Harriman, que no lograrías encontrar a vuestra madre en medio de las... celebraciones. Tendrás que venir conmigo a través de los nueve círculos del infierno para encontrarla.

—No soy ninguna niña, *monsieur le comte*.

—Ése es mi título aquí, en Francia. Para los ingleses soy el vizconde Rohan.

—No sois vos el único que posee ese título —dijo ella, poniendo voz a uno de los muchos rumores que circulaban por la ciudad.

—Ya lo creo —respondió él cordialmente—. Sois muy amable al recordármelo. No es más que un pretendiente al título —se llevó la mano a la elegante corbata que adornaba su cuello y comenzó a aflojarla mientras Elinor observaba aquellos pálidos y largos dedos enjoyados en una especie de trance.

Al deshacerse de la prenda, la camisa se le abrió y Elinor apartó la mirada de la perturbadora visión del torso desnudo. Lo oyó reírse y al instante notó el contacto de sus manos en ella de nuevo, la tomó por los hombros y la hizo darse la vuelta.

—No te preocupes, florecilla. No verás nada que pueda violentarte —y diciendo esto le vendó los ojos con la banda de lino de su corbata para que efectivamente no pudiera ver nada.

Elinor quiso impedirlo, forcejear, pero entonces le daría excusa para tocarla más, y cuanto menos contacto tuviera con sus dedos, mejor.

—Así está bien —continuó él con tono amable y aprobatorio—. Y ahora dame el brazo. Vamos a dar un vuelta para que te hagas una idea de lo que es la perdición.

—¿Blasfemar os parece tan divertido de verdad? —dijo ella, intentando contener el respingo cuando le tomó la mano y la posó sobre su brazo.

—Siempre.

Era la primera vez que ponía la mano en un brazo que no estuviera cubierto por varias capas de ropa, casaca incluida. El demonio que supervisaba tanta disipación, ya fuera *monsieur le comte* o como quisiera que se llamara, no llevaba encima más que una delgada camisa de lino de la mejor calidad. En mitad de las tinieblas que se habían apoderado súbitamente del mundo a su alrededor, Elinor era perfectamente consciente del tacto del brazo masculino sobre el que reposaban sus dedos. Los huesos y los tendones. La tibieza de su piel, inesperada cuando se paraba a pensar en lo fríos que eran su corazón y sus manos.

—¿Preparada, pequeña? —preguntó él. A Elinor no le pasó desapercibido el humor que envolvía su voz.

Pero no estaba dispuesta a dejar que viera que estaba aterrada. Las personas como Rohan se robustecían cuando percibían el miedo, y si quería salir de allí viva tenía que ocultar el suyo.

—Lo estoy desde hace media hora, una tediosa media hora —respondió ella con tono malhumorado.

—*Allons-y* —murmuró él, y Elinor se dio cuenta de que no lo había engañado—. Vamos allá.

Y no tuvo más remedio que dejarse llevar a las profundidades del infierno.

CAPÍTULO 2

Sintió la bofetada de calor, ruido y olor nada más traspasar las puertas. Los olores de una docena de perfumes distintos, el sebo de las velas, el vino derramado, el humo de madera quemada, la carne cocinada y el sudor humano se superponían unos encima de los otros, y la gente hablaba muy alto, claramente exaltada. Una voz de hombre se abrió paso entre el clamor.

—¿Qué es eso que llevas del brazo, Francis? ¿Tu cena? —preguntó, acompañando tan ridícula pregunta con una grosera carcajada.

—No seas necio —llegó hasta sus oídos la voz de una mujer. Francesa, de noble cuna sin duda alguna, a juzgar por el tono de su voz—. Seguro que es para subastarla. ¿Puedo pujar por adelantado? La encuentro verdaderamente deliciosa.

Elinor no pudo reprimir el respingo al oír las palabras, y en acto reflejo se aferró con más fuerza al brazo de Rohan. Él colocó la mano encima de la suya, aunque no sabría decir si lo hizo con la intención de tranquilizarla o de aprisionarla.

—No seas tonta, Elise —terció otro hombre desde una posición más cercana por el sonido de la voz–. No tiene intención de entregársela a nadie. ¿No ves cómo la mira?

Elinor no se había fijado en cómo la había mirado Rohan, pero la mera idea la agitó aún más. La instó a seguir avanzando a oscuras, su procesión interrumpida constantemente por obscenos silbidos hasta el punto de que se sintió profundamente aliviada cuando pasaron a otra habitación. La estancia estaba aún más oscura, como delataba el hecho de que no se filtraba ni un poquito de claridad a través de la tela blanca con que le había vendado los ojos.

–¿Y mi madre? –preguntó con un hilo de voz–. ¿No habéis preguntado...?

–He visto que no estaba, pequeña. Ése era el segundo círculo del infierno, aunque he de admitir que no cumplimos al pie de la letra las definiciones de Dante.

–¿Cuál es el primer círculo? –preguntó ella.

–La antesala, mi amor. El lugar en el que nos hemos visto antes, más conocido como Limbo, en el que no se comete ningún pecado realmente.

Su voz era suave, ensimismada, y, de repente, Elinor sintió su mano fresca acariciándole la mejilla, lo que la hizo saltar del nerviosismo.

–Es evidente que mi lacayo incumplió las normas y recibirá un merecido castigo por ello –añadió.

Hicieron una pausa delante de lo que Elinor supuso que sería la entrada de la sala.

–¿Lo castigarán por incumplir las normas o por haberme golpeado? –preguntó ella–. Podéis decirme la verdad. No me sentiré ofendida.

Rohan soltó una carcajada tan suave que no la habría oído de no haber tenido los ojos vendados.

–Y mi deseo es mantenerte lejos de cualquier cosa que pueda ofenderte, *mademoiselle*. De hecho, como castigo por haber incumplido las normas será expulsado de aquí, pero antes recibirá unos latigazos por haberte levantado la mano. Puedo organizarlo para que lo veas, si quieres.

—¡Pero eso es horrible! Y no, no quiero sentarme a mirar.

—Eres muy distinta a la mayoría de las mujeres que vienen por aquí, incluida tu madre. Todas ellas mirarían y hasta lamerían la sangre de su piel una vez termine con él.

—¡Qué horror! —susurró ella. Y entonces captó el verdadero significado de lo que le acababa de decir—. ¿Cuando terminéis con él? ¿Es que seréis vos quien empuñará el látigo?

Elinor adivinó la sonrisa de Rohan aun sin verlo. Ya sabía cómo era su boca, la manera en que se curvaba con un leve aire socarrón.

—Tal vez necesite un poco de ejercicio —murmuró él—. Dudo mucho que tu madre esté en esta habitación, pero no me gustaría que se nos escapara por culpa de un desacertado sentido del decoro —y elevando la voz preguntó—: ¿Está aquí lady Caroline Harriman?

No hubo respuesta, tan sólo un extraño conjunto de sonidos amortiguados que Elinor no supo identificar. El frufrú de la seda, una carcajada en voz baja e íntima, la curiosa mezcla de gruñidos e imprecaciones, y al final la curiosidad pudo con ella y se llevó las manos a la venda.

Las manos de Rohan fueron más rápidas sin embargo.

—No creo que quieras verlo —dijo y ella lo creyó. Debían haber alcanzado el nivel de la lujuria y estaba claro que los invitados de Francis Rohan disfrutaban de libertad de acción para disfrutar de ese pecado en particular.

—No está aquí —dijo Elinor. En el último año, su madre había perdido su antigua obsesión por la copulación, reemplazando el deseo carnal por el deseo de jugar y apostar. La verdad era que muy pocas personas reconocerían en ella a la increíble belleza que fuera en su juventud, como pocas personas estarían dispuestas a poner en peligro su salud por un revolcón barato. Tal vez no fueran capaces de distinguir su piel enferma y su mente perturbada en la oscuridad de aquellas habitaciones, pero era evidente que había mejores opciones que ella. Su madre estaría apostando en una mesa, no...

Conocía la palabra, el término crudo y grosero que lo describía. «Fornicar». Su padre la había utilizado, su madre lo decía a voz en cuello en sus interminables arrebatos de cólera, la gente de la calle también, y cuanto más descendían, más se usaba aquel término despreciable.

En realidad, probablemente fuera una palabra tan buena como cualquier otra para su madre. Había sido la lujuria lo que la había hecho abandonar a su marido, la lujuria y la avaricia y la ira. Había sido la lujuria lo que había cambiado su vida, la de Elinor, para siempre, un sentimiento extraño y lóbrego que no alcanzaba a comprender. No quería hacerlo. Había una especie de fealdad en ello que se extendía por toda la estancia y el castillo incluso, y cuanto más tiempo permaneciera allí, más sucia se sentiría a medida que los viejos recuerdos trataban de abrirse paso en su cerebro.

—¿Podemos seguir? —preguntó ella con frialdad.

Rohan la instó a continuar en respuesta a su pregunta. Era una sensación extraña la de moverse por aquel castillo sumida en la oscuridad, con aquel hombre más cerca de ella de lo que había estado ningún otro hombre. Y no era un hombre cualquiera: era el Rey del Infierno en persona, o así lo apodaban. De hecho, no podía culparlo. No le había hecho ningún daño y parecía decidido a ayudarla, lo que contrastaba seriamente con lo que había oído sobre él. El conde de Giverney, el vizconde Rohan, el líder del Ejército Celestial, no hacía nada que no fuera a reportarle algún interés. Y a pesar de su educado comportamiento hasta el momento, el nerviosismo que sentía por dentro aumentó un grado.

Elinor oyó ruido de puertas al abrirse, aunque el hombre que estaba a su lado no se había movido. Sin duda serían los criados, apostados por todo el castillo durante el tiempo que durase la orgiástica celebración. Ni una sola de aquellas consentidas criaturas había tenido que valerse por sí misma en toda su vida. No tenían que preocuparse por reunir dinero para comer, ni por hacer lo que fuera por proteger a su preciosa hermana menor ni por evitar que su madre destruyera la poca seguridad de que disfrutaban.

—Me estás arrugando la camisa —le susurró él al oído—. Relájate un poco. Te prometo que no dejaré que te hagan daño.

Si fuera una mujer sentimental se habría echado a llorar. Habría vendido su alma para que alguien la relevara del peso de las preocupaciones constantes, pero entonces se acordó de dónde estaba. De quién era el hombre que tenía al lado. Vender el alma de uno era obligatorio en esas circunstancias.

—Tengo prisa —dijo Elinor, intentando aparentar serenidad y pragmatismo.

—¿Por qué?

—Tenemos que devolver el carruaje... —nada más decirlo, lo lamentó. A Rohan no se le escapaba nada.

—Un asunto interesante. No parece que tengas el poder adquisitivo suficiente como para mantener un carruaje en París. De hecho, dudo que puedas alquilar uno. ¿Qué has hecho, robarlo?

—Ni por asomo —respondió ella con una trémula carcajada—. Me complace que me consideréis tan ingeniosa, pero no podría haberme acercado a la posada más cercana, hacerme pasar por cochero y llevarme uno de los vehículos.

—Tu ingenio me tiene realmente impresionado, *mademoiselle* Harriman. Pero no, seguro que alguien te ha ayudado —le soltó súbitamente el brazo—. Quédate aquí un momento y no te muevas.

Elinor tuvo que hacer un esfuerzo para no tratar de impedir que se alejara, para no gritarle que no la dejara allí sola. Necesitó toda su fuerza de voluntad para asentir, sin saber siquiera si la habría visto hacerlo.

Era una sensación extraña y vertiginosa la de permanecer sola y con los ojos vendados en mitad de una habitación llena de gente. Nadie parecía prestarle demasiada atención, sin embargo, y sabía a juzgar por los sonidos que los invitados debían de estar inmersos en el juego y las apuestas. Aquél era el lugar en el que se encontraría probablemente su madre, así que decidió quitarse la venda.

Y se quedó de piedra. Había gente jugando, efectivamente. Los había que incluso estaban parcialmente vestidos, y en el rápido vistazo que echó a su alrededor los vio contorsionarse sobre divanes y sillones, llevando a cabo actos que deberían haberle resultado desconocidos.

Pero llevaba demasiado tiempo viviendo en la pobreza, y había visto realizar aquellos mismos actos en los callejones de la ciudad a cambio de dinero. Debería haberse quedado conmocionada. Pero lo cierto era que le preocupaba más que pudiera ser la boca de su madre la que estaba en...

La venda regresó bruscamente a sus ojos, ocultando la perturbadora imagen.

—Eres una criatura muy desobediente, ¿no te parece?

Ella desechó la inquietante imagen sólo porque tenía que hacerlo.

—Estoy aquí, ¿no? Si fuera obediente, ahora mismo estaría en casa esperando a que mi madre regresara sana y salva. Algo que, con el tiempo, he aprendido que es poco probable.

Rohan no respondió.

—He enviado a tu cochero de vuelta con el carruaje robado. Con suerte llegará al Bois d'Or antes de que se percaten de su desaparición. Supongo que el motivo de aventurarse en una zona de la ciudad tan sórdida fue que pensó que allí tendría más posibilidades de tener éxito, pero debería haber robado un vehículo en una zona más cercana a tu casa. El barrio de la Rue du Pélican no es lugar apropiado para una joven dama, y no creo que en una zona así se puedan encontrar vehículos cómodos.

Elinor empezaba a cansarse de todo aquello.

—¿Dónde creéis que vivo, milord? Jacobs no tuvo que alejarse mucho para robar el carruaje de esa posada. Estamos al borde de la ruina. Nuestras vidas son bastante calamitosas ya sin tener que aguantar sus burlas —Elinor sintió una especie de liberación al decirlo en voz alta al fin. Estaba harta de fingir que las cosas estaban mejor de lo que realmente estaban, de fingir que no pasaban frío y hambre de día y de noche, temerosas de lo que pudiera ocurrir al día siguiente—. ¿Y cómo sugerís que vuelva a casa una vez encuentre a mi madre?

—Ordenaré que preparen un carruaje para ella. Mientras tanto, he encontrado a St. Philippe. Él podrá darnos la información que necesitamos.

—¿Un carruaje para ella...? —repitió Elinor, pero Rohan ya se había puesto en movimiento, conduciéndola entre el barullo de la habitación. Por lo menos allí los invitados estaban demasiado ocupados con sus licenciosas conductas como para molestarse en silbar a su paso.

—¿Cuántos círculos del infierno hay? —quiso saber Elinor cuando se abrieron las siguientes puertas. Estaba sin aliento.

—Nueve, pequeña. ¿Es que no lees? Empiezo a preguntarme si todo esto no será un ardid. ¿Seguro que lo de que buscas a tu madre no es una excusa para venir sola hasta aquí?

—¿Y por qué demonios haría algo así? —repuso ella, perpleja.

—¿Para atrapar marido, tal vez? O conseguir algo de dinero, por lo menos. No eres lo bastante guapa como para ser una puta, pero tal vez hayas oído que los miembros del Ejército Celestial aprecian más la inocencia que la belleza.

No debería dolerle que le dijera aquello. Jamás se había hecho ilusiones con respecto a su belleza. Era una mujer insulsa; era demasiado alta, su cabello era demasiado marrón y liso, su nariz demasiado aguileña, su naturaleza demasiado franca. Estaba destinada a ser una solterona y hacía tiempo que lo había aceptado. Pero oír la facilidad con la que Francis Rohan despreciaba sus atributos con tono despiadado era una crueldad inesperada.

—¿Disfrutáis infligiendo dolor, milord? —le preguntó ella con voz serena, habituada a ese tipo de situaciones. Se negaba a dejar que viera que le había hecho daño.

Se produjo un silencio momentáneo.

—De vez en cuando —respondió finalmente él—. A veces hacer daño y dejar que te lo hagan es la única manera de sentir algo.

—Disculpad que no quiera entrar en ese juego entonces. Estoy segura de que encontrará muchas personas en el castillo dispuestas a dejar que les hagáis daño —dijo ella.

—¿Te he hecho daño? Pareces serena. Como si estuvieras habituada.

—Lo que habéis dicho es la verdad. Tal vez no fuera necesario decirlo, pero sería una estúpida si dejara que hirierais mis sentimientos con algo tan insignificante —repuso ella, segura de haberlo convencido.

O tal vez no.

—Eres una criatura muy interesante, señorita Harriman.

—No soy ninguna criatura. Tengo veintitrés años.

—Una edad muy avanzada, ya lo creo —dijo él con tono socarrón—. A mí me parece que eres muy joven —añadió, echando a andar a continuación. Elinor intentó detenerlo, pero él tenía mucha más fuerza y no consiguió evitar que la metiera en la siguiente habitación.

En la que hacía un calor tremendo. A sus oídos llegaban sonidos quedos y amortiguados. El sonido del repartir de las cartas, el rodar de los dados. Estaban en la sala en la que se jugaba de verdad, apostando grandes cantidades. Por fin.

Elinor levantó las manos para quitarse la venda, pero él la detuvo envolviendo sus muñecas con una de sus manos manteniéndola de ese modo aprisionada.

—St. Philippe —lo llamó él elevando la voz casi imperceptiblemente. De repente el sofocante ambiente se tornó frío y silencioso.

—¿*Monseigneur?* —respondió alguien con voz pastosa a causa de la embriaguez.

—Me informan que has metido a una fastidiosa invitada entre nosotros. ¿Dónde está?

—¿No sé de qué...?

—¿Dónde está? —lo atajó Rohan. No levantó la voz, pero la temperatura de la sala descendió aún más, y por un momento, Elinor se preguntó cómo lograba ejercer aquel hombre un control tan absoluto sobre sus seguidores.

—Se ha ido —respondió St. Philippe de mal humor—. Apenas tenía dinero para apostar, y nadie quiso prestarle cuando se agotó el que tenía. Supongo que estará en los establos, intentando conseguir algo tendida de espaldas.

Elinor no pudo reprimir el respingo instintivo al pensar en lo que estaría haciendo su madre y en el hecho de que había perdido el único dinero que les quedaba. Aquello era un desastre absoluto. Intentó zafarse de las manos de Rohan, pero él afianzó la presa en torno a su mano hasta que el dolor la obligó a dejar de forcejear.

—Estoy muy disgustado contigo, Justin —dijo él con calma—. ¿Me haces el favor de vestirte y venir a verme a la antesala? Dentro de unos minutos, si no tienes inconveniente.

—Por supuesto, *monseigneur* —balbució el aludido con voz amedrentada.

Rohan soltó las muñecas de Elinor y le pasó un brazo inflexible como el acero alrededor de la cintura.

—Entonces me llevaré de vuelta mi premio —dijo él con voz mucho más agradable—. El resto podéis continuar con lo vuestro.

—Yo no... —comenzó a decir Elinor, pero él se aprestó tanto a sacarla de allí que la dejó con la palabra en la boca. Ella supuso que la llevaría de vuelta a lo largo de las innumerables salas por las que habían pasado, pero en cuestión de un minuto se encontraron en un lugar cerrado, silencioso y negro como la boca de un lobo. Entonces le quitó la venda de los ojos.

Estaban en una galería iluminada únicamente por antorchas y su mano ya no estaba en contacto con la de ella. Comprobó que, por primera vez, podía respirar con normalidad.

—Problema resuelto —dijo Rohan—. Parece que sí es cierto que tu madre anda por aquí. No tardaremos en dar con ella. Mis criados son muy eficientes. Te llevaré a algún lugar en el que puedas esperarla.

Ella lo miró con suspicacia.

—Puedo acompañar a vuestros criados...

—No, no puedes. Ya has oído a St. Philippe. Sabe Dios en qué estado la encontraremos. Sólo confío en que no haya contagiado a la mitad de los criados. Cuesta conseguir un buen cochero.

Elinor inhaló con brusquedad.

—¡No seáis ridículo!

—Tu madre tiene la enfermedad francesa, criatura, o como nos gusta decir aquí, la enfermedad española —se encogió de hombros—. O la enfermedad inglesa. Morirá como una demente y sospecho que lo sabes tan bien como yo. Si quieres, puedo hacerte un favor y hacer que la tiren por un acantilado.

—Hacer bromas sobre el tema es de un pésimo gusto —replicó ella totalmente envarada.

—¿Y que te hace suponer que estoy de broma?

Elinor apenas distinguía el rostro del hombre en el corredor poco iluminado. En tan reducido espacio se le antojó todavía más corpulento y tuvo la desagradable seguridad de que llevaba la camisa blanca abierta. Se dio cuenta de que no hablaba en broma.

—Cometí la equivocación de pensar que erais un ser humano responsable —dijo ella con el mismo tono envarado.

—¡Oh, cielos! Un error garrafal diría yo. Te llevaré a algún lugar para que esperes. Te agradará saber que tengo un ama de llaves muy inglesa que se ocupará de que no te falte de nada —le tendió el brazo, pero ella no se movió. No quería volver a tocarlo. El delicado lino de su camisa era demasiado fino, lo que le permitía sentir la carne de su brazo con demasiada claridad, sentir su fuerza, los fibrosos músculos, el calor. La distraía. No estaba acostumbrada a ir por ahí tocando a los hombres y desde luego lo último que quería era semejante clase de intimidad.

—Si no te agarras a mi brazo, podrías tropezar y romperte una pierna, ¿y entonces cómo ibas a ayudar a tu pobre madre? —dijo con tono hastiado—. Este corredor es un atajo de vuelta al ala privada del castillo, pero apenas se utiliza. Puede que haya incluso ratas.

Ella lo agarró del brazo de inmediato, dando gracias por haber logrado contenerse para no subírsele a la espalda al oír lo de las ratas. Le daban un miedo horroroso, que ya era mala suerte teniendo en cuenta las condiciones en las que vivían.

—Vamos —lo apremió, intentando reprimir un escalofrío.

—Parece que no te gustan las ratas —comentó él, arrastrándola corredor abajo.

Ella no podía dejar de imaginárselas metiéndosele entre las faldas, de modo que se las apretó bien alrededor de las piernas con la mano libre.

—No les tengo simpatía. ¿No le ocurre lo mismo a todo el mundo? —respondió ella con el tono de voz más indiferente de que fue capaz.

—Ya, pues a mí me parece que es algo más. Las ratas forman parte de la vida, y sin embargo, tú...

—¿Podríamos hablar de otra cosa, por favor? —zanjó ella, abandonando toda pretensión de ocultar el asco—. Cualquier otra cosa.

El sonido amortiguado de los gemidos se filtraba por las paredes, pero pasaron muy deprisa y no tuvo tiempo de cometer el error de preguntar qué eran aquellos ruidos. Si eran quejidos de dolor. Pero al cabo de un momento se dio cuenta de qué eran aquellos gemidos y gruñidos. Lo recordó.

Su acompañante se mostraba indiferente a todo ello.

—Hablemos de tus planes de futuro. ¿Qué piensas hacer cuando la locura acabe con tu madre?

No es que fuera un tema de conversación mucho mejor que el de las ratas, pero lo aceptó.

—Ni siquiera sé qué voy a hacer la semana que viene —contestó ella, con cierta imprudencia posiblemente, pero había agotado hasta sus últimas reservas de coraje.

Se abrió una puerta y por un momento los envolvió una luz cegadora para quedar sumidos nuevamente en la oscuridad. El olor a perfume y sudor resultaba agobiante. Elinor miró a las dos personas que habían logrado abrirse paso hasta la galería privada del vizconde.

—Pensé que estarías aquí, Francis —comentó el caballero, mirándola con ojos insondables. Era el hombre apuesto, con la cicatriz en la mejilla que conociera nada más llegar al castillo—. Veronique pensó que tal vez estuvieras interesado en hacer un cambio y le prometí que te encontraría.

—¿Qué clase de cambio? —preguntó Rohan con tono apático.

—La pequeña costurera —dijo la mujer con voz ronca—. Tú

y yo sabemos, Francis, que es la pieza más deliciosa que se ha dejado ver por una de nuestras fiestas en mucho tiempo, y no esperarás que los demás la ignoremos. No es muy razonable.

—¿Acaso te parezco un hombre razonable, Veronique?

—Yo tampoco lo soy. Puedo ser realmente contumaz cuando me llevan la contraria —contestó Veronique con un suave ronroneo.

Por alguna razón, Elinor se pegó más a Rohan, afianzando los dedos alrededor de su brazo.

—¿Y qué es exactamente lo que propones? —preguntó Rohan.

—He intentado distraer a Veronique con mis humildes encantos —dijo el hombre con ingenuidad—, pero insiste en que esta noche le apetece más una mujer, y que nunca ha estado con una virgen. Suponiendo que esta pobre niña desamparada aún lo sea, claro está, porque lleva contigo una hora, lo que no nos garantiza que así sea.

—Muy cierto —dijo Rohan—. Entonces Veronique se queda con la chica. ¿Y qué saco yo de todo esto? No me parece un negocio muy justo.

El hombre de la cicatriz miró a Elinor con recelo.

—No nos entiende, ¿verdad? Su francés es atroz.

—Pues yo creo que nos entiende bastante bien a juzgar por la expresión de su rostro. Y creo que tendremos que renunciar al placer de vuestra compañía —dijo él, desentendiéndose de ellos.

—¿Cuánto tiempo piensas estar con ella, Francis? —preguntó la mujer, mirándola con ansia—. Creo que me divertiría mucho educar a este corderito extraviado.

—Y yo creo que tendrás que buscarte otro corderito extraviado, *madame* —contestó Rohan al tiempo que colocaba la mano sobre la de Elinor—. Ya conoces el lema de los Rohan: *Yo lo encuentro, yo me lo quedo*. Que Reading te busque a otra inocente.

—Difícil cuando no nos permites traer niños —dijo Veronique con un puchero.

—Una veleidad absurda por mi parte —contestó él arrastrando las palabras—, pero el tema no admite discusión. Estoy seguro de que los dos sabréis encontrar una distracción en la salita verde.

Veronique le espetó algo muy feo, una palabra que Elinor sólo había oído unas cuantas veces y siempre a la buscona de peor ralea de todo París. Dio un respingo de estupefacción cuando la puerta se abrió nuevamente y la mujer salió de allí con la espalda envarada como modo de expresar su desaprobación.

El hombre, Reading, se demoró un poco más.

—Será mejor que te andes con cuidado, Francis —dijo.

—Veronique no me asusta —respondió Rohan.

—No creo que Veronique sea de quien debas preocuparte —masculló Reading saliendo a continuación por la puerta dejándolos sumidos nuevamente en la apacible oscuridad.

Rohan miró a Elinor.

—Ya lo ves, palomita. Criaturas mucho peores que las ratas pululan por estos corredores.

—Se os conoce como el Rey del Infierno, *monsieur le comte* —dijo ella—. ¿Qué otra cosa podría esperarse de vuestros invitados?

Rohan soltó una suave risotada. Sin embargo, Elinor tuvo la impresión de que lo había molestado.

—La próxima vez que quieras insultarme piensa en el sufrimiento que acabo de ahorrarte. Veronique no es muy amable con las chicas. Es de esas personas que disfrutan haciendo daño; la mayoría de las putas sencillamente fingen sufrir.

—Os estoy muy agradecida —dijo ella con empalagosa dulzura.

—Ya lo creo que lo estás, cariño. Desafortunadamente,

mi deseo es que me muestres tu gratitud antes de que te suelte. Me conformo con una pequeña prueba.

—¿Cómo decís? —dijo ella con voz gélida.

Habían llegado a lo que parecía una pared totalmente desnuda. El resto del corredor se fundió en la oscuridad, y no se oía ningún embarazoso sonido animal. Rohan se movió y, de pronto, Elinor sintió que empujaba su cuerpo contra la pared con firmeza y le sujetaba los brazos con las manos. Y entonces, antes de que pudiera percatarse de sus intenciones, Rohan se acercó aún más, cubriendo el cuerpo de Elinor con el suyo superior en estatura, cadera contra caderas, torso contra pecho, corazón sereno contra corazón atropellado, inundando sus sentidos, hasta que sintió que se ahogaba.

«Aguanta», se ordenó mentalmente, los ojos cerrados, inmóvil. La cabeza de Rohan descendió hasta la base de su cuello y Elinor sintió su boca, sus dientes, mordisqueándole levemente la piel, y se estremeció. «Aguanta», se repitió, intentando respirar con normalidad. No podía enfrenarse a él puesto que era mucho más grande que ella.

La mantuvo pegada a la pared presionándola con su cuerpo, pero le soltó los brazos y subió las manos, acariciándole el lugar exacto de la garganta donde le latía el pulso a un ritmo vertiginoso.

—Ay, criatura —murmuró—. Si al menos hubieras mentido.

Un segundo después se retiró de ella. No la estaba tocando; Elinor sabía que debería echar a correr. Y lo haría en cuanto recuperase el sentido.

—Yo... yo no miento, *monsieur* —tartamudeó ella en respuesta de forma apenas perceptible, aunque no pudo evitarlo. Esos segundos en la oscuridad habían sido verdaderamente abrumadores.

—Oh, no, por supuesto que no —repuso él—. Esperaba que te parecieras más a tu querida madre. Que hubieras aprovechado la oportunidad de conseguirte un protector, como lady Caroline solía hacer. Pero parece que las apariencias no engañan. Eres una muchacha inocente y tienes tanto interés en participar de los impíos placeres de esta casa como de convertirte en una mártir.

—Eso es mejor que las ratas —contestó ella con total franqueza.

Se hizo el silencio y, en la oscuridad, Elinor no veía nada más que el resplandor en los duros ojos del vizconde.

—Criatura —susurró débilmente—, me desarmas. Si alguna vez me encuentro en situación de querer seducir a alguien, sencillamente le aseguraré que es mejor que las ratas.

—¿Por qué no habríais de encontraros en esa situación? —lo instó ella. Era una pregunta impertinente, pero todavía se encontraba extrañamente aturdida, a solas en mitad de la oscuridad con él.

—No tengo que molestarme en hacerlo. Todos acuden a mí, tarde o temprano —dijo sin más.

—Pues vaya aburrimiento —observó ella.

—No lo sabes tú bien —tendió entonces el brazo hacia algo que debía de encontrarse detrás de ella y al cabo de un momento se abrió una puerta y el vizconde la invitó a pasar.

Fue como entrar en otro mundo. El pequeño salón era cálido y acogedor. El fuego ardía en la chimenea, las paredes estaban forradas de papel de seda de color verde y el mobiliario parecía sólido, pero confortable. En él no había indicios de presencia de pecadores, como tampoco —y eso era más llamativo— de la ostentosa decoración que había visto en la sala donde la había recibido. Allí no había ningún falso trono en un estrado, paredes adornadas de oro ni querubines. Bien podría haberse encontrado en la sala de dibujo de cualquier familia inglesa.

—Puedes sentarte junto al fuego —dijo mientras Elinor se separaba de él.

Y no mentía. En la habitación había un enorme sillón capitoné que parecía tan confortable que le entraron ganas de llorar.

—¿No es para vos ese asiento?

—Por mucho que me duela separarme de ti, tengo otras responsabilidades, como la fiesta que se supone que estoy dando en el castillo —dijo él—. Mis invitados se estarán preguntando dónde estoy.

—Debo regresar a mi casa. Mi madre...

—Cuando encontremos a tu madre, lo dispondré todo para que la lleven a la ciudad y sea alojada cómodamente. Tú irás después y no tendrás que volver a verme.

—Prefiero ir con ella.

—Y yo prefiero que vayas después. ¿Quién crees que ganará de los dos?

Estuvo a punto de mencionar a Lydia. Su hermana pequeña se asustaría mucho al ver que no regresaba. Seguro que estaría loca de preocupación a esas alturas.

Pero su hermanita era precisamente el tipo de juguete que aquellos libertinos destrozarían si llegaba a sus manos. Tenía que asegurarse de que no se enterasen de su existencia, y si sobrevivir a una noche de preocupación era el precio que había de pagar para proteger a su hermana, que así fuera.

—¿No volveré a veros? —preguntó—. Mi más íntimo deseo hecho realidad.

—Si ése es tu más íntimo deseo, es que tienes un problema. La señora Clarke vendrá dentro de un momento. Ve a calentarte.

Lo cierto era que estaba muerta de frío. Una vez pasado el ataque de pánico inicial, y en vista de que no podía hacer nada más para salvar la situación, era como si su cuerpo hubiera perdido todo su calor. Sentía los pies, embutidos en unos zapatos que le quedaban pequeños, fríos y húmedos, y si no se quedaba quieta, empezaría a temblar de un momento a otro. Y como que había Dios que no estaba dispuesta a hacerlo delante del Anticristo.

Se dirigió directamente al sillón. Era más cómodo de lo que parecía. Sintió como si el respaldo y los brazos la envolvieran y no pudo reprimir el suspiro de placer. Acto seguido levantó la vista dispuesta a hacer algún comentario despectivo a su anfitrión.

Pero ya se había ido.

CAPÍTULO 3

Elinor se reclinó contra el respaldo una vez a solas, por fin, e intentó recuperar el equilibrio cuando su mundo no paraba de dar vueltas a su alrededor. Había estado antes en salones como aquél, muchos años atrás, cuando vivían en Inglaterra. Estancias cálidas y acogedoras, con crepitantes fuegos en la chimenea y muebles confortables sólo ligeramente gastados.

Lo que no tenía ningún sentido. El infame Francis Rohan era tan rico como Creso, como así lo atestiguaba la majestuosidad del resto del castillo. Era patente el desgaste de algunas zonas del sofá tapizado en tela de damasco de color rojo del sofá dispuesto frente a ella y el suelo estaba muy rozado. Sin duda estaba soñando, y cuando apareció una fornida mujer al cabo de unos minutos, Elinor decidió que no era más que una manifestación de su profundo deseo de recuperar la calidez, la seguridad y la comodidad de una vida pasada.

—Aquí estáis, querida —dijo la aparición—. Soy la señora Clarke, el ama de llaves. Parecéis exhausta. Y no me extraña, con tanto ir y venir por el castillo. El señor Willis me ha pedido que os informe de que han encontrado a vuestra madre, que está perfectamente y que el señor Reading la llevará a casa.

Elinor se puso en pie a duras penas.

—Tengo que ir con ellos.

—Ya se han marchado, querida. Tenemos órdenes del amo Francis. Quiere que descanséis un rato y después os llevarán de vuelta a casa en el segundo mejor carruaje. No le va a pasar nada a vuestra madre. El señor Reading es un buen hombre, a pesar de mezclarse con esta gentuza.

La mujer parecía la hermana menor de nana Maude. Rellenita, agradablemente redondeada, el tipo de mujer que uno encontraría en cualquier casa de Inglaterra. Pero no en la casa del Rey del Infierno.

—Pero es que tengo que... —comenzó a decir Elinor para verse interrumpida por la señora Clarke.

—Ya lo sé, querida. Pero con su señoría no se discute —dijo la mujer con serenidad—. Sentaos y descansad un poco. Os prometo que todo irá bien. ¿Aún con la capa puesta? ¡Pero en qué estaba pensando ese hombre? Fuera está lloviendo. Seguro que tendréis frío y estaréis empapada.

Sin darle tiempo a pensar, la señora Clarke le quitó la capa y el chal, que depositó con sumo cuidado cerca del fuego.

—No tenía intención de quedarme —dijo Elinor—. Mi madre...

—No lo defendáis —la atajó el ama de llaves—. ¡Es un buen chico, pero a veces puede ser de lo más inconsciente! También están mojados vuestros zapatos.

La mujer chasqueó la lengua en señal de desaprobación cuando se agachó a desatar los zapatos demasiado pequeños de Elinor.

—No... —comenzó a decir Elinor, pero dejó las palabras en el aire antes de negar que lo estuviera defendiendo cuando comprendió lo que la mujer acababa de decir–. Debes de estar confundida –dijo, intentando apartar los pies–. Ha sido el conde de Giverney quien me ha traído aquí.

–Exactamente. Yo lo crié. Vino desde Inglaterra cuando lo condenaron al exilio y llevo cuidando de él desde entonces –liberó uno de los pies de Elinor y lo colocó cerca del fuego, seguido del otro. Elinor pensó que con seguridad se habría dado cuenta de lo gastados que estaban y de que le estaban pequeños, pero no dijo nada, sino que los trató como si fueran escarpines enjoyados. Se reclinó un poco hacia atrás y clavó una aguda mirada en Elinor–. Lo que os hace falta es un té caliente y algo de comer.

–No voy a quedarme aquí mucho tiempo –dijo Elinor, ignorando el hecho de que estaba a punto de desmayarse de inanición.

A la señora Clarke se le daba igual de bien que a su amo ignorar sus protestas.

–No tardaré. Quedaos aquí y calentaos con el fuego. El chef del amo Francis es un francés engreído, pero sabe hacer unas buenas tostadas con canela y una reconstituyente taza de té. Será sólo un momento. Ahora, descansad, señorita Harriman. Tenéis aspecto de necesitarlo.

Y tanto. No recordaba ya la última vez que había dormido de un tirón toda la noche. Su madre solía levantarse y dar vueltas por la noche. La semana anterior se la había encontrado a dos calles de su casa, en camisón, balbuceando algo sobre llegar tarde a una recepción. La llevó de vuelta a su habitación y durmió sentada en una esquina de su cama, para asegurarse de que no se volviera a escapar otra vez. Si hubiera tenido dos dedos de frente la habría atado, pero lady Caroline gemía tan angustiosamente cuando lo hacían que casi era peor oírla que vivir con la preocupación.

Al cabo de un momento la señora Clarke apareció de

nuevo. Llevaba una bandeja con algo humeante y hasta el sillón junto al fuego llegó el aroma a canela y mantequilla.

—Ya estoy aquí —dijo el ama de llaves alegremente, depositando la bandeja junto a Elinor encima de una mesa un tanto deteriorada—. ¿Estáis cómoda? Voy a buscar algo para taparos. Aunque sea un buen fuego, tenéis aspecto de haberos resfriado.

Elinor no lo negó. Tenía tanto frío y estaba tan desorientada que tenía ganas de llorar. ¿Qué le había ocurrido? ¿La habría drogado el vizconde? Se rumoreaba que tanto él como su cuadrilla de degenerados utilizaban esa táctica con mujeres jóvenes a las que pillaban desprevenidas, pero por las mujeres medio desnudas que había podido ver por el castillo, no creía que el vizconde pudiera tener ningún interés en una insulsa solterona demasiado alta y con una tremenda nariz.

Al cabo de un momento, la señora Clarke la envolvió en una gruesa bata de cachemira que realmente desentonaba entre el baqueteado mobiliario.

—¡Pobrecilla! —exclamó la mujer—. Dejaré a un lado los modales y me sentaré un rato a vuestro lado. Parece que no tenéis fuerza suficiente para serviros una taza de té. Y el amo Francis nunca ha sido un hombre muy ceremonioso. Vos tampoco parecéis serlo —y diciendo esto se dejó caer en el sillón contiguo y retiró la funda tejida a mano que cubría la tetera de loza con hábiles manos.

—Miráis la tetera, ¿verdad? —dijo la señora Clarke mientras le preparaba una buena taza de té con crema y azúcar—. La traje de Inglaterra cuando vine aquí. Pensé que al amo Francis le vendría bien tener algo que le recordara el hogar. Pobre chico. Era muy joven para perder a su familia, su hogar, su patria.

Elinor no pensaba preguntar. Había oído rumores, pero los caprichos de la población noble emigrante en París nunca le habían interesado gran cosa, y su madre casi no le contaba nada, ni siquiera en los buenos tiempos.

—Ya lo creo —contestó ella con vaguedad.

—Eso pienso yo —convino la señora Clarke alegremente—. No queréis hablar de él, y lo puedo entender. Es un chico muy malo, ya lo creo que lo es. Pero tiene sus motivos.

—No se me ocurre ninguno que justifique este —iba a decir «libertinaje» pero se lo pensó mejor— comportamiento.

—No, supongo que no. Sois demasiado joven para recordarlo —dijo sacudiendo la cabeza—. Haremos que entréis en calor, os alimentaremos y cuidaremos de vos, y después os llevaremos de vuelta a casa en un santiamén —añadió con firmeza.

Elinor necesitó de todo su autocontrol para mantener la boca cerrada. ¿Qué era demasiado joven para recordar? ¿Qué motivo podría tener el vizconde para vivir en un exilio que distaba mucho de ser voluntario? ¿Un escándalo tal vez? Pero se recordó que nada de eso importaba, porque aquél no era su mundo.

—Parecéis el tipo de chica que toma el té solo, pero ahora mismo creo que os hace falta algo más nutritivo —continuó el ama de llaves.

Y tenía razón. Había renunciado a la leche y el azúcar más de un año atrás. Insistía en que prefería no mezclar el té, cuando lo cierto era que a ella le gustaba tal y como se lo había puesto la señora Clarke, pero en los últimos tiempos le había parecido más importante que su hermana pudiera comer bien. Cuando podía permitirse leche y azúcar eran para Lydia.

Aquel té era como ambrosía. Maná del cielo, leche y miel... Los términos bíblicos danzaban en su nublado cerebro. Estaba tan delicioso que habría sido capaz de pisotear el delicado cuerpo de su hermana con tal de conseguirlo.

—Dejad que traiga algo más para taparos —dijo el ama de

llaves, levantándose de su asiento–. No sé cómo no me he dado cuenta. Hacía tanto que no tenía a una chica inglesa como Dios manda a mi cuidado que se me va la lengua.

Elinor intentaba mostrarse educada.

–¿No echáis de menos Inglaterra?

–Pues claro que sí, criatura. Pero yo nunca podría abandonar al amo Francis. No lo haré hasta que se olvide de esta absurda pantomima y se case.

–Tengo entendido que el Ejército Celestial lleva años organizando fiestas –dijo Elinor–. Tal vez sería más aconsejable que abandonarais toda esperanza.

–Tonterías –rebatió la señora Clarke con firmeza–. Comeos la tostada, querida. Enseguida vuelvo.

Las delgadas rebanadas de pan tostado con canela estaban deliciosas. Intentó comer despacio, pero estaba tan hambrienta que las devoró.

Aquello tenía que ser un sueño. En cualquier momento aparecería el Rey del Infierno y le cortaría la cabeza o haría cualquier otra cosa igualmente bizarra.

Cerró los ojos sin soltar la taza. Era de fina porcelana antigua y se podían observar infinidad de diminutas grietas. Otra anomalía, pero no iba a ponerse a pensar en ello. Se tomaría un momento para cerrar los ojos y vagar suavemente alrededor de aquel extraño mundo mágico en el que todo le resultaba seguro y familiar. Un mundo sin madres enloquecidas, hermanas que necesitaban protección y sirvientes que alimentar, pero, sobre todo, un mundo sin Francis Rohan.

Oyó que se abría una puerta y los pasos cuidadosos de alguien que se le acercaba. Pensó que sería la señora Clarke que había vuelto. Notó que le quitaban la taza de sus dedos fláccidos, y supo que debería abrir la boca e insistir en que la llevaran a casa, pero en ese momento le resultó imposible. No iba a pasar nada porque se retrasara dos horas más. Las aprovecharía para dormir y despertaría fortalecida y mucho más razonable, y entonces sería capaz de encontrarle sentido a esa habitación mágica en la que se encontraba. Para cuando llegara a casa, se encontraría a su madre en un estado de abotargamiento mental y no tendrían que preocuparse por lo que pudiera hacer en los siguientes tres días por lo menos. Siempre dormía profundamente después de una de sus salidas.

Sólo tendría que preocuparse por qué hacer a continuación.

Francis Rohan le quitó la taza de la mano y la depositó en la pequeña bandeja. La señora Clarke lo observaba con una expresión suspicaz en el rostro. Lo conocía demasiado bien. Era la única persona que lo veía como realmente era, con todos sus defectos, sus vanidades y sus vicios. Lo veía tal como era y lo quería a pesar de ello, como haría un padre exasperado.

En realidad no era mucho mayor que él. Había entrado a servir en la casa Rohan a los doce años para cuidar del hijo menor del vizconde, Francis, un niño enfermizo y malhumorado, tendente a las rabietas, y la por entonces joven Polly Siddons tuvo que cargar con él. Pero pese a tener sólo doce años supo tratarlo desde el principio. Y ya no se separó nunca de él, siguiéndolo a París tras la debacle de 1745. Cuando su esposo murió, llenó el vacío con un francés, pero siguió siendo la señora Clarke para todos sin excepción. Una cuerda de salvamento para el vizconde y también su conciencia. A pesar de que no la escuchaba mucho.

—¿Y qué es exactamente lo que crees que estás haciendo con esta joven dama? —exigió saber la mujer—. Creo que sabrás tan bien como yo que no es una de esas mujeres caprichosas que sueles traer. Éste no es sitio para ella.

—Muy cierto —contestó él—. Y pienso devolverla a su casa

de una pieza. Llevas conmigo el tiempo suficiente como para saber que no me interesan las jóvenes inocentes. Y no se puede decir que sea el estilo que me gusta, ¿no te parece? Insisto en que sean hermosas.

—En el resto de este lugar olvidado de la mano de Dios, sí, pero en estas otras dependencias del castillo es distinto, amo Francis. Aquí aprecias a las personas por su verdadero valor. Y no me gusta verla en el castillo.

«A mí sí», pensó él, sorprendido.

—No te preocupes, señora Clarke. La enviaré con su ilegítima familia en cuanto despierte, lo que parece que no será pronto.

—La pobre estaba agotada —dijo el ama de llaves—. Necesita descansar, no que la atosigues.

—No voy a atosigarla —respondió él—. Simplemente voy a descansar un poco también yo. Probablemente me golpee con un atizador cuando se despierte, pero correré el riesgo. Puedes volver a la cama.

Ella lo miró con ese recelo que le hacía sentir como si tuviera doce años, pero asintió.

—Compórtate bien, amo Francis. Ya tiene bastante la pobre chica. No le hace falta que vengas a complicarle las cosas.

—Créeme —contestó él despreocupadamente, dirigiéndose hacia el canapé situado frente a su invitada—, sólo pretendo hacerle la vida más fácil.

La señora Clarke salió con un resoplido de desaprobación dejándolo a solas en la habitación con el crepitar del fuego en la chimenea, el golpeteo de la lluvia en los cristales y la regular respiración de Elinor en el sillón.

Se quitó entonces los elegantes zapatos. El canapé no era la cama más cómoda del mundo, pero era lo bastante largo, y no podía pedir mucho más. Había dormido allí cuando era más joven. El mueble ya estaba en la casa que su padre tuviera en Yorkshire, y siempre le había parecido sorprendentemente cómodo. Se estiró, colocó los brazos debajo de la cabeza y la contempló.

Podía ser un hombre amable, un hombre generoso cuando le daban motivos. Tenía una reputación que defender, pero dudaba mucho que nadie considerase un acto de caridad el que se hubiera ocupado de la madre de la señorita Harriman. De enterarse, cualquiera pensaría que había tenido ocultos y perversos motivos para ello, y eso le bastaba.

La chica que tenía delante no era una belleza. Su cabello castaño no tenía nada de especial, su cuerpo, o lo que podía ver de él envuelto en los harapos que vestía, no podría competir con los lujuriosos encantos de Marianne. Encantos a los que había renunciado para ir a tumbarse en aquel viejo canapé a contemplar a aquella chica vestida con harapos.

Su rostro le resultaba interesante. Tenía un puñado de pecas diseminadas por las mejillas, algo que siempre le había resultado irresistible; una boca sorprendentemente sensual, que claramente no había sido besada como era debido, y aquella nariz.

Era delgada y elegante, y sólo levemente más larga de lo que exigían los cánones de belleza. De hecho, le proporcionaba cierto encanto gracioso. Si no fuera por ella, si en su lugar tuviera la naricilla respingona de las demás, sería un rostro aburrido.

Y aburrida era algo que la señorita Elinor Harriman no podía afirmar ser. Había entrado como un vendaval en su vida y allí seguía, cuando ya debería haber desaparecido.

Podía haberle pedido a Reading que se encargara. Ella seguro que habría preferido acompañar a su madre borracha de vuelta a París. Sin embargo, había decidido retenerla. Sería mejor. Lady Caroline había dado muestras de agresividad, y por eso había enviado a dos fornidos lacayos para vigilar que no se escapara del carruaje, y a Reading para supervisar la operación.

Estaba claro que sería mejor para aquella estricta jovencita que tenía delante llegar una vez que su madre estuviera acomodada en casa. Reading tenía órdenes de asegurarse de que uno de los lacayos se quedara en la casa hasta que lady Caroline volviera en sí.

Algo que no sabían si sucedería. Había estado presente mientras la introducían a la fuerza en el carruaje entre maldiciones y puñetazos al aire. La sífilis la había vuelto loca y ya nada podría curarla. Cuanto antes muriese, mejor para todos.

Él podría ocuparse de ello, por supuesto. Valoró las posibilidades tumbado en el canapé. Sería difícil relacionar a aquella desgraciada bruja con él y no había motivo por el que pudieran acusarle de haber planeado su muerte. Ninguno de los invitados de Ejército Celestial que se hubiera percatado de su presencia en la reunión de esa noche diría jamás una palabra y arriesgarse a ser expulsado de su pequeño y sagrado círculo.

Las autoridades de París eran bastante laxas, aunque prestarían algo más de atención a la muerte de un noble emigrado a ese país. O no. Le permitían hacer lo que quería en su mansión de la calle Saint Honoré, aunque cierto era que nunca había muerto nadie. Al menos que él supiera.

No, sería mejor controlar sus instintos caritativos por el momento. Por miserable que pudiera ser la vida de *mademoiselle* Elinor Harriman, no le correspondía a él solucionarlo, eliminar el principal escollo entre la felicidad y ella.

Aunque también era posible que la desgraciada sifilítica enfadara tanto a Reading que terminara matándola. El hombre era conocido por su mal genio, su temeridad y su impulsividad. Lo mismo le daba por ocuparse del asunto él solo.

Entre tanto, allí estaba él, dispuesto a dormir con una virgen total. Se le escapó una suave carcajada. La señorita Harriman se pondría furiosa, lo que lo hacía aún más delicioso. Dormirían juntos, aunque a una casta distancia de un metro, y se la llevarían los demonios por ello.

Con tal pensamiento en la cabeza cerró los ojos y se quedó dormido; con una sonrisa en el rostro y socarronería en el corazón, se durmió.

Eran más de las cinco de la mañana y Lydia Harriman estaba levantada. Después de las escasas tres horas que había pasado en la cama dando vueltas al final había decidido levantarse. Que su madre desapareciera no era inusual. Había veces que lady Caroline se pasaba fuera de casa varios días y nada podían hacer al respecto.

Aunque su comportamiento había empeorado últimamente. Lanzaba imprecaciones sin parar cada vez que hablaban con ella y siempre tenía aquella mirada abstraída y extraña en la que nadie lograba penetrar. Se quejaba constantemente del frío, aun cuando había fuego, y cuando las cosas se ponían feas de verdad la ataban a la cama para evitar que se lastimara.

O los lastimara a ellos. Cuando su madre sufría una de sus crisis de demencia sabía Dios lo que era capaz de hacer, de modo que nana Maude mantenía todos los cuchillos fuera de su alcance. A veces, aunque Lydia jamás lo admitiría, esperaba que su madre no regresara de sus correrías.

Pero esta vez, Elinor también había desaparecido.

Era un amanecer gélido y escalofriante. Había tenido cuidado de no echar demasiada leña al fuego. Tenían que estirar las reservas de leña todo lo que les fuera posible. Elinor intentaba protegerla de las inclemencias de la vida, y ella, Lydia, había dejado de discutir con ella. Si su hermana era feliz creyendo que no se daba cuenta de las desesperadas circunstancias en las que vivían, fingiría por ella. Elinor siempre había sido una hermana mandona, en el mejor sentido del término, y se negaba a que Lydia cargara con su parte de las obligaciones. Tarde o temprano tendría que ceder, pero, por el momento, Elinor era más feliz fingiendo que lo tenía todo bajo control, cuando el control se había esfumado meses atrás.

Oyó ruido en la cocina y se levantó de un brinco, a punto de tirar la silla al suelo de alivio. Nana ya estaba allí, en bata y gorro de dormir cuando Jacobs entró. Solo.

—¿Dónde están las señoras, viejo idiota? —exigió saber nana Maude antes de que Lydia pudiera decir nada.

El anciano dejó caer la cabeza hacia delante.

—Seguimos a la señora fuera de la ciudad, hasta la guarida de juegos del mismísimo diablo —contestó él y volviéndose hacia Lydia añadió—: No hubo manera de detener a vuestra hermana, señorita. Salió del carruaje sin que me diera cuenta, y no me dejaron seguirla. Me enfrenté a ellos, pero eran demasiados, y yo ya estoy viejo. No soy tan fuerte como antes.

—No podrías haber hecho nada —lo tranquilizó Lydia con tono suave, mientras nana emitía un desdeñoso sonido que bien podría describirse como un resoplido.

—A mí sí que no me habrían impedido entrar —dijo la mujer con amargura—. Eres un bobo y un cobarde.

—Escucha, bruja, nadie se atrevería a tocar a una arpía como tú —le espetó el hombre, comenzando así otra de sus interminables peleas.

—¡Ya basta, los dos! —exclamó Lydia con tono brusco—. Aún no me has contado dónde están. ¿Fueron al castillo de ese hombre?

—Sí —contestó Jacobs—. Vuestra madre había ido a jugar. No llevaba allí ni una hora, intentando entrar como fuera, cuando salieron y me encontraron. Me dijeron que me subiera al carruaje y regresara a la ciudad, que vuestra madre y hermana vendrían a continuación.

—¿Qué carruaje?

Por si Jacobs no se sintiera ya bastante avergonzado, en ese momento la miró con expresión devastada.

—El carruaje... bueno... Iba a decíroslo... El carruaje... —carraspeó—. Tuve que llevarme uno prestado...

—Tuviste que robar un carruaje —lo interrumpió Lydia con tono amable—. No pasa nada, Jacobs. No estoy tan ciega como mi hermana cree. No es la primera vez que lo haces, lo sé. De manera que robaste un carruaje para poder ir a buscar a mi madre. Bien hecho. ¿Pudiste devolverlo antes de que se percataran de su ausencia esta vez?

Jacobs levantó la cabeza, notablemente aliviado.

—No del todo, señorita Lydia, pero conseguí largarme antes de que me pillaran. Y no creo que vayan a montar ningún escándalo puesto que lo he devuelto todo en perfecto estado.

—Sólo faltan mi madre y mi hermana —dijo Lydia.

—Los hombres del vizconde me prometieron que las traerían en un elegante coche —se defendió con desesperación—. No me habría ido si no hubiera creído que estarían mejor con su señoría, el vizconde.

—¿El hombre al que todos apodan el diablo? ¿El que celebra fiestas satánicas y bebe la sangre de las vírgenes? —dijo Lydia intentando evitar que el pánico cundiera en ella—. Vas a tener que robar otro carruaje, Jacobs. Tengo que ir a buscarla.

—Señorita, es de día ya. No puedo robar un carruaje a plena luz del día.

—Pues iré caminando —se empeñó ella—. No pienso quedarme aquí sentada mientras mi familia...

El ruido en la puerta principal de la casa interrumpió su diatriba. Luego se dio media vuelta y salió corriendo por el pasillo para abrir la puerta, loca de alivio.

—¡Oh, Nell, qué preocupada me tenías...!

Sus palabras quedaron suspendidas en el aire al darse cuenta de que estaba frente a alguien que no se parecía en absoluto a su hermana. El hombre estaba de pie en el umbral, su silueta bordeada por la luz del sol que se elevaba por detrás de los desvencijados edificios, por lo que no podía verle la cara, aunque era evidente que él sí la veía a ella.

—Me temo que no soy Nell —contestó él con un profundo acento inglés y, por un momento, los recuerdos de una vida anterior que parecía ya muy lejana la invadieron por completo—. ¿Supongo que sois su hermana? Vuestra madre está en el carruaje. Si me decís dónde queréis que la dejemos, estaré encantado de ordenar a mis hombres que se ocupen.

—Sí, por supuesto —Lydia tardó un segundo en reaccionar—. En la habitación de delante —sintió que el alma se le caía a los pies cuando oyó los aullidos y las imprecaciones procedentes del carruaje aparcado detrás de aquel desconocido. Su madre estaba sufriendo uno de sus ataques de locura y Elinor no estaba. Ella era la que mejor sabía tratar a lady Caroline—. Tendremos que buscar las correas. No estoy segura de dónde están.

—No os preocupéis, señorita Harriman —dijo él con suavidad—. Mis hombres saben lo que tienen que hacer —se volvió y le hizo un gesto a alguien. Lydia tuvo oportunidad de ver su rostro un momento.

Era un hombre apuesto, o lo habría sido de no ser por la cicatriz que le atravesaba la parte derecha del rostro, desde la ceja hasta la boca, que le proporcionaba un aire algo siniestro, puesto que parecía tirarle de los labios en un remedo de sonrisa. Iba exquisitamente vestido y al quitarse el sombrero reveló un cabello de color castaño claro sin empolvar. Por un momento se quedó inmóvil. Aquél debía de ser el diablo de quien todo el mundo hablaba, y por primera vez comprendió por qué resultaba tan atractivo.

—¿Señorita Harriman? —dijo con amabilidad, sacando a Lydia de su ensimismamiento.

—Sois muy amable —dijo ella, devanándose los sesos en busca de un título por el que llamarlo. Todos los que se le ocurrían resultaban tremendamente insultantes. Se hizo a un lado y él la siguió al interior de la desvencijada casa. Lydia iba dándole gracias a Dios por haber estado levantada y vestida. Nana Maude bullía por la casa, cloqueando como una gallina agitada mientras se ceñía la bata a su oronda figura.

El hombre la tomó del brazo con la exquisitez de un príncipe.

—¿Por qué no nos quitamos de en medio y dejamos que ellos se ocupen? Vuestra ama de llaves puede mostrar a mis hombres dónde deben dejar a vuestra madre.

—Es nana Maude —soltó Lydia con nerviosismo mientras el hombre la hacía entrar en la diminuta habitación de la parte delantera de la casa caldeada por una pobre lumbre. Era algo ridículo, pero Lydia no quería que nana se viera relegada al papel de sirviente en la casa cuando la mujer era mucho más que eso.

El hombre sonrió, y el gesto le levantó tanto los labios que su rostro adoptó una expresión casi despiadada.

—Nana tiene las cosas perfectamente bajo control —dijo con amabilidad—. Y yo he cometido una horrible negligencia. No me he presentado.

—Sé quién sois, milord —dijo ella, recordando el nombre de repente—. Sois el conde de Giverney —y decidida a no dejarse arredrar añadió—: Al parecer os relacionáis con el mismísimo diablo, celebráis orgías y bebéis la sangre de las vírgenes. Dicen por ahí que sois el pecado personificado.

La sonrisa, que hasta el momento le había resultado agradable de una forma extraña y hasta reconfortante a pesar de la cicatriz, se volvió fría.

—Lamento decepcionaros, señorita Harriman. Soy consciente de que puedo parecer el propio diablo, pero en realidad no soy más que un caballero sin título con un feo rostro y los bolsillos vacíos. Charles Reading, a vuestro servicio.

Lydia sintió que se ponía lívida.

—¿No sois el rey demoníaco?

—Me temo que no —contestó él, sacudiendo la cabeza—. No, él está ocupado encargándose de vuestra hermana.

CAPÍTULO 4

Por un momento, Lydia se quedó totalmente quieta.
—No sois feo —dijo, pero antes de que él pudiera decir nada, añadió—: ¿Qué es lo que se propone hacer el conde con mi hermana? Supongo que las historias son eso, historias inventadas para asustar a los niños para que aprendan a comportarse.
—¿Y funciona? ¿Estáis asustada?
—Hace años que dejé de ser una niña, señor Reading.
Los interrumpió la procesión de personas que se ocupaban de meter a su madre en la casa. Ella forcejeaba, lanzaba juramentos y escupía, con una energía que no se ajustaba a su cuerpo consumido. Uno de los hombres lanzó una imprecación cuando recibió un puñetazo. Al momento desaparecieron en el interior del dormitorio, seguidos por nana Maude que cerró la puerta tras de sí.
Lydia se volvió de nuevo a Reading. Tenía los ojos oscuros y la observaba con curiosidad y sin una pizca de lástima.
—¿Desde cuándo tiene la sífilis?
—No lo sé —contestó ella, incapaz de apartar la vista de él.

Para ser un caballero sin un penique era muy elegante, desde sus elevados pómulos hasta los relucientes botines que calzaba. El lado izquierdo de su rostro poseía una belleza casi sobrenatural. La cicatriz del lado derecho que no se le había curado bien, convertía aquella belleza en una caricatura de lo que podría ser.

—Un duelo —contestó él.

—¿Cómo decís? —dijo Lydia, pestañeando confundida.

—Os estáis preguntando la causa de la cicatriz. No os avergoncéis. Es lo que piensa todo el mundo cuando me ve.

—No me avergüenzo... porque la verdad es que no estaba pensando en eso. Sólo estoy preocupada por mi hermana.

—Reconozco mi error, aunque preferiría no estar de pie. No tenía intención de subir al carruaje con vuestra madre expulsando todo tipo de fluidos, así que he venido a caballo, y estoy bastante cansado. Sin embargo, no puedo sentarme hasta que me ofrezcáis asiento y os sentéis vos también, y en vista de que no parecía que fuerais a hacerlo, he creído conveniente dejar caer la indirecta.

—Sentaos, por favor —ofreció ella, confundida, quedándose ella con la silla pequeña y dura para dejarle a él el asiento más cómodo, junto al fuego.

Él negó con la cabeza.

—De eso, nada. Si cambiamos de sitio, lo haré.

—Estoy bien aquí...

Antes de que pudiera reparar en la situación, el hombre dejó el sombrero encima de la mesita, la tomó por los brazos con las manos enguantadas y la levantó, para sentarla a continuación en el asiento situado junto al fuego, como si no pesara nada.

Y eso debió de pensar él porque frunció el ceño y le preguntó:

—¿Coméis bien?

Lydia pensó en la sopa aguada que les había durado toda

una semana gracias a la habilidad de nana que fue añadiéndole cada vez un poco más de agua, y se le hizo un nudo en el estómago.

—Por supuesto.

—Porque no pesáis más que una niña.

—¿Tiene por costumbre tomar en brazos a muchas niñas, señor Reading? —replicó ella—. Oh, lo olvidaba, el diablo sacrifica bebés, ¿no es cierto?

—Él no... —se interrumpió—. Me tomáis el pelo, ¿verdad, señorita Harriman?

—Un poco nada más —concedió ella—. No debería... La situación no tiene gracia, pero tras comprobar de primera mano la diferencia que hay entre los cotilleos y la realidad, no me cabe ninguna duda de que el conde de Giverney no es más que un hedonista amante de los excesos.

Reading se acomodó en un asiento frente a ella, y Lydia contuvo el aliento, temerosa de que no fuera capaz de soportar el cuerpo firme del caballero. La silla crujió, pero aguantó, al menos por el momento.

—Lo mismo que le ocurre a su mejor amigo —dijo con una voz que distaba mucho de ser tranquilizadora.

—¿De verdad? —comentó Lydia con tono alegre—. Es la primera vez que veo a uno y he de decir que estoy un poco decepcionada. No me parecéis un hombre disipado. Lo mismo hace mucho tiempo que no os dedicáis a ello.

—Bastante —contestó él en un susurro.

Lydia no tenía mucho que decir al respecto, de modo que preguntó:

—¿Podríais decirme dónde está mi hermana? ¿Por qué no ha venido con vos?

—Os repito que es el problema del carruaje.

—Ay, Dios, lo había olvidado. Vuestro pobre carruaje. No podemos pagaros la limpieza, pero Jacobs y yo nos ocuparemos de ello.

—No es mío. Y Rohan tiene criados de sobra para hacerlo. Incluso tiene vehículos de sobra si a eso vamos.

—¿Rohan? —repitió ella.

—El Rey del Infierno. El conde de Giverney. El vizconde Rohan —aclaró.

—El hombre que tiene a mi hermana.

—La traerá sana y salva. Francis no pierde el tiempo con chicas inocentes. A menos que los andrajos y la actitud severa de vuestra hermana oculten otra cosa.

El comentario no debería haber molestado a Lydia, pero su respuesta fue arrebujarse en el chal que le cubría los hombros y ocultar sus propios andrajos. Ella heredaba la ropa de Elinor, por lo que su estado era aún más haraposo, algo que un caballero tan bien vestido como Reading habría notado y menospreciado para sus adentros.

—Me temo que vivimos en unas condiciones bastante lastimosas, señor Reading —dijo Lydia, levantando la cabeza—. Estamos a la espera de una carta de nuestro padre, que sin duda acudirá en nuestra ayuda, pero mientras tanto no podemos negar que nuestra fortuna ha mermado bastante últimamente.

—Ya veo —contestó él.

—Tengo la incómoda sensación de que me ocultáis algo, señor Reading —dijo ella—. ¿O pensáis limitaros a seguir vertiendo insidias sobre mi raído vestuario?

—Me temo que sois tan bonita que ni siquiera me he fijado en vuestro vestuario, señorita Harriman. Vuestra hermana no cuenta con la ventaja de vuestra belleza.

—Si vuestra intención ha sido la de hacer que me sintiera mejor, habéis fracasado —contestó Lydia, enfadándose al final—. Mi hermana llama mucho la atención, y sólo a un caballero superficial se le pasaría por alto.

—Yo soy muy superficial, señorita Harriman. Vos me cautiváis. Vuestra hermana me aterra.

—Me alegro —contestó ella, y al cabo de un momento se dio cuenta de cómo sonaba en realidad—. Quiero decir que me alegro de que mi hermana os aterre. A mí me gustaría conseguirlo también.

Él la miró.

—Lo cierto es que me aterráis, señorita Harriman, pero por razones bien distintas.

—No quiero ni imaginar qué puede ser.

El señor Reading le dedicó una sonrisa torcida que distaba mucho de ser tranquilizadora.

—Creo que preferiríais que no os las mencionara —murmuró él.

—No entiendo.

—No os hace falta. Creo que debería ir a ver si han instalado adecuadamente a vuestra madre —se levantó y, de repente, se le antojó que su presencia era mucho más alarmante. Le tomó la mano, de aspecto delicado dentro de la suya de mayor tamaño, y la ayudó a ponerse en pie con tanta fuerza que prácticamente se encontró en sus brazos. Sólo su aplomo y la agilidad mental del señor Reading evitaron que tuviera lugar tan absoluto desastre. Luego se llevó su mano a la boca, aquella boca torcida y estropeada por una cicatriz, y la besó. Lydia no pudo hacer otra cosa que quedarse mirándolo, momentáneamente distraída.

Elinor se despertó en una habitación tenuemente iluminada y deliciosamente cálida por primera vez en lo que parecía que hubieran sido años. Sentía el estómago agradablemente lleno, los zapatos no le apretaban y, por un momento, sintió casi placidez.

Entonces abrió los ojos y vio a un hombre durmiendo en un sofá frente a ella. Y no cualquier hombre, sino el Rey Rohan en persona. Tomó una bocanada de aire totalmente horrorizada y, pese a que prácticamente no hizo ruido, el hombre abrió un ojo y la miró.

—Exactamente, has dormido con el diablo, señorita Harriman —dijo arrastrando las palabras—. Y has vivido para contarlo.

Elinor se incorporó y apartó la manta que alguien había tenido la consideración de echarle por encima. Fue entonces cuando se dio cuenta de que le habían quitado su chal y que, mientras dormía, el raído cuerpo de su viejo vestido parecía habérsele encogido un poco más, exponiendo una gran cantidad de piel del escote. Necesitaba una pañoleta además de su chal, pero los artículos tejidos escaseaban, por lo que había pensado que el chal le proporcionaría la cobertura necesaria. Se equivocaba.

Intentó recoger la manta para cubrirse nuevamente, pero Rohan estaba más cerca de lo que creía y su indolente pose era claramente eso, una pose. Agarró la manta antes que ella y la lanzó a un lado.

—No te muestres especialmente recatada, señorita Harriman. Sigues pecando de decorosa.

—Mi chal —se limitó a decir ella con voz estrangulada—. Está allí, sobre el sillón.

Él miró en la dirección que le indicaba.

—¿De verdad? ¿Y qué te hace pensar que tengo interés en servirte? Sobre todo cuando no quiero que cubras tus sorprendentemente deliciosos encantos.

Ella hizo ademán de levantarse, desesperada, pero él la empujó al sillón de nuevo.

—Está bien, si vas a ponerte tan pesada —concedió él, dirigiéndose hacia el sillón a recoger el delgado chal, tanto que Elinor veía la luz a través de él, pero mejor cubrirse con él que quedarse como estaba, así que se lo quitó de la mano y se envolvió los hombros y la cintura en él.

—Así está mejor —dijo Elinor con un suspiro de alivio.

—Terrible. Y no cambia el hecho de que has dormido conmigo esta noche.

—No seáis ridículo. No tenía idea de que estuvierais aquí, y no estoy muy segura de qué os llevó a dormir en un mueble tan incómodo como ése. Estáis en mitad de una orgía de la que sois anfitrión. ¿No deberíais estar retozando con vuestras cortesanas?

—Los festejos durarán tres días, criatura. No suelo retozar hasta la segunda noche. Y, además, ya he... retozado con aquellos invitados que me interesan. Tú eres una novedad.

—Una novedad que se marchará de inmediato —dijo ella—. No puedo creer que me haya quedado dormida en estas circunstancias. ¿Dónde está mi madre?

—En casa. Pedí a Reading que supervisara el asunto, y en vista de que aún no ha regresado, sospecho que ha debido de encontrar algún tipo de dificultad.

—¿Ese pobre hombre de la cicatriz?

Rohan soltó una suave carcajada.

—Se disgustaría mucho si te oyera dirigirte a él de esa forma. Él piensa que su cicatriz le da un aire peligroso. Y dime, señorita Harriman, ¿qué se encontrará al llegar a tu casa? Además de a tu desventurado y manilargo cochero.

—A nadie.

A Lydia se le daba mejor poner cara de inocente, pero Elinor hizo todo lo que pudo.

—No intentes jugar conmigo —dijo él con indolencia mientras se acercaba lentamente a contemplar el amanecer desde la ventana—. Yo soy un maestro. ¿Quién más vive en esa casa además de tu madre y tú?

—Mi vieja niñera.

—¿Y quién más?

—Nadie.

Rohan volvió la cabeza.

—No sabes mentir, señorita Harriman. Si no recuerdo mal, lady Carolina Harriman tenía dos hijas.

—Mi hermana murió.

Rohan esbozó una tibia sonrisa.

—Di de verdad piensas seguir mintiéndome, tendrás que hacerlo mejor, palomita. Seguro que puedo encontrarte a alguien que te enseñe los rudimentos. Es una táctica muy útil.

—No miento —se defendió ella, echando un vistazo hacia la puerta. Si lograba pillarlo desprevenido, podría escaparse, y si no encontraba un carruaje o un caballo, tendría que realizar a pie los ocho kilómetros que había hasta París. El problema era que no veía sus zapatos por ninguna parte.

—No seas pesada —la censuró Rohan—. Tienes una preciosa hermanita, ¿no es así?

Elinor no quería mostrar lo asustada que estaba. Siempre había sabido que ella no corría gran peligro, no tenía un rostro que atrajera a los hombres, y un libertino indiscutible como Rohan tendría la belleza a mano, pero su hermana era harina de otro costal. Había hecho todo lo que estaba en su mano para protegerla, y ya no le quedaba nada con lo que negociar.

Excepto la ira.

—Como os atreváis a tocar a mi hermana, os mataré. A vos o a cualquiera de vuestros amigos —dijo con frialdad y determinación.

Él le dirigió aquella exquisita sonrisa suya.

—Eso ha sonado verdaderamente convincente. Tu hermana debe de ser extraordinariamente hermosa.

—Mi hermana no es asunto vuestro —espetó ella, buscando una mentira un poco más creíble—. En cuanto mi padre lo arregle, regresaremos a Inglaterra, donde se casará...

—¿Esperas que tu padre arregle el matrimonio? —la interrumpió él, reclinándose contra la pared del estudio. Seguía llevando el largo chaleco de seda sin abrochar, y, durante la noche, la camisa blanca se le había abierto un poco más, dejando a la vista su torso. Se suponía que las mujeres no debían ver el torso desnudo de un hombre, y por primera vez entendía por qué. Había algo decididamente atrayente en aquella zona del cuerpo que podría propiciar pensamientos impuros en una jovencita.

Que no era que ella lo fuera. Además, ella era inmune a los pensamientos impuros.

—No se casará obligada —contestó ella—. Mi intención es asegurarme de que se case por amor.

El gesto de estupefacción del hombre no fue fingido.

—Mi querida niña, ¡no irás a decirme que sigues creyendo que el amor existe! ¿Cómo puedes hacerlo después de la vida que te has visto forzada a llevar?

—Mi vida está bien, gracias —replicó ella con frialdad—. Y no estoy pensando en mí, sino en Lydia. Es lo menos que se merece.

—¿Y por qué tú no lo mereces?

Elinor no se sonrojó. Había ensayado para no mostrar reacción alguna, y mentía mejor de lo que él creía.

—No tengo ningún interés. Con Lydia es distinto. En cuanto nuestro padre...

—Sabes igual que yo que tu padre está muerto. El nuevo barón Tolliver está en la ciudad, buscándote para hablar contigo.

Ella mantuvo la expresión todo lo serena que pudo, cerrando los puños alrededor de la tela de las faldas sin que él lo viera.

—¿Cómo sabéis vos eso?

—Me mantengo al corriente de todo lo que tiene lugar entre la población noble emigrante que vive en la ciudad, muñeca. Lord Jasper Harriman murió de apoplejía hace varios meses, y su heredero se encuentra ahora mismo en París. Aún no me he reunido con él, aunque te aseguro que ya ocurrirá si piensa quedarse por aquí el tiempo suficiente. Dudo mucho que podáis contar con ayuda por su parte.

Elinor no tenía intención de dejar que sus palabras la afectaran.

—Pues entonces Lydia tendrá que casarse con un francés apuesto, amable y rico —contestó ella con toda la calma.

Rohan se alejó.

—¿Y qué ocurrirá contigo y con tu madre? Si tu hermana es tan bonita como sospecho que es a juzgar por lo ferozmente protectora que te muestras, conseguir que se case bien no es imposible. Cargar con una *bellemère* demente y una cuñada seduce algo menos.

Elinor se sonrojó, consciente de que lo que estaba diciendo no era más que la pura verdad.

—Los dos sabemos que mi madre no vivirá mucho más —respondió ella—. En cuanto a mí, soy perfectamente capaz de vivir de manera independiente. Me puedo ganar la vida como institutriz. Puedo enseñar inglés y a tocar el pianoforte, o podría conseguir trabajo como dama de compañía de alguna vieja dama.

—No podrás hacerlo si se entera de que pasaste la noche conmigo.

Elinor se levantó. Quedarse hecha un ovillo en el sillón daba muestras de debilidad, y aunque de pie Rohan seguía superándola con mucho en altura, sentada le daba todavía más ventaja sobre ella.

—No hay motivo para que eso ocurra. No tenéis nada que ganar haciendo correr un rumor tan vil.

—No sería un rumor, palomita. Es la pura verdad. En cuanto a lo que ganaría de hacerlo, me temo que infravaloras demasiado tus encantos. Ya te lo he dicho. Eres una rareza por estos lares y, en contra de mis deseos, tengo que decir que me fascinas.

—Haced caso a vuestros deseos —le espetó ella con brusquedad—. No merezco que os toméis tantas molestias. Y por encantadora que me resulte esta conversación, tengo que volver a casa y ocuparme de mi madre.

—¿Y si yo no quiero que te vayas? No pensarás en volver andando a la ciudad, y sigo fascinado —se sacudió una imaginaria mota de polvo de la prístina camisa que llevaba.

Entonces se acercó y Elinor retrocedió, subrepticiamente, dejando que el sillón quedara entre ambos como si tal cosa. No era que desconfiara de él, pues sabía que el vizconde estaba jugando con ella, nada más. Como lo haría un enorme gato hambriento con un ratoncito blanco. O eso creía él.

—No es la primera vez que recorro andando la distancia de ocho kilómetros, puedo volver a hacerlo.

—¿Descalza? —observó él hábilmente.

Elinor se agachó de repente para que las raídas faldas le cubrieran los pies.

—Oh, eso sí que me entristece. Tienes unos pies preciosos —señaló él—. La mayoría de las mujeres tienen los pies anchos y los dedos gordezuclos. Pero para pies feos, los de las bailarinas. Sin embargo, tú tienes unos exquisitos...

—Os agradecería un poco menos de entusiasmo con mi anatomía y que me pidáis un carruaje —dijo ella, mortificada. Igual podría haberse puesto a hablar de sus pechos, y se preguntó qué otra cosa habría estado observando con tanta familiaridad.

—Tus manos —contestó él, tomándola por sorpresa—. Resulta muy fácil adivinar tus pensamientos. Te preguntas qué parte me disponía a alabar a continuación. Me fascinan tus manos.

Elinor las escondió de inmediato dentro del chal, pero el acto no pareció desalentar a Rohan.

—No parecen especialmente suaves. Tampoco son las manos blancas, regordetas y normalmente inútiles de la mayoría de las mujeres. Tú tienes unos preciosos y largos dedos, palmas delgadas, y así y todo, parecen una manos fuertes. Creo que me gustaría sentirlas en mi cuerpo.

Ella dejó escapar el aire entre los dientes, sintiéndose ridícula e innegablemente atónita. Tanto que se le olvidó moverse cuando Rohan se le acercó. Peligrosamente.

—No pongas esa cara de horror, cariño. No habrás creído que mi interés en ti tenía algo de causa humanitaria. Me importa muy poco si tu madre se muere, y no me dejo distraer de mis actividades a menos que haya algo que me llame más la atención. Ese algo serías tú.

Elinor se quedó mirándolo.

—¿Y desde cuándo sufrís esta alteración cerebral, milord?

—¿Y desde cuándo pasas por alto tu valía, señorita Harriman? —replicó él.

«Seis años», podría haberle dicho ella, pero no lo hizo. Aquellos tiempos estaban ya en el olvido, y no tenía que pensar en ellos.

El vizconde estaba jugando con ella. Había admitido ante ella que se le daban muy bien los juegos, y ella había visto el tipo de mujeres que se apelmazaban a su alrededor.

—Si tenéis la amabilidad de llamar a vuestra ama de llaves, no tengo la menor duda de que me traerá mis zapatos y entonces podré irme —dijo con tono áspero y práctico, el perfecto contrapunto a la actitud ridículamente seductora de él. Y para dar más énfasis, se irguió cuan alta era, dejando a la vista los pies descalzos.

—Señorita Harriman, ¿es posible que seas tan imprudente como para lanzarme semejante farol? —dijo él con voz sedosa.

—Por supuesto que no, *monsieur le compte*. Sencillamente, he decidido no jugar a este jueguecito vuestro.

Elinor atravesó entonces la habitación en dirección al cordón del timbre y tiró de él.

Casi esperaba que el vizconde saliera tras ella, que le atrapara la mano con la que pretendía tirar del llamador y la estrujara contra su cuerpo, igual que la víspera.

Él avanzó un paso hacia ella y luego se detuvo con la sonrisa contrita que le viera antes y se dejó caer en el canapé nuevamente.

—Pues que así sea —dijo agitando una pálida mano en dirección a ella—. La señora Clarke te acompañará al carruaje.

La puerta se abrió mientras hablaba.

—La señora Clarke no hará tal cosa —sentenció la mujer—. Ahora mismo te vas a levantar y vas a llevar a esta joven a su casa, como el caballero que una vez fuiste.

Elinor esperaba que el vizconde se pusiera hecho una fiera, pero en su lugar se reclinó con un suspiro de conformidad.

—Avísame cuando esté listo el carruaje.

—Ésta no es forma de tratar a una invitada, amo Francis —lo reconvino la señora Clarke.

—Pues llévatela —contestó él con tono molesto.

—Amo Francis —dijo la señora Clarke con una nota de advertencia en su agradable tono, y el vizconde abrió los ojos de nuevo.

—No entiendo por qué te traje a Francia —dijo él con aire cansino, incorporándose.

—No nos trajiste. Te seguimos nosotros, en contra de tus órdenes expresas. Lo que debería dejarte claro que haré lo que me parece justo, al menos en mi parte de la casa, y las personas que traigas a esta parte serán tratadas con respeto.

—Sí, señora Clarke —contestó él fingiendo sumisión—. Dejarás que vaya a cambiarme de ropa antes de acompañar a la joven a su casa, ¿verdad? Existen unas normas a las que he de ceñirme. De igual manera que ella no podrá salir sin sus zapatos.

—Aquí los tengo, señor —dijo una servicial señora Clarke

ahora que se había salido con la suya–. Id a cambiaros de ropa. Nosotras lo esperaremos aquí.

–¿Cómo que «nosotras»? Si vas tú, entonces no es necesario que yo...

–Yo no voy, amo Francis. Ya sabéis que le tengo una profunda aversión a París. Haré compañía a esta joven dama mientras os cambiáis de ropa. Y será mejor que os deis prisa. Cuanto más tiempo estemos solas, más cosas podré contarle.

Elinor esperaba que Rohan se irritara con ella, pero lo que hizo fue soltar una carcajada.

–Dudo mucho que puedas decirle algo que la sorprenda. Ya sabe que soy un zángano.

–Como tardéis mucho, le contaré todas las cosas buenas que sé de vos.

–Por el amor de Dios, seré más rápido que el propio diablo –dijo él absolutamente horrorizado. Al llegar a la puerta se detuvo un momento y se giró para mirar a Elinor, mirarla fijamente.

–Amo Francis... –comenzó la señora Clarke en tono de advertencia.

–Sólo quería echar un último vistazo a sus exquisitos pies antes de que se los tapes. Puede que pase algún tiempo antes de que vuelva a verlos.

–Eso no ocurrirá nunca –dijo Elinor, cruzándose de brazos.

–No cuentes con ello, palomita. Por muchas calumniosas mentiras que vierta la señora Clarke acerca de mi supuesta bondad, tendrá que admitir que siempre consigo lo que quiero.

Y sin darle tiempo a decir una sola palabra, salió cerrando la puerta suavemente tras de sí.

CAPÍTULO 5

—No hay ninguna necesidad de que me acompañe —se apresuró a decir Elinor, que de repente volvía a respirar con normalidad—. De hecho, me resultaría más cómodo regresar a París yo sola. Si fuera tan amable de ayudarme a encontrar mis zapatos y acompañarme hasta el carruaje, podríais decirle a su señoría que ya no hace falta que venga conmigo.

—No os preocupéis, señorita Harriman —dijo la señora Clarke alegremente—. Se comportará con decoro. Y he mandado a mi chica, Janet, a buscaros un par de botas calentitas. Las vuestras estaban hechas pedazos y huele a que va a nevar.

—¿La ha enviado a buscar unas botas para mí?

Si la señora Clarke no hubiera sido el personaje digno que era, Elinor habría definido su sonrisa de pícara.

—Me parece que lady Carlton debe de tener la misma talla que vos. Siempre trae varios baúles de ropa y zapatos, algo ridículo, porque, según Janet, se pasa todo el día desnuda. Ni se dará cuenta de que le falta un par de botas.

—¡Pero no puedo ponerme unas botas que no son mías! —protestó Elinor, escandalizada.

—Pues claro que podéis.

La puerta se abrió y apareció Janet con el té y un par de botas de cabritilla debajo del brazo. La chica, una versión más joven de la propia señora Clarke, dejó ambas cosas delante de Elinor. En la bandeja del té había también rebanadas de pan tostado, y un par de medias de seda con las botas. Elinor dejó la prudencia a un lado.

—¿Algún desastre, palomita? —preguntó la señora Clarke a Janet.

—Están todos durmiendo la mona, la mayoría, desnudos —contestó la chica—. No te preocupes.

—No me preocupo —contestó su madre—. Bebeos el té, señorita Harriman. Las actividades que tienen lugar en esta casa no deben preocuparos. A mí no me preocupan.

—¿No os preocupan? —repitió Elinor con la boca llena de tostada.

—Yo no pongo el pie en esa parte del castillo. A su señoría le gusta hacer travesuras, pero mientras nadie resulte herido, yo no me entrometo. Esta parte del castillo es pequeña, pero acogedora. Aquí no están permitidas las mujerzuelas.

—No pensaréis que yo soy así, ¿verdad? —preguntó Elinor mientras se servía el té acompañado de una ingente cantidad de azúcar. No había nada de malo en disfrutar de ello mientras durase—. Supongo que será por la nariz —añadió con resignación.

—¿La nariz? —repitió la señora Clarke, arrugando la frente—. ¿Os referís a vuestra nariz? ¿Qué le pasa?

—Es la nariz de los Harriman —contestó ella, abatida—. Las mujerzuelas son guapas.

—Esas mujerzuelas son unas furcias. En cuanto a vuestra nariz, no es tan extraordinaria. Aporta carácter a vuestro rostro, algo de lo que esas mujeres carecen.

—Qué suerte la mía —masculló Elinor, tomando otra rebanada de pan. De repente dio un brinco al percatarse de que Janet se había arrodillado delante de ella para ponerle los zapatos.

—Yo me ocupo, señorita —dijo Janet—. Mi madre quiere que me forme como doncella personal de una dama.

—El problema es que en las fiestas del señor no hay ninguna —comentó la señora Clarke, desalentada—. El amo Francis debe de estar a punto de llegar. Y no querréis alardear de vuestros pies desnudos delante de él, ¿verdad?

Estaba atrapada.

—Gracias, Janet —dijo a la chica—. Eres muy amable al ayudarme.

Era casi una seducción. Aquel té fuerte, caliente y dulce, las tostadas con mantequilla y una pizca de canela por encima, una doncella ayudándola con la ropa. Hacía tanto que no tenía una que ya se le había olvidado lo que sentía. Janet le puso la media de seda y la sensación le resultó maravillosamente decadente, demasiado maravillosa como para rechazarla. Además, así podría regalarle las medias a Lydia, que se pondría muy contenta ante semejante extravagancia. Pero antes tendría que inventarse alguna excusa para no poder llevarlas ella misma, y cada vez le resultaba más complicado porque Lydia había empezado a sospechar de sus estratagemas: que de repente no le gustara el azúcar, que le sentara mal la leche, que le resultara incómodo el único par de botas buenas que tenían. No le iba a resultar fácil convencerla de que aceptara las medias, pero podía tergiversar la realidad. Tenía a su madre como ejemplo.

Las botas le sentaban como un guante, sin apretarle los pies, que no eran, ni mucho menos, delicados. Una vez terminado el té y las tostadas, y con las botas de piel puestas se sintió capaz de enfrentarse a cualquier ogro. Incluso al que miraba la escena desde la puerta del acogedor salón con gesto de perplejidad.

—He ordenado que traigan el carruaje a la puerta —dijo—. ¿Dónde está tu capa?

—Aquí está, señor —dijo Janet, apareciendo por detrás de él con una capa de pieles finas, el tipo de prenda que era espantosamente cara y deliciosamente cálida.

Elinor apartó la bandeja y se levantó sin saber qué decir. Janet se colocó tras ella para ayudarla a ponerse la prenda robada, mientras Elinor protestaba en voz baja.

—No puedo ponerme esto.

—Así, señorita Harriman —dijo Janet en voz alta, metiéndole uno de los brazos por la manga. Podía enzarzarse en una pelea con la doncella, que sin duda perdería, o ceder. Era más alta y corpulenta que Janet, pero la chica era muy fuerte.

—¿Os vais a pelear? —preguntó el Rey del Infierno con tono lánguido—. Pocas cosas resultan más entretenidas que presenciar un combate entre mujeres, pero si de verdad pretendéis enzarzaros, dejadme que me prepare un té y busque un lugar más apropiado para el encuentro.

Elinor dejó de forcejear y la capa se deslizó por encima de sus brazos. Janet se colocó delante de ella y procedió a abrochar la prenda, y Elinor tuvo que recurrir a toda su fuerza de voluntad para no apartarle las manos. Las botas y las medias eran una cosa, una capa de piel otra bien distinta. Pero era una prenda tan cómoda y caliente...

—¿No va a haber pelea? Estoy destrozado. Pero ya he aprendido a vivir con la decepción. Vamos, señorita Harriman. Cuanto antes te llevemos a París, antes podré retomar mi vigorosa disipación, puesto que pareces decidida a resistirte a mis halagos. Y a retozar con mis invitados. ¿O eran remilgos?

—Siempre y cuando no retoces con la señorita Harriman —lo reconvino la señora Clarke con severidad, volviéndose a continuación hacia Elinor—: Adiós, señorita. Espero que volvamos a vernos pronto.

Elinor le dio las gracias por todo mientras pensaba que no había muchas probabilidades de que volvieran a verse.

Rohan le tendió el brazo y ella vaciló un segundo, ante lo cual, el vizconde le agarró la mano y tiró de ella con apremio.

—Debes, al menos, fingir que hablas conmigo, señorita Harriman —dijo arrastrando las palabras.

—¿Por qué?

Él bajó los ojos y la miró. Una sensación desconcertante para ella. Aunque era mucho más alta que la mayoría de los hombres, sobre todo los franceses, tener que alzar la vista hacia aquellos ojos azules fríos y despiadados sólo hacía crecer la sensación de irrealidad.

Pero si no quería pelear con Janet por miedo a perder, hacerlo con lord Rohan sería aún peor. Porque sabía que él no se avendría a las normas de buena educación.

Nevaba ligeramente cuando atravesaron el enorme pórtico delantero del castillo, y Elinor se arrebujó en su capa robada, tratando de no sentirse culpable. Un lacayo con librea salió a abrirle la puerta del coche, y Elinor se soltó del brazo de Rohan para evitar que la ayudara a subir. Casi no la había tocado, pero no confiaba en aquellas grandes y hermosas manos.

Él la siguió al interior del coche, inundando el espacioso interior con su presencia, y se pusieron en camino. Hacía mucho que no pisaba un coche tan elegante, quizá nunca hubiera estado en uno así. Su padre había sido un hombre rico, pero no tanto como Rohan, y nunca había permitido a sus hijas viajar en su mejor carruaje. Metió las manos entre los pliegues de la capa y levantó los ojos hacia su reticente acompañante.

Cómodamente repanchingado en el asiento, la observaba con serena curiosidad.

—Deberías haber dejado que la señora Clarke robara también unos cálidos guantes y un sombrero ya que estaba –comentó–. Lady Carlton no los echaría en falta.

Ya tenía suficiente calor, pero el sonrojo le resultaba incómodo, y se apresuró a desabrocharse la capa. Un vistazo al rostro de él la detuvo, sin embargo.

–No querrás enzarzarte en una pelea conmigo, ¿verdad, cariño? –su tono sonaba divertido–. Nada me gustaría más que tener la excusa para ponerte las manos encima en la intimidad de este carruaje. El viaje hasta París es largo y crudo, y se me ocurren montones de formas de hacerlo más entretenido, pero todas ella implican tocarte. Lady Carlton tiene una docena de capas de piel y seguro que tu haraposa capa estaba infectada de chinches.

–¡Eso no es cierto! –replicó ella, furiosa.

–Si tú lo dices –contestó él entornando los ojos, para bostezar a continuación–. ¿Supongo que no estarás interesada en... bueno... en retozar conmigo?

–¡No!

–¿Remilgos? Si ya hemos flirteado...

–¡No lo hemos hecho! –replicó ella, horrorizada.

–Oh, sí, criatura, ya lo creo que sí, aunque tú no te hayas dado cuenta. ¿Por qué no prescindimos de los cumplidos educados y pasamos a fornicar impúdicamente?

Elinor se quedó sin palabras tal vez por primera vez en su vida. Y al final, lo único que pudo decir fue algo tan absurdo como:

–¿En un carruaje?

Aquello arrancó una carcajada al vizconde.

–Decididamente, sí. Aunque si prefieres hacerlo en una cama, podemos regresar al castillo, aunque tendremos que burlar la estricta vigilancia de la señora Clarke.

Sus palabras la horrorizaron. Eran totalmente escandalosas. Entonces se dio cuenta de que eso era lo que pretendía. No tenía más interés amatorio en ella que en la señora

Clarke, pero si lo acusaba de ello, Rohan arremetería sin duda para demostrarle que se equivocaba. Consiguió sostenerle la mirada de oscura depravación con engañosa calma.

—Le prometisteis que os comportaríais bien.

—Promesas vacías en caso de haberlas hecho, cosa que no he hecho. La señora Clarke me conoce desde hace décadas, señorita Harriman. No se hace ilusiones respecto a mi verdadera naturaleza. Sencillamente, no pierde las esperanzas —la miró entornando los ojos—. ¿De verdad eres inmune a la tentación? He conseguido seducir a monjas y seguidoras de Safo, y no estoy acostumbrado a que ignoren mis insinuaciones.

La curiosidad pudo más que ella, que preguntó:

—¿Seguidoras de Safo?

—Mujeres que prefieren el amor de otras mujeres, criatura.

Elinor frunció el ceño.

—¿Cómo?

—Deja que te lo explique —y diciéndolo, se cambió de sitio y se sentó junto a ella antes de que Elinor pudiera decir nada. Ella trató de cambiarse al otro banco, pero él la sujetó rodeándole la cintura con el brazo.

Elinor lo fulminó con la mirada.

—No hacéis más que mostrar que no sabéis tratarme, milord, y no me gusta. Quitadme las manos de encima.

—Pues deja de forcejear. Sólo tengo intención de mejorar tu educación —dijo tomando su mano con la suya enguantada. Era patética, pequeña y rasposa bajo el guante sin dedos y lleno de parches. Rohan se lo quitó y lo lanzó al otro extremo del carruaje—. Me sorprende que la señora Clarke no haya venido corriendo con un par de guantes para ti.

—No ha sido cosa mía.

—Pues claro que no, palomita —la tranquilizó él—. Es difícil discutir con la señora Clarke. No, tú sólo reclínate en el asiento mientras yo procedo con tu educación.

—Yo no...

—Calla —dijo él suavemente, colocando un dedo enguantado sobre sus labios—. No te dolerá.

El suave cuero que la escudaba frente a la piel masculina debería haber restado intimidad al contacto. Lamentablemente, todo lo que aquel hombre hacía y decía resultaba íntimo. Le tomó la palma de la mano y comenzó a acariciarle el centro con el pulgar. La caricia tuvo un curioso efecto calmante en ella.

—Y ahora, supongo que comprenderás la mecánica de la cópula entre hombre y mujer. Las jovencitas vírgenes bien educadas no lo sabrían, pero tu educación deja mucho que desear. Tú sí sabes lo que ocurre entre un hombre y una mujer, sabes cómo encajan a la perfección el cuerpo de uno y otro, ¿verdad?

Elinor se mordió el labio, pensando que ella no lo habría dicho así.

—Por supuesto —respondió con frialdad. No se molestó en tratar de apartar la mano, puesto que sólo sería desperdiciar energía. Él era mucho más fuerte y ella no creía que fuera a hacerle daño.

—Está claro que las mujeres no están equipadas con lo necesario para completar el acto amoroso, de manera que recurren a actos alternativos. Las hay que utilizan objetos, que se colocan alrededor de la cintura para adoptar un aspecto masculino.

Elinor se removió en el asiento.

—Otras utilizan la boca, igual que se hace entre hombres y mujeres. Imagino que habrás visto a qué me refiero, viviendo donde vives.

—Sí —contestó ella con voz estrangulada.

—Pero lo más sencillo, sobre todo estando en un lugar semipúblico, es utilizar las manos —seguía acariciándole la palma, pero entonces sus dedos ascendieron, enroscándose alrededor de sus dedos índice y corazón–. Sabes lo que es esto, ¿verdad, palomita? ¿Sabes cómo darte placer a ti misma?

Elinor no dijo nada, no podía. La sola idea de emplearse voluntariamente en algo parecido a la cópula, aunque fuera consigo misma, se le antojaba una locura.

–¿No? –preguntó él en un susurro, moviendo la mano arriba y abajo–. Se hace así –y conforme lo decía, le puso la propia mano entre las piernas.

Ella se defendió, atónita, pero sus esfuerzos sólo sirvieron para que separase las piernas, momento que él aprovechó para ponerle la mano más cerca de su centro de placer, sujetándole los dedos con firmeza.

–Tócate –le susurró–, suavemente al principio. Una caricia delicada, como si fuera el roce de una mariposa. No se debe forzar el placer, hay que atraerlo –Rohan le metió la mano más dentro de las faldas, hasta que las yemas de los dedos rozaron su centro de placer, y Elinor sintió un extraño escalofrío. Se asustó.

–No, por favor... –protestó ella, pero él no le hizo caso.

–No seas tímida, cariño –la reconvino él en un susurro–. Si supieras hacerlo tú sola, te dejaría en paz. Me lo agradecerás cuando domines el truco, créeme. Hace más entretenidas las largas noches y te ayudará si decides buscar consuelo en una mujer.

Presionó de nuevo sobre su mano de modo que sus dedos frotaran la zona, y, esta vez, el estremecimiento fue más intenso. Elinor sintió un extraño hormigueo en los pechos también. Rohan presionó nuevamente, y le pareció como si no tuviera nada que ver con ella. Simplemente era su mano moviendo la de ella, de una manera en que sensaciones desconocidas comenzaron a bullir dentro de ella, que se retorcía en el asiento, separando más las piernas. Rohan se rió suavemente e incrementó la presión.

–Después puedes ser más enérgica –le susurró contra el

cuello—. Se trata de cortejar la sensación y dominarla después, o podría escapársete por completo, dejándote en un estado de incómoda agitación insatisfecha —presionó más, mucho más, arrancándole un lloriqueo, aunque no de dolor—. Justo cuando ya crees que no ocurrirá nada, te recorre una primera oleada de placer...

Elinor había dejado de pensar cuando una exquisita sacudida se apoderó de su cuerpo.

—Y entonces insistes más y más... —su boca estaba caliente—. Y más...

Elinor podía sentir que algo desconocido y terrible se acercaba, y trató de retroceder repentinamente asustada—. Y no dejas que nada te detenga.

Con la mano libre presionó el rostro de Elinor contra su casaca al tiempo que imprimía más fuerza y velocidad a la otra mano, haciendo que aquel lugar desconocido se abriera y la engullera, sus gritos amortiguados contra el hombro de Rohan mientras las ondas de placer atravesaban su cuerpo.

Cuando todo terminó, Rohan le sacó la mano de entre sus piernas, se la llevó a los labios, la besó y la colocó nuevamente sobre el regazo de Elinor. Seguía rodeándola con el brazo y protegiéndole el rostro contra su hombro, pero cuando las últimas sacudidas de placer remitieron, la vergüenza se apoderó de ella.

Elinor se apartó con un empellón y él la dejó ir, entre tumbos, a sentarse en el banco de enfrente. Estaba roja y tenía la respiración acelerada.

—¡Animal! —exclamó enfurecida—. ¡Cómo os atrevéis!

—¿Cómo me atrevo a qué, preciosa? —dijo él con tranquilidad—. Yo no he hecho nada. Ha sido tu mano.

Elinor quería gritarle, quería llorar con amargura y ponerse furiosa con él. Pero el momento de hacerlo había pasado hacía muchos años. Carraspeó un momento y luego dijo:

—Está claro que tenéis una gran necesidad de corromper a todo aquel que entra en vuestro círculo, milord. Podéis consideraros vencedor.

—No te he robado tu virginidad, pequeña —murmuró él—. Y no creo que darse placer a uno mismo pueda considerarse corrupción. Está en la Biblia.

Elinor no era capaz de mirarlo. Seguía teniendo las mejillas sonrojadas, y no acertaba a comprender cómo había conseguido Rohan hacer lo que había hecho, tomar su desconfiada persona y hacer que...

Era espantoso, y no quería pensar más en ello. Era un degenerado, un infame degenerado, y cuanto antes se librara de su presencia, mejor.

—Eso es todo lo que voy a conseguir de ti, ¿verdad, *ma petite?* —dijo él con indolencia—. Espero que quieras más, aunque tú jamás lo admitirías. Y ahora voy a ver si duermo un poco, que bien lo merezco. De paso te ahorraré el sonrojo virginal, a menos que quieras tomar una segunda lección. ¿No? Eso pensaba. Aún me quedan dos días de bacanal y a mi avanzada edad tengo que tomar fuerzas —sonrió con angelical inocencia—. ¿Se te ha comido la lengua el gato, palomita?

En un esfuerzo supremo, Elinor consiguió recuperar la compostura y lo miró con exacerbado desagrado.

—Si os dormís, dejaréis de hablar, lo cual será un alivio —le espetó—. Y es evidente que, a vuestra avanzada edad, os resultará muy beneficioso.

De repente, el habitáculo del carruaje se llenó de un incómodo silencio.

—Mi querida señorita Harriman, si continúas divirtiéndome de esa forma, me resultará extremadamente difícil mantener las manos lejos de ti. Pocas personas consiguen no aburrirme, y tiendo a mostrarme posesivo con aquéllas que encuentro entretenidas.

—Procederé a roncar —dijo ella, cerrando los ojos.

Lo oyó soltar una carcajada. Era un sonido depravado, leve y susurrante que a muchas mujeres resultaba irresistible. Pero ella no era como muchas mujeres. Aún le temblaba el cuerpo después de que Rohan... después de lo que habían hecho. Enlazó los dedos entre los pliegues de la capa y miró por la ventana, ignorando su presencia.

La despertó el ruido. El carruaje traqueteaba por encima del pavimento adoquinado de la ciudad, y al abrir los ojos se encontró con los de él.

—Una vez más, señorita Harriman, has dormido conmigo —dijo—. La desaprobadora alta sociedad podría pasarlo por alto la primera vez, pero dos veces resultaría inaceptable. Creo que deberías renunciar a toda pretensión de decencia y regresar conmigo al castillo. Mi residencia urbana también es bastante amplia. Podrías pasarte días enteros de un lado a otro y no ver un alma. Podríamos pasar horas y horas en la cama...

—No seáis pesado, *monsieur le comte* —dijo ella con severidad, despierta ya por completo. ¿Cómo podía haberse quedado dormida en su presencia y más aún después de lo que le había hecho? ¿Cómo había sido tan estúpida? Enderezó los hombros y añadió—: La verdad es que no estamos lejos de mi casa, y creo que este carruaje es demasiado ancho para pasar por las callejuelas más estrechas. ¿Por qué no dejáis que me baje aquí? Haré el resto del camino a pie. Estoy segura de que la señora Clarke os perdonará.

—Querida mía, no tengo intención de abandonarte en estos momentos de necesidad. Además, tengo que averiguar qué es exactamente eso que te empeñas en ocultar con tanta desesperación. ¿Un robusto amante interno, tal vez? Lo mismo vives en un burdel y tu santa madre es una de vuestras putas más lucrativas. No, eso no me parece muy plausible. Pero lo que sí es seguro es que guardas algo en casa que no quieres que vea y apuesto a que es tu hermosa hermana pequeña, que está viva y coleando. Has de saber que mi curiosidad, al igual que mis apetitos, es insaciable.

—Yo no... —dejó las palabras en el aire y se tapó la boca con la mano al tiempo que se doblaba hacia delante—. ¡Parad ahora mismo! —pidió con voz estrangulada.

Su acompañante no se movió.

—¿Te encuentras mal? Te has puesto un poco pálida.

—Voy a vomitar. ¡Como no paréis el carruaje y dejéis que me baje, echaré las tripas sobre vuestro lujoso carruaje! —lo amenazó con voz áspera algo amortiguada.

—No me gustaría, pero los carruajes se pueden limpiar. Tengo criados que se ocuparán de hacerlo.

Elinor lo miró, con la mano en la boca todavía.

—¿Queréis volver al castillo entre los restos de vomitona?

—En eso tienes razón —dio unos golpecitos en la pared que tenía a la espalda y el vehículo se detuvo en seco, proyectándola hacia delante.

Se detuvo justo a tiempo, justo antes de caer en sus brazos. Había conseguido desabrocharle el botón del cuello de la pelliza en algún momento del perverso juego al que la había empujado a participar, y se la quitó de los hombros al tiempo que forcejeaba con la puerta y el lacayo salía a prepararle los escalones para bajar.

Tapándose la boca con una mano y sujetándose el estómago con la otra, dejó que el lacayo la ayudara a salir gimiendo de forma lastimera. Los diminutos copos de nieve que estaban cayendo daban a aquel barrio miserable un aspecto casi hermoso. Cuando notó suelo bajo sus pies, pensó en arrodillarse y vaciar el estómago allí mismo. Se inclinó sobre el lacayo haciendo ruido como si le hubiera sobrevenido una náusea y el hombre la soltó instintivamente.

Le bastó con ello. En un momento desapareció entre la multitud de gente que abarrotaba la vía principal de aquella zona de la ciudad.

Sus botas nuevas resultaron ser una bendición y le dio profusamente las gracias a la señora Clarke por ello mientras corría entre las calles, adentrándose más y más en las sórdidas entrañas de Rue du Pélican. El hombre no sería rival para ella. Superaba en velocidad a cualquiera si así se lo proponía, gracias a su determinación y sus largas piernas, y, además, conocía la zona a la perfección. El lacayo no sabría dónde mirar.

No, el señor conde no tendría más remedio que regresar a su antro de vicio y perversión, y Lydia estaría a salvo.

Elinor aminoró la marcha y se arrebujó en su chal. El vizconde habría tenido que salir del carruaje y andar, eso o hacer que su lacayo buscara una litera para él con la que sí podría llegar al callejón en el que se encontraba su cochambrosa vivienda, y así y todo le habría costado encontrarla. Cierto era que uno de sus cocheros conocía el lugar, dado que habían obligado a Jacobs a darle la dirección a la que llevar a su madre, pero para cuando Francis Rohan llegara al castillo, ya se habría disipado todo su interés en la mujer anodina y su secreto.

El callejón que albergaba su modesta vivienda parecía aún más deprimente que de costumbre, notando que el frío le calaba los huesos mientras subía con cierta dificultad los dos escalones de la entrada. La pelliza era preciosa y le habría sentado muy bien a Lydia, pero su seguridad era más importante.

Abrió la puerta y se quedó de piedra, temiendo por un momento que, desafiando las layes de la naturaleza, lord Rohan hubiera logrado llegar antes. Frente a su hermana había un hombre alto y, pese a la tenue luz, Elinor pudo ver la alegre sonrisa en el rostro de Lydia. Esta vez se le escapó un gemido de verdad.

El hombre se dio la vuelta y no era Rohan. Claro que no. Era el hombre de la cicatriz que conociera la noche anterior, llevando del brazo a una ramera medio desnuda. Un hombre que en ese momento estaba hablando con su hermana, mirándola. Un hombre que no era mucho mejor que Rohan.

Lydia dio un brinco al verla y su sonrisa se ensanchó aún más.

—¡Nell, estaba preocupada por ti! —exclamó—. El señor Reading me dijo que no me preocupara, pero has estado fuera toda la noche, y desde aquella vez que te fuiste a Italia, yo...

—Estoy bien, cariño —se apresuró a tranquilizarla Elinor, adelantándose a los ingenuos comentarios de Lydia. Aunque su hermana no fuera capaz de sumar dos y dos, cualquier otro miembro de la sociedad más malicioso habría sacado otras conclusiones, y no podía permitir que ocurriera.

—Éste es el señor Reading, Nell. Ha tenido la amabilidad de escoltar a mami hasta aquí.

Sólo Lydia podía referirse a lady Caroline con un término tan cariñoso. Si su madre hubiera mostrado favoritismo por alguien aparte de por sí misma, habría sido por su adorable hija pequeña. Elinor se parecía demasiado a la familia de su padre, y tenía lo que lady Caroline consideraba el desconcertante hábito de dar su opinión cuando le preguntaban. No se había molestado en endulzarla para su madre desde hacía años, y lady Caroline no le estaba agradecida.

—Habéis sido muy amable —murmuró Elinor—. Pero ya nos ocupamos nosotras.

No podía casi sujetarle la puerta, pero estaba claro que le estaba pidiendo que se marchara ya.

Una sonrisa tiró de la fea cicatriz que marcaba el que, sin duda, habría sido un hermoso rostro.

—Es lo menos que esperaría Rohan por mi parte. Vuestra madre parece haberse tranquilizado, pero no estoy seguro de que sea adecuado llevarme a los lacayos, pese a la rapidez con la que queréis deshaceros de mí.

Era un desafío y Elinor lo aceptó elegantemente.

—Comienza a nevar y el camino hasta el castillo es largo. No querría ser la responsable de que quedéis atrapado en una tormenta.

—Sólo si me empujáis a ella, señorita Harriman, algo que parecéis tentada de hacer.

Tomó la delicada mano de Lydia y depositó en ella un singular beso. No le pasó desapercibido el brillo en los ojos de su hermana, pero Elinor confiaba y rezaba para que Reading no supiera leer su significado.

—Voy a ver cómo está nuestra madre —dijo Elinor—. Por el agradable silencio en su habitación yo diría que está tranquila y que ya no necesitamos su generosa ayuda.

Se dio la vuelta, intentando no temblar de frío. No quedaba demasiado fuego en la chimenea, y no tenía ni idea de cómo iban a conseguir más leña. Pero lo primero era lo primero, o lo que era lo mismo, deshacerse del hombre que permanecía demasiado cerca de su hermana pequeña. No le quedaba más remedio que dejarlos a solas mientras iba a ver cómo estaba lady Caroline, pero después lo echaría fácilmente.

Dos de los lacayos con librea de Rohan permanecían en el pasillo, casi haciendo guardia, aunque se apartaron con una inclinación de cabeza cuando Elinor se acercó. Abrió la puerta y comprobó que nana estaba con su madre.

Lady Caroline yacía inmóvil en la estrecha cama, iluminada tan sólo por la inconstante luz de la mañana invernal.

—La pobrecilla no se ha movido desde que la trajeron —dijo nana—. La he lavado e intentado que esté lo más cómoda posible. También le he dicho al caballero que podía irse a casa. Vuestra pobre madre no despertará en varios días probablemente –la mujer miró a la enferma y añadió–: Si es que despierta.

Elinor miró a su madre. Tenía la piel azulada, profundas ojeras y, por un momento, le pareció que descansaba en paz.

—¿Ha comido algo?

Nana Maude sabía mejor que ella la poca comida que quedaba en la despensa.

—Té aguado. Y unas pocas gachas, pero escupió más de las que tragó.

Y no podían permitirse el lujo de malgastar lo poco que tenían.

—Diré a Lydia que venga mientras yo me deshago de la visita –dijo Elinor.

—¿Qué vais a hacer, señorita Nell? –preguntó nana con tono lastimero–. He enviado a Jacobs a ver qué encuentra, pero no tengo con qué hacer la cena. Ni madera para el fuego, a menos que hagamos leña de esta cama.

Elinor sintió deseos de cubrirse la cara con las manos y ponerse a gritar, pero no permitió que su expresión la delatara. Era ella la que tenía que encargarse de las cosas y aunque no tuviera la menor idea de lo que iba a hacer, no hacía falta compartir sus dudas.

Ni siquiera podía vender su cuerpo en las calles. París estaba lleno de prostitutas hermosas. Ella no ganaría lo suficiente para comer. Si es que ganaba algo.

Jacobs podría vender las botas y las medias de seda. Había sido una tonta orgullosa al dejar la pelliza en el carruaje. Con lo que hubieran sacado por ella habrían podido subsistir durante semanas si lo administraban bien.

Tendría que volver a hablar con aquel maldito abogado, solicitar una petición a ese primo al que no conocía, con su estúpido orgullo pisoteado. Oyó ruido al otro lado de la puerta y suspiró aliviada. Los intrusos se marchaban. Los hombres eran unas criaturas tan ruidosas que no había manera de ignorar el ruido de sus pasos o el de la enclenque puerta al cerrarse.

—Iré a buscar a Jacobs —dijo con calma—. Aún tenemos opciones.

Elinor abrió la puerta.

—Lydia, querida, ¿podrías...? —sus palabras quedaron suspendidas en el aire al darse cuenta de que sus peores miedos se habían hecho realidad. El hombre de la cicatriz permanecía a un lado con expresión insondable. Y Francis Rohan, el Príncipe de las Tinieblas, el Rey del Infierno, estaba de pie delante de su hermana, con su delicada mano en la de él.

CAPÍTULO 6

No se alegraba de verlo, eso era evidente, y Francis Rohan le dedicó su sonrisa más encantadora.

—Os fuisteis sin mí, señorita Harriman. Me ha llevado lo suyo dar con vos.

No le pasó desapercibido el pánico en los ojos de ella, rápidamente reemplazado por esa calma enloquecedora en la que se envolvía con más tesón que el que ponía en envolverse en su raída capa.

—No teníais necesidad de venir hasta aquí, señor conde. Conozco las calles perfectamente y nadie se atrevería a abordarme.

—Eso no me sorprende en absoluto. Seríais capaz de intimidar al rey en persona. Sin embargo, os dejasteis la capa, y a pesar de mis muchos defectos, tengo unos modales exquisitos. ¿No es así, Reading?

Su amigo asintió con la cabeza mostrando su conformidad.

—Exquisitos.

—Y acabo de conocer a vuestra encantadora hermana...

Elinor se movió con asombrosa rapidez, acertando a colocarse entre su preciosa hermana y él, que todavía le sostenía la mano entre las suyas, y de repente todas las piezas encajaron, para su gran agrado. Prefería que hubiera cierto orden en su vida, y las anomalías, pese a la diversión que proporcionaban, requerirían una explicación antes de poder continuar adelante.

Aunque encontrar explicación a la anomalía que constituía Elinor Harriman iba a llevarle más tiempo.

—Gracias por venir —dijo ella con un tono que no admitía oposición—. Ha sido extremadamente amable por vuestra parte, pero no querríamos alejaros de vuestros invitados.

Era lo bastante alta y recia, aunque sin duda podría levantarla en brazos y apartarla de en medio si tuviera algún interés en su preciosa hermanita.

No lo tenía. Había disfrutado de chicas y mujeres hermosas para toda una vida. Sin embargo, aquella chica que tenía delante estaba demostrando ser muy interesante. Todavía le duraba la excitación después de lo que habían hecho en el carruaje. Si no hubiera fingido dormir, le habría levantado las faldas en un abrir y cerrar de ojos.

Estaba demasiado cerca de él para su gusto, pero estaba decidida a proteger a su hermana de sus lascivos ojos. Y al entrar le había parecido que Reading estaba algo... distraído, aunque su joven amigo no cometería nunca el error de perder el tiempo con una virgen sin posibilidades económicas. Tenía que hacer fortuna y siempre había sido un hombre formal.

—¿Sí, señorita Harriman? —dijo él sin moverse, preguntándose hasta dónde estaría dispuesta a llegar con tal de deshacerse de él, si le pondría encima aquellas pálidas manos, preguntándose cómo reaccionaría él si lo hiciera.

—Os agradecemos la ayuda prestada, milord —dijo ella con su tono más educado—. Pero creo que ya habéis hecho bastante.

A sus labios asomó una tenue sonrisa.

—Vuestro afán protector es impresionante. Venir y descubrir qué era eso lo que con tanto celo guardáis ha satisfecho mi curiosidad. Podéis tener la seguridad de que ya estoy demasiado curtido y la simple belleza no me atrae. Vuestra hermana está a salvo de mí.

—Nell —dijo la joven con tono irritado—. ¿Quieres dejar de comportarte de manera tan absurda?

—¿Nell? —repitió él, ignorando el resto de la conversación para quedarse exclusivamente con lo que le interesaba—. Encantador. Yo...

—Que paséis un buen día, lord Rohan —zanjó la señorita Elinor Harriman con firmeza.

—Vamos, Francis —dijo Reading—. Tenemos que atender a los invitados. No queremos perdernos la diversión.

—Sí, sí —contestó Rohan, separándose por fin de ella. Por mucho que le hubiera interesado comprobar si la señorita Harriman llegaría a echarlo a empujones, la idea de tener sus manos encima se le antojaba cautivadora, las circunstancias no eran las perfectas precisamente. Había demasiados testigos.

Lydia consiguió librarse de la imponente presencia de su hermana y despedirse.

—Gracias otra vez por vuestra ayuda, señor Reading —a continuación se volvió hacia Francis Rohan—: lord Rohan —dijo haciendo una bonita reverencia que le valió el gesto ceñudo de su hermana.

No estaba en su naturaleza dejar escapar una oportunidad.

—Ha sido un placer, señorita Lydia —dijo con su tono más adulador, aliviado de recordar su nombre—. Contemplar vuestra hermosura ya es una recompensa.

Su hermana mayor reaccionó tal y como él quería, se puso tiesa como una vara. Si él fuera más joven y más tonto, con su actitud defensora habría conseguido que acabara pervirtiendo a su preciosa hermanita, pero ya estaba harto. Además, tenía la impresión de que a Reading no le haría gracia.

—Señorita Harriman, a vuestros pies —dijo él, haciendo una exagerada reverencia porque sabía que ella adivinaría la mofa.

Pero Elinor ya se había dado la vuelta hacia su hermana, por lo que Rohan malgastó energías con su gesto.

Esperó a salir del estrecho callejón antes de hablar. Su carruaje estaba a pocos pasos de distancia. Le había mentido respecto a la dificultad de meter el carruaje entre aquellas callejuelas. Los zapatos de seda azul que llevaba habían quedado hechos una pena con la nieve y la inmundicia de las calles.

—Una familia interesante, ¿no te parece?

Reading frunció el ceño.

—Creo que deberías mantenerte lejos de ella, Francis. Tienes mujeres de sobra en el castillo con las que pasar el rato.

—Pero es que no voy al castillo. Mis estimados huéspedes notarán sin duda mi ausencia, pero no les importará demasiado. Esto no era más que una reunión informal de fin de semana. Todavía tenemos que planear la Fiesta de la Primavera. Además, la encuentro extrañamente fascinante.

Era evidente que Reading no estaba contento con él, algo curioso en sí.

—Bastante tiene ya. Hacía un frío horrible en esa casa, me sorprendería que tuvieran leña en algún rincón. Y aunque es cierto que tiene unas formas atractivas, sospecho que no come bien. Creo que lo mejor que podrías hacer por ella es concertarle un matrimonio.

Francis se volvió hacia su viejo amigo.

—Charles, a veces tu perspicacia me asombra. Eso es justo lo que debería hacer. El único problema es encontrarle una pareja dispuesta a ello.

—No seas ridículo. Es exquisita. Cualquier hombre estaría honrado de tenerla.

Habían llegado al carruaje y Francis se detuvo antes de subir.

—Chico, creo que no hablamos de lo mismo. ¿Es a la señorita Lydia a quien con tanto afán defiendes?

—Por supuesto. ¿Es que vas a decirme que no tienes intenciones hacia ella? Es un diamante en bruto y lo sabes —dijo él con aspecto particularmente triste.

—A mí quien me gusta es la hermana del diamante —contestó Francis, medio aturdido ante lo mucho que había de cierto en sus palabras—. Aunque tienes toda la razón, será mucho más fácil de manejar estando casada. Creo que mi primo serviría.

Subió al carruaje seguido por Reading.

—¿Te refieres al doctor?

—¿Quién mejor que él? —dijo él, acomodándose en el banco de cuero con cuidado de no arrugar sus largos ropajes—. Él necesita una esposa que lo ayude en su trabajo, y ella necesita un médico que atienda a su madre. Le diré que vaya a hacerle una visita esta misma tarde.

—¿Es ese joven avinagrado que yo conozco? Según recuerdo, no estaba especialmente contento de que tú te quedaras con el título. ¿Crees que te hará un favor?

—Es cierto —dijo Francis, sacudiéndose una mota de polvo de la manga. Aquella parte de la ciudad era verdaderamente atroz, pero no podía hacer nada por ello.

—Cree que el título francés debería ser suyo. Lamentablemente, al ser ilegítimo, el título tuvo que pasar al inglés emigrado de su país. He sido más que generoso con él, y es lo bastante listo como para saber que acatar mis deseos es la mejor manera de dejar que le eche el guante a una parte de las propiedades familiares, si no me lo gasto antes.

—Tienes más dinero que Dios, Francis. Habría que hacer

esfuerzos sobrehumanos para que perdieras todo tu dinero, y ni siquiera tú lo lograrías.

Francis dedicó a su amigo una seráfica sonrisa.

—No dudes de mí, muchacho. Puedo hacer cualquier cosa que se me meta en la cabeza.

La reticente carcajada de Reading le resultó alentadora.

—De eso no tengo ninguna duda. Reconozco mi error. ¿Qué dices si volvemos a la fiesta? Aún quedan varias semanas para que se celebre la Fiesta de la Primavera, y preveo que tenemos por delante un largo y aburrido periodo de tiempo.

—Yo sí tengo intención de divertirme, Reading. Deberías conocerme a estas alturas y saber que el celibato no está hecho para mí, como tampoco la monogamia. Y he decidido celebrar la Cuaresma por todo lo alto este año.

—Por la sangre de Cristo —exclamó Reading.

—Nunca mejor dicho. Y voy a divertirme con la señorita Harriman.

—¿No te parece que tu primo Etienne tendrá algo que decir al respecto? Eso suponiendo que acepte casarse con ella.

—No. Me daría a su propia hermana si se lo pidiera. De hecho, te ofrecería su hermana a ti, pero es una mujer terriblemente gorda y fecunda. Y no querrás tener hijos hasta que consigas a tu heredera.

La irónica sonrisa de Reading tiró de la cicatriz.

—Ya lo creo. ¿Pero qué te hace pensar que el dragón se levantará la falda ante ti una vez esté casada? Me da la impresión de que es de esas mujeres aterradoramente respetables. ¿Por qué supones que sucumbiría a tus diabólicas maquinaciones?

—Siempre lo hacen, muchacho. Y la señorita Harriman... —hizo una pausa—. Cielo santo.

Al cabo de un momento oyeron un sonoro crujido procedente del exterior.

—No suelo escuchar esas palabras de tus labios con frecuencia —dijo Reading—. ¿Cielo santo qué? Tienes una expresión de lo más extraña.

Francis se miró la casaca de tafetán de seda azul.

—Primero me estropeo los zapatos y ahora esto —dijo con un hilo de voz—. Me temo que vamos a tener que ver a mi primo antes de lo que pensaba.

—¿Por qué?

—Porque creo que me han disparado —dijo Francis—. Dile al cochero que se dé prisa, ¿quieres?

Y diciendo esto cerró los ojos mientras Reading golpeaba la pared del carruaje y el vehículo se detenía en seco.

Lydia adoraba a su hermana más que a nadie en el mundo, pero en ese momento estaba bastante enfadada con ella.

—¿Era verdaderamente necesario que lo hicieras? —dijo—. Has estado ridícula.

Elinor levantó la cabeza y, por primera vez, Lydia se dio cuenta de lo pálida que estaba.

—No te das cuenta de lo malo que es el vizconde Rohan —murmuró Elinor con tono derrotado.

—Te aseguro que no tiene ningún interés en mí, Nell —dijo—. ¿No crees que sé valorarlo por mí misma a estas alturas? Si me prestó atención fue para molestarte a ti.

Elinor se sonrojó. Algo extraño. Lydia no estaba acostumbrada a ver tan agitada a su calmada hermana mayor.

—Estás malinterpretando la situación —le advirtió Elinor—. Es un fanático de la doblez. Bajar la guardia estando cerca de él es coquetear con el desastre.

«Qué interesante», pensó Lydia.

—¿Acaso bajaste la guardia cuando estuviste con él, querida? —dijo Lydia—. Porque te aseguro que te escrutaba con suma atención. ¿Te... te hizo algo? ¿Te ofendió de algún modo?

—Por supuesto que no —contestó Elinor con una trémula carcajada—. ¿Tengo aspecto de ser el tipo de mujer capaz de atraer la atención de un libertino como lord Rohan? Sencillamente, tiene un peculiar sentido del humor, que utiliza para atormentar a los demás. Puede que tengas razón. Desde luego tiene donde elegir entre algunas de las mujeres más bellas de París. Insisto en que tengas cuidado si vuelves a encontrarte con él. Es de suponer que no volvamos a verlo en el futuro, pero sería un error dar por hecho que el destino vaya a ser tan generoso.

—Creo que sí volveremos a verlo —dijo Lydia sin molestarse en ocultar la sonrisa.

A Elinor no le pasó desapercibida.

—Te agradecería que compartieras conmigo eso que encuentras tan gracioso en toda esta situación. Porque yo no le encuentro la gracia por ninguna parte.

—Le gustas, Nell. ¿Y por qué no habrías de gustarle? Cualquier hombre con sentido común vería la mujer tan maravillosa que eres. No será capaz de mantener las distancias contigo...

—¡Basta! —exclamó Elinor con una brusquedad que Lydia no le había oído nunca. Luego tomó aire profundamente y dijo—: Para empezar, te equivocas. Ayer era una curiosidad para él, nada más. Una... una mujer virtuosa en una tierra de mujerzuelas. Es un hombre muy superficial, que se aburre con facilidad.

—No me ha parecido que fuera superficial, Nell.

Elinor no le hizo caso.

—En segundo lugar, aun en el caso de que sintiera algún tipo de atracción demente hacia mí, sus intenciones no serían deshonestas, sino algo mucho peor. ¿Recuerdas los rumores que corren acerca del Ejército Celestial? Pues son ciertos.

—¿Se beben la sangre de las vírgenes? —dijo Lydia con un chillido de horror.

—Por supuesto que no —declaró Elinor con tono malhumorado—. Los otros rumores. Se reúnen para llevar a cabo todo tipo de actos licenciosos, se visten con prendas extrañas y se comportan como... como animales. No querrás que yo forme parte de ese mundo, ¿verdad? Aunque él me deseara.

Lydia miró a su hermana a sus ojos castaños, ojos que nunca había visto tan turbulentos.

—Lo siento, cariño. He sido muy desconsiderada. Detesto ver como te menosprecias, pero tienes razón. Esa clase de interés sería desastrosa.

—Lo mismo es aplicable al señor Reading, Lyddie.

Lydia sabía agitar las pestañas y engañar a caseros y acreedores. También podría engañar a su hermana, sobre todo teniendo en cuenta lo alterada que se encontraba. Además, el señor Reading sólo había sido educado, su bello aunque marcado rostro desprovisto de toda emoción en casi todo momento.

Y al igual que sabía engañar, Lydia sabía leer las intenciones de las personas con más facilidad. Charles Reading era distinto. Bajo aquel comportamiento decididamente distante, ella sabía que albergaba la misma extraña e irracional sensación que hacía que le temblaran las rodillas y se le hiciera un nudo en el estómago. Lydia, que había flirteado con innumerables hombres jóvenes y apuestos, y no había sentido nada. Sin embargo, le habían bastado unos minutos con un hombre infeliz, con el rostro marcado por una cicatriz para soñar despierta...

No podía ser. Estaba perdiendo la cabeza. En aquella casa hacía frío, no les quedaba fuego. Elinor no lo sabía, pero Lydia había planeado verse con *monsieur* Garot, el tendero, esa noche cuando cerrara. Y pensaba hacer lo que fuera necesario para cargar con su parte de las responsabilidades.

Estaba tranquila, decidida, segura de sí misma. Sabía tan bien como Nell que Charles Reading no era para ella.

Aunque eso no quería decir que no pudiera soñar.

—Por supuesto, Nell —contestó ella distraídamente—. No me interesa. Sigo esperando a mi príncipe rico, ¿recuerdas?

Elinor le devolvió la sonrisa, demasiado distraída como para darse cuenta de que, por primera vez, su hermana le estaba mintiendo.

«No estoy de humor para esto», pensó Rohan horas más tarde desde su incomodísima posición en la estrecha camilla de Etienne dentro de su clínica bien equipada. Ése sí que había sido un dinero bien empleado, pensó medio adormilado. De hecho, no había sido más que una forma de mantener ocupado a un impetuoso francés para evitar que diera problemas. Jamás se le ocurrió que fuera a salvarle la vida algún día.

Le habían dado láudano. Conocía bastante bien sus deliciosos efectos y agradeció el aturdimiento que proporcionaba la droga. Recordó el desagradable momento en que Etienne había estado hurgando en la carne de la parte superior de su brazo en busca de la bala. No le cabía la menor duda de que el médico había disfrutado mucho infligiendo dolor al usurpador de su título. Pero eso formaba parte ya del pasado, y ya se sentía más cómodo...

—Te estás despertando, primo.

Volvió la cabeza y vio a Etienne de Giverney que lo observaba con desaprobación en su rostro demacrado. Sería un hombre guapo si no tuviera el desafortunado hábito de esnifar, y Francis estaba valorando la posibilidad de mencionarlo cuando se dio cuenta de que se debía al láudano.

—Me has salvado la vida, ¿verdad, Etienne? —murmuró—. Debió de ir en contra de tus principios.

—No te creas. La bala estaba en el brazo, no en el corazón. Quienquiera que te disparase era muy malo.

—Lo cual debe de entristecerte mucho.

—Creo que los asesinos a sueldo deberían saber lo que hacen —dijo Etienne con su escueto tono de voz.

Francis salió, aunque con reticencia, de la bruma creada por el láudano. Trató de incorporarse sin ayuda de su reacio médico.

—¿Crees que ha sido eso? ¿Un intento de asesinato?

—En vista de que estabas en la ciudad, dudo mucho que fuera un accidente de caza —respondió Etienne con frialdad—. E imagino que hay mucha gente a la que le gustaría verte muerto.

Francis irguió la espalda. Tenía el brazo vendado y, a pesar de las drogas, el dolor era algo más que un molesto pinchazo. Tenía intención de irse a casa a empaparse de brandy hasta que se le pasara.

—Tal vez. Pero ninguno es un excelente tirador.

—Quienquiera que fuese falló —señaló Etienne.

—Pero se acercó bastante, teniendo en cuenta las circunstancias. Protegido por las paredes de mi carruaje en mitad de una bulliciosa calle. Imagino que a quien buscamos es a alguien especializado. Alguien recientemente expulsado del ejército tal vez.

—Si lo encuentras, felicítalo por su habilidad disparando.

Rohan controló su irritación y preguntó:

—¿Dónde está mi camisa? ¿Y dónde está Reading?

—Ha estado haciendo lo que le pediste. Le encargaste un buen número de cosas antes de sucumbir a los efectos del láudano. De un momento a otro llegará un criado con ropa nueva. Tuve que cortar tu casaca y tu camisa. Estaban empapadas de sangre. No se habrían podido limpiar de todas formas.

—*Tant pis*. Siempre puedo comprar más —dijo deliberadamente, sólo por ver a Etienne fruncir el ceño.

—¿Y a quién estás intentando corromper en este momento?

Francis sonrió con placer.

—A cualquiera que se me acerque, Etienne. ¿Tienes a alguien en mente?

Etienne chasqueó la lengua con irritación.

—Pediste a Reading que ordenara que llevaran leña y comida a no sé qué casa en Rue du Pélican. ¿No te das cuenta de que cualquiera en esa zona se levantaría las faldas por unos pocos *sous*?

—Lo sé, no es una zona muy respetable, pero resulta que en ella habita un par de virtuosas señoritas. Con su *maman* enferma. Me gustaría que les hicieras una visita, que veas si se puede hacer algo por esa pobre mujer —dijo, intentando parecer un santo.

—La caridad no es algo propio de ti.

Rohan se echó a reír.

—Dios me libre de actuar por tales motivos. No albergo más que sentimientos impuros en lo que a una de las dos muchachas se refiere. Me gustaría que te encargaras de que la madre tenga una muerte rápida e indolora, y que te cases con la mayor de las dos hermanas. Será una esposa excelente, una mujer franca y con sentido común. Organizará tu vida y la consulta médica, y te dará una docena de hijos.

Se produjo un momentáneo silencio.

—No dejas de sorprenderme —dijo Etienne por fin—. No pienso matar a esa anciana por ti. Ni tampoco me casaré con una mujer para que tú puedas corromper a su hermana menor.

—En realidad, la madre no es tan mayor. Pero se muere por culpa de la enfermedad española y ha perdido la cabeza —Rohan se toqueteó el brazo y esbozó una mueca de dolor—. No le quedan más de unos meses en cualquier caso. Y es a tu futura esposa a quien deseo corromper.

Etienne se quedó mirándolo fijamente.

—A veces me pregunto si no estás loco, Francis.

—Voy camino de ello. Entiendo que no te atrae la idea de ayudarme.

—No.

—Te estaría muy agradecido si te lo pensaras —dijo—. Sabes que tengo tendencia a expresar mi gratitud de un modo tangible —continuó, observando el brillo codicioso en los apagados ojos negros de su primo—. Y a la madre le irían bien los cuidados de un médico. Podría enviar a cualquier otro, por supuesto que sí, pero pensé que debía darle la oportunidad a mi querido primo y heredero.

Etienne se irguió.

—Iré a ver a esa pobre mujer porque hice el juramento de atender a los enfermos. Y tú no me verás heredar el título; te casarás en el lecho de muerte y engendrarás un heredero sólo para fastidiarme —dijo con uno tono de voz no muy distinto a un lloriqueo.

—Qué maravillosa opinión tienes de mi virilidad —respondió Rohan—. Pero lo cierto es que no tengo interés alguno en engendrar nada. Ayúdame con este asunto, al menos en lo referente a la mujer. Siempre es posible que te enamores de su hija. Necesitas una esposa y ella sería una elección de lo más lucrativa.

—¿Invertirías dinero en ella por el mero hecho de llevártela a la cama? —dijo Etienne, horrorizado.

—¿Acaso no hago lo mismo con las hermosas putas que me visitan? Incluso las nobles damas me ofrecen sus encantos a cambio de algo, ya sean joyas o halagos. El sexo no es más que una transacción, sea del tipo que sea, y no me duelen prendas en pagar por ello.

Etienne sacudió la cabeza.

—Eres un hombre extremadamente cínico, primo.

—Igual que tú, *mon fils* —contestó él, bajando las piernas de la camilla con gran dificultad. Por un momento, todo empezó a darle vueltas de una forma muy desagradable—.

Creo que oigo alboroto fuera. Espero que sea Reading, de vuelta de sus recados benéficos. Indícale a tu asistente que lo ayude.

—No tengo ningún asistente, primo. Una viuda de cierta edad me echa una mano en la clínica, y no pienso pedirle que sirva a un aristócrata consentido.

Francis le dedicó su sonrisa más angelical.

—A ti te encantaría ser un aristócrata consentido, Etienne, admítelo. Ese aire de hombre del pueblo fingido tuyo es circunstancial, no una preferencia tuya. Y tendrás que deshacerte de la mujer. Me da que la señorita Harriman es de esas mujeres celosas y posesivas, y no le gustaría verte tan cerca de una viuda atractiva. Y no intentes negarme que es atractiva, Etienne. Conozco muy bien tus gustos.

—Si la mujer a la que deseas es una mujer celosa y posesiva, ¿por qué te interesa tanto? Ambas cualidades fueron anatema para ti en el pasado.

Rohan acusó el golpe.

—¿Sabes? Tienes razón. No tengo ni idea de por qué me empeño en corromper a una joven que no me dará más que problemas. Claro que nunca he dedicado excesivo tiempo a pensar en mis motivos. La deseo. Eso me basta —levantó la vista justo en el momento en que una mujer joven con un generoso escote hacía entrar a Reading en la habitación, sin duda la «viuda de cierta edad» a la que se había referido Etienne—. ¿Vienes a rescatarme, muchacho? Ya no puedo aguantar más la desaprobación de Etienne.

—El carruaje aguarda. La comida y la leña han sido entregadas. El mobiliario, las alfombras y la ropa de cama está pedido. ¿Seguro que te merece la pena tanta molestia? Aunque la mona se vista de seda, mona se queda.

Francis sonrió con indolencia. Había sido un día muy largo. De hecho, habían sido dos días, aunque normalmente soportaba bastante bien el no dormir.

—¿Estás llamando mona a mi futura, Charles?

Charles enarcó una ceja oscura.

—¿Futura qué, Francis? No creo que albergues intenciones respetables hacia esa chica. La bala te alcanzó el brazo, no la cabeza.

—No es eso, muchacho. Ya soy demasiado viejo para cambiar —se volvió hacia su malhumorado primo—. ¿Te queda más de ese maravilloso láudano, Etienne? Creo que necesitaré asistencia médica para el viaje hasta la Maison de Giverney.

No estaba tan débil como para no fijarse en la expresión mustia de Etienne siempre que oía hablar de la mansión parisina que debería haber sido suya.

—Ya has tomado bastante.

—Pero si me dieras un poco más podría darse el caso de que accidentalmente ingiriese demasiado y muriera. ¿Qué ocurriría entonces contigo? —dijo con tono meloso.

—No tardaré.

En cuanto Etienne salió por la puerta, Rohan se volvió hacia Charles.

—Sacaremos a las dos mujeres de esa pocilga en cuanto sea posible. Estas cosas deben tratarse con delicadeza, con elegancia, y yo nunca he sido un hombre torpe. Dame tu brazo. Este sitio huele a col y a muerte. Cuanto antes vuelva a mi cama, más feliz seré.

—Tu primo ha ido a buscar más láudano para ti.

—Era una excusa para librarme de su cara de vinagre. Ya me lo enviará. Tal vez deberíamos mandar a alguien a que lo alegre un poco. Marianne, por ejemplo —se puso en pie, inestable—. Sácame de aquí, por lo que más quieras. Tengo planes perversos que tramar. ¿Estás de mi parte?

—En todo momento —contestó Reading, tomándolo del brazo—. Vamos a ir al infierno, lo sabes, ¿verdad?

—Eso ya quedó claro hace años, Charles. Gracias a Dios.

—Gracias a Dios —repitió Charles efusivamente.

Pero aun en el estado de aturdimiento en que se encontraba, Rohan percibió el atisbo de duda que envolvía las palabras de su amigo conforme salían al encuentro de la noche nevosa.

CAPÍTULO 7

El día estaba resultando tan miserable como el anterior. Cuando Rohan desapareció, Elinor esperó hasta asegurarse de que su hermana y su madre no la necesitaban y se dispuso a hablar con el abogado, el señor Mitchum. Había que mirar en perspectiva su orgullosa salida del despacho del hombre el día anterior. No había lugar para el orgullo cuando el futuro de Lydia estaba en juego, no había lugar para el orgullo cuando el Príncipe de las Tinieblas había puesto los ojos en su hermana. Elinor había sido una estúpida al abandonar el despacho del abogado sin concertar una cita con el heredero de su padre, pero la decepción había sido mayúscula. Sin una generosa herencia estaban condenadas.

Jamás se le habría ocurrido pensar que pudiera ser tan impulsiva. En los últimos seis años había llegado a considerarse una mujer serena, práctica, servicial. Y en esos momentos se encontraba con que era posible que el futuro de su hermana y el resto de su abigarrada familia estuvieran en peligro por culpa de su imprudente arrebato. Se consideraba un ser despreciable.

El señor Mitchum no le sirvió de mucha ayuda. El nuevo

barón Tolliver no se había marchado todavía de Francia, que ya era algo, pero en esos momentos se encontraba fuera de la ciudad, visitando a unos amigos en el campo. No sabía cuándo regresaría ni si tendría intención de ver a su pariente pobre. La conminó a hacerle una nueva visita en el plazo de una semana para ver si se podía concertar una cita.

«En una semana podríamos haber desaparecido», pensó Elinor, abatida, caminando a paso ligero entre las callejuelas del gélido París. La nieve caía y se arremolinaba formando preciosos dibujos. En otro tiempo podría haberle parecido digno de ver, pero no en esa noche fría y desangelada. Tras abandonar el despacho del abogado había estado andando durante horas buscando empleo, sin éxito, como siempre. En aquella zona de París la gente sobrevivía con lo justo, nadie tenía dinero ni ganas de aprender el delicado arte de tocar el pianoforte o de bordar con primor, entre otras cosas porque nadie podía permitirse tener un pianoforte, y reservaban la habilidad con la aguja para usos más prácticos. Mejor así, porque su habilidad con la aguja era atroz y hacía años que no se obligaba a nadie a oírla tocar el pianoforte.

Se arrebujó en su chal. La capa que se había dejado en el castillo del vizconde daba más calor. Rohan le había llevado la capa ribeteada de pieles, una capa robada, pero ella había tenido el sentido común de no ponérsela en aquella zona de la ciudad. Lo más probable era que se la hubieran arrancado en cuestión de minutos. No era inteligente exhibir objetos de valor en un barrio deprimido como aquél.

Además, había dejado a Lydia cómodamente envuelta en ella en aquella casa helada, así que por lo menos le estaba dando uso. Sólo podía confiar en que Lydia no sufriera un ataque de culpabilidad y se le ocurriera tapar a su madre con ella. Lady Caroline no sentía frío ni calor, y había echado todo por la borda. No se merecía ni un ápice de comodidad en su desolado hogar, pensó Elinor con exacerbada amargura.

Resolvió vender la capa al día siguiente. Esa noche tendrían que partir los muebles para protegerse del frío, y no sabía por dónde empezar. La cama de su madre sería la opción más obvia. El resto ya dormían en el suelo. Pero en un camastro en el suelo les resultaría imposible atarla, y eso era más peligroso que morirse congelados.

Tendrían que empezar por las sillas o la mesa, y no acertaba a decidir qué era más necesario. Ellas todavía eran jóvenes y ágiles como para sentarse en el suelo, pero a nana y a Jacobs les costaba más. Nana Maude solía echarse la siesta de vez en cuando en la cama junto a lady Caroline, con la espalda apoyada en uno de los postes, aunque aquello no podía considerarse un asiento ni mucho menos cómodo.

Se estaba haciendo de noche y la poca seguridad que había en las calles iba desapareciendo gradualmente a la misma velocidad que la luz. No le quedaba más remedio que regresar con la carga de haber fracasado en la tarea más simple. Se acordó de las tostadas con canela y le dieron ganas de llorar.

Una luz extraña salía de las diminutas ventanas que daban a la calle e hizo que se detuviera, confusa. Las casas se parecían mucho entre sí, y pensó que se había equivocado, pero no, porque oía la risueña voz de Lydia, y entró como un vendaval por la puerta, temiendo que su Némesis hubiera regresado.

La temperatura dentro de la habitación era agradable gracias al crepitante fuego que ardía en la chimenea. Y había más leña amontonada a un lado. Había, además, luces encendidas por toda la estancia, que proyectaban un agradable si bien temporal halo sobre el miserable entorno, y a su nariz llegó el inconfundible aroma del pollo que se estaba asando en la pequeña estancia que hacía las veces de cocina y habitaciones para el servicio.

Miró a su alrededor con cierta desesperación, pero no

vio por ninguna parte a aquel hombre alto y peligrosamente apuesto. Sólo estaban Lydia y nana Maude.

—¿No te parece maravilloso, Nell? —exclamó Lydia, dando brincos de alegría—. La leña llegó una hora después de que te marcharas. Hay más que suficiente para usar también en la cocina durante varias semanas, y hay comida. No te lo vas a creer: harina, azúcar y té, leche y mantequilla frescas. Y también pollo, patatas y salchichas. Nana nos ha preparado pastelillos. Es como estar en la gloria.

«Ni de cerca», pensó Elinor, recordando la satánica sonrisa de Rohan.

—Tendremos que pagar un precio por todo esto —dijo con tono agrio, quitándose el raído chal antes de entrar en la acogedora habitación.

—Precio que yo estaré dispuesta a pagar —dijo Lydia alegremente—. Si tengo que entregar mi inocencia a cambio de una cama caliente y pollo para cenar, lo haré sin dudar un instante. Por este pastelillo estoy más que dispuesta a hacer varios favores indecentes.

—No le quites importancia, Lyddie —la reconvino Elinor con rudeza—. Esto no es una acto de caridad desinteresada.

Lydia se metió el resto del pastel en la boca y sonrió beatíficamente.

—No, supongo que no. Pero por alguna razón dudo que lord Rohan sea la clase de hombre que te forzaría a hacer algo que no quieras, por muy depravado que le guste pensar que es. Creo que lo que le gusta es la emoción de la persecución.

—Lyddie, cariño —protestó Elinor, atravesando la estancia para tomar un pastelillo—. Lord Rohan es un libertino sin corazón ni alma. Dudo que se detenga ante nada por algo como los principios morales. Carece de ellos.

—Tal vez. Pero sospecho que no es el diablo que finge ser. Le gusta el desafío, el poder. Utilizar la fuerza sería una vulgaridad para él, lo consideraría un fracaso.

—En eso tienes razón —concedió Elinor—. Pero no es a mí a quien quiere. Y no pienso dejar que ningún hombre —dio un bocado a su pastelillo— se tome libertades contigo —otro bocado—. Estoy aquí para protegerte —cerró los ojos con deleite— y, maldición, tienes razón. Una podría sacrificar su honor sin pensárselo dos veces por uno de estos pastelillos.

—No utilicéis ese lenguaje, señorita Elinor —la reconvino nana Maude—. Lleváis demasiado tiempo por esas calles y en contacto con vuestra madre.

—Nuestra horrible madre —añadió Lydia con una risilla.

—Y estos pastelillos no han sido obra mía, llegaron con todo lo demás. Nata de Devonshire y té negro de China, mermelada de fresa y hasta un pollo preparado para cocinar. Alguien debe pensar que no sé cocinar —dijo con ofendida dignidad.

—Alguien piensa que tienes demasiadas cosas por las que preocuparte y pensó que merecías un poco de ayuda —le aseguró Lydia, girando por toda la estancia como si estuviera achispada—. ¿No lo ves, Nell? Tenemos un ángel guardián. ¿A quién le importa que sea un ángel caído? Yo no le tengo miedo. Y te equivocas. No tiene aviesas intenciones hacia mí y tú eres la mujer perfecta para él. Si sus motivos son tan depravados, va a sufrir una tremenda decepción.

Elinor no pudo evitarlo, el fuego la llamaba con su calor. Se hincó de rodillas delante de la chimenea y acercó la mano helada, mientras Lydia le llevaba una taza de té de verdad y se sentaba a su lado.

El calor penetró poco a poco en sus huesos y por un momento sintió ganas de apoyar la cabeza en el tosco suelo y echarse a llorar.

—Hay alguien en la puerta —anunció nana Maude con su acostumbrado tono malhumorado.

—Dile a lord Rohan que se vaya —dijo Elinor—. No recibimos visitas a estas horas.

—No es él —respondió la mujer con tono adusto—. Son varios. Probablemente vengan a llevarse las cosas. Seguro que las trajeron aquí por error.

—Pues con más razón diles que se vayan —contestó Elinor, arrastrada por una vertiginosa sensación—. No pienso dejar que se lleven mi fuego ni mi té.

Jacobs salió a grandes zancadas de la cocina, obviamente molesto con las personas que llamaban a la puerta y abrió.

—Más caprichos —dijo con un tono hosco que no ocultaba su agrado—. Mira a ver dónde pones esas cosas, chico —se hizo a un lado para dejar pasar a una fila de hombres cargados con muebles, alfombras, colchones y ropa de cama y mesa.

Elinor se levantó de un salto.

—¡No podéis meter aquí todo eso!

—Lo siento, señorita, pero tenemos órdenes —dijo uno de los hombres posando en el suelo un extremo de un canapé justo al lado del fuego—. Los muebles se quedan. Sólo decidnos dónde queréis que lo coloquemos. Tenemos órdenes de no irnos hasta que quedéis satisfecha.

—Y yo no me quedaré satisfecha hasta que estas cosas salgan de mi casa —contestó ella con sequedad.

—Cuidado con lo que haces —riñó nana Maude dando a un joven cargado con un pequeño escritorio.

—No puedo hacerlo, señorita —contestó el hombre—. Su señoría me asusta más que vos. Me dijo que fuera a verlo para ponerlo al corriente después de entregar las cosas y no quiero ni pensar en lo que diría si regreso con los muebles.

Elinor se volvió hacia Lydia.

—Esto es imposible. Lo próximo serán vestidos y ropa interior.

Una sonrisa esperanzada iluminó el rostro de la chica.

—Sería agradable volver a llevar prendas interiores.

—No seas ridícula. Voy a poner punto final a todo esto ahora mismo —y diciéndolo pasó junto al hombre que cargaba con la alfombra y se puso el chal.

—¡No puedes salir ahora!

—Puedo y voy a hacerlo. Aún es pronto. Puedo informar a su señoría de que deberá retirar sus inapropiados regalos de inmediato.

—¿El pollo también? —dijo Lydia con tono suplicante.

Elinor hizo una pausa.

—No, el pollo no. Ni los pastelillos. Ni la leña —esto último lo dijo con un escalofrío. El constante abrir y cerrar de la puerta dejaba pasar corrientes de gélido frío en la casa.

—¡No iréis a ese castillo de nuevo! —chilló nana Maude.

—No es necesario. Está en su residencia urbana. En Rue Saint-Honoré —dijo con actitud servicial el hombre que parecía mandar en la cuadrilla interminable—. Me llamo Rolande, y estoy a cargo de las residencias del conde. Puedo prometeros que todo esto no son más que artículos sobrantes de su casa realmente saturada.

—Aun así es inaceptable. Voy a hablar con él.

—Puedo llevaros si queréis —se ofreció Rolande.

Elinor lo miró con suspicacia.

—¿Dijo él que me llevarais?

—Yo no hablo con el conde, *mademoiselle* —contestó—. Sólo su administrador. Y nadie dijo nada de que la lleváramos hasta allí. Sólo quería ser de ayuda.

Elinor lo miró durante un momento. Era una noche fría y oscura, estaba nevando y encontrar la residencia de lord Rohan podría ser difícil, cuando menos. No le quedaba otra opción. Cuantas más cosas les enviara, más difícil le resultaría deshacerse de ellas. Ya no era sólo el hecho de que si la gente se enteraba arruinaría la reputación de Lydia. Así era como había vivido su madre, como habían vivido ellas, dependiendo de la generosidad de un hombre con malas intenciones. No pensaba seguir los pasos de su madre. Sencillamente, no pensaba hacerlo.

Rohan no querría escucharla, claro, por mucho que ella tratara de explicárselo. Si tuviera un mínimo de sentido común, se quedaría junto al fuego cómodamente sentada en uno de aquellos sillones que les habían llevado aquellos hombres y aceptaría la situación por el bien de su pobre familia. ¿De qué servía el honor cuando tu familia se moría de hambre?

Pero aún quedaba el asunto de su primo ausente. Aún tenían opciones. Podían aceptar esos regalos, pero ni uno más. Eso tendría que dejarlo claro.

—Vamos —dijo ella—. *Allons-y*.

El trayecto desde la zona desfavorecida de la ciudad hasta las calles más elegantes resultó sorprendentemente corto teniendo en cuenta la disparidad entre las viviendas. Menos mal. El vehículo de Rolande resultó ser un coche grande de carga y el único asiento disponible era el pescante junto al servicial cochero. El viento se le hacía más frío a cada bocanada de aire que tomaba y pese a que intentó concentrarse en lo que el hombre le iba contando acerca de su hijo, sus nietos y su pierna mala, pero para cuando detuvo a los caballos estaba aterida de frío.

—Ya estamos, *mademoiselle* —dijo el hombre—. ¿Queréis que os acompañe? Ésta no es una casa en la que se reciba a la gente como nosotros en la puerta principal.

«¿Gente como nosotros?», pensó Elinor para su gran sorpresa. Y entonces lo comprendió. De hecho, aquel criado iba mejor vestido que ella. Llevaba una ropa gastada, pero remendada. Ella había tenido que ponerse el último vestido que le quedaba al llegar a casa horas atrás y se había hecho un desgarrón en la falda con un clavo.

Vaciló un momento. Alguien de la clase social y la riqueza de Rohan no albergaría intenciones depravadas respecto a una joven que vivía en un barrio peor que sus propios criados.

Pero entonces recordó que Rohan no tenía ni un ápice de caridad en su cuerpo. Vivía conforme le dictaban sus decadentes deseos. Los gestos altruistas no tenían nada que ver con él. No le importaba lo que le hubiera podido suceder de joven para haberlo dejado tan herido. Era el hombre en que se había convertido y era un hombre peligroso.

—Él querrá verme —afirmó ella con falsa seguridad, bajándose del coche sin dar tiempo a Rolande a ayudarla.

—Os esperaré aquí por si acaso, *mademoiselle*.

—No hace falta...

—Por si acaso.

—Eres un hombre muy amable, Rolande —dijo—. Le diré a su señoría que te doble la paga.

—La paga que me da su señoría es muy generosa. Y esto lo hago por vos, no por él —dijo, lanzando una mirada de desagrado hacia la enorme casa—. Adelante, *mademoiselle*. Parece que estáis helada.

«Tenía que haber una escalinata de entrada hasta la puerta principal de la mansión», pensó Elinor encarando los escalones. Había esperado encontrar luces, risas y depravación en mitad de la noche, pero la casa estaba en silencio.

Cuando llegó a la puerta, tomó el llamador de latón, pero antes de que pudiera utilizarlo, la puerta se abrió y un criado de aspecto serio la miró como si no fuera más que basura. Tenía que ser francés.

Sus primeras palabras confirmaron sus sospechas.

—La entrada del servicio está en el lateral —dijo y se dispuso a cerrarle la puerta en las narices.

Pero Elinor se lanzó contra ella y lo detuvo.

—He venido a ver a su señoría. Decidle que está aquí la señorita Harriman.

El hombre miró el vehículo de carga que la esperaba

junto a la acera, a continuación la miró a ella otra vez, y su expresión se tornó aún más desdeñosa.

—No he oído ese nombre antes —dijo el criado con altanería, empujando la puerta.

—Preguntadle —la puerta se cerró en sus narices, y Elinor se quedó de pie en la fría noche, totalmente furiosa—. Está bien —dijo entre dientes—. Tú lo has querido.

Bajó a grandes zancadas los escalones cubiertos de nieve, dando gracias mentalmente a la señora Clarke por las botas que le había conseguido, y se subió al coche.

—A la entrada del servicio, Rolande.

Había llevado una vida de lo más extraña, una vida de extremos, pero era la primera vez que se adentraba en los aposentos del servicio de una casa noble. Desde la casa de campo de su padre hasta los elegantes apartamentos parisinos en los que su madre y su amante vivían con apasionado abandono, se había mantenido lejos de los aposentos del servicio. Luego los apartamentos y las casas fueron decayendo en esplendor, pero ni aun así tuvo oportunidad de adentrarse en la zona que habitaba la clase trabajadora.

El vestíbulo de entrada trasero estaba limpio y hacía una temperatura agradable. Oyó ruido a lo lejos, los criados estaban preparando la cena, sin duda, y se preguntó qué se sentiría viviendo con la seguridad y el calor que proporcionaba un trabajo decente. Tal vez podría hacerlo, trabajar como criada. No había nada que se le diera especialmente bien, era demasiado torpe para ser una doncella, demasiado mala con la aguja para ser la doncella de una dama y horrible en la cocina. Tal vez podría trabajar como ayudante de cocina, bajo la aguda mirada de algún estricto chef, y podría...

—¿*Mademoiselle*? —dijo Rolande, interrumpiendo sus fantasías—. Todo recto encontraréis las escaleras que conducen al ala principal de la vivienda. Estad alerta por si os encontráis con Cavalle. Dirige esto con mano de hierro.

—Que Dios te bendiga, Rolande —dijo—. Ojalá tuviera algo de dinero...

—No hace falta. Me agrada serviros, *mademoiselle* —dijo, y a continuación se dispuso a hacerle una reverencia.

Ella se inclinó y le dio un beso en la curtida mejilla, a lo que Rolande respondió con una resplandeciente sonrisa. Luego se volvió y salió en busca de su Némesis.

Los escalones eran estrechos, de madera tosca, claramente una escalera de servicio, y avanzó en silencio. Encontró una puerta en lo alto, cerrada, por supuesto, y vaciló un momento. ¿Qué iba a hacer cuando estuviera en la parte noble de la casa? Registrar todas las habitaciones hasta dar con él, obviamente, pero el problema radicaba en cómo comenzar la conversación, teniendo en cuenta que se había colado en su casa subrepticiamente.

Aunque eso también era culpa de Rohan, por haber contratado a un mayordomo que era un... un... no encontraba ninguna palabra amable, pero ni siquiera mentalmente era capaz de utilizar las palabrotas de la calle que había aprendido involuntariamente en los últimos años. Tendría que aguantarse con *batarde*. Abrió la puerta y se introdujo muy despacio en la guarida del león.

La temperatura era cálida y un resplandor dorado procedente de velas de la mejor cera de abejas inundaba el espacio. Las mismas velas que había enviado a su casa, junto con la bendita leña y la comida que se había perdido al salir hecha una fiera de allí. Por un momento la debilidad se apoderó de ella. Estaba muerta de hambre. No había comido nada más que las tostadas de esa mañana y el pastelillo al llegar a casa, pero no era suficiente para mantener su sólida constitución. Ella no era delicada como Lydia. Era más alta, más fuerte. Pero habría dado lo que fuera por tumbarse en una de las camas nuevas y dormir varios días seguidos. Cualquier cosa menos el honor de su hermana. Y el suyo, o lo que quedaba de él.

Cerró la puerta y echó a andar con determinación. Desde allí se tenía acceso a una serie de estancias formales cargadas de marcos dorados, suelos pulidos y espejos. Había oído hablar de Versalles y su Salón de los Espejos. Seguro que aquel lugar podía rivalizar con ellos. A pesar de lo poco que sabía acerca de lord Rohan, era consciente, no sin incomodidad, de que su fortuna era inmensa.

Igual que la escalinata de mármol a la que acababa de llegar. Subió despacio, manteniéndose pegada al borde en caso de que algún criado excesivamente entusiasta con su trabajo pasara por allí, pero era tarde y la mayoría se quedaría en un discreto segundo plano a menos que requiriesen sus servicios. Eso lo recordaba de tiempos mejores.

Vagó por las galerías de la primera planta, metiendo la cabeza en las habitaciones que iba encontrando: una biblioteca con olor a cuero y tabaco de pipa; un pequeño salón claramente diseñado para la mujer de la casa, y que, claramente, no había sido usado nunca; una salita de música con un arpa y un pianoforte. Al final de una de las galerías encontró también el salón de baile, oscuro y silencioso, y en la pared opuesta una puerta cerrada.

Pegó la oreja a la puerta, pero no oyó nada. Se utilizara para lo que se utilizara, la habitación estaba vacía en ese momento.

No le quedó más remedio que subir otro tramo de escalones, más corto esta vez, aunque no menos espléndido. ¿Y si Rolande se había equivocado? ¿Y si estaba vagando por la residencia urbana del vizconde Rohan y él no estaba allí? Al coronar las escaleras oyó voces. La voz grave y melodiosa de Rohan, y contuvo el aliento a la espera de la respuesta de una mujer.

En su lugar respondió otra voz masculina, aunque no pudo entender lo que decía. Emergió de las sombras entonces y se dirigía hacia la habitación de la que salían las voces cuando reapareció de pronto el mayordomo, llevando un decantador y unos vasos en una bandeja.

—¡Tú! —exclamó el mayordomo con extremado odio, aunque el hombre era demasiado profesional y no iba a dejar caer la bandeja. La posó en una mesa con cuidado, pero ella aprovechó y salió corriendo en dirección a las voces.

Había una puerta abierta y la luz del interior iluminaba el corredor. Al otro lado estaba su objetivo. Casi había llegado, sus botas ya no se movían silenciosamente por el piso de madera, cuando el mayordomo la alcanzó, la agarró por el pelo y tiró vigorosamente de ella.

Elinor le mordió con fuerza, le pegó una patada en la espinilla con las botas de lady Carlton y se lanzó hacia delante de un salto, consciente del desgarrón del vestido, de cabeza hacia los dos hombres que había dentro del salón, que se quedaron mirándola en desconcertante silencio.

CAPÍTULO 8

«Al menos el hombre de la cicatriz, Reading, ha puesto cara de sorpresa», pensó Elinor. Lord Rohan, como siempre, era diferente. Parecía que la estuviera esperando, el muy cretino.

Estaba sentado rodeado de esplendor en una cama con dosel con lujosas colgaduras doradas, el pelo suelto le caía sobre los hombros y estaba completamente desnudo, al menos eso le pareció a ella. Estaba tapado hasta la cintura, pero aun así dejaba a la vista demasiada piel, y no debería de estar pensando en eso.

Lord Rohan no hizo intento alguno de taparse, únicamente sonrió.

—No te hagas el sorprendido, Charles. Es mi querida muñequita. ¿Te ha dicho que dormimos juntos? ¿Dos veces? Una experiencia tremendamente placentera.

Reading hizo un ruido como si se hubiera atragantado.

—¿Placentera?

—Su señoría está mintiendo, como siempre —afirmó Elinor—. Me quedé dormida en su presencia. No todo el mundo lo encuentra tan entretenido como vos.

—¿Entiendes ahora por qué me fascina, Reading? —dijo Rohan. Acto seguido su mirada y su voz se endurecieron—. No habrás insultado a la señorita Harriman, ¿verdad, Cavalle? No me gustaría descubrir que no se la trata con el más absoluto esmero y respeto.

Elinor miró por encima del hombro. El mayordomo se había puesto del color del pergamino y juraría que se oía el entrechocar de sus rodillas. Sin duda estaba aterrorizado.

—Por supuesto que me ha tratado con esmero y respeto —se interpuso ella con tono malhumorado, apiadándose del hombre—. Simplemente quería anunciarme para daros tiempo a cubriros como cualquier cristiano decente, pero yo no quise esperar y eché a correr.

—Ya lo veo —dijo él, sin creer ni una sola palabra—. ¿Siempre andas corriendo por ahí con la ropa destrozada y el pelo cayéndote por la espalda? Puedes irte, Cavalle. Ya hablaremos más tarde.

—Sí, milord —dijo el hombre con voz trémula.

Entonces Rohan fijó sus ojos azules en ella.

—¿Y qué te hace pensar que soy un cristiano decente, criatura? Me siento ofendido.

Ella tomó una profunda bocanada de aire para tranquilizarse.

—Siempre queda la esperanza, señor conde. Me gustaría hablar con vos.

—Y aquí estás, preciosa mía. ¿Se trata de un asunto privado? Reading estará encantado de dejarnos a solas —y dando unas palmaditas sobre las prístinas sábanas añadió—: Ven y siéntate a mi lado. Cuando recibo la visita de una mujer en mi dormitorio, prefiero tenerla cerca.

—Y yo prefiero que os pongáis algo de ropa.

—¿Por qué? —dijo él cargado de razón.

Elinor se fijó entonces en el vendaje que le cubría el brazo.

—Estáis herido —comentó, momentáneamente distraída.

—Es una herida sin importancia —contestó él—. ¿Por qué quieres que me vista?

—No pienso discutir nada con un... con un hombre desnudo. Me distrae.

La suave carcajada de él era enloquecedora.

—Muy bien, tesoro. En ese caso será mejor que Reading te lleve a mi salón mientras yo llamo a mi ayuda de cámara, porque me temo que debajo de estas sábanas estoy desnudo como el diablo me hizo, y si no quieres hacerme compañía, deberías retirarte para no desmayarte del susto.

—Vamos, señorita Harriman —dijo Reading, tomándola del brazo—. Está en uno de esos días suyos. Lo más sensato es no darle alas. Esperaremos en el salón.

Rohan ya estaba echando a un lado las sábanas y Elinor se dio media vuelta, confiando en que el sarcástico hombre que la acompañaba no hubiera visto el rubor que teñía sus mejillas. La suave carcajada de Rohan la siguió hasta el salón contiguo.

—Sentaos, señorita Harriman —ofreció el sustituto de su anfitrión—. ¿Puedo ofreceros algo de beber? Podemos pedir a Cavalle que nos sirva el té, o tal vez algo más fuerte. Me parece que no le gustan demasiado las escaleras; será gracioso obligarlo a correr arriba y abajo.

—No, gracias, señor —contestó ella, sentándose en el borde de un alto sillón dorado, decidida a no dar muestras de extenuación.

—Confío en que vuestra... familia esté bien. No habrá ocurrido nada malo para haceros salir de casa a la carrera en una noche como ésta, ¿verdad?

Elinor percibió la vacilación y reprimió un suspiro. Todo el mundo se enamoraba de su hermana en cuanto la veía, y estaba claro que Reading no era una excepción.

—Mi hermana está bien —contestó.

Había cierta dulzura en el rostro marcado de aquel hombre.

—Si puedo ayudar en algo...

—Este asunto nos concierne sólo a lord Rohan y a mí —dijo ella.

Reading se sentó a su lado en uno de los sillones.

—Sois una mujer inteligente. Seguro que os habéis dado cuenta de que su señoría y yo tenemos una relación muy cercana. Podéis hablar conmigo del tema que os preocupa.

Ella no se molestó en reprimir el gesto de escepticismo.

—Esperaré a su señoría, gracias. Esto es algo entre él y yo.

—Ya lo veo —contestó Reading con una tenue sonrisa—. En ese caso, me voy. Hacía semanas que no pisaba la ciudad y me gustaría hacer algunas visitas. Soy consciente de que es una grosería abandonaros aquí de esta forma, y os aseguro que no tiene nada que ver con el tremendo respeto que me inspiráis. Simplemente soy un alma superficial, esclava de sus apetitos. Y sospecho que Rohan quiere estar a solas con vos. Lamentablemente, los lazos de la amistad superan las obligaciones que marcan las normas de educación —se levantó, tomó su mano y se inclinó sobre ella. Elinor la retiró antes de que pudiera besarla, con el rostro enrojecido al recordar la última vez que un hombre le había besado la mano. Y exactamente lo que ocurrió a continuación.

Pero Reading se limitó a sonreír con aquella peculiar sonrisa retorcida suya, y se marchó.

El pánico se apoderó por un momento de ella cuando cerró la puerta. Su rabia inicial se había aplacado lo suficiente como para que un horrible pensamiento se abriera paso en su mente de repente: ¿qué demonios estaba haciendo allí?

No se podía decir que fuera a encontrar ayuda en otro lado. Seguro que podía aceptar la generosidad de Rohan sin tener que ofrecerle a su virginal hermana en sacrificio. En cuanto a su sentido del honor, hacía tiempo que se había esfumado. Terminar como su madre podría ser una manera de subir peldaños en el mundo.

Si era cuestión de reputación, hacía tiempo que había quedado destruida, por lo que estaba preocupándose por nada. El asunto de la reputación se había desvanecido años atrás entre otras cosas porque la madre de Lydia era una puta y su hermana...

Miró por la ventana. La nieve le provocó un escalofrío. En algún lugar, las campañas de una iglesia dieron las ocho y suspiró aliviada. Aún era pronto. Tarde para una visita de cortesía, pero pronto para insistir a lord Rohan que retirasen los objetos de la casa y que desistiera de molestarlas. Su hermana no estaba en venta.

El fuego ardía en el hogar, provocando un calor casi opresivo. Debería haber aceptado el té. Estaba tan cansada que se le cerraban los ojos, y no tenía intención de volver a quedarse dormida en presencia del vizconde. No es que fuera especialmente peligroso para ella, a pesar de las bromas que hacía a su costa, pero tampoco podía contar con que siempre fuera así, y si Rohan tenía ganas de humillarla, resultaría presa fácil para él.

No, era vital mantenerse despierta, así que se levantó y empezó a caminar arriba y abajo, sus largas faldas revoloteaban alrededor de sus piernas. ¿Por qué tardaba tanto lord Rohan? No podía ser tan difícil ponerse una camisa y unos calzones. Rezó para que no se estuviera poniendo elegante sólo para recibirla a ella, vestida con sus harapos.

Distraída por lo paradójico de la situación se sentó, se reclinó sobre el asiento tapizado en seda a rayas y cerró los ojos sólo un momento. Lo oiría entrar, sobre todo si llevaba esos ridículos zapatos de tacón que se había puesto para acompañarla esa misma mañana. No había estado mirándole los zapatos, no había mirado nada si podía evitarlo, al notar que una sensación de vergüenza y algo más se apoderaban de ella. ¿Había ocurrido esa misma mañana? Le daba la impresión de que había pasado una semana o hasta un mes desde que robó el carruaje para ir a buscar a su madre. Le daba la impresión de que había pasado una eternidad desde que pusiera los ojos en el Príncipe de las Tinieblas por primera vez.

Se levantó y retomó el paseo. ¿Por qué se retrasaba tanto? Al paso que iba cualquiera diría que se estaba preparando para una presentación ante toda la corte. Se sentó de nuevo, y de nuevo se levantó. Estaba inquieta. Sabía Dios lo que llevaría puesto si se acercaba a la alcoba y aporreaba la puerta, pero, y a pesar de lo poco que lo conocía, estaba segura de que disfrutaría mucho avergonzándola.

Ya había sido bastante chocante para ella, y no porque no hubiera visto suficientes cuerpos desnudos llevando a cabo distintos actos de depravación la víspera. Se enorgullecía de su pragmatismo, y aún no había salido de su asombro ante algunas de las cosas que había alcanzado a ver, pero un cuerpo desnudo no era más que eso. Ella precisamente no debería ser tan delicada. Pero, por alguna razón, lo que no tenía importancia en lo tocante a la variopinta cohorte del vizconde se le antojaba muy distinto cuando se refería a Rohan. La desnudez en particular.

Tenía vello en el torso. No mucho, pero sí algo. Era oscuro y veteado de gris, algo que la había sorprendido. De repente sintió el extraño deseo de tocarlo. Tenía el cuerpo de un hombre joven, la musculatura, y...

¿Y qué hacía ella pensando en su musculatura, por todos los santos? Tal vez fuera por lo distinto que era del único otro cuerpo que había visto de forma tan íntima. Aunque, gracias a Dios, él no lo había visto.

Y desde luego no tenía intención de pensar en eso tampoco. Sin duda bastaría para mantenerla despierta, pero algunas cosas tenían un precio demasiado alto.

Recuperó a la fuerza el recuerdo, el bueno. El que solía emplear cuando la realidad se le hacía insoportable. La inmensa campiña que rodeaba la casa de su padre, en Dorset; la sensación de la joven yegua debajo de ella mientras galopaban, el sol en lo alto, las trenzas en que se había recogido el pelo flotando en el viento conforme el animal adquiría velocidad y adelantaban al mozo de cuadras. Tenía doce años. Apenas unos días antes de que su madre las llevara, a ella y a su hermana, al continente. La última vez que había montado a caballo. Pero le bastaba con recrear mentalmente aquel momento para recuperar la paz, para sentirse alegre y segura de que nada malo iba a ocurrir.

—Una expresión encantadora, señorita Harriman —dijo Rohan, sacándola de sus ensoñaciones—. ¿Pensabas en mí por casualidad?

Elinor abrió los ojos de golpe.

—Imaginándoos con la cabeza clavada en una estaca, queréis decir —replicó ella con frialdad. Estaba vestido, al menos en parte, con calzones de color plata, camisa blanca por fuera y un chaleco largo de color negro ribeteado de color plata. Se había recogido el pelo en una coleta y la miraba con diversión en sus duros ojos azules.

—No voy a molestarme en preguntar a qué debo el honor de tu visita —dijo él, entrando en la habitación—. Has venido a reprenderme por evitar que tu hermana se muera de frío y hambre, ¿verdad?

Elinor se quedó helada.

—¡No os acerquéis a mi hermana! —exclamó con voz que denotaba su pánico.

Él puso los ojos en blanco.

—¿Qué demonios te hace pensar que deseo a esa preciosa criatura? Hay montones de chicas bonitas en esta ciudad, puede que cientos, y confío en que podría tenerlas a todas si tuviera algún interés.

—A todas no —replicó ella con fiereza, levantándose de un salto.

—Mi querida señorita Harriman —dijo él, devolviéndola a su asiento con suavidad—. Te aseguro que a tu hermana también podría tenerla. Pero creo que eso molestaría a Reading, y yo jamás haría algo así a mi querido amigo. Aunque tampoco es mujer para él. Él debe casarse con una rica heredera, y a pesar de mi mala influencia, es demasiado noble como para jugar con una buena chica.

Los interrumpió una suave llamada a la puerta.

—*Entrez* —dijo Rohan, y entró un criado, no aquel odioso Cavalle, cargado con una pesada bandeja. El aroma a pan con canela la asaltó.

—Pensé que sería más aceptable tentarte con té y unas tostadas que con vino y uvas —dijo, levantando una de las tapas—. Ah, y huevos. Está bien, Willis. Puedes irte.

—No tengo hambre —afirmó Elinor.

—No seas ridícula. Claro que tienes hambre. Si casi te pones a llorar cuando he dicho que había huevos. Permite que te sirva.

—No voy a probar vuestra comida.

—¿Por qué? ¿Temes que te dé seis semillas de granada y quedes atrapada aquí todo el invierno?

Ella lo fulminó con la mirada.

—Puede que disfrutéis siendo el rey del inframundo, milord, pero no sois más que un aristócrata mimado acostumbrado a salirse siempre con la suya.

—No te lo voy a discutir, criatura —contestó él, colocándole un plato en el regazo—. Me ves tal como soy, con defectos y todo. No soy más que un ser frívolo, decadente e inútil. En cuyo caso ¿qué es lo que tanto te molesta de mi pequeño acto de caridad? No te enfades otra vez. Cómete los huevos antes de que se enfríen. Sé que quieres decirme que no necesitas mi caridad, pero eres demasiado virtuosa para mentir. Tú no tienes dinero y yo tengo tanto que no sé qué hacer con él. Además sé que no te ha dado tiempo a hablar con tu primo, el nuevo barón, para pedirle ayuda. No tienes a quien recurrir. Piensa en ello de esta forma: si yo hubiera tenido más control de lo que ocurre en mi casa, tu madre jamás habría logrado entrar para jugarse lo último que le quedaba a vuestra patética familia. Considéralo el pago de una deuda.

Si fuera la mujer de principios que deseó ser, jamás habría tocado los huevos. Pero olían tan bien que no pudo soportarlo. Hacía semanas que no probaba los huevos. Además, sus principios habían quedado hechos añicos hacía años. Podía vender su alma por un plato de huevos pasados por agua, pero a su hermana no.

Tuvo que mirar para otro lado después de dar el primer bocado para que no viera el brillo de las lágrimas en sus ojos. Era absurdo llorar por unos huevos. En otros tiempos de buena gana habría entregado su irónicamente llamada virtud a cambio de un trozo de carne asada. Era una pena pensar que su valor hubiera caído tanto.

Parpadeó varias veces para alejar la humedad y a continuación clavó en Rohan su mirada más severa. Él estaba mordisqueando una de las tostadas, las tostadas de ella, aparentemente tan tranquilo.

—Entonces, querida señorita Harriman, ¿por qué no me explicas con ese tono distante y sereno tuyo por qué te parece tan mal que comparta lo mucho que tengo con tu familia.

—¿Quién os ha disparado?

Rohan pareció molestarse.

—No veo qué tiene que ver eso con lo que estamos hablando. Reading me asegura que cualquier persona que me haya conocido tendría motivos para dispararme, así que he de admitir con toda franqueza que no tengo la menor idea. ¿Fuiste tú?

—Si hubiera sido yo, no habría fallado —contestó ella.

—¿Son ilusiones o de verdad sabes disparar?

—El deseo habría compensado mi falta de experiencia.

Se produjo un silencio durante un momento y Elinor se dio cuenta de lo que sus palabras podían sugerir. Entonces Rohan le sonrió.

—Oh, no. Eso es demasiado fácil.

Ella agachó la cabeza, negándose a mirarlo a los ojos, y continuó dando cuenta de los huevos que tenía en el plato, el cual parecía haberse vuelto a llenar por arte de magia. Sabía que se había sonrojado y maldijo para sí. Su piel, exceptuando las pecas que tanto despreciaba, era demasiado pálida, y por eso tenía tendencia a dar muestras de la más leve agitación.

—De hecho, me agrada que hayas elegido un momento tan deliciosamente inapropiado para venir a verme, señorita Harriman —dijo tras una larga pausa—. Se me ha ocurrido la forma de solucionar tanto tu problema como el mío. Una forma de poder dotar alegremente a tu familia de los productos que necesite sin que la sociedad recele de ello y al mismo tiempo limpiar vuestro nombre de toda mancha.

Elinor estuvo a punto de atragantarse con los huevos. Levantó la vista horrorizada.

—¿Qué queréis decir?

—Qué reacción tan curiosa, criatura. No te sorprendas. El mero hecho de haber estado en mi presencia tantas veces habrá manchado tu reputación. Confío en que se pueda reparar, dado que no tengo ninguna prueba que mostrar, pero aun así... Pero he arreglado las cosas de un modo admirable.

Consiguió no escupir los huevos y preguntó:

—¿Y qué es eso que habéis hecho, milord?

—Te he encontrado marido.

Elinor estaba demasiado sorprendida para reaccionar.

—No me había dado cuenta de que me hiciera falta uno.
—Por supuesto que sí. Sólo teniendo marido te sentirás libre de explorar los placeres que la vida te brinda.
—Qué amable por vuestra parte preocuparos por ese tipo de cosas —dijo ella con tono gélido—. ¿Y habéis encontrado al marido que habrá de proporcionarme tales placeres?
—Habitualmente no es el marido quien proporciona placer, señorita Harriman, sino el amante.
—De modo que me habéis procurado un marido para que pueda tener un amante. Perdonadme por lo que voy a decir, pero es que el plan no tiene sentido. Y creo que un marido pondría objeción a semejante acto de caridad por vuestra parte.
—Ahí es donde me subestimas. Tengo un primo, un joven severo que desaprueba todo lo que hago. Es médico y he decidido que necesita una esposa que lo ayude con su clínica. Alguien que no le tema a la vida. Resulta que, además, es mi heredero, dado que he hecho todo lo que está en mi mano para no procrear, y él heredará todas las posesiones que tengo en Francia. Llevo manteniéndolo los últimos diez años aproximadamente. Lo lógico es que haga lo mismo con su esposa. Y mi intención es que seas tú.
—Creo, milord, que estáis loco —dijo ella en voz baja—. ¿Qué ganáis vos con ese acuerdo?
—Vamos, vamos, señorita Harriman, creía que era obvio.
—No para mí, señor conde —los huevos le pesaban como dos bloques de hielo en el estómago de repente. Rohan tendría acceso a Lydia con aquel ridículo plan suyo, todo bajo un manto de afecto familiar.
—Te conseguiría a ti —dijo, entregándole una taza de té.

CAPÍTULO 9

Elinor se terminó los huevos con todo cuidado y entonces dejó el tenedor junto al plato. Se planteó la posibilidad de guardarlo y utilizarlo como arma, pero el vizconde Rohan no era el tipo de hombre que utilizaría la fuerza. Además, a pesar de sus palabras, no era tan tonta como para creerlo.

—Sois un experto mentiroso, ¿no es así? —dijo ella.

Él estaba repanchigado en el canapé situado frente a ella, era la indolencia personificada. Una chorrera de encaje decoraba la camisa sobre el pecho, tejido que adornaba también el final de las largas mangas de la camisa hasta cubrirle las manos. Verlo así debería tranquilizarla, después de entrever su torso desnudo, pero no podía dejar de pensar en lo que se ocultaba debajo de las múltiples capas de seda y paño.

—¿Cómo voy a reconocer algo así? Si soy un mentiroso, todo lo que te diga será mentira. Es una pérdida de tiempo preguntarme esas cosas. Ahora bien, en lo que respecta al tema de las relaciones íntimas es otra cuestión. En los temas de la carne, te aseguro que no hay quien me haga sombra.

Ella le dirigió una mirada de absoluto desagrado.

—Eso no me interesa.

—No mientas, preciosa. La idea te fascina. Te preguntas de qué será capaz tu cuerpo después del aperitivo que disfrutaste esta mañana en el carruaje y quién te abrirá los ojos a tales conocimientos. Pero en lo más hondo de tu corazón sabes que yo soy el hombre capaz de...

—¡Basta ya! —lo interrumpió ella—. Sois muy pesado. No me miréis con esos ojos insondables, fingiendo que soy yo el objeto de vuestros deseos imperecederos. Soy demasiado mayor para creer en esas fantasías.

—Eres una niña.

—En comparación con vos tal vez, pero tengo veintitrés años y he visto mucho más que la mayoría de las mujeres de mi edad. ¿Cuántos años tenéis vos?

Él la miró, divertido.

—Treinta y nueve. Soy lo bastante viejo como para ser tu padre. Ya era un joven muy activo a los dieciséis.

—Y sin duda mi madre era una puta por entonces, pero no han parado de recordarme el desafortunado parecido que guardo con mi padre. La nariz.

—A mí me gusta tu nariz.

Ella lo miró con desagrado.

—Dejad que os lo explique con frases cortas y sencillas puesto que parece que no me entendéis. No tengo ningún interés en casarme con vuestro primo, no me importan vuestros motivos. No quiero que sigáis enviando regalos inapropiados a nuestra casa y, lo que es más importante, quiero que os mantengáis lejos de mi hermana. ¿Está claro o necesitáis que os lo repita aún más despacio?

—Está muy claro, señorita Harriman —dijo él—, pero ¿y si yo no quiero? ¿Y si necesito motivación de otra clase para obedecer tan tajantes órdenes?

—¿Como qué? —preguntó ella con suspicacia.

—Creo que deberías venir aquí, señorita Harriman, y dejar que te lo demuestre —dijo él con voz suave y sedosa.

Era absurdo, simple y llanamente, pero estaba muy cansada y enfadada. Él la estaba retando y ella no era de las que rechazaban los desafíos. Lo miró a los ojos con frío desdén durante un largo instante. Se sentía temeraria. De repente se levantó, cruzó la estancia y se colocó delante de él, que seguía tumbado en el canapé.

—¿Sí? —lo instó ella con voz distante. El embarazoso sonrojo se había desvanecido, dejando en su lugar una fría determinación.

Rohan tenía la sonrisa de un ángel. Lo que lo hacía doblemente peligroso, dadas sus diabólicas tendencias.

—Arrodíllate.

Ella arqueó una ceja. Creía tan poco en su supuesta pasión hacia ella como en la existencia de las hadas o de un dios justo, pero tenía ganas de ver hasta dónde sería capaz de llegar el vizconde. Y qué clase de seguridad para Lydia podría asegurarse ella.

Se arrodilló y las raídas faldas se arremolinaron en torno a sus piernas. Sus ojos quedaron al mismo nivel que los de él, y le sostuvo la dura mirada azul con idéntica dureza.

—Eso es, cariño —murmuró—. Y ahora puedes besarme.

Ella empezó a levantarse, pero él la sujetó por el brazo y la hizo bajar de nuevo. Para su absoluto horror, se dio cuenta de que tenía fuerza.

—Sólo quiero ver cómo sabe el beso de una virgen con mucho temperamento. No te pido nada más, por ahora. En general, no le doy mucha importancia a los besos, pero tengo el vago recuerdo de que forma parte del ritual con las mujeres novicias.

—Estáis verdaderamente loco —repitió ella—. Lo único que puedo inferir de ello es que habéis caído en las redes de la misma enfermedad que sufre mi madre, y aunque lo lamento por vos, es el precio que habéis de pagar por tantos pecados. No podéis fornicar con toda criatura que se cruce en vuestro camino sin pagar un precio por ello.

—Cariño, sobrevaloráis mi resistencia física, no hay duda. Y mi inteligencia. De hecho, tengo mucho cuidado de evitar a los compañeros de juegos enfermos. Cualquier hombre sensato lo haría.

Tenía ganas de vomitar. Sabía hasta dónde estaban dispuestos los hombres a llegar con tal de evitar que se les acercaran parejas enfermas. Con voz y gesto serios dijo:

—Me alegra oírlo. Os deseo una larga y próspera vida de depravación. Sin embargo, yo no tengo intención de formar parte de ella.

—Preciosa mía, no voy a pedirte que lo hagas. Lo único que pido es un beso de esos labios desaprobadores que tienes. ¿Es demasiado pedir? No seas mojigata. Tampoco es que vaya a abrirme el calzón para que me satisfagas.

Debería haberse quedado horrorizada con sus palabras, pero sabía bien de lo que estaba hablando. Era algo habitual en los callejones traseros y en los salones de dibujo también, aunque no acertaba a comprender por qué a la gente le gustaba hacer aquello. Que aludiera al hecho en sí no fue ninguna sorpresa.

—¿Es mucho pedir que me des un casto beso? Después podrás irte a casa en mi carruaje y te prometo que ni siquiera te pediré que me devuelvas los regalos.

No podía escapar de allí, al menos sin una pelea muy poco digna. Y una parte de sí no quería escapar. Una parte temeraria e indómita, la que siempre había intentado controlar y mantener oculta en lo más profundo de su ser, clamaba ser liberada.

—Si de verdad quisierais besarme, os levantaríais del canapé.

—Pero no quiero. No tengo interés en besarte, al menos

por el momento. No digo que no pueda cambiar de idea, pero por ahora me interesa más lo que ocurriría si tú me besaras a mí. Supongo que tu estado virginal es de cintura para abajo o en el peor de los casos de cuello para abajo. Bésame y te dejaré marchar.

Ella lo miró, contempló su hermoso rostro de perdición y lo odió. Lo odió por mil razones, aunque la mayoría de ellas no tenían nada que ver con él. Lo odió porque quería besarlo, quería sentir aquellas pálidas y hermosas manos en su cuerpo, quería vivir las experiencias indecentes y lujuriosas que le había prometido. Promesas falsas.

Ya estaba harta de él, harta de los hombres en general. Con un súbito tirón se soltó de él y cayó de espaldas al suelo, pero se levantó rápidamente como pudo.

Él la agarró cuando ya estaba junto a la puerta, moviéndose más deprisa de lo que Elinor habría creído posible. La tomó por los hombros, hizo que se girara y la empujó contra la puerta.

—Creo que he dicho que no te ibas a ir sin un beso —dijo con suavidad—. Te aseguro que no es tan difícil. Te lo demostraré —y cubrió su boca con la suya.

La intimidad, como nada que hubiera sentido en toda su vida, fue impactante. Rohan abrió su boca exigente, húmeda y profunda contra la suya, reclamando una respuesta que ella no sabía darle. Aquello no se parecía en nada al casto beso que ella había imaginado, aquel beso sabía a sexo, a deseo y a oscura tentación, y por primera vez comprendió por qué la gente lo hacía.

Rohan separó la cabeza, la miró y ella también lo miró a los ojos azules, medio ocultos tras unas pestañas ridículamente largas.

—Has sobrevivido, cariño. Ahora bésame tú. Sé que te han besado antes, eso no es tan grave como perder la inocencia. Quiero saborear el beso de una virgen.

Elinor se quedó de una pieza, atrapada entre la puerta y el cuerpo grande y fuerte del vizconde.

—Pues lo siento, me temo que no cumplo los requisitos —dijo con total envaramiento—. Tendréis que buscar en otra parte.

—No irás a decirme que no te han besado nunca. No me lo creo. París está lleno de hombres estúpidos.

—El mundo está lleno a rebosar de hombres estúpidos. Claro que no es la primera vez que me besan.

La expresión de Rohan habría sido grata si Elinor hubiera estado de humor para fijarse en ella.

—Ya lo creo. Debería haberlo intentado de otro modo. Así —Rohan le rozó los labios con inmensa suavidad y ella se alzó para ir a su encuentro, pidiendo más sin ser consciente de ello. Él le rodeó la cintura con un brazo y la estrechó contra su cuerpo al tiempo que ponía más pasión en el beso. Ahuecó la otra mano contra su mentón y con sus largos dedos le acarició los lados de la cara mientras la besaba con la seductora habilidad del diablo en persona, sin prisa, y a instancias de sus dedos, ella abrió la boca para él, franqueándole la entrada. Para absoluta vergüenza de ella, lo deseaba.

Al cabo de un momento, Rohan se separó y retrocedió, observándola con una extraña expresión en el rostro.

Nadie diría nunca del vizconde Rohan que no sabía comprender las sutilezas. Se produjo una brevísima pausa..

—Así que te han besado antes, pero así y todo no cumples mis requisitos —murmuró—. Pero eso es maravilloso para mí. Si ya no eres virgen, no hay nada que te impida irte a la cama conmigo. Hasta estoy considerando la posibilidad de desabrocharme los calzones después de todo. ¿O tu experiencia no llega tan lejos?

Ella solita se lo había buscado. Merecía aquella pulla. Por haber dejado que la besara, por haberle devuelto el beso.

Que Dios la ayudara. Al tratar de sorprenderlo, lo único que había conseguido era degradarse aún más.

—¿No? —continuó él con indolencia, apartándose de ella en un momento de descuido—. *Tant pis*. Yo podría enseñarte.

Ella retrocedió y se golpeó con la mesa en la que reposaba la bandeja y el plato vacío. Y el tenedor.

Como arma era patética, pero era lo único que tenía. Lo agarró, lanzando la bandeja al suelo con estrépito.

—Como me toquéis os lo clavo.

Rohan cometió el peligroso error de reírse de ella.

—No vas a hacerme mucho daño con todas estas ropas, cariño. Y no hace falta que me amenaces con tu furia. No he tomado a una mujer por la fuerza nunca, no voy a empezar ahora.

Como recordatorio de su falta de belleza, aquello bastó para hacer que bajara el brazo. Ni siquiera las palabras que dijo a continuación lograron abrirse paso en su corazón herido.

—Eres demasiado interesante para violarte. Además, ¿qué ibas a hacer con un tenedor?

—Podría clavároslo en los ojos —contestó ella con fiereza.

—No alcanzarías. Además, no quieres hacerlo. Preferirías que te besara otra vez. Deja que te lo demuestre —y estirando la mano, la estrechó entre sus brazos, apretándola contra su cuerpo duro y cálido.

Era un cuerpo distinto, duro y fuerte, muy distinto de aquel otro cuerpo tierno y blando, pero le entró pánico igualmente. Empezó a forcejear y, sin pensárselo, le clavó el tenedor en la parte superior del brazo, en el vendaje que había visto que llevaba.

La reacción de él la sorprendió. Sólo dio un respingo, aunque cambió radicalmente la forma en que la sujetaba, y al cabo de un momento se encontró en el sofá, entre sus brazos. Rohan la abrazaba fuerte y ella no entendía por qué. La abrazaba como si fuera un padre consolando a una niña, y se dio cuenta, estupefacta, de que estaba llorando, y de forma muy ruidosa. De repente dejó de pensar y se abandonó al miedo, el dolor y la lástima que desgarraban su vida.

La estaba rodeando con el brazo mientras la sangre empapaba la manga del brazo en el que le había clavado el cuchillo. Gimió e intentó decir algo, pero él cambió de postura para que no viera la sangre. Le acurrucó la cabeza contra su pecho y le acarició suavemente el pelo y el rostro surcado de lágrimas, mientras los sollozos le estremecían el cuerpo. Oyó las palabras de Rohan en la distancia. Le estaba diciendo algo para tranquilizarla, palabras dulces, en un idioma que no comprendía, pero era el sonido de su voz lo que la calmaba, la forma en que la abrazaba con fuerza y ternura a la vez, para que, por primera vez en lo que se le antojó una eternidad, pudiera dejar de luchar, para que pudiera olvidarse de todo y sencillamente existir.

«Esta chica tiene una habilidad pasmosa para quedarse dormida cuando está conmigo», pensó Rohan distraídamente, mientras le acariciaba el rostro empapado. Había reconocido las señales: su respiración se serenó, los estremecimientos se fueron haciendo menos frecuentes, le soltó el perfecto chaleco de seda al que se agarraba como si le fuera la vida en ello. No habría forma de quitarle aquellas arrugas, pero no importaba gran cosa. Estaba sangrando. Otro artículo de ropa extremadamente caro para tirar gracias a la señorita Harriman. Pobre criatura.

Valoró la posibilidad de llevarla a su cama y dejar que se recuperase allí de su agotamiento, pero luego se lo pensó mejor. Si se despertaba mientras la llevaba, sufriría un ataque de pánico, y no le apetecía que le golpeara otra vez en el brazo herido. Probablemente la dejaría caer, arruinando así todo el efecto romántico.

No tuvo más remedio que reírse de sí mismo. Los gestos románticos no tenían lugar en su vida, como tampoco la tenía la ternura que le prodigaba a aquella chica. Lo único que había sido capaz de hacer era tratarla como la señora Clarke lo tratara a él años atrás.

—Tranquila, cariño —le susurró en gaélico, idioma que había olvidado que conocía. Se levantó del sofá con ella en los brazos y la depositó con sumo cuidado. Había sangre también en la tapicería de damasco de seda. Como siguiera mucho más tiempo con la señorita Harriman iba a tener que reemplazar todo su guardarropa y su mobiliario. La chica parecía acabar con las cosas a una velocidad prodigiosa.

Seguía durmiendo a causa del agotamiento y él no pudo evitar contemplarla. Tenía el rostro enrojecido e hinchado por lo mucho que había llorado. Con aquella nariz de los Harriman, Elinor no se parecía en nada a su preciosa hermanita ni a las bellezas de que se rodeaba. Era una pilluela vestida con harapos. ¿Pero entonces por qué perdía un solo minuto de su tiempo con ella?

La respuesta fue instantánea, obvia y tranquilizadora. Estaba aburrido. Era así de simple. Ella era algo completamente nuevo de todo lo que conocía y le gustaba la novedad. Se cansaría de ella en seguida, menos mal. Pero mientras disfrutaría.

Movió el brazo y acusó el dolor. Se miró la manga de la camisa, empapada de sangre. Tanto drama era agotador, aunque resultara entretenido. No la habían violado, eso era evidente, o habría reaccionado con mayor virulencia al mencionarle él la palabra. No, estaba claro que el encuentro lo había tenido con algún torpe mentecato. Puede que ella hubiera estado enamorada y él la hubiera abandonado después de utilizarla. Sin siquiera darle un beso, pobre angelito. Él no era un fanático de los besos, pero alguien como Elinor Harriman necesitaba que la besaran, mucho y con frecuencia.

Una mujer sensata se buscaría un amante, pero las mujeres casi nunca eran sensatas. Y, sin duda, su durmiente invitada consideraba arruinada su vida por haber tenido un único y desmañado encuentro amoroso.

Etienne sería buen esposo para ella. Ya no tendría que seguir castigándose por no ser virgen, y aunque él particularmente dudaba de que su primo tuviera la imaginación suficiente para despertar sus sentidos, no dejaba de ser francés y los franceses tenían fama de ser especialmente buenos en esas lides. Con suerte el buen doctor podría hacerle olvidar los dolorosos recuerdos del pasado y entonces aparecería él para ocuparse de completar su educación, para el placer de ambos.

Quedaba poco para la gran fiesta. No se imaginaba a la pasional Elinor despojándose de la ropa y de sus inhibiciones para participar en aquella desenfrenada celebración, aunque la idea era muy atractiva. Lo lógico sería dejar el asunto a un lado y retomarlo cuando llegara la primavera. Lo mismo descubría alguna belleza nueva y misteriosa en una de sus fiestas y se olvidaba de la deliciosa inocencia de Elinor Harriman.

Porque era más inocente de lo que había pensado en un principio. Una mujer que desconocía los placeres de la carne resultaba interesante si la mujer era atractiva. Pero una que los había probado y había quedado decepcionada resultaba mucho más desafiante y deliciosa.

Aun así, lo más seguro sería trasladar su interés a alguien que sí fuera a unirse a las celebraciones del Ejército Celestial.

¿Pero qué tenía que ver la seguridad con aquello?

La sangre le caía por el brazo y estaba chorreando sobre la alfombra. Maldijo al verlo. Aquella chica le estaba costando una fortuna. Se complacería tremendamente en cobrarse el pago con su cuerpo, porque al final cedería de buen grado.

En caso de que él no encontrara otro entretenimiento entre tanto. Regresó a su dormitorio desnudándose por el camino e hizo una señal a su ayuda de cámara. Georges estaba dormido en el vestidor y apareció de inmediato, ahogando un bostezo hasta que reparó en el estado de la ropa de su amo.

—¿Qué ha ocurrido, milord? —preguntó, preocupado—. Le sangra la herida otra vez. Llamaré al médico... debéis tumbaros...

Rohan se quitó de encima las manos nerviosas de su ayuda de cámara.

—No es más que un rasguño. Cometí una torpeza. No hace falta llamar al doctor. Cámbiame tú mismo la venda. Pero primero quiero que vayas al salón contiguo y tapes a la joven con una manta.

Georges lo miró comprensiblemente confuso.

—¿Una joven decís? ¿En el salón contiguo? ¿No queréis que pase aquí?

Rohan se permitió una irónica sonrisa.

—Creo que la joven no estaría de acuerdo. Se ha quedado dormida. Asegúrate de no despertarla. Llévate el cobertor de seda, no quiero que destroce el de piel. Mientras tú haces eso yo me iré desnudando.

—Pero milord...

Él arqueó una ceja.

—¿Te he dado motivos para pensar que es un asunto que admita discusión?

Georges palideció. Era obvio que su señor le daba pánico, como al resto del servicio. Con razón. No era un buen hombre.

—No la despiertes —repitió—, o me enfadaré mucho.

—Sí, milord. Por supuesto —dijo el criado, tomando el cobertor de la cama recién hecha antes de desaparecer en silencio para regresar al cabo de un momento.

−No está, señor −dijo con la voz ligeramente temblorosa.

Rohan pasó junto a él como una exhalación y entró en el salón. Georges había dicho la verdad. No estaba. Se acercó a la ventana casi con la esperanza de verla correr por la calle como alma que lleva el diablo. Pero no había señales de ella.

−Llama a otros criados y buscadla −ordenó con brusquedad−. Si no está en la casa, envía a alguien para que se asegure de que ha llegado bien a su casa.

−¿Ha de traerla de vuelta, milord?

Rohan negó con la cabeza.

−Ya habrá tiempo para eso −dijo despreocupadamente−. Vuelve para terminar de vestirme cuando termines. Creo que voy a salir. Necesito compañía esta noche. Compañía femenina.

−Sí, milord.

Le serviría cualquiera, se dijo. Debería haberse dado cuenta de que tan repentino sueño era fingido. La señorita Harriman era una deliciosa y consumada mentirosa. O había fingido quedarse dormida o se había despertado al levantarse él y posarla en el sofá, pero la muy pilluela no había dicho nada. Seguro que habría salido corriendo nada más cerrar la puerta.

Le dejó creer que había escapado. Por el momento. Los festejos se acercaban y tenía otras cosas de las que preocuparse. Cosas más que suficientes para mantenerse ocupado durante las siguientes semanas. Que creyera que estaba a salvo, por el momento.

Por el momento.

Era bastante tarde cuando Elinor llegó por fin a casa, medio congelada y agotada. El fuego de la chimenea se había apagado y los rescoldos sólo proyectaban un tibio resplandor. En el pasado, Lydia y ella dormían en unos camastros delante de la chimenea, pero no había señales de su hermana. Recorrió el pasillo de puntillas. La pequeña despensa, que hasta ese momento sólo contenía polvo y telarañas, estaba limpia y habían colocado una cama y un aguamanil. Su hermana estaba profundamente dormida a un lado de la cama.

Había sido un día interminable. Le costaba creer que en las últimas veinticuatro horas hubiera conocido al Príncipe de las Tinieblas y le hubiera dado tiempo a enemistarse como lo habían hecho. Veinticuatro horas extrañas e inquietantes que por fin terminaban.

Salió de puntillas de la habitación. Había un canapé, que le recordaba demasiado a Rohan, y dos sillones pequeños. No se acercó a ninguno de los muebles y se tendió hecha un ovillo delante del fuego.

Y se obligó a recordar.

CAPÍTULO 10

Tenía diecisiete años y aún no sabía con seguridad que no pudiera tener una vida feliz, a pesar de la nariz Harriman. Era joven, fuerte y optimista. Por aquel entonces, su fortuna ya había comenzado a decaer. Vivían en una destartalada casa a las afueras de la ciudad y lady Caroline llevaba meses sin acompañante masculino estable.

Elinor lo prefería así. Le incomodaba la familiaridad con que trataban a su madre los hombres que iban y se quedaban, pues aquella familiaridad se hacía extensiva a sus hijas. Cuando estaba sin pareja, lady Caroline seguía saliendo la mayoría de las noches a jugar y a beber, pero algunos días se quedaba en casa. A veces se mostraba huraña y su lengua despiadada se cebaba en su hija, azuzándola con la cáustica realidad. Sus palabras nunca tocaban a Lydia, gracias a Dios. Lady Caroline adoraba a Lydia, igual que ella. Se guardaba sus quejas y sus críticas para Elinor.

Pero otras veces, su madre se mostraba alegre y risueña, capaz de iluminar la habitación con su mera presencia, y aquélla fue una de esas veces. Acababa de llegar a casa después de hacer una visita y, tomando en brazos a una jovencita Lydia, se puso a bailar con ella por la sala de dibujo. Las dos reían y Elinor las contemplaba desde un rincón, ensimismada. Su madre era capaz de encandilar a cualquiera, y seis años atrás se encontraba en la cima de su poder de seducción. Por entonces Elinor tenía diecisiete y Lydia once, y lady Caroline aún no había empezado a dar síntomas de su enfermedad.

—He conocido al hombre más maravilloso del mundo, queridas mías —había dicho, y a Elinor le gustó que el término cariñoso hubiera sido también para ella—. Es mayor, está acomodado y es fabulosamente rico. Solange me dijo que había estado preguntando por mí, y arregló un encuentro en su casa esta tarde. ¡Queridas niñas, las chipas saltaron nada más vernos! Esta noche voy a ir a su casa, y con un poco de suerte podremos salir de esta miserable casa burguesa e instalarnos allí.

Aquella miserable casa burguesa era un palacio en comparación con su actual vivienda, pero para lady Caroline había sido una humillación vergonzosa.

—¿Es guapo, mamá? —preguntó Lydia.

—Eso no importa —respondió su madre, quitándole importancia—. Es su belleza interior lo que importa.

A Elinor aquello le gustó todavía más. A pesar de lo áspera que era con ella, su madre la quería. Tenía que esforzarse más para que su madre estuviera tan orgullosa de su anodina hija como lo estaba de la hermosa.

—¿Quién es, mamá? —le preguntó.

—Tiene título y es fabulosamente rico. ¿Os lo he dicho ya? Sir Christopher Spatts. ¿No es un hombre precioso? Tan inglés. Vive allí, por supuesto, y estoy pensando que ya hemos pasado bastante tiempo fuera. No seríamos bien recibidas por lo más puristas de la sociedad británica, pero yo diría que la mayoría de la gente se habrá olvidado ya. Siempre hay escándalos nuevos a los que prestar atención. ¿No sería maravilloso volver a Inglaterra? Podrías volver a montar a caballo, Elinor. Christopher no tiene establo cuando viene a París, pero a lo mejor considera la posibilidad de alquilar una montura para ti —bailoteó por la habitación, la falda subiendo y bajando con cada saltito, su hermoso rostro resplandeciente de felicidad—. Me pregunto si no será demasiado optimista pensar en el matrimonio. Sólo es un caballero, ni siquiera un baronet ni vizconde, de modo que hay posibilidades. No me importaría pasar por el altar.

—Os estáis haciendo el cuento de la lechera —advirtió nana Maude con pesimismo, la única que siempre se atrevió a decirle a lady Caroline la verdad.

—No seas aguafiestas —contestó lady Caroline con una burbujeante carcajada—. Va a ser maravilloso.

Se equivocaba, como tantas otras veces. Al recordar aquel día, Elinor se dio cuenta de que aquélla fue la última vez que vio a su madre verdaderamente feliz. Sólo fue una de sus alocadas fantasías que poco tenían que ver con la realidad, pero su alegría impregnó toda la casa.

Su madre salió aquella noche con las esmeraldas de los Harriman que se había llevado consigo, las que supuestamente iban a ser para Elinor, y regresó dos semanas después. Fue el primer encuentro de Elinor con la responsabilidad de cuidar de una familia, y no lo hizo tan mal. Todavía tenían dinero, crédito y esperanzas de conseguir un espléndido futuro. Hasta que lady Caroline regresó.

Tenía la piel cetrina. Llevaba ropa nueva de tejido caro y un sombrero también nuevo, pero ni rastro de las joyas. Se dio una vuelta para hacerse mirar y se dejó caer en un sillón diciendo que estaba agotada.

—¿Dónde están las esmeraldas, mamá? —le preguntó Elinor. No sólo se suponía que debía heredarlas, sino que era el objeto más valioso de la familia, lo único con lo que podían contar en caso de que vinieran mal dadas.

—Qué avara eres, Elinor —le contestó su madre con profundo desagrado—. Ya que quieres saberlo, te diré que están temporalmente en manos de otra persona.

Elinor se sintió aliviada.

—¿Las están limpiando? ¿Arreglando tal vez?

—Aposté y las perdí. Espero recuperarlas dentro de unos días, así que no tienes de qué preocuparte. Qué criatura tan codiciosa eres, Elinor. Aunque no puedas ser tan bonita como tu hermana deberías intentar aprender modales para relacionarte —le dijo, fulminándola con la mirada—. ¿Y de dónde has sacado un vestido tan horrible?

Era uno de los vestidos que se había estado poniendo durante aquel último año. Cierto era que había crecido demasiado y se le habían desarrollado curvas, pero el dinero no les sobraba por lo que no había podido comprar vestidos nuevos. Además, era más importante que su madre tuviera un aspecto bueno y próspero, ya que ella era la fachada que daban al público.

Pero antes de que se le ocurriera una respuesta, lady Caroline volvió su atención hacia Lydia.

—Aquí estás, cariño. ¡Cuánto te he echado de menos! Dale un beso a tu mamá.

Lydia se lanzó a sus brazos.

—¿Vamos a mudarnos, mamá?

—No lo creo, cariño —dijo con tono distraído—. He decidido que sir Christopher no es hombre para mí. Para empezar es demasiado viejo. En segundo lugar... —se encogió de hombros, una manía que había adquirido desde que estaban en París y se le daba muy bien—. Vendrá a tomar el té esta tarde. Quiero que las dos os comportéis. Y, Elinor, intenta ponerte un poco más guapa. ¿No tenemos otra ropa mejor para ella?

—No —respondió nana Maude con su habitual tono inflexible.

—Ya sé lo que vamos a hacer. Nuestros vecinos tiene una hija que es como un caballo. Ya sabéis a quien me refiero, la que tiene la edad de Lydia y es enorme. Seguro que puedo convencerlos para me que presten uno de sus vestidos para Elinor.

—Clothilde de Bonneau tiene trece años, mamá —protestó Elinor—. Y es mucho más ancha que yo.

—Eso se puede arreglar. Nana Maude es una genio con la aguja. Y ahora, que alguien me traiga algo en lo que apuntar, no tenemos tiempo que perder. *Vite, vite!* —le brillaban los ojos como si tuviera fiebre y tenía dos manchas más oscuras en las mejillas maquilladas.

Nadie era inmune a los encantos de lady Caroline, y el vestido apareció casi de inmediato. Era de un insípido tono rosa en el que no le cabía el pecho. Desde entonces no soportaba el color rosa.

Pero su madre no había dejado de hacer aspavientos a su alrededor, diciéndole a la doncella cómo debía peinarla hasta que pareció quedar satisfecha. Jamás había recibido tanta atención por parte de su madre. Daba vértigo.

Cuando terminaron con ella, se miró por fin al espejo. El vestido era caro, mejor que lo que había llevado en los últimos años, y la doncella la había arreglado con gran habilidad. Casi parecía bonita.

Su madre chasqueó la lengua.

—Es una pena que seas una chica tan sosa, pero hemos hecho todo lo que hemos podido. Tendremos que confiar en que salga bien.

—¿Qué es lo que tiene que salir bien, mamá?

Pero lady Caroline no le respondió, sino que se dirigió a ver a Lydia.

Por primera vez, Lydia recibió menos atención. Se le dijo que se pusiera la ropa más vieja que tuviera, le recogieron los preciosos tirabuzones en dos trenzas tan apretadas que le estiraban la piel, y lady Caroline le ordenó que se sentara en silencio en un rincón. No había manera de ocultar sus preciosos ojos azules, su linda boca y su perfecta nariz, pero hizo lo que le pidió su madre y mantuvo la cabeza gacha cuando sir Christopher Spatts apareció.

Emitía un crujido al caminar. Era viejo, mucho más que su madre, y estaba bastante gordo. Llevaba una peluca larga y muy elaborada. Era de complexión rubicunda y tenía unos labios del color del hígado, dedos gordos como salchichas cubiertos de anillos y un antojo en una de sus fofas mejillas.

Sabía que no debía llamar la atención en público, pero en aquel caso no tenía opción: sir Christopher sólo le hacía preguntas con tono brusco mientras lanzaba miradas subrepticiamente a Lydia, que trataba de pasar desapercibida entre el mobiliario.

La visita se le hizo eterna. El hombre se llenó de migas el orondo torso y hacía ruido al beber el té, como un burgués. Imaginarse a su madre en la cama con aquel hombre era horrible. No era tan ingenua como para no saber qué era lo que hacía su madre con sus amigos del sexo opuesto, aunque, gracias a Dios, por aquel entonces desconocía los detalles.

El hombre se levantó al final.

—Me vale —dijo con un brusco gesto de asentimiento—. Pagaré lo que pedís —recorrió la estancia con su acuosa mirada—. Aun así, preferiría llevarme a la pequeña. Os pagaría el doble.

—No, sir Christopher —dijo su madre con lo que Elinor consideró gran dignidad—. Ya os he dado respuesta a vuestra oferta.

Él asintió y la peluca se le movió un poco. Ningún ayuda de cámara decente permitiría que su amo saliera a la calle con la peluca mal puesta, y sir Christopher le pareció un hombre vanidoso. Ocultó como pudo la sonrisa.

—Espero que cumpláis vuestra parte del trato —dijo el hombre.

—Claro que sí, sir Christopher. Soy una mujer de palabra. Decid a vuestro administrador que venga a verme cuando lo considere oportuno.

El hombre echó un último vistazo a Elinor, refunfuñó y salió dejando tras de sí un apabullante olor.

—Ve a la otra habitación, Lydia, cariño —dijo su madre en cuanto se fue la visita—. Tengo que hablar con tu hermana. Tú también, anciana —le dijo a nana Maude.

Algo extraño, pero Elinor no era ninguna tonta. Comprendía lo que estaba pasando aunque no se lo hubieran contado. Su madre había pactado un matrimonio para ella.

Siempre supo que pasaría, tarde o temprano. Siempre supo que sus posibilidades de encontrar un hombre joven y guapo no eran muchas. El joven tutor de música de Lydia jamás la miraba a ella, mientras que suspiraba cada vez que su hermana entraba por la puerta. Era tan pobre que podría haber tenido posibilidades, pero él sólo tenía ojos para Lydia.

Debería estar agradecida. Jamás pensó que terminaría con un hombre con título, y estaba claro que sir Christopher tenía fortuna. Con suerte le sería infiel y así no tendría que soportar sus atenciones con demasiada frecuencia.

Una vez a solas, su madre se volvió hacia ella y por primera vez pareció vacilar, casi como si se sintiera culpable. Elinor sintió lástima por ella.

—No te preocupes, mamá —le dijo—. Comprendo lo que está pasando.

—¿De verdad?

—Por supuesto. Has concertado un matrimonio con sir Christopher. Comprendo que es mi obligación. Probablemente no tenga muchas otras opciones y debería estar agradecida.

—No exactamente —dijo su madre, separándose de ella para no mirarla a los ojos.

Elinor intentó no mostrar el alivio que sintió. La verdad era que preferiría morir soltera a casarse con alguien como sir Christopher, pero lo habría hecho, por Lydia.

—¿Entonces de qué hablaba?

Su madre se paró delante de la ventana, consciente de la imagen tan preciosa que ofrecía.

—Siéntate, Elinor.

Elinor lo hizo.

—Estamos en un apuro, querida —dijo finalmente, tomando asiento frente a ella, aunque siguió sin mirarla a los ojos—. Y vamos a necesitar tu ayuda. Tú harías cualquier cosa por tu hermanita, ¿verdad?

—Absolutamente —respondió ella—. Sin dudarlo.

Su madre esbozó una sonrisa reservada.

—Sabía que lo dirías. Eres una chica leal, Elinor. Sabía que podía contar contigo.

Elinor tomó aire. Ya sabía que su madre no era la persona más digna de confianza del mundo. Nana Maude gozaba de ese honor. Y el modo en que se iba por las ramas no le daba buena espina.

—Claro que sí, mamá —dijo—. ¿Qué es lo que quieres que haga?

Su madre vaciló antes de seguir.

—Sir Christopher tiene gustos... peculiares, digamos. Sabes lo que ocurre con los hombres y sus apetitos, ¿verdad?

Elinor asintió, sin comprender nada.

—Bueno, pues sir Christopher tiene miedo de contraer la enfermedad española. Su padre murió de eso y siempre tiene mucho cuidado a la hora de elegir pareja sexual —dijo, repentinamente concentrada en sus enaguas nuevas de color morado, con la que jugueteaba con nerviosismo.

Elinor no quería saber nada de las costumbres de sir

Christopher, y menos aún en lo referente a lo que hiciera en su intimidad. Pero estaba claro que su madre no pensaba lo mismo.

—No te entiendo, mamá.

Lady Caroline pareció molesta.

—Sólo se acuesta con vírgenes. Dice que es la única forma de estar seguro de que están limpias.

Elinor soltó una carcajada.

—Pues en algún momento se le acabarán.

Lady Caroline entornó los ojos.

—Creo que le gustan las chicas bastante jóvenes. Y cuando alguien le gusta, la mantiene un tiempo, asegurándose así un desahogo seguro para su... esto... su energía masculina.

Elinor tardó un momento en comprender, demasiado asustada de que fuera verdad.

—¿Y qué tiene eso que ver conmigo, mamá? —preguntó con un hilo de voz.

—Se enteró de que tenía dos hijas jóvenes. Os quiere a una de vosotras a cambio de mis pagarés, y le dije que lo arreglaría. Está pagando mis deudas y por si fuera poco me pagará mil libras, más si queda complacido. Oyó hablar de Lydia, pero me negué en redondo, y está dispuesto a aceptarte a ti en su lugar.

Se detuvo bruscamente. Había hablado tan deprisa para soltar la mala noticia que se había quedado sin aire.

Elinor se quedó helada al comprender cómo se desvanecía el último vestigio de su infancia. Miró a su madre, la madre que acababa de venderla por mil libras y sus deudas de juego.

—¿Quieres que duerma en su cama?

—No me mires así. No tienes muchas posibilidades de poder hacer un buen matrimonio. No tenemos que preocuparnos por tu virginidad, y si por casualidad encuentras a alguien y resulta ser un purista, siempre hay maneras de disimularlo. Entre tanto, nos han hecho una buena oferta, una forma de escapar de las deudas y seguir adelante un poco más. Deberíamos estar agradecidas...

—¿Nos han ofrecido, mamá? ¿Plural? —repitió—. No lo haré.

Su madre la miró con profundo disgusto.

—Debería haber sabido que serías así de egoísta. Entonces tendrá que ser Lydia.

—¡Sólo tiene once años!

—Ya te lo he dicho, sir Christopher tiene... gustos peculiares. La preferiría a ella, pero yo confiaba en poder ahorrárselo siendo tan joven como es. Sin embargo, dijo que doblaría la oferta, así que si tú no quieres, tendrá que hacerlo ella —dijo su madre de forma implacable, sabiendo lo que contestaría Elinor.

—¿Estás prostituyendo a tus hijas para pagar tus deudas de juego? —dijo Elinor con tono inflexible—. ¿Y si no me presento ante ese desagradable viejo, estás dispuesta a mandarle a Lydia? ¿Lo he entendido bien?

Su madre dio un respingo.

—Muy bien, Elinor. Tienes la oportunidad de salvar a tu familia, de proteger a tu hermana pequeña, de ayudar a tu madre cuando más lo necesita. Puedes ser egoísta y negarte o puedes aceptar, con dignidad. Tú eliges.

Pero no tenía elección. Aquella noche durmió en la cama con Lydia, su última noche como doncella virgen, y escuchó discutir a su madre con nana Maude, pero al final la mujer tuvo que ceder. Devolvieron el vestido a los vecinos y lo reemplazaron por uno que era sólo de ella, confeccionado con alarmante presteza por la modista de lady Caroline. La peinaron según dictaba la moda y llenaron su guardarropa de delgadas prendas interiores y de cama que deberían haberla hecho enrojecer.

A la noche siguiente, un carruaje fue a buscarla. La mujer con rostro alargado como un hacha que la acompañó no dijo nada, observándola con el desdén que Elinor sabía que merecía.

La casa de sir Christopher bullía de animación cuando entró, y se dispuso a unirse, pero la mujer la sujetó del brazo y le dijo:

—Ahí no eres bienvenida —le dijo en francés, palabras que sonaron más crueles en ese idioma—. Debes esperarlo en tu habitación. Una de las doncellas te ayudará.

—Pero yo pensé...

—Tu propósito aquí es uno y sólo uno, *mademoiselle*. No lo olvides, y no creas que puedes pedirme nada. Cuando te muestre tus aposentos, te quedarás allí en silencio y harás aquello por lo que se te paga.

En aquel momento se habría dado la vuelta y habría salido corriendo de allí, pero pensó en Lydia, en su expresión de confusión cuando le explicó que iba a visitar a una amiga que tenía en Italia, y aquello la detuvo. No sabía si su madre sería capaz de cumplir con su amenaza. Tampoco le importaba realmente. No podía correr el riesgo, y lady Caroline lo sabía.

Así que asintió y la mujer cara de hacha, cuyo nombre resultó ser, curiosamente, *madame* Hachette, la condujo a una espaciosa habitación en un rincón de la planta superior, amueblada con una cama espantosamente grande dispuesta sobre un estrado.

—¿Ésta es su habitación?

—No seas ridícula. Vendrá a buscarte aquí cuando tenga ganas. El resto del tiempo te quedarás aquí. Las comidas se te servirán aquí.

—¿Pero y qué haré el resto del tiempo?

—¿Y cómo voy a saberlo? ¿Por qué habría de importarme? —respondió la mujer con muy poca educación—. Marie se ocupará de lo que necesites. Es una inútil como criada, pero tú no necesitarás muchas cosas, así que espero que, al menos eso, sea capaz de hacerlo.

Una joven esperaba de pie en un rincón, con la cabeza gacha.

La mujer las miró a las dos y se marchó con un ruido de desprecio. Cuando Marie levantó la cabeza, Elinor esperó encontrarse con otra mirada de desprecio. En su lugar encontró un rostro desabrido lleno de lástima que estuvo a punto de hacer añicos su determinación.

—Puedo ayudaros —dijo Marie con calma—. Si queréis.

Aguardó de pie mientras las fuertes manos de Marie le quitaban las ropas nuevas que le había comprado su madre y a continuación le ponía la ropa interior transparente.

—No os pedirá demasiado —dijo la muchacha sin alterar la voz—. Sólo tendréis que tumbaros sin moveros y dejar que él os haga lo que quiera. Para las cosas especiales, puede utilizar a sus mujeres de sociedad. Sabe que no puede contraer la enfermedad española porque una puta le haga algo con la boca. Si tomáis opio no será tan malo.

Elinor miró a Marie, miró sus ojos oscuros y tristes, pero no le preguntó cómo lo sabía. Era más que obvio.

Así que tomó los polvos y se subió a la enorme cama, y cuando sir Christopher fue y le metió aquella cosa dura y horrorosa entre sus piernas haciéndola sangrar, no se movió, ni lloró. Sencillamente cerró los ojos y pensó en otra cosa.

Durante tres meses no vio a nadie más que a Marie por el día y a sir Christopher, ocasionalmente, por las noches. Marie le llevaba libros de la biblioteca para que se entretuviera, le preparaba hierbas para asegurarse de que no se quedara encinta y la ayudaba a soñar por las noches, cuando el hombre la cubría con su orondo y sudoroso cuerpo, entre gruñidos y dolor.

Y de repente todo se terminó, tan abruptamente como comenzó. Una mañana se levantó, se lavó los restos del hombre de la piel y *madame* Hachette apareció en su puerta para llevarla de vuelta a casa, mirándola con la misma desaprobación en su áspero rostro que el día que llegó. Ni siquiera tuvo oportunidad de despedirse de Marie.

Cuando entró en la casa situada a las afueras de la ciudad, esperaba encontrarlo todo cambiado. Se detuvo en el pasillo y miró a su alrededor. Había signos de prosperidad, sí, una nueva alfombra en la entrada, un jarrón chino en una mesa junto a las escaleras. Pero el resto estaba como siempre.

Encontró a su madre en el dormitorio, con nana sentada en un sillón junto a la cama. Tenía úlceras en el rostro y en los brazos, y la miró con ojos empañados.

—Se ha cansado de ti, ¿verdad? —le preguntó con voz rota—. Debería haber sabido que nuestra suerte no duraría si habíamos de depender de ti.

Y volvió la cabeza.

Pero nana Maude se levantó de un salto y la abrazó. Ella se defendió al principio; hacía mucho que no la tocaban con cariño y ternura, y se sentía sucia, fea.

Pero nana no hizo caso, y Elinor se echó a llorar. Dejó que nana la abrazara con fuerza, como si pudiera espachurrar todas las cosas horribles de la vida. Pero era demasiado tarde.

La voz de su madre las interrumpió:

—Y ahora tengo una hija fea que es una puta. ¿Cómo puedo tener una vida tan miserable?

Elinor se liberó del tierno abrazo de nana y miró a su madre, tratando de responder. Pero los ojos de lady Caroline se cerraron y, además, no había palabras lo bastante ásperas que echarle en cara.

Tardó meses en aceptar que Lydia la abrazara y en disfrutar otra vez del hogar. Hasta que recibió la noticia de que sir Christopher había vuelto a Inglaterra con su flamante esposa, una niña de catorce años según decían los rumores.

Cuando se desvanecieron los últimos vestigios de pesar, Elinor pudo abrazar a Lydia y, por primera vez en un año, lloró.

CAPÍTULO 11

Los siguientes diez días fueron todo un desafío para la determinación recién descubierta de Elinor. No sólo por los regalos que llegaban a diario de parte del vizconde Rohan. Al no tener a nadie más a quien recurrir, no le quedaba más remedio que aceptar sus actos de caridad, y lo hacía con suma elegancia, siempre y cuando no tuviera que verlo. De hecho, la pesadilla le había hecho bien. No importaba que se negara a convertirse en una puta como su madre, dependiente siempre de la generosidad de hombres adinerados, aceptó aquel papel el día que se metió en la cama de sir Christopher.

Cada día llegaba comida, leña, mantas de lana y cobertores de seda, y ella se sentaba y escribía una educada nota de agradecimiento acompañada de la promesa de pagarlo todo, y mandaba a Jacobs a que se la entregara. Y cada día, Jacobs regresaba con una nota de Rohan escrita con descuidada caligrafía. Ni siquiera Lydia veía la falta de decoro que había en las sugerencias que él le hacía acerca de que fuera a visitarlo para discutir los métodos de pago. Decía, eso sí, que el pago no tendría nada que ver con ratas. Lydia arrugaba el ceño, pero Elinor se negaba a darle explicaciones. Además, había cambiado de opinión. Había subestimado el peligro que suponía el Rey del Infierno, y no quería estar cerca de él si podía evitarlo. El recuerdo de su boca todavía estaba vivo. Le resultaría más fácil olvidar las ratas.

Se comía la mejor comida que recordaba haber comido nunca, sin atragantarse, se calentaba junto al fuego que él les proporcionaba y dormía en la cama junto a su hermana, aferrándose a la idea de que mientras Lydia estuviera allí con ella, estaría a salvo.

Hubo un tiempo, si bien breve, en el que la peligrosa y cautivadora presencia de Rohan la llevó a creer que no era a su hermana a quien deseaba. Bajo sus manos y sus labios se abrió un nuevo mundo para ella. No el mundo luminoso del amor verdadero y los finales felices, sino algo mucho más complejo, más enigmático e infinitamente más seductor.

El sentido común regresó con la luz de la mañana. Si había tenido el más mínimo interés en ella, había sido porque creía que era virgen. Una vez se enteró de que no era así, había terminado entrando en razón. Eso suponiendo que la hubiera perdido en algún momento.

Pero tampoco había hecho intento de perseguir a su hermana, y Elinor se relajó, un poco al menos. Y agradeció el regalo más importante de todos: Etienne de Giverney.

Hasta que al tercer día llamaron de repente a la puerta y la aprensión se apoderó de ella.

—Métete en la habitación, Lydia —dijo a toda prisa, levantándose del sillón junto al bendito fuego—. Me desharé de él.

Lydia no se lo discutió. Nunca lo hacía cuando Elinor empleaba aquel tono de voz. No era una ingenua y sabía perfectamente, sin un ápice de vanidad, que su aspecto físico era fuente de atenciones que ella no deseaba. Así que se escondió en el dormitorio mientras Elinor esperaba a que Jacobs abriera. Estaba segura de que sería lord Rohan que iba a cobrarse su pago.

En lugar del vizconde apareció un hombre malhumorado, que tuvo que agachar la cabeza para pasar bajo el dintel. Iba inmaculadamente vestido, tal vez demasiado, y llevaba un maletín de médico en la mano.

—¿La señorita Elinor Harriman? —dijo con el acento francés de un nativo—. Me llamo Etienne de Giverney. Me envía mi primo, el conde de Giverney.

Ella se quedó mirándolo boquiabierta durante un momento. Entonces lo recordó. Recordó la disparatada sugerencia de que se casara con aquel hombre. A juzgar por la forma en que la miraba con sus apagados ojos negros, el hombre no estaba de acuerdo con la sugerencia.

Se vio tentada de decirle que se fuera, pero la visita de un médico de verdad era algo demasiado bueno para pasarlo por alto.

—Sois muy amable, *monsieur*. Mi madre está muy enferma. Le agradecería que la viera y me dijera si se puede hacer algo por ella. Pero eso es lo único que necesitamos.

El hombre no se molestó en ocultar su alivio. Había entrado con el aire de un hombre que se encamina a su ejecución, y Elinor se preguntó si debería sentirse divertida o insultada. Fuera como fuera no importaba, no pensaba casarse sólo para complacer a lord Rohan. El vizconde estaba trastornado.

—Haré todo lo que pueda —contestó él con voz envarada—. Estoy en deuda con mi primo por muchos motivos. Él pagó mis estudios y se ocupa de que no me falta trabajo.

—Su señoría es un hombre muy generoso —aventuró Elinor.

El doctor resopló ligeramente.

—Podéis llamarlo así, aunque llamarlo señoría es discutible.

Elinor respondió como él claramente pretendía que hiciera.

—¿Y cómo es eso, *monsieur* de Giverney?

—El vizcondado en Inglaterra está en manos de otro hombre y yo mismo debería haber recibido el título de conde de Giverney aquí, en vez de ese inglés. Cuestión de suerte. Si fuera un hombre honorable, habría rechazado el título.

«Qué hombre tan pelma» pensó Elinor. «No para de quejarse».

—No creo que lord Rohan sea conocido por la parte honorable de su persona.

El hombre resopló con absoluto desdén.

—Os digo, *mademoiselle,* que para mí es muy difícil. Muy difícil. Que yo, un verdadero De Giverney, tenga que trabajar duro como un tendero mientras él disfruta del castillo de la familia, la residencia urbana, el dinero...

Ella correspondió con las palabras tranquilizadoras que se esperaban de ella, dando mentalmente las gracias a Dios por haber heredado la nariz de la familia. Aunque creyera que el matrimonio podía ser una posibilidad, preferiría no casarse a hacerlo con aquel hombre tan pomposo.

Lo condujo al dormitorio de lady Caroline, que yacía inmóvil bajo las mantas.

—La enfermedad española —dijo con conocimiento de causa—. Está muy avanzada. No se puede hacer nada por ella, excepto suavizarle el dolor —se inclinó sobre ella y le levantó los párpados. Tenía los ojos vidriosos, aunque consiguió reunir la fuerza para mascullar una obscenidad.

Elinor se puso pálida.

—Os pido disculpas —dijo.

—No tiene importancia. En los últimos estadios de la demencia es frecuente. Poco queda de la persona que fuera una vez. Estoy seguro de que vuestra madre fue una mujer buena y generosa antes de enfermar. Supongo que contrajo la enfermedad de vuestro padre. ¿Sigue vivo? —la miraba con un poco más de aprobación, viendo que lo escuchaba aparentemente cautivada.

—Desafortunadamente, no. Mi padre murió hace poco, dejándonos en la miseria. Si no fuera por vuestro primo, ahora estaríamos en la más absoluta miseria.

La calidez que sintiera el médico se desvaneció.

—Puedo daros láudano para vuestra madre. Tendréis que vigilar la dosis. A medida que aumente el dolor y la agitación, tendréis que aumentar la dosis. Si dentro de dos semanas no hubiera fallecido, regresaré a ver cómo sigue... —dejó las palabras en el aire cuando se abrió la puerta y Lydia asomó la cabeza.

—No os parecéis al Rey del Infierno —dijo alegremente, y Elinor gimió sin poder evitarlo.

—Es Etienne de Giverney, Lydia. Ya se marchaba...

El médico la interrumpió al pasar delante de ella con gran premura para tomar la mano de Lydia entre las suyas.

—Mi querida señorita —murmuró—. Qué trago tan amargo debe de ser éste para vos.

Elinor pestañeó varias veces. ¿Por qué se sorprendía? A la mayoría de los hombres les bastaba con mirar a Lydia para caer rendidos a sus pies. El envarado doctor no iba a ser distinto.

—El doctor de Giverney dice que a mamá no le queda mucho tiempo de vida y que debemos hacer que esté cómoda en sus últimos momentos, cariño —dijo—. El doctor ya se iba.

—Al contrario, *mademoiselle* Harriman —protestó él, sin dejar de mirar los ojos azules de Lydia—. Todavía tengo que completar mi examen. Cuando lo haga, os informaré de lo que podéis esperar. Está muy enferma, pero eso no significa que no se pueda hacer nada. Por favor —dijo haciendo una seña hacia la puerta.

«Podría haber sido peor», pensó Elinor mientras pedía que les prepararan el té para los tres. Era un hombre guapo, aunque estirado, y tenía trabajo. Sería un buen esposo para Lydia. Antes de que la enfermedad se apoderara de la razón de ella, su madre había tenido todo tipo de planes futuros para Lydia: un título, un hombre rico y ni qué decir tenía que debían mirar siempre hacia arriba.

Todo eso ya no tenía sentido, y Lydia no tenía ningún interés en coronas ni fortunas. Cuando se convirtiera en *madame* de Giverney, tendría un marido fuerte y estable que le daría hijos y la protegería, y si Francis Rohan moría sin descendencia, Lydia podría terminar recibiendo un título francés al fin y al cabo.

Elinor no iba a ponerse a pensar en eso en ese momento. Los planes de descendencia de Francis Rohan nada tenían que ver con ella, y a Lydia no le importaría si se convertía en condesa o en la simple esposa de un médico. Sonreía con dulzura a Etienne en su visita diaria, escuchaba sus charlas sobre las modernas prácticas médicas y le hacía todo tipo de preguntas. Podría ser una eficaz ayudante en la clínica, y mientras tanto, el envarado doctor, como muchos otros hombres, se mostraba encantado. Le pediría la mano aunque no tuviera fortuna. Estaba demasiado enamorado de ella.

Y Elinor se aferró a aquella pequeña esperanza a medida que los días pasaban y su primo, su única esperanza de recibir ayuda, seguía sin dar señales de vida.

Desconocía si Etienne le habría contado algo al vizconde, pero con desconcertante brusquedad, su señoría dejó de responder a sus educadas notas de agradecimiento. El primer día que Jacobs regresó con las manos vacías, Elinor no pudo dejar de dar vueltas de un lado para otro esperando que, en cualquier momento, apareciera un mensajero con la carta. Pero no apareció nadie.

A la mañana siguiente enviaron faisán, manzanas y un juego de copas de fino cristal para el vino. Ella se sentó junto al fuego a escribir su nota sin mencionar la falta de respuesta a la anterior. Ella casi no se había dado ni cuenta, naturalmente, y no quería que Francis Rohan pensara que le importaba. A ella no le importaba.

Tampoco recibió respuesta en esa ocasión. Y sí, su señoría estaba en casa, y había recibido la nota, según le aseguró Jacobs con absoluta desaprobación. Al parecer, su señoría estaba ocupado con los planes para una grandiosa fiesta, y las Harriman no tenían gran importancia para él. Pero la comida, la leña y los regalos siguieron llegando cada mañana, y Elinor siguió escribiendo sus cumplidas notas, diciéndose que era un alivio que se hubiera olvidado de ellas. Se dijo que estaba encantada.

Si Lydia estaba dispuesta, la salvación estaba en sus manos. Entre tanto, se olvidaría del vizconde Rohan, perdiéndose en los libros que él le enviaba, y rezaría para que nadie le arrebatara la delgada hebra de esperanza que el destino había colgado ante ella.

Lydia se puso los zuecos, se envolvió el grueso chal de lana alrededor de los hombros y agarró la cesta para ir a comprar. Era uno de los días menos fríos que habían tenido en el largo y duro invierno, y Lydia llevaba encerrada demasiado tiempo. Elinor tendía a protegerla en exceso, pero sí le permitía ir hasta el mercado, siempre y cuando Jacobs la vigilara. Era la primera vez que brillaba el sol desde hacía semanas, y pensó que la primavera no era un sueño.

Pero lo más importante, necesitaba escapar de la pequeña casa, del espectro de la inminente muerte de lady Caroline, de la constante preocupación de Elinor, de la opresiva presencia de Etienne de Giverney.

Sabía lo que quería. Podía sentir sobre los hombros el peso de la aprobación de Elinor y la preocupación de nana. El médico sería un excelente esposo, no había duda. Era guapo, no era grosero, ganaba lo suficiente para mantenerlas a ellas también si fuera necesario. Tenía más dinero del que habría esperado, gracias al apoyo económico del diabólico vizconde Rohan.

Y le diría que sí cuando él se lo pidiera. Se casaría con él y dormiría en su cama y daría a luz a sus hijos. Y nadie sabría nunca que ella suspiraba por otro hombre.

Pero eso era futuro, y Lydia creía firmemente en no preocuparse antes de tiempo. Ella creía en las palabras *Así que no os acongojéis por el día mañana; porque el día de mañana traerá su fatiga* y el sol brillaba en el cielo azul y tenía dinero para comprar pan y queso recién hechos.

A Elinor le daría un ataque si supiera que la generosidad diaria de Rohan incluía libras francesas. Nana había tenido el sentido común de confiscar el dinero antes de que Elinor se diera cuenta, y había ido llenando la hucha con lo suficiente para cubrir los pequeños placeres de la vida.

El mercado de Les Halles estaba a sólo diez minutos andando a paso rápido. Lydia lo sentía por el pobre Jacobs, a quien le costaba seguirle el paso. Disminuyó la marcha, ignorando la energía que bullía en su interior. Había estado encerrada demasiado tiempo, como el champán añejo, y pronto volverían a encerrarla, se pudriría lentamente. Lo que le apetecía era bailar, respirar, correr entre las calles...

Se detuvo en seco, con la cesta balanceándose en su brazo. Miró hacia atrás, pero no vio rastro de Jacobs. Había vuelto a perderlo. Y justo delante de ella, mirando hacia una hilera de edificios que daban a la bulliciosa calle, estaba el señor Charles Reading.

Sabía sin duda alguna que era él, a pesar de haberlo visto brevemente en aquella ocasión en que ella estaba tan preocupada por su madre y Elinor que no debería haberse fijado en él.

Pero se había fijado. Había mirado aquel hermoso rostro marcado por una cicatriz y había sentido algo que nunca antes había sentido, como si algo se suavizara de forma traicionera dentro de ella, una urgente necesidad de acercarse, de tocarle la cara, de...

Por su parte, él no parecía haberse fijado en ella. Era cierto que coqueteó educadamente con ella al llegar, pero Lydia reconocía las intenciones de un hombre en cuanto la miraba. Había visto la lujuria de Etienne desde que la mirara por primera vez y la falta de interés en los ojos de Rohan, igual que sabía cuando un hombre la miraba con respeto o con lascivia.

Sin embargo, no sabía qué pensar de Charles Reading. Había dicho las cosas adecuadas y sonreído de manera encantadora, pero así y todo al mirar sus ojos oscuros no había visto nada familiar.

«Qué deliciosa ironía», pensó. Estaba tan acostumbrada a que los hombres cayeran rendidos a sus pies que simplemente aceptaba que así fuera, y el primer hombre que no lo hacía era el primer hombre que ella sí deseaba.

Nana Maude le diría, si tuviera el poco sentido común para hablar de semejante asunto, que era estúpida y vanidosa, y que la única razón por la que estaba obsesionada con él era porque él no le prestaba atención. Elinor sería más práctica y le diría que el señor Reading probablemente sólo disfrutaba en compañía de otros hombres, pero no entraría en detalles. Así que no se molestó en hablar del tema con nadie, lo que, probablemente, había hecho que se aferrara con más fuerza a su imaginación. Si hubiera sido capaz de hablar de sus sentimientos, podría haberlos dejado atrás hacía días.

Y en ese momento lo tenía delante, mirando hacia los

tejados de los edificios del otro lado de la acera como si fuera a encontrar el Santo Grial entre ellos.

Estuvo tentada de darse media vuelta y salir andando en dirección opuesta. Sintió una inesperada rojez en las mejillas, y se las cubrió con las manos enguantadas para enfriarlas. Se dijo que se estaba comportando de manera ridícula. Era una suerte que no tuviera el más mínimo interés en ella porque eso significaba que podía hablar con él sin tener que preocuparse por sus insinuaciones.

Lo mismo sólo le gustaban los hombres.

Lydia cuadró los hombros, se ató la capota y echó a andar hacia él con una sonrisa de determinación en el rostro.

Él debió de percibir que alguien se le acercaba. Se giró antes de que ella llegara e, instintivamente, se echó mano a la espada que le colgaba de una cadera. La mayoría de los caballeros llevaban espada como un complemento más de su atuendo según marcaba la moda. Sin embargo, ella tenía la sensación de que el señor Reading sí sabía usarla. Y entonces la reconoció.

—Señorita Lydia —dijo, quitándose el sombrero—. Qué inesperado placer —aunque por su voz nadie lo diría—. ¿Cómo me habéis encontrado?

Ella respondió con una reverencia, deseando haber hecho caso a su instinto y haberse dado media vuelta.

—Señor Reading —murmuró—, la verdad es que me dirigía al mercado. No tenía ni idea de que estaríais por aquí.

—No, claro que no. Ruego me disculpéis.

Se produjo un incómodo silencio entre ellos.

—¿Qué estáis buscando? —preguntó ella—. Tal vez pueda ayudaros a encontrarlo.

—No lo creo —contestó él, colocándose nuevamente el sombrero. Ella deseó que no lo hubiera hecho, porque la brillante luz del sol dejaba entre sombras su rostro, su lacerada belleza, y no era capaz de leer la expresión de sus ojos—.

Dispararon a lord Rohan cuando su carruaje pasó por esta zona. Intentaba averiguar dónde podría haberse situado el tirador.

—¿Le dispararon? —dijo Lydia, asustada. ¿Qué haría Elinor? ¿Qué harían ellas sin él? Gracias a Dios que nana había guardado el dinero que les había enviado—. ¿Está muerto?

—Por supuesto que no. ¿No os lo ha contado vuestra hermana? No fue más que un rasguño. Ocurrió hace más de una semana, justo cuando salimos de vuestra casa, y ya está prácticamente curado. Él cree que fue un accidente, pero yo no estoy tan seguro.

—¿Tiene muchos enemigos?

—Los suficientes.

Un nuevo e incómodo silencio. Lydia sabía que debería irse, que debería decir algo, que debería ignorar aquella tremendamente incómoda atracción que sentía hacia él.

Estaba claro que aquel hombre la despreciaba. Ni siquiera la miraba, tenía la mirada fija en un punto por detrás de ella. En aquel momento se sintió desgraciada.

—Debería continuar mi camino. Ha sido un placer volver a veros, señor Reading —dijo ella, deseando que su voz sonara tan imperturbable como la de su hermana Elinor.

Algo en su tono de voz captó la atención de Charles Reading, que la miró frunciendo el ceño.

—No estaréis sola, ¿verdad señorita Lydia?

Ella miró a su alrededor. Seguía sin haber señales de Jacobs.

—Claro que no. Jacobs me sigue. Hace un día tan bonito que me temo que lo he dejado atrás con mi paso excesivamente enérgico. Estoy segura de que me alcanzará cuando llegue al mercado —le tendió la mano para despedirse—. Que paséis buen día, señor Reading.

Él le tomó la mano, pero no la soltó.

—Yo os acompañaré al mercado, si me lo permitís.

—No hay necesidad...

—Descuidaría mis obligaciones como caballero si permitiera que fuerais sola —contestó con aquella voz educada y distante—. Una dama joven y bella como vos no debería ir sola por la ciudad. Quedaría desolado si os ocurriera algo.

Flirteo aprendido de memoria. Ella no sabía poner la gélida sonrisa de Elinor, aunque sí podía intentarlo.

—No hace falta que finjáis estar interesado en mí, señor Reading. Me doy cuenta de que no soy de vuestro gusto, aunque digáis las palabras adecuadas en mi presencia. Os aseguro que no hay necesidad de que me acompañéis. He ido al mercado sola o con Jacobs muchas veces y nunca me ha ocurrido nada malo. Y ahora si me soltáis la mano...

Tiró para soltarse, pero él la sujetó con más fuerza, y lo vio sonreír bajo el ala del sombrero.

—¿Todos caen rendidos a vuestros pies, señorita Lydia?

—La verdad es que todos menos vos, señor Reading —contestó ella con tristeza—. Nana dice que soy vanidosa, pero no es cierto. Nací bonita, no es que yo haya hecho nada para conseguirlo. Mi madre era bonita, y conociéndola, supongo que mi padre también. Por eso la gente me sonríe y los hombres coquetean conmigo. Excepto vos, señor Reading.

Él se colocó la mano de Lydia en el hueco del codo y echó a andar, por lo que Lydia no tuvo más remedio que seguirlo.

—Sí que coqueteo con vos, señorita Lydia —dijo él con suavidad—. Si no lo habéis reconocido como tal, es que no lo he hecho muy bien, y os pido disculpas por ello. Me esforzaré más en mejorar mi táctica. ¿He de deciros lo exquisito que es vuestro ondulado cabello rubio? ¿Vuestra delicada tez británica? ¿Que os movéis con tanta elegancia que hasta los ángeles llorarían de celos, que vuestra sonrisa ilumina cada encuentro? ¿Queréis un soneto tal vez?

Los ojos de la señorita Lydia
Son algo divino
Un delicado premio
Que nunca será mío.

—No le doy gran importancia a esas cosas —contestó ella con franqueza—. Me da la impresión de que querríais sacarme los ojos y ponerlos sobre un cojín. O una bandeja —añadió.

Reading hizo un ruido amortiguado, que en cualquier otra persona podría haberse descrito como una carcajada disimulada con un carraspeo.

—Me temo que mi habilidad para la poesía instantánea no va más allá de coplas deliberadamente obscenas compuestas para entretenimiento de compañeros de juerga. Si queréis un soneto de verdad tendréis que esperar a que lo componga. Es lo menos que merece.

Coqueteaba con ella, aunque todos sus comentarios parecían forzados. Sin embargo, no le había soltado el brazo, había posado su mano sobre la de ella, presionándola contra su antebrazo, y, por alguna razón, Lydia sentía como si flotara. Levantó la cabeza hacia el sol, empapándose de su luz y su calor.

—Os doy permiso para que dejéis de coquetear, señor Reading. Sigo sin creeros. Habladme de lord Rohan. ¿Le duele mucho?

Lydia notó la tensión en los músculos bajo su mano.

—Os sugiero que dirijáis la vista hacia otro lado, señorita Lydia. Lord Rohan no os traerá más que problemas, y a él no le interesan las vírgenes bonitas como vos.

—Le interesa mi hermana, ¿verdad? ¿Acaso ella no es una virgen bonita? —le espetó. Como se le ocurriera menospreciar a su hermana, lo golpearía con la cesta vacía.

—Sabéis tan bien como yo que vuestra hermana es mucho más que bonita.

—Ya lo creo que lo es —contestó ella, contenta con él y su respuesta—. Y os aseguro que no soy tan superficial y vanidosa como vos creéis al parecer.

—Yo no creo que seáis superficial ni vanidosa —dijo él en voz baja—. Creo que sois exquisita, maravillosa, una deliciosa...

—Oh, callad —lo detuvo ella, furiosa—. Creéis que soy...

Reading se detuvo y la hizo callar levantando un dedo delante de ella. Habían llegado al mercado. Estaban justo detrás de la sombra que proyectaba un edificio que sobresalía y Lydia pudo verle bien la cara, los ojos, que ya no se ocultaban tras los párpados entornados.

—Creo que sois exquisita, maravillosa, una deliciosa tentación y que, definitivamente, no sois para mí —dijo con tono deliberadamente bajo—. Tenéis a todos a vuestros pies, señorita Lydia. ¿Por qué querríais tenerme a mí también?

Lydia se quedó sin hablar durante un momento, hechizada al ver el tormento en las profundidades de sus ojos oscuros.

—Porque es a vos a quien yo deseo —respondió ella con un hilo de voz, atónita por lo que acababa de decir. Atónita porque era la verdad.

Él la miró durante un momento que se hizo muy largo. Y entonces movió la cabeza. Lydia supo que iba a besarla, en aquel mercado lleno de gente; supo que iba a poner su boca torcida sobre la suya y que ella le iba a rodear el cuello con los brazos y le iba a corresponder.

—¡Aquí estáis, señorita Lydia! —la voz de Jacobs rompió el hechizo, y Reading le soltó el brazo. Ella se volvió, notando las mejillas encendidas.

—Creía que te había perdido, Jacobs —dijo alegremente, como si no acabara de perder la oportunidad de recibir el mejor beso de toda su vida–. El señor Reading ha tenido la bondad de acompañarme –se giró hacia él dispuesta a decir lo que las normas de educación exigían, pero se quedó sin palabras y hasta sin aliento cuando lo miró a los ojos y vio la verdad.

Fue sólo un momento, al cabo del cual, Reading se inclinó sobre su mano.

–A vuestros pies, señorita Lydia –murmuró, desapareciendo acto seguido entre el bullicioso gentío.

Lydia se quedó inmóvil, observando cómo lo engullían, con el corazón martilleándole dentro del pecho. No era de extrañar que no hubiera podido leer los sentimientos que se ocultaban en aquellos ojos oscuros e insondables. Eran unos sentimientos más profundos, más potentes de lo que ella había imaginado. Demasiado para describirlos con palabras. Lo único que sabía era que quería correr tras él y lanzar la preocupación a los cuatro vientos. Él le había dicho que ella no era mujer para los de su calaña. A ella no le importaba. Ella lo seguiría a cualquier parte, ella...

–¿Señorita Lydia? –Jacobs la sacó de sus ensoñaciones, devolviéndola de golpe a la realidad–. Tenemos que terminar la compra y volver a casa. El médico viene esta tarde, y pensaba llevaros al parque a un picnic –dijo el hombre, haciendo que pareciera que hablaba de una operación.

«Etienne», pensó con tristeza. El hombre con quien iba a casarse. El hombre adecuado para ella. Si aprendía a dejar de soñar.

–Creo que tenemos que comprar algo de casquería –dijo ella–. Vamos, Jacobs. Tienes razón, tenemos que darnos prisa.

Se ordenó dejar de pensar en los ojos del señor Reading de inmediato. Y casi lo consiguió.

CAPÍTULO 12

Elinor estaba sentada en el salón reamueblado releyendo un tratado de filosofía. Había una gruesa alfombra persa en el suelo, unos pesados cortinajes de damasco las protegían del inhóspito paraje y el sillón en el que estaba sentada era obscenamente cómodo. Un buen fuego ardía en la chimenea, en la mesa nueva había puesto flores frescas y la casa ya no apestaba a pobreza y muerte. Era un sitio agradable y cómodo, aunque tuviera que agradecérselo a Rohan.

Había dejado que Lydia acompañara a Etienne en sus visitas de la tarde, después de ir al mercado. Lydia había llegado a casa colorada y distraída, y se había ido a descansar hasta que llegó el médico. Para entonces ya volvía a ser la jovencita alegre y sonriente, ni rastro de la sombra que viera en sus ojos al llegar. Casi. ¿Qué le habría sucedido en el mercado que la había disgustado tanto? Y teniendo a Jacobs cerca.

Probablemente no fuera más que su activa imaginación. Estaba tan acostumbrada a los desastres que le costaba creer que uno nuevo no pudiera caer sobre ellas. Si las cosas seguía su curso, Lydia se casaría con el doctor y se llevaría a nana Maude y a Jacobs. Estaba dispuesta a volver a meterse en la guarida del Rey del Infierno y hacerle frente si fuera necesario.

Y después sería felizmente libre. La idea se le antojaba aterradora y embriagadora. Una cosa era segura: ella no se mudaría a casa de su hermana. Veía cómo funcionaban los engranajes mentales de Etienne y estaba claro que agradecería otro par de manos forzadas a trabajar a cambio de la dudosa hospitalidad en forma de una cama y comida.

Ya encontraría algo, lo que fuera. Regresaría a Inglaterra. Seguro que allí podría hacer algo. Su educación había sido miserablemente descuidada: era pésima con las acuarelas, sus intentos de tocar el pianoforte hacían daño a cualquiera con sensibilidad musical y era un desastre con la aguja. Sí sabía traducir latín con vertiginosa velocidad y supuestamente todavía sabía montar a caballo, si era verdad eso que se decía que uno nunca olvidaba cómo se hacía.

Su aspecto anodino le daría ventaja a la hora de pedir trabajo como institutriz. Ya era algo. Ninguna mujer querría meter en su casa a una criatura hermosa que pudiera atraer la atención de los jóvenes varones que allí vivieran, o lo que era aún peor, del patriarca. Seguro que ella podría...

La llamada a la puerta la sacó de sus pensamientos. Se levantó con un nudo esperanzado en el estómago y a punto estuvo de caer en sus prisas por ir a abrir la puerta.

Pero volvió a sentarse y, tomando una profunda bocanada de aire para tranquilizarse, dejó que Jacobs atendiera la puerta. De inmediato supo que la visita era alguien desconocido. Tal como esperaba, el vizconde Rohan se había olvidado de su existencia.

—El barón Tolliver ha venido a veros, señorita Elinor —anunció Jacobs con su tono más educado.

Elinor se levantó preparada para conocer a su primo y a recibir la que podría ser su segunda mejor baza para el futuro.

Rohan pensaba mientras supervisaba la decoración de la fiesta en lo absurdo que era que le estuviera costando tanto trabajo quitarse de la cabeza a la señorita Elinor Harriman. Aquella fiesta de dos semanas de duración solía ser el momento culminante del año, y sus criados llevaban meses con los preparativos. Las cortinas del salón de baile estaban cubiertas de negro, habían limpiado escrupulosamente todas las habitaciones, hasta el último rincón, con vistas al derroche de libertinaje sin parangón que tendría lugar en la casa. Las cocinas estaban a rebosar de comida. La excitación iba en aumento y hasta había planeado cuidadosamente una ceremonia de iniciación. Los miembros del Ejército Celestial eran, de hecho, un grupo relativamente pequeño y selecto, pero en los últimos tiempos habían aumentado las solicitudes de ingreso, y Rohan había estado considerando la posibilidad. Había un nombre que sobresalía especialmente, y tenía gran interés en ver cómo se comportaría el caballero.

Los recién llegados solían ser extremadamente codiciosos, incapaces de comprender que todo lo que había allí estaba a su disposición para satisfacer sus deseos. «Haz tu voluntad. Come, bebe y apuesta sin límite. Comparte los placeres de la carne con todos los que lo deseen». Ninguna variación estaba prohibida allí. Había una habitación destinada a aquellos que disfrutaban con infligir y recibir dolor, otras estaban destinadas a jugar. La zona más popular era la capilla, en la que los miembros se mofaban de la noción del diablo y las censuras de la Iglesia. Él ya estaba crecidito para seguir escupiendo a Dios a la cara, pero otros, las almas más devotas lo consideraban el epítome de la excitación.

La verdad era que no sabía muy bien qué esperaba de la fiesta de ese año. El dolor no le atraía, los disfraces le resultaba algo forzado y no encontraba a nadie que lo atrajera de verdad, ninguna mujer que le hiciera hervir la sangre. Se reclinó y reflexionó perezosamente si no habría alcanzado un punto en el que le atraían los miembros de su propio sexo, pero tras un momento de cavilación desechó la idea con reticencia. Él no se imponía normas y no le importaba gran cosa adónde lo llevaran sus impulsos sexuales. Lo único que lamentaba era que, en ese momento, el único lugar al que lo estaban llevando era a una casa desvencijada en Rue du Pélican.

Reading le diría que su mente estaba trastornada. Y lo cierto era que se lo decía casi todas las noches cuando lo acompañaba a casa después de una velada, una partida de cartas o cualquier otro entretenimiento menos respetable.

Porque, por alguna quijotesca razón, el viaje de vuelta a casa incluía invariablemente pasar rápidamente por las callejuelas oscuras entre las que vivía la familia Harriman.

Reading tenía el sentido común suficiente para no preguntarle por qué ordenaba a su cochero que tomara ese camino en particular, y él no le daba voluntariamente ninguna razón. Sabía perfectamente que Reading suspiraba por la hermana pequeña, el muy necio, y se negaba a admitirlo, y a él, a Rohan, le alegraba comprobar que los habitantes de la pequeña vivienda estaban a salvo.

Cada noche, Rohan se decía que ésa sería la última vez. Si estaba preocupado por ella, lo que él negaría mientras le quedara una gota de aliento, siempre podría enviar a uno de sus criados para que comprobara que estaba bien. Elinor ya había conseguido dos campeones para su causa: Willis le había informado que había un recadero que era ferviente servidor suyo; probablemente el propio Willis estuviera cautivado también. Sabía Dios que la señora Clarke le arrancaría las orejas como le hiciera daño. Era extraño ver que todos se sentían atraídos por una criatura insulsa físicamente y con mal genio como Elinor Harriman, aunque tal vez pudiera ser ésa la solución. Podía encargarles la tarea de asegurarse de que tanto su familia como ella estaban bien y así podría olvidarse.

Y eso era justo lo que pensaba hacer. Se acabó dar rodeos para ir a su casa. Regresaría directamente de dondequiera que hubiera decidido pasar la noche, y ordenaría a sus criados que lo tuvieran informado. Tal vez así podría dejar de pensar en ella y concentrarse en la fiesta que iba a dar en breve.

Habría nuevos invitados, recién llegados de Inglaterra y el resto del continente. Habría educadas esposas de aristócratas que, por fin, habían descubierto que sus esposos no satisfacían sus necesidades, mujeres de clase más baja y limitada experiencia en busca de protector y una vida más cómoda que una alianza con el Ejército Celestial podría proporcionarles. La sangre fresca siempre resultaba estimulante, y aunque aguardaba el comienzo de los festejos con algo de irritación y mucho desinterés, ¿quién sabía si terminaría encontrando una distracción? Lo mismo aparecía otra persona igual de... sugerente.

Aquella insulsa mujer no había hecho nada más que distraerlo, irritarlo y encandilarlo inconscientemente desde que apareció en la antesala del castillo, y si tenía que elegir entre su inoportuna obsesión con ella y el desinterés se quedaba con lo segundo de buena gana. Al fin y al cabo, ya estaba acostumbrado a ello.

Se inclinó hacia delante en el sillón para tomar la copa de burdeos e hizo una pausa para admirar el encaje de Malinas que adornaba su fuerte muñeca. Sentía una ridícula debilidad por su guardarropa, y lo cierto era que los nuevos puños eran particularmente elegantes. Lo bueno de no haber tenido contacto con la señorita Harriman últimamente era que no le había destrozado más prendas de ropa. Se preguntó qué aspecto tendría Elinor Harriman tendida en su cama sin más ropa encima que un delicado encaje blanco.

Apuró la copa de vino y la depositó sobre la mesa, resistiendo el impulso de estamparla contra la pared de enfrente. Por muchas ganas que tuviera de romper algo, sólo conseguiría confirmar el trastorno de su mente y sus deseos. Marianne asistiría a la fiesta. Se dio cuenta de que hacía mucho que no pasaba un buen rato con ella, desde la interrupción en el castillo. Estaba seguro de que ella sabría tenerlo entretenido durante unas cuantas horas. Era una mujer con mucha experiencia, elegante y muy intuitiva respecto a lo que le gustaba o no.

¿Pero entonces por qué no dejaba de pensar en un encuentro más torpe? Debería concentrarse en otros asuntos más importantes, como quién le disparó. ¿Habría sido su querido heredero francés, el siempre malhumorado Etienne o alguna otra persona a la que hubiera ofendido en algún momento de su larga vida de disipación?

Tal como había señalado Etienne, bastaba con conocerlo para querer matarlo, aunque a él aquella afirmación le resultaba un poco dura. También tenía muchos otros conocidos que de buena gana venderían su alma por él. Lamentablemente, no creía en la existencia de una fuerza mayor dispuesta a comprar todas esas almas.

Por lo menos no había sufrido ningún otro atentado contra su vida. Tal vez hubiera sido tan sólo una bala perdida, una casualidad. Y tal vez lograra olvidarse de Elinor Harriman. Creyera en un dios de alguna clase o no, siempre existía la posibilidad de que se produjera un milagro.

El nuevo barón Tolliver era un hombre atractivo. A pesar de haber heredado la inconfundible nariz de los Harriman, estaba claro que resultaba más favorecedora en un rostro masculino o eso pensó Elinor. Tenía unos vibrantes ojos azules, una boca generosa y cuerpo fuerte justo por encima de la media de altura y una sonrisa agradable.

—Señorita Harriman —dijo, acercándose a ella para tomarle la mano—. Lamento muchísimo haber estado fuera de la ciudad cuando fuisteis a verme. El señor Mitchum debería haberme avisado. Habría vuelto a París de inmediato.

Su mano enguantada le resultó firme y confortadora, lo que hizo que Elinor parpadeara momentáneamente distraída.

—No había necesidad, milord —mintió—. Sólo quería discutir con vos...

—Oh, mi querida prima... espero que me dejes llamarte prima. Y por favor, llámame Marcus. Después de todo somos familia, aunque lejana.

Elinor parpadeó, sobresaltada. No esperaba una demostración de gentileza tan contundente. Pero enseguida recuperó la compostura. Tal vez fuera la nariz, el caso es que se parecía mucho a su padre, lo que disipó su remota esperanza de que pudiera ser un intruso. No porque hubiera resultado ventajoso para ella, ya que las propiedades de su padre pasarían entonces a otro pariente aún más lejano o le serían devueltas a la Corona.

—Primo Marcus —dijo ella, sentándose de nuevo en el sillón—. Eres muy gentil. Por favor, siéntate. ¿Te apetece una taza de té? ¿Algo de comer, tal vez?

—Eres muy amable —respondió él, tomando asiento frente a ella con una floritura de su elegante casaca—. Un té sería maravilloso. Me alegra ver que vivís en situación cómoda. Confieso que cuando llegué a esta zona me angustió pensar que mis primas estuvieran pasando penurias económicas, pero es un alivio ver que la situación no es tan grave. Decidme si puedo ayudaros en algo, prima, y no escatimaré esfuerzos en cumplir con ello.

Poseía una sonrisa cálida y confiada, y Elinor tuvo que obligarse a suspirar aliviada.

—El señor Mitchum mencionó que mi padre me había dejado un pequeño legado. Me temo que nuestras circunstancias actuales no son tan prósperas como podría parecer. Vivimos de la caridad de un acaudalado benefactor, pero su ayuda podría desaparecer en cualquier momento. Preferiría que nuestro bienestar no dependiera de otros y me preguntaba en qué podría consistir el legado que he recibido de mi padre —explicó ella, eligiendo las palabras con cuidado, decidida a no sonar codiciosa.

Sin embargo, no fue lo bastante cuidadosa.

—¿Un acaudalado benefactor? —repitió él, frunciendo el ceño—. ¿Y quién es ese benefactor?

El Rey del Infierno. El mayor libertino de Francia y puede que de Inglaterra. El Señor del Ejército del Celestial. Si le dijera la verdad, su primo saldría de allí horrorizado y profundamente asqueado.

—Prefiere mantener el anonimato —contestó ella, asombrada ante lo fácil que le resultaba mentir cuando era necesario. La verdad era que el vizconde Rohan probablemente preferiría que la gente no supiera que se encargaba de satisfacer sus necesidades y suministraba todo lo necesario para vivir en un hogar digno, y hasta el momento no les había pedido nada a cambio. Si la gente se enterase, su reputación de hombre desalmado quedaría hecha añicos.

—Ah —contestó el barón—. Me gustaría poder darle las gracias personalmente por su generosidad hacia mis parientes. ¿Y puedo preguntarte dónde está el resto de vuestra familia? Mis abogados me informan de que vuestra madre todavía vive, aunque está bastante enferma.

—No le queda mucho ya. No está consciente, pero está muy agitada. Sería mejor que no la veas.

—Tonterías —replicó él, que había adquirido los modales

de aristócrata en muy poco tiempo–. Debo presentar mis respetos a la anterior baronesa –y diciendo eso se levantó. Elinor lo imitó, maldiciéndolo para sí. Podría plantarse delante de él para impedirle que viera a su madre, pero al final no le reportaría ningún beneficio. De modo que accedió.

–Como quieras –dijo con resignación–. Por aquí.

La distancia entre el salón y la habitación no era muy grande. La vivienda era pequeña y se veía abarrotada merced a los muebles grandes y cómodos que les había enviado lord Rohan. Su primo disimuló el gruñido que se le escapó cuando se golpeó la cadera sin querer con el aparador en el que habían guardado la exquisita cristalería llegada cuatro días atrás. Ella pasó delante y abrió la puerta de la habitación de la enferma, preparándose para lo que se iba a encontrar.

Le habían quitado las correas una semana atrás, a medida que su estado empeoraba. Nana Maude trataba de hacer que tragara un poco de caldo de pollo. Lady Caroline abría los ojos de cuando en cuando. Nana estaba sentada en un cómodo sillón junto a la cama, otro de los regalos de lord Rohan, así como las cálidas mantas que cubrían el frágil cuerpo de la enferma.

–Nana Maude, éste es nuestro primo, el nuevo lord Tolliver. Primo Marcus, ésta es nana Maude. Lleva toda la vida con nosotros, cuidándonos.

Nana se levantó con dificultad y evaluó al recién llegado con ojos entornados.

–Buenas tardes, milord –dijo, haciéndole una reverencia. Alguien que no la conociera la habría considerado educada y correcta, pero Elinor tuvo la extraña sensación de que algo no iba bien. Nana lo miraba con una expresión extraña en la cara.

El barón asintió educadamente con la cabeza y se acercó a lady Caroline. Para asombro de Elinor, su madre abrió los ojos y los dirigió al hombre.

—¿Quién eres? —exigió saber con una voz que apenas era un gruñido. Las primeras palabras lúcidas que pronunciaba desde hacía más de una semana.

—El heredero de vuestro difunto esposo, lady Caroline —contestó él con amabilidad—. Marcus Harriman.

—Conque Marcus, ¿eh? —intentó incorporarse y nana se aprestó a colocarse a su lado, intentando calmarla, pero el brillo de la demencia se había vuelto a instalar en sus ojos—. Acércate más.

—No —murmuró Elinor, incómoda.

—No seáis absurda, prima Elinor. No puede hacerme daño —dijo, acercándose a la cama—. ¿Puedo ayudaros de alguna manera, lady Caroline?

—Más cerca.

Él se inclinó sobre ella y le tomó una de las huesudas manos entre las suyas, pero antes de que Elinor pudiera advertirle, su madre consiguió hacerle perder el equilibrio. El barón cayó encima de la cama y su madre le agarró la parte delantera de los calzones al tiempo que comenzaba a escupir todo tipo de maldiciones e insultos.

Marcus se levantó como pudo, horrorizado, y Elinor lo sacó de la habitación por el brazo.

—No se encuentra bien —le dijo sin saber qué otra cosa hacer.

El hombre estaba sangrando. Lady Caroline le había hecho un arañazo en la cara. Elinor cerró la puerta tras de sí, pero aun así seguía oyendo los gritos de su madre, seguidos por la voz de nana intentando calmarla. Elinor casi esperaba que su primo rechazara su ofrecimiento de ayuda, que saliera de la casa como alma que lleva el demonio, pero lo único que hizo fue mirarla con lástima.

—Pobrecilla.

Elinor casi se echó a llorar. Casi. Sólo se había permitido semejante muestra de debilidad delante de una persona que ella recordara, delante de la peor persona imaginable. No tenía intención de sucumbir otra vez.

—Nos las arreglamos —dijo con brusquedad—. El doctor dice que no le queda mucho tiempo, y estas crisis de demencia indican que el momento se acerca. Nana Maude es maravillosa con ella, y Lydia y yo nos las arreglamos solas.

—¿Y vuestro padre no os dejó nada? ¡Es inadmisible!

Ella sonrió con ironía.

—Tú sabes más que nosotras, señor. Supongo que el grueso de sus propiedades está vinculado a su heredero y que no reservó nada para sus hijas.

Su primo Marcus la miró con incomodidad.

—A decir verdad, creo que vuestra hermana no es...

—Mi hermana nació durante el matrimonio entre mi madre y mi padre, y por ley es hija legítima —lo interrumpió Elinor con aspereza, dejándose llevar por su temperamento.

—Conoces bien la ley. Eres una mujer educada. Me pregunto cómo es así teniendo en cuenta el desvencijado entorno en que te has criado.

Elinor se recordó que su primo no tenía intención de faltarle el respeto, pero tuvo que recurrir a toda su fuerza de voluntad para no darle una mala contestación.

—Me gusta leer —replicó lacónicamente.

—Y eres una mujer inteligente. No puedes imaginar lo admirable que me parece en estos tiempos que corren. Las jovencitas de hoy en día son estúpidas. Preferiría la compañía de una mujer de más edad y sentido común a una jovencita bella y superficial.

Ella consiguió sonreír.

—Eres muy amable —dijo con los dientes apretados—. Me temo que nana está demasiado ocupada ahora mismo para prepararnos el té.

Los gritos seguían, aunque amortiguados, y Marcus tenía una expresión grave.

—Es obvio que estás pasando un momento delicado. Regresaré cuando las cosas se hayan tranquilizado... —dijo acercándose con disimulo a la puerta.

—Pero no me has explicado en qué consiste el legado de mi padre. Y estás sangrando. Deja que te cure al menos antes de salir a la calle —protestó Elinor.

—Podemos discutir el tema del legado en otro momento —dijo él, limpiándose delicadamente la cara con un pañuelo de encaje—. Tal como te informó el señor Mitchum, es poca cosa, pero prometo cumplir los deseos de tu padre todo lo bien que pueda —abrió la puerta sin esperar a que Jacobs lo hiciera por él y ya estaba casi fuera cuando añadió—: *Adieu,* querida señorita.

Ella lo observó marchar. Andaba bien. Calzaba botas en vez de los elegantes zapatos que se ponía Rohan y si caminaba con una ligera arrogancia sin duda estaba justificado. Era un par del reino, un hombre apuesto y fuerte en la flor de la vida. Estaba en todo su derecho de pavonearse.

Cerró la puerta. Su madre había dejado de gritar al fin y Elinor se acercó al dormitorio. Abrió la puerta una rendija y vio que su madre había caído en un sueño inducido por las drogas.

—¿No deberíamos volver a atarla a la cama? —le susurró a nana Maude.

La anciana la miró con expresión atribulada.

—No hace falta —contestó nana—. Tras uno de estos ataques se queda dormida. No se moverá ni hablará en varios días. ¿Quién era ese caballero? —preguntó cambiando de tema bruscamente.

—Te lo he presentado. Es nuestro primo, Marcus Harriman.

—No recuerdo a ningún Marcus, y viví en la hacienda Harriman durante mis primeros cincuenta años de vida.

—Es un pariente lejano. El heredero varón más cercano a mi padre, pero estoy segura de que no hay ningún error.

Nana sacudió la cabeza. No estaba satisfecha.

—Creía que no había más ramas en la familia.

—Bueno, no hay duda de que se parece a los Harriman. Y si no fuera quien dice, la propiedad pasaría a otra persona. Al menos parece dispuesto a reunirse conmigo.

—Ya lo creo —dijo nana con tono disgustado—. La próxima vez que venga, dejaremos a Jacobs con vuestra madre. Quiero hacerle unas preguntas.

La idea de que la feroz nana a pesar de su tamaño interrogara al nuevo barón Tolliver se le antojó graciosa, lo suficiente como para disipar la nube que se había apoderado de su corazón. Se las estaba arreglando lo mejor que sabía. Tendría que tratar de ser paciente.

Volvió a su asiento junto al fuego y retomó el libro que estaba leyendo. Era una colección de sermones instructivos de un monje fanático que había pasado una temporada en las Américas. Su opinión acerca de los baños, las mujeres y la religión eran extremas y muy intransigentes. El buen hermano era defensor de la idea de que las mujeres eran una desagradable necesidad y que, una vez cumplida la obligación de procrear, habría que encerrarlas en conventos con otras mujeres y que cumplieran voto de silencio.

Rohan se lo había enviado a propósito, sólo para enfadarla, pero los libros eran algo tan escaso que leyó incluso aquel condenado ejemplar, alternando la lectura con los insultos hacia aquél que se lo había regalado.

E intentando no pensar en Francis, vizconde Rohan o en su Ejército Celestial.

CAPÍTULO 13

Al final Lydia no compró nada de casquería, aunque no fue porque se le hubieran levantado los ánimos. Aunque deseaba revolcarse en su miseria, las tripas era llevar las cosas demasiado lejos, y nana distaba mucho de ser una excelente cocinera. Le tocaría cocinar a Lydia y nunca le había gustado demasiado las asaduras. En su lugar compró huevos frescos de granja, puerros, queso y una barra de pan recién hecho. Si nana Maude no era capaz de preparar una comida rica con aquellos ingredientes, ella sí.

Y lo haría en cuanto se recuperase de aquel absurdo ataque de melancolía. Y la visita de Etienne no ayudaba. Después del cautivador, estimulante y frustrante encuentro con el hombre que la atraía como a una tonta, no tenía más remedio que aguantar tres horas en compañía de Etienne, escuchando su monótona e interminable conversación. Aquel hombre sólo tenía dos temas de conversación: la forma en que su genialidad le permitía resolver casos médicos que le exponía con estomagante detalle y la enorme injusticia que su primo había cometido con él.

Afortunadamente, bastaba con una o dos palabras para

alentarlo, y Lydia era capaz de estar sentada en el parque comiendo pollo frío *à la diable* mientras soñaba que estaba en otra parte, en cualquier otra parte. Hasta que una palabra llamó su atención.

—¿Jacobitas? —repitió, frunciendo el ceño.

—Olvidaba lo joven que sois —dijo Etienne cariñosamente—. Ocurrió antes de que nacierais. Los estúpidos ingleses no se ponían de acuerdo acerca de quién debería ser su rey, de modo que trataron de colocar en el trono a un católico, un príncipe escocés.

—Sé lo que ocurrió con el Gentil Príncipe Carlos, Etienne —dijo Lydia con un poco de aspereza—. ¿Qué tiene eso que ver con milord Rohan?

La mirada que cruzó el apuesto rostro de Etienne casi podría describirse como una mueca de desdén.

—No es un lord según Inglaterra. Es un traidor. Él y su familia apoyaban al rey escocés, y cuando la rebelión fue sofocada, mataron a su padre y a su hermano, a él lo despojaron de todo y lo condenaron al exilio. Si regresa a Inglaterra, será ejecutado por traidor en Tower Hill. Espero llegar a ver ese día.

Lydia no pudo ocultar su horror.

—¿Queréis ver a lord Rohan decapitado?

—Olvidáis que soy médico. Veo la muerte a diario. Rara vez encuentro justa una muerte. Rohan huyó a Francia y reclamó el título que debería haber sido mío, y desde entonces se comporta como un demonio —Etienne resopló con gesto de desprecio. Era una costumbre muy desagradable y Lydia imaginaba que se agravaría con los años. Y ella estaría atrapada junto a él.

—¿Qué edad tenía cuando sucedió? No es tan mayor, ¿no? —preguntó Lydia.

—¿Cuando se exilió? ¿Cuando luchó en Inglaterra? Diecisiete creo.

—Dios mío —exclamó Lydia con un hilo de voz. Tanto nana Maude como Jacobs tenían familiares escoceses, defensores acérrimos de los jacobitas. Nana le había contado la historia del verdadero rey y lo que ocurrió en la horrenda masacre de Culloden, donde Cumberland el Carnicero masacró a miles de escoceses. Que un muchacho de diecisiete años hubiera vivido aquel sangriento conflicto y las terribles consecuencias le pareció cruel e instructivo. Sobrevivir a un episodio como aquél cambiaría a cualquiera para siempre.

—Casi desearía que encontrara motivos para regresar —continuó Etienne—. Yo mismo alertaría a las autoridades inglesas y con su ejecución, el título francés quedaría desvinculado de él. La mujer que se casara conmigo sería entonces la *comtesse* de Giverney. Tarde o temprano.

Ella ignoró su elocuente mirada.

—Pero lord Rohan no tiene interés en regresar a Inglaterra, según creo.

—No —repuso él con tristeza—. Tendremos que esperar, *ma chère*.

Tendremos. La idea era desmoralizadora e ineludible. Llegó a casa con un espantoso dolor de cabeza. Elinor tenía noticias, algo acerca de su primo, pero Lydia no pudo escuchar. Sólo tuvo fuerzas para ir a tumbarse en la oscuridad, sobre la confortable cama que lord Rohan les había regalado. Demasiadas cosas giraban sin parar en su cabeza. La monótona y egoísta conversación de Etienne. Los ojos angustiados de Charles Reading. El niño perdido, atrapado en el espeluznante horror de una rebelión política. Su madre que había vuelto a hablar, aunque sólo decía cosas sin sentido; algunas hacían que se sonrojara al escucharlas, mientras que otras le resultaban totalmente desconocidas, y dio gracias a Dios por ello. Se tapó la cabeza con una almohada para ahogar los sonidos y trató de dormir.

No le sirvió de mucho. En sus sueños apareció Charles

Reading, de pie delante de ella preparado para besarla, cuando Etienne llegaba corriendo y le atravesaba el rostro con una lanza. Charles caía al suelo, desangrándose, pero al mirarlo, Lydia se encontraba mirando a un Francis Rohan mucho más joven, sin aquella expresión burlona y ligeramente despectiva. Despertó llorando.

Aquello era ridículo. Salió a rastras de la habitación para ayudar a preparar la cena, pero nana Maude ya la estaba poniendo en la mesa.

—Aquí estáis, muchacha—. No íbamos a despertarte. Parecías agotada. Pobrecilla.

—Estoy bien —contestó. Elinor ya estaba sentada a la mesa—. Creo que hemos tenido visita.

Los cuatro se sentaron a la vieja mesa, una ruptura del protocolo en la que Elinor había insistido. Decía que formaban una familia y no pensaba dejar que parte de su familia comiera en la cocina.

—Nuestro primo Tolliver —contestó—. Parece un buen hombre, pero mamá se alteró al verlo y lo asustó.

Nana refunfuñó.

—No le hagas caso —dijo Elinor—. Nana está obsesionada con él. Jura que no es ningún primo lejano, sino un impostor. No tienes más que mirarlo para saber que no es un impostor.

—¿La nariz Harriman? —preguntó Lydia.

—Exacto.

—No me escuchéis —sentenció nana con tono lóbrego—. Soy una vieja. ¿Qué sabré yo? Pero recordad esto, hay algo raro en ese Marcus Harriman.

—Pues yo confío en que no sea así —dijo Elinor con aquel tono envarado que utilizaba a veces, el que Lydia tanto odiaba—. Si él no nos ayuda, estaremos a merced de lord Rohan, y no es muy probable que un degenerado inútil como él...

—Me gustaría que dejaras de vilipendiarlo —intervino

Lydia, con la vista fija en el pastel de queso y puerros que les había preparado nana.

Todos se volvieron hacia ella de inmediato.

—Querida —dijo Elinor, y a Lydia no le pasó desapercibido el miedo en la voz de su hermana, el ridículo miedo que la atormentaba—. Él no te conviene...

—¿Cuántas veces tengo que decirte que no tengo ningún interés en lord Rohan ni él en mí? Pero pasar toda la tarde en compañía de Etienne ha hecho solidarizarme con el vizconde más que antes si cabe.

—¿Por qué? —preguntó Elinor sin inflexión en la voz.

—¿Sabes por qué vive en París?

—No me importa gran cosa, cariño. Imagino que está aquí porque todo el mundo sabe que París es el centro de la sociedad más, digamos, liberal. Y dado que lord Rohan es un libertino, tiene todo el sentido que viva aquí.

—Fue condenado al exilio. No puede regresar porque lo ejecutarían.

Elinor levantó una ceja.

—¿De veras? ¿Por asesinar al marido de quién?

—El de nadie —respondió Lydia.

—Es un hombre horrible, señorita —dijo nana Maude—. Confraterniza con el diablo, lo hace de verdad, y bebe sangre, y...

—¡Estuvo en Culloden! —barbotó Lydia—. No tenía ni veinte años, pero luchó a favor del Gentil Príncipe Carlos, y vio cómo masacraban a su familia. Tuvo suerte de escapar con vida.

Se produjo un silencio de incredulidad, hasta que nana Maude carraspeó.

—Siempre dije que había algo bueno en ese muchacho. Es más, he intentado decíroslo. Y es apuesto. Espero que encuentre una buena mujer que le haga poner fin a todas esas fiestas.

Jacobs no dijo nada, limitándose a asentir con la cabeza con expresión de aprobación. Por último, Elinor dijo con voz cruel:

—¿Y eso justifica todo lo que ha hecho en su vida? ¿Le da derecho a destruir otras vidas?

—¿A quién le ha destruido la vida? —quiso saber Lydia.

Pero pudo escuchar la respuesta de su hermana sin que tuviera necesidad de hablar: «La mía —gritó—. La mía».

La tos amortiguada de Lydia la despertó, y, por un momento, Elinor permaneció tumbada, sin moverse. Algo no iba bien, tenía la corazonada de que algo no iba bien. Se sentó en el cama y bizqueó en la oscuridad. Le ardían los ojos, la garganta le picaba y en ese momento oyó un inquietante crepitar en la distancia. El pánico se apoderó de ella. El fuego en aquellas zonas llenas de casas viejas y desvencijadas era desastroso. Se extendía por calles y callejones sin que nadie pudiera hacer nada para detenerlo.

Se levantó de la cama y sacudió a Lydia para que se despertara. Le ardían los ojos.

—La casa está en llamas. Tenemos que salir de aquí.

Alerta, Lydia agarró la bata y se arrebujó en ella, mientras Elinor se acercaba a la puerta. El humo se colaba por debajo de la puerta, pero la madera en sí no estaba caliente. La abrió, pero la cortina de humo que la recibió al otro lado la cegó por completo.

—¡Nana! —gritó, abriéndose paso entre el humo por el pasillo para encontrarse con Jacobs que llegaba corriendo. Se dirigía a la habitación de lady Caroline. Entonces oyó las carcajadas, su madre reía alegremente. El sonido hizo que se le erizara el vello de la nuca.

Jacobs abrió la puerta de una patada y las llamas salieron hacia fuera. No vaciló un instante: atravesó la cortina de fuego y al cabo de un momento emergió con una pequeña figura hecha un ovillo en sus brazos. Se dirigió a la puerta de la calle no sin antes volver la cabeza hacia las chicas.

—¡Venid conmigo! —les gritó por encima del fragor del incendio.

—¡Mamá! —lloró Lydia, pero entonces les llegó una voz de entre las llamas, cantando con voz áspera una obscena canción de marineros.

—Jacobs tiene a nana Maude —dijo Elinor—. Ve con ellos. Yo me ocuparé de mamá.

—¡No! ¡No te dejaré aquí! —gritó Lydia, pero Elinor la empujó hacia Jacobs, que tenía la fuerza suficiente para agarrarla del brazo y arrastrarla hacia la puerta aun con el frágil cuerpo de nana Maude entre los brazos. Parecía que le estaba costando abrir la endeble puerta de la calle, así que al final la tiró abajo de una patada y salió a la calle con las dos mujeres.

—Había una vez un alegre hojalatero que vivía en el sur de Francia... —cantaba su madre con tono bronco que sólo era la sombra de la voz de soprano que en su día cautivó a tantos hombres. Sin hacer caso de las llamas, Elinor entró en la habitación. Lady Caroline estaba acurrucada en el suelo, meciéndose, mientras las llamas engullían los cobertores de seda de la cama y empezaban a ascender ya por los postes del dosel.

—¡Mamá! —gritó Elinor, intentando acercarse. Había una lengua de fuego entre las dos, pero si saltaba por encima, no tenía la seguridad de que pudiera regresar. Su madre estaba tan consumida que podría tirar de ella, pero tenía que convencerla de que estirase los brazos hacia ella.

Lady Caroline fijó sus ojos vidriosos en Elinor.

—¿Dónde está mi hija? ¿Dónde está Lydia? —preguntó con voz áspera.

—Está a salvo, mamá. Tienes que venir conmigo. Yo te

llevaré con ella. Levántate y acércate a ese rincón. Te tomaré en brazos.

La carcajada que brotó de los labios de la mujer fue tan aguda como el crepitar del fuego.

—Te pareces a él. Eres como tu padre. Quiere matarme y tú también. Tráeme a Lydia. No iré a ninguna parte sin Lydia.

La lengua de fuego se hizo más grande, engullendo el suelo, y el pánico de Elinor creció.

—Si entra en la casa, podría morir. Y tú no quieres hacer daño a Lydia, mamá. Levántate y acércate al rincón. Yo te pondré a salvo. Confía en mí, mamá. Siempre te he querido.

—¿Que me has querido? —le espetó lady Caroline despiadadamente, y un cruel giro del destino hizo que su madre estuviera más lúcida que nunca—. ¿Qué sabrás tú del amor? Nadie te ha querido nunca. Y nadie lo hará. No iré contigo hacia el frío. Aquí hace calor, fuera hace frío.

—¡Mamá!

El humo era tan denso que Elinor casi no podía ni verla, pero sus pies desnudos notaban que las llamas se acercaban. Si se quedaba allí mucho más, no saldría de la casa con vida. Pero no podía dejarla allí, no lo haría...

Un fuerte brazo apareció de la nada y, tomándola por la cintura, la levantó en volandas. Ella chilló, pero el desconocido no hizo caso, sino que la levantó en brazos y atravesó la casa en llamas. Las vigas del techo se desmoronaban a su paso. Elinor oía las carcajadas de su madre hasta que salieron a la fría noche.

Los brazos la soltaron sobre la nieve sin contemplaciones y ella intentó entrar de nuevo en la casa, pero las manos desconocidas la sujetaron con fuerza dolorosa. Elinor se volvió, furiosa, pero el rostro de Francis Rohan mirándola no tuvo ningún efecto en ella.

—¡Tengo que salvarla! —gritó, mientras los gritos y las carcajadas de su madre resonaban en la noche.

—No merece la pena morir por ella, pequeña —dijo él con voz fría, pragmática, y Elinor lo odió—. Y me temo que ya es demasiado tarde.

Decía la verdad. La casa en llamas se derrumbó y la voz de su madre se apagó por completo mientras Lydia lloraba.

Se apartó de él y fue en busca de su hermana. Lydia estaba arrodillada en la nieve junto a nana Maude. Se tapaba el rostro y lloraba. Elinor se arrodilló junto a ella y la abrazó con fuerza. Se dio cuenta con gran sorpresa de que ella también estaba llorando. Hacía tiempo que había renunciado a su madre, y el Rey del Infierno tenía razón, no merecía la pena morir por ella. La mujer había rechazado a su hija mayor hasta el final, y Elinor lloró.

Rohan se había acercado a ellas, pero Elinor no le hizo caso y siguió abrazando a su hermana.

Jacobs apareció de las sombras con el rostro surcado de lágrimas que dejaban un rastro blanco sobre la piel negra de hollín.

—Tenemos que llevar a nana a algún sitio —dijo con voz estrangulada de dolor o a causa del fuego. O ambas cosas—. Tiene que verla un médico.

—Subidla al carruaje —ordenó Rohan con voz firme y clara. Elinor quiso levantarse y gritarle, pero no tenía opción. El dolor de Lydia era más importante que su rabia—. La llevaremos a que la vea mi primo —continuó Rohan, apartándose con sensatez de ella. Levantando la voz añadió—: Reading, ¿por qué no te ocupas de la señorita Lydia? Estoy seguro de que agradecerá el apoyo de tu fuerte brazo. Hay que sacarla de la nieve y meterla en el carruaje antes de que muera de congelación.

Elinor consideró la posibilidad de aferrarse a su hermana, pero Charles Reading apareció de entre las sombras y Lydia fue hacia él, dejándose envolver en su abrazo. Elinor se quedó sola de rodillas en la nieve. Sola con Rohan.

—No puedes quedarte aquí toda la noche.

—Habéis dejado que muera.

—He hecho que tú estés viva. Puedes levantarte tú sola o dejar que yo te lleve en brazos, lo que prefieras, aunque supongo que preferirás que no te toque —dijo Rohan con tono cansino—. Decídete. Tengo frío y he destrozado otro par de zapatos. De verdad provocas estragos en mi guardarropa.

Ella se obligó a volver la cabeza y mirarlo, sin disimular la furia que había en sus ojos. Estaba muerta de dolor y no tenía hacia dónde dirigirlo aparte de su Némesis.

Él la miró con una sonrisa torcida.

—Es encantador —murmuró—. Me desprecias. Estás en tu derecho, cariño, pero voy a sacarte de la nieve y te voy a meter en el carruaje ahora mismo, antes de tener carámbanos por pies —le tendió la mano y esperó a que la aceptara.

Ella no quería tocarlo. Sólo quería hacerse un ovillo en el suelo y llorar, pero Lydia la estaba esperando. Sacó un pie con intención de levantarse con elegancia, pero los pies le dolían horriblemente y las piernas se negaban a sostenerla.

Él la sujetó antes de que cayera al suelo y la tomó en brazos para llevarla hasta el carruaje. La soltó en el interior sin contemplaciones y Lydia se acercó y la ayudó a sentarse a su lado.

Rohan cerró la portezuela y se quedó fuera del abarrotado vehículo. Al cabo de un momento todos se fueron, dejándolo a él allí, de pie, solo, junto a la tumba aún en llamas de la madre.

CAPÍTULO 14

Elinor se recostó en el asiento capitoné del carruaje, demasiado conmocionada para moverse. Era un carruaje para cuatro y con los cinco allí metidos apenas quedaba sitio para respirar. Había unas pequeñas velas en cada rincón, dentro de unos recipientes de cristal, que proyectaban la luz suficiente para que Elinor viera el mal aspecto que tenía nana.

Sólo quería taparse la cara con las manos y gritar, quería esconderse y llorar. Pero no podía hacerlo. Aquélla era su familia, lo que quedaba de ella, y la necesitaban. Enderezó la espalda.

—¿Cómo está nana Maude, Jacobs? —preguntó con la voz bronca por el humo que había inhalado—. ¿Está quemada?

Jacobs negó con la cabeza.

—Ha sido más el susto. Y el humo. Es muy mayor. Esto acabará con ella...

—¡No ocurrirá tal cosa! —exclamó Elinor con aspereza—. El primo de su señoría es médico y confío en que nos esté esperando allí cuando lleguemos.

¿Llegar adónde? Aunque sabía perfectamente la respuesta.

—No respira muy bien —dijo Jacobs con tono lúgubre y la voz rota—. La señora ha muerto y ahora nana Maude...

—¡Ya basta! —gritó Elinor—. No vamos a perder a nana Maude —se volvió hacia Lydia y se quedó helada. Sentado al borde mismo del asiento, Charles Reading la acunaba entre sus brazos, mientras que Lydia lloraba quedamente sobre el hombro de su elegante casaca, estrujando en el puño la tela.

Elinor alargó la mano con intención de separarla de él, pero entonces sus ojos se encontraron con los de Reading y se quedó totalmente estupefacta. Nunca había visto un dolor tan desgarrado ni un anhelo tan descarnado en los ojos de nadie. Ni siquiera sabía que pudiera existir tal profundidad de sentimientos. El hombre estrechaba a su hermana entre sus brazos con suma ternura, la barbilla apoyada en la coronilla llena de bucles dorados, mientras le susurraba palabras tranquilizadoras. Palabras que Lydia necesitaba oír, palabras que Elinor no tenía, al menos en ese momento.

Ya lo solucionaría por la mañana. De momento no podía envidiar a su hermana el consuelo que aquélla pudiera encontrar en otra persona, por inadecuada que fuera. Reading formaba parte del Ejército Celestial, era un libertino y un réprobo. No era el hombre adecuado para Lydia, pero por el momento no podía ocuparse de ella. Dejaría que la consolara.

—¿Sabéis adónde vamos, señor Reading? —preguntó con educación.

Él carraspeó y dijo:

—Creo que nos dirigimos a la residencia urbana de lord Rohan. Está bastante cerca y el doctor de Giverney debería estar esperando nuestra llegada. Sé que no es lo que queréis, pero si pudierais aceptarlo como una solución temporal...

—No tengo otra opción —contestó Elinor, agotada—. ¿Adónde más podemos ir? —el carruaje estaba provisto de muelles y pudo deslizarse del asiento y arrodillarse junto a nana Maude. Le tomó una fláccida mano entre las suyas. Le costaba respirar y Elinor miró a Jacobs con gesto sombrío–. Se va a poner bien. Todos nos vamos a poner bien –dijo con fiereza.

—Pero señorita Elinor, vuestra madre...

—Se ha ido. No podemos cambiar eso y, de todas formas, tampoco le quedaba mucho tiempo. Confiemos en que tuviera una muerte rápida, antes de que las vigas del techo cayeran sobre ella... —se detuvo al darse cuenta de lo que había estado a punto de decir.

Demasiado tarde. Lydia levantó el rostro surcado de lágrimas.

—Oh, cariño, hiciste todo lo que pudiste.

Elinor pensó en levantarse del suelo, pero era un lugar tan bueno como cualquier otro.

—No quiso venir conmigo —respondió lacónica–. Hice todo lo que pude para convencerla de que se levantara, pero ella me gritó. Estaba en medio de uno de sus ataques de demencia. Sospecho que fue ella quien inició el fuego.

—Debió de hacerlo, sí —convino Jacobs con solemnidad–. Me aseguré de que el fuego de la chimenea estaba apagado antes de irme a la cama. No quedaban ascuas que hubieran podido saltar. Y nana estaba encerrada en la habitación con ella. Me costó un infierno sacarla. Lo siento, señorita.

Elinor sabía que si empezaba a reír, no podría parar. Las maldiciones de su madre seguían zahiriéndole los oídos y habían sido rescatados por el demonio en persona.

El carruaje se detuvo y un lacayo abrió la portezuela. Unas manos se ofrecieron a ayudar a Jacobs a sacar la frágil carga que llevaba entre los brazos, y Reading bajó de un salto, tendiéndole los brazos a Lydia a continuación para llevarla al interior todo lo cerca de él que pudo. Elinor volvió a quedarse sola, de rodillas en el carruaje desierto.

Por un momento se sintió tentada de quedarse allí, de dejar que se llevaran el carruaje a los establos y se ocuparan de los caballos. Nadie se enteraría de que estaba allí. Podía hacerse un ovillo en uno de los asientos y quedarse dormida...

—¿Señorita Harriman? —Etienne de Giverney estaba de pie delante de la portezuela del carruaje, observándola con curiosidad—. ¿Puedo ayudaros?

«Qué mala suerte», pensó Elinor. Había sido una buena idea.

—No, no podéis —respondió ella con aspereza—. Tenéis dos pacientes que atender dentro de la casa. Nana Maude se ha desmayado y necesita de vuestros conocimientos. Y Lydia está destrozada, como es comprensible. Necesita consuelo —y que la aparten del señor Reading, añadió para sí—. Id dentro. Yo iré enseguida.

Un lacayo permanecía de pie junto a la portezuela para ayudarla, aunque Elinor deseó que se fuera. Se levantó como pudo y se sentó en el banco. Ya no le dolían los pies, se le habían entumecido. Se dio cuenta súbitamente aturdida de que no llevaba nada más que un delgado camisón de batista, tan viejo que prácticamente se transparentaba en algunos sitios. Lydia había tenido el aplomo de ponerse un chal y se había calzado. Ella, por el contrario, estaba tan alterada que ni siquiera reparó en ponerse las zapatillas.

La pérdida era tan grande que sintió como si le hubieran dado un mazazo en el estómago. No tenían dinero, ni hogar, ni ropa que ponerse. ¿Qué iban a hacer?

Bajó del carruaje y notó la nieve fría bajo sus pies descalzos. Nevaba con más intensidad. ¿Por qué había tenido que esperar a que todas sus posesiones estuvieran calcinadas? Aunque tampoco era que unos delicados copos de nieve pudieran hacer mucho contra un fuego como aquél. Un infierno hambriento. Sólo le quedaba confiar en que la demencia de su madre no hubiera calcinado el hogar de otras personas.

El fuego prendió de repente. El salón estaba en llamas, la habitación de su madre atravesada por una lengua de fuego que la separaba de ellos, las llamas ascendían por las paredes de la cocina. Nana había quedado atrapada en el interior. ¿Habría sido su madre la causante? No había otra explicación. Sin embargo...

El carruaje desapareció nada más bajar ella, perdiéndose en la calle cubierta de nieve, y Elinor se preguntó adónde iría. ¿De verdad habían dejado al vizconde Rohan de pie junto a las ruinas carbonizadas de su casa? Eso parecía. Qué casualidad que acertara a pasar junto a su casa justo cuando se desató el fuego. Ese tipo de accidentes no ocurrían por casualidad.

Miró al frente, a la puerta de entrada de la mansión. Alguien la había cerrado para que no entrara el frío y la nieve. Se movió despacio, preguntándose si tendría que enfrentarse nuevamente con aquel desagradable mayordomo de la otra vez. Tal vez se acordara de que lo mordió y no la dejara entrar.

Pero la puerta se abrió en cuanto se acercó y el criado le resultó vagamente familiar. Lo había visto antes, por lo menos una vez. El hombre la saludó por su nombre, con un inconfundible acento de Yorkshire.

Habían llevado a nana a una pequeña habitación situada en la parte de atrás de la casa, la zona en la que Elinor supuso se trataba a los enfermos. Nana yacía inmóvil en una cama, con el rostro ceniciento y le costaba respirar. Lydia estaba sentada en el extremo más alejado de la cama sosteniéndole la mano. Alguien había limpiado a la anciana y había envuelto su frágil cuerpecillo en cálidos chales, pero parecía más muerta que viva, y Etienne de Giverney la miró con gesto serio.

—Ha sufrido una tremenda conmoción —afirmó—. Y su corazón está débil.

—No se va a morir —dijo Elinor con fiereza, sentándose en la cama junto a ella y tomándole la otra mano.

—Me temo que sí, pero no podría decir cuándo. He hecho todo lo que podía por ella. El resto está en manos de Dios —dijo Etienne, aquel pomposo mojigato. Elinor deseaba gritarle, pero él ya no hacía caso ni a su paciente ni a la propia Elinor. Toda su atención era para Lydia—: Señorita Lydia, estoy seguro de que necesitáis descansar. Vuestra hermana está aquí. Ella hará compañía a vuestra anciana niñera.

—No voy a dejarlas —dijo Lydia con voz llorosa.

Elinor la miró.

—Cariño, el doctor tiene razón. No quiero que caigas enferma tú también.

—Venid conmigo, señorita Lydia —dijo Etienne, tomándola de la mano—. El ama de llaves de mi primo ya os habrá preparado una habitación. Sois una criatura frágil y sensible, y habéis sufrido una gran conmoción. Vuestra hermana es más robusta. Ella acompañará a vuestra niñera y no caerá enferma.

—Claro que sí —dijo Elinor con un leve dejo de mordacidad—. Al fin y al cabo soy una mujer robusta.

—Yo soy tan fuerte como mi hermana y no pienso dejarla aquí —repuso Lydia con rebeldía, intentando zafarse de la mano de Etienne—. ¿Dónde está el señor Reading? Vino con nosotras, pero no lo he visto...

—El señor Reading ha ido a buscar a mi primo —contestó Etienne, y a nadie le pasó desapercibido el tono de desaprobación de su voz—. No lo necesitáis.

Lydia hipó, el rostro surcado por las lágrimas.

—Pues claro que no —dijo con voz casi histérica—. No lo necesito para nada.

A Elinor le entraron ganas de llorar cuando miró a su

hermana. No podía haberse enamorado de Charles Reading. Sería un desastre.

Pero no era momento de preocuparse por eso. Elinor recuperó la compostura.

—Yo haré el primer turno con ella, cariño. Tú ve a descansar —le dijo con dulzura—. Dejaré que me sustituyas cuando hayas recuperado las fuerzas. No podría soportar que te pusieras enferma por estar aquí. Y no hace falta que te preocupes por lord Rohan ni por su amigo. Regresarán sanos y salvos.

Lydia la miró con silenciosa aflicción y, finalmente, cerró los ojos.

—Claro —dijo, más calmada. Etienne volvió a tomarla de la mano, pero ella no lo rechazó.

El hombre carraspeó y dijo:

—Entonces, si la señorita Harriman no me necesita, iré a hablar con el ama de llaves de mi primo —dijo Etienne—. Cuando esté todo arreglado, regresaré a ver si se puede hacer algo más por vuestra criada.

—No es nuestra criada —dijo Lydia entre dientes, que miró a Etienne con absoluto disgusto, aunque él no se dio cuenta.

No así Elinor. Que su hermana estuviera enamorada del hombre equivocado no era lo peor que había ocurrido esa aciaga noche, pero ya era bastante malo. Que odiara al hombre con el que debería casarse era mucho peor.

Pero Etienne rodeó a Lydia con ternura y la sacó amablemente de la habitación. En el último momento, se fijó en que Lydia hundía los hombros y su rabia se esfumaba.

Elinor se miró el camisón cubierto de hollín. Menos mal que había un generoso fuego en la chimenea. Seguía teniendo los pies entumecidos, aunque los ocultaba bajo el dobladillo del camisón para que nadie se diera cuenta. Por alguna razón no quería que Etienne la tocara.

El médico no era ni mucho menos la persona que más

le gustaba del mundo, pero si Lydia podía aprender a aceptarlo, él sería un admirable cuñado en los aspectos fundamentales. Aunque fuera capaz de dejar que muriera delante de sus narices mientras él admiraba a su hermana.

Se volvió hacia nana Maude y supo con seguridad que estaba a las puertas de la muerte. Se levantó para llamar a Etienne, pero se lo pensó mejor. El doctor tenía razón, no se podía hacer nada más por ella. Nana era mayor y la conmoción del incendio había sido demasiado para ella.

—¿Jacobs? —preguntó elevando la voz ligeramente.

—Sí, señorita —dijo el hombre, dejando su puesto junto a la puerta fuera de la habitación. Miró a nana e inclinó la cabeza—. ¿Puedo quedarme, señorita?

—Pues claro que puedes. Hay otra silla detrás de la puerta. Le gustará que le demos la mano.

—No le gustará que yo le tome la mano, señorita. Siempre decía que tenía las manos de un carnicero. Que era torpe.

—No creo que le importe ahora —dijo Elinor con dulzura.

Jacobs acercó la silla y se sentó con sumo cuidado, tomando la mano libre de nana entre las suyas.

La anciana abrió los ojos sólo una vez durante las siguientes horas y fijó la mirada en Elinor.

—Esto es ridículo, nana —dijo la chica con la voz pastosa a causa de las lágrimas—. Haraganeando en la cama cuando más te necesitamos. Tienes que ponerte bien ahora mismo o me enfadaré mucho.

Nana Maude sonrió y le apretó suavemente la mano.

—Ya no os hago falta, señorita Nell. Estoy cansada y lista para irme. Ahora estáis a salvo, muchacha... Vuestra madre ya no podrá volver a haceros daño —cerró los ojos un momento. Parecía inquieta—. Pero tengo que deciros algo. No recuerdo lo que era, pero era importante. Me acordé de algo.

—Ya nos lo dirás por la mañana, nana —dijo ella tratando de calmarla.

—No estaré aquí por la mañana, niña —dijo nana con un dejo de su habitual aspereza en su débil voz—. Corréis peligro, eso era —comenzó a toser y su cuerpecillo se convulsionó. Entonces añadió—: No es el hombre que creéis que es.

—¿De quién hablas, nana?

Pero la mujer cerró los ojos y se dejó caer hacia atrás, soltándole las manos a medida que caía en un sueño interminable.

Horas después, Etienne asomó la cabeza por la puerta una última vez, pero no se acercó. Era demasiado tarde para ayudar a nana, y sólo podía confiar en que, efectivamente, no habría podido hacer nada aunque hubiera llegado antes.

—Vuestra hermana está dormida. Pedí al ama de llaves que le diera un poco de láudano... dormirá hasta mediodía.

—Gracias, Etienne —dijo ella. Lydia no le estaría tan agradecida. Le habría gustado estar con ellos, con nana cuando se quedó dormida para no despertar más. Y eso hizo, cuando la turbia luz grisácea del amanecer empezaba a filtrarse por la ventana. Su respiración se ralentizó, las pausas cada vez más grandes entre sí hasta que, al final, dejó de respirar.

Jacobs dejó escapar un sollozo estrangulado y Elinor corrió a abrazar sus grandes hombros para consolarlo.

—Perderlas a las dos en una misma noche, señorita —dijo con lágrimas en la cara—. Es demasiado.

—Sí —contestó ella con una calma extraña—. Lo es.

Jacobs levantó la cabeza al cabo de un momento y dijo:

—Voy a emborracharme. Estaré tan borracho que no me veréis en varios días, y después tal vez vuelva a hacerlo.

Elinor estaba demasiado agotada para sonreír, pero sintió ganas de hacerlo.

—Me parece una idea excelente, Jacobs. Pero recuerda

dónde estamos para que puedas encontrarnos cuando cumplas con tan noble actividad.

El hombre no se percató de la ironía. Lo cierto era que emborracharse como una cuba le parecía la mejor manera de rendir tributo a su madre, aunque nana Maude lo habría censurado.

El hombre salió con paso cansino de la habitación dejándola sola. Por primera vez desde que le alcanzaba la memoria estaba sola. Las personas a su cargo habían quedado, de pronto, reducidas a la mitad, y aun así no sintió ningún alivio, sólo culpabilidad.

Miró a su alrededor. Todo estaba en silencio en la casa. Había algunas velas encendidas, que proyectaban luz suficiente para ver a lo largo de la amplia galería. No reconocía aquella zona, claro que la mansión era enorme. Seguro que sólo había visto una pequeña parte de ella. Lo lógico sería pensar que habían llevado a nana a la parte destinada a aposentos para los criados, aunque la habitación era grande y confortable. Y estaba segura de que aquélla no era la galería de los criados, a juzgar por las gruesas alfombras, los cuadros y el papel de damasco de seda que cubría las paredes.

Tenía que encontrar a alguien para avisar de que nana había muerto. Habría que lavarla y prepararla para el entierro. Pero no tenía dinero. Nana terminaría en una fosa común. A menos que pidiera a Rohan que le pagara un funeral decente.

Lo cual estaba dispuesta a hacer. Creyó que jamás tendría que pedirle nada, pero en ese momento se dio cuenta de que se equivocaba.

Por lo menos no tendría que ocuparse de arreglar el entierro de su madre, pensó medio mareada. Tenía que pedir ayuda a alguien, pero en ese momento no podía concentrarse. En alguna parte tenían que estar las escaleras que conducían a los aposentos de los criados, pero no se acordaba de dónde estaba. Si por lo menos pudiera encontrar la habitación en la que dormía Lydia, podría acurrucarse a su lado, con aquel camisón manchado de hollín, y dormir. Ella no necesitaría láudano. Sólo necesitaba encontrar el sitio adecuado para echarse.

Caminaba a lo largo de galerías en penumbra, con el camisón flotando tras de sí. Estaba muy mareada. Tendría que sentarse si no quería caer redonda al suelo, pero los pies le volvían a doler, se le doblaban las rodillas, y mucho se temía que como se sentara no podría volver a levantarse. Y estaba... Por un momento no recordaba dónde estaba, lo que era verdaderamente absurdo. Se habría reído, pero sabía que no era momento de reír. Lo único que podía hacer era seguir caminando a lo largo de las interminables galerías de aquel misterioso lugar.

De pronto se abrió una puerta de la que emergió una joven criada con una bandeja en las manos. La chica se volvió y al ver a Elinor gritó lo bastante alto como para despertar al mismísimo diablo, y durante el tiempo suficiente para hacerle recordar dónde se encontraba exactamente.

—¡Un fantasma! —barbotó la chica en francés—. ¡Que Dios me proteja, un fantasma!

De repente apareció mucha más gente de lo que a ella le habría gustado. Lo único que quería era encontrar a alguien sensato que la ayudara a encontrar a su hermana, y de pronto se vio rodeada por un montón de criados en distintos grados de desnudez empuñando candelabros, y la que debía de ser el ama de llaves acercándose por un lado, y aquel horrible Cavalle por el otro con cara de pocos amigos. Lo mejor que podía hacer era salir corriendo, así que intentó darse la vuelta, pero se tropezó y vio que se iba a dar de bruces contra el suelo alfombrado cuando unas fuertes manos la sujetaron. No tuvo que darse la vuelta para saber quién era. Igual que lo había sabido cuando la sacó del infierno de humo y oscuridad de su casa en llamas, por poco sentido que pudiera tener.

—Nunca me han gustado los criados gritones —dijo Rohan con un tono suave que ocultaba una nota dura como el acero—. ¿Podría alguien hacer callar a esa chica?

La criada seguía chillando que había visto un fantasma y el ama de llaves solucionó la situación dándole una seca bofetada seguida por una reprimenda aún más seca.

—Gracias, *madame* Bonnard. ¿Seríais tan amable de decirme qué hace mi invitada vagando por la casa con un harapiento camisón cuando creía que os habíais ocupado de que no le faltara nada? ¿Es así como me gusta que se trate a mis invitados? ¿Y dónde está su hermana, fregando los suelos de la cocina?

Alguien que no lo conociera podría haber considerado que se dirigía a sus criados con cordialidad, pero ellos lo miraban aterrorizados.

Estaba detrás de ella, sujetándola, pero como sus pies se negaban a funcionar no podía darse la vuelta y mirarlo.

—No ha sido culpa suya —dijo casi sin reconocer su propia voz. Se le había enronquecido a causa del fuego y de las lágrimas, las que había derramado y las que no—. Necesito que se ocupen de nana Maude. Ha muerto —las palabras sonaron tan breves, tan amargas que no pudo soportarlo más. Necesitaba fundirse en la oscuridad, ocultarse—. Necesito dormir...

Una bendita oscuridad cayó sobre ella, que abrió los brazos y la acogió de buen grado.

Rohan la tomó en brazos cuando perdió la consciencia. Varios criados corrieron a ayudarlo, pero él los espantó como un tigre enjaulado. La idea le habría parecido divertida si no estuviera tan terriblemente furioso. Solía contener su genio y observar las cosas con frío distanciamiento. Sin embargo, en ese momento habría sido capaz de mandar que azotaran a todos y los echaran a la calle.

Era la tercera vez en una noche que tenía que tomarla en brazos, y pensar en lo mucho que aquello disgustaría a Elinor le hizo sonreír. En lo que a él se refería, podía desmayarse todas las veces que quisiera. Le alegraba tener excusa para tocarla.

Madame Bonnard tuvo la audacia de acercarse a él.

—Enviaré a dos doncellas para que se ocupen de la mujer. Lo siento, *monseigneur,* no sabía que nadie se había ocupado de atenderla. Os prometo que despediré al responsable.

—¿Vais a despediros a vos misma también, *madame?* —dijo él con voz sedosa—. Me la llevo a la habitación verde. Voy a necesitar agua caliente, suficiente para llenar una bañera, ropa limpia y un poco de brandy francés.

—¿Estáis seguro de que es recomendable darle brandy en su estado, señor? —preguntó la necia de *madame* Bonnard.

—El brandy es para mí, idiota —contestó él con su tono más amigable. El que usaba antes de destruir a alguien.

Los sirvientes se escabulleron en distintas direcciones. Alguien iluminó el camino hacia la habitación verde, que dejaron llena de velas para que estuviera perfectamente iluminada. Los primeros cubos de agua llegaron antes de que el vizconde pudiera posarla en la alta cama, y al cabo de un momento, *madame* Bonnard pareció leerle la mente y apareció con una palangana y un paño. Tal vez la dejara vivir después de todo.

Tomó el paño húmedo y comenzó a limpiarle el hollín del rostro. Notó el rastro salado de las lágrimas y se sorprendió. Elinor era como una amazona, no esperaba verla llorar o mostrar signos de debilidad, ni siquiera ante la pérdida de su madre. La vieja zorra había hecho bien muriéndose, y no pudo evitar sentirse aliviado. Podría haber bregado con la niñera-ama de llaves gruñona; después de todo, había conseguido defenderse de los intentos de la señora Clarke de reformarlo durante todos esos años. Pero lamentaba su muerte por Elinor. Había sido demasiado para una noche.

La limpió con ternura. Le quitó la suciedad de la ropa y del cuello, y empezó a desabrocharle la camisola al tiempo que echaba a los criados de la habitación con tono ausente.

—Milord —dijo la señora Bonnard, escandalizada—. Dejad que yo me ocupe de eso.

Rohan levantó el rostro y la miró.

—¿Cuánto tiempo lleváis trabajando para mí, *madame* Bonnard?

—Siete años, milord —respondió ella, sonrojándose.

—¿Y alguna vez te he dado la impresión de no ser capaz de desvestir a una joven sin ayuda?

—No, *monsieur* —dijo ella—. No era vuestra capacidad lo que cuestionaba. Pensaba en los sentimientos de la joven dama.

Su ama de llaves estaba jugando con fuego.

—Ah, Bonnard —dijo él con aquella voz sedosa—. Me recordáis a la parte decente de mi persona. Lamentablemente, no tengo ningún interés en escuchar la voz de esa parte de mí. Prefiero velar por mis intereses más que por la dama en cuestión. Si tanto os preocupa, id a ocuparos de su niñera. Cuando la señorita Harriman despierte, quedará destrozada si ve que nadie se ha ocupado de la pobre mujer.

La mujer salió al cabo de un momento, dejándolo a solas con su muñeca.

Tenía un aspecto horrible. Era interesante quitarle el hollín de la cara, descubrir la cremosidad de su piel, admirar nuevamente el reguero de las pecas sobre su nariz Harriman. Era una nariz encantadora de verdad. Estrecha y elegante, que le aportaba un aspecto mucho más llamativo que el de su preciosa hermana. Cuando tuviera cuarenta años sería una mujer espléndida. Estaba ansioso por...

Dejó las palabras en el aire. Quizá él no viviera ya cuando ella cumpliera cuarenta años. Él tendría cincuenta y seis para entonces, un viejo, y aun en el caso de que viviera, no era muy probable que estuviera cerca de ella para verlo. Puede que ni siquiera se acordara de ella.

Enjuagó el paño y descendió con él por un lado del cuello. Estaba profundamente dormida. La conmoción, el agotamiento y la pena habían acabado con ella. Odiaba verla tan derrotada, aunque no le cabía duda de que a la mañana siguiente estaría de nuevo lista para seguir luchando. Para seguir luchando contra él. Era como una furiosa diosa romana, ninguna derrota duraba mucho.

Dejó el paño a un lado, colocó las manos a cada lado de su delgado camisón y lo abrió para mirarla. Era un bastardo degenerado por hacer aquello, pero no se hacía muchas ilusiones respecto a lo que era. Le sorprendía que la señora Bonnard siguiera haciéndoselas.

Tenía unos senos preciosos. Pequeños, pero perfectos, con los pezones de un agradable tono más oscuro, no de un rosado insípido. Siempre había sentido debilidad por los pezones oscuros. Debería haber imaginado que ocultaría semejante tesoro.

Mientras los contemplaba notó que su cínico cuerpo comenzaba a excitarse. ¿Qué otros tesoros le proporcionaría aquella carne suya? Subió las manos para bajarle el camisón, pero algo lo detuvo.

Se dijo que no lo hacía por decencia al tiempo que cubría sus senos no sin reticencia. Verla desnuda lo había estimulado y en aquel momento no había nadie con quien le apeteciera dar rienda suelta a su estado de estimulación. Tendría que hacer algo al respecto.

Y no pensaba hacerle el amor estando inconsciente. Sería

como hacer el amor con un cadáver, algo que nunca le había llamado la atención.

Hizo sonar el timbre. Bonnard apareció de inmediato, lo que lo irritó.

—¿No creíais que hablaba en serio? —dijo en tono sedoso.

—Por supuesto que sí, *monseigneur*. Pero contaba con que os aburrís con facilidad.

Rohan sintió ganas de reír.

—Me conocéis mejor de lo que creía —contestó—. No estoy seguro de si me gusta o no.

—*Monsieur...*

—Bonnard, sabéis tan bien como yo que no sería el aburrimiento lo que me detendría, y que necesitaría alguna excusa absurda para salvar mi herido *amour propre*. Algo que habéis hecho de forma admirable. Enviad a unas doncellas para que terminen de lavar a *mademoiselle* Harriman mientras yo voy a emborracharme.

Bonnard no discutió.

—*Oui, monsieur le compte* —contestó ella, haciendo una reverencia.

Rohan echó un último vistazo a Elinor, que seguía tumbada sin moverse en la cama. No era para él. Y tomando la copa de brandy, salió de la habitación cerrando la puerta tras de sí.

CAPÍTULO 15

Si no hubiera sido por su hermana, Elinor se habría negado a despertar. Oyó ruido a lo lejos. Parecía como si en la casa reinara el caos. Los criados movían muebles y hablaban entre murmullos. Podría haber pasado todo eso por alto. Si abría los ojos, tendría que hacer frente a la realidad. Que su madre había muerto carbonizada por las llamas que ella misma había provocado. Y lo que era aún peor, nana Maude también había muerto, la única persona a la que se le ocurriría recurrir. Todas sus posesiones habían quedado calcinadas y no tenían nada, sólo la una a la otra para consolarse.

Lydia la necesitaría. No podía quedarse en la cama tapada hasta la cabeza, fingiendo que no había ocurrido nada. Tenía que pensar en algo. Aceptar la caridad del infame vizconde Rohan ya era bastante malo; vivir bajo su techo destruiría cualquier posibilidad que pudiera tener Lydia de hacer un matrimonio decente.

A menos que Etienne se lo propusiera, y no había garantía de ello. Había dado todas las muestras de estar locamente enamorado. Desafortunadamente, Elinor había visto a Lydia en los brazos de Charles Reading, la había oído llamarlo con tono lastimero. Puede que estuviera demasiado ciega por un absurdo capricho y eso le impidiera ver que Etienne merecía la pena.

Excepto que Lydia nunca había sido una persona que se dejara influenciar fácilmente. A pesar de que todos los hombres, jóvenes o viejos, quedaban prendados de su encanto y belleza, ella siempre había sabido mostrar un afecto imparcial.

No era eso lo que había visto con Reading.

Elinor abrió los ojos a la luz gris verdosa que inundaba la habitación. Los cerró de nuevo un momento, desanimada, pero luego los volvió a abrir otra vez, con determinación, y se dispuso a bajar de la cama.

Y qué cama. Las sábanas eran suaves como la seda. Miró a su alrededor muy despacio. No tenía ni idea de cómo había llegado allí. Los recuerdos que tenía de la noche anterior eran confusos. Recordaba que nana había muerto en paz. Y que después salió a buscar a Lydia en aquella casa enorme y oscura. No recordaba nada más.

Ya no llevaba su andrajoso camisón. Alguien se lo había quitado y en su lugar le había puesto otro fabricado con la batista más suave del mundo. Ya no apestaba a hollín y a humo. La habían bañado y al salir de la cama se dio cuenta de que le habían vendado los pies.

Por un momento aquello la dejó confusa. Que la hubieran desnudado y bañado sin que ella fuera consciente era algo de lo más inquietante, pero entonces se recordó que su reticente anfitrión no habría tenido nada que ver con ello. Él habría indicado con un descuidado gesto de su mano pálida que alguien se ocupara de ella y luego se habría olvidado.

Bajó de la confortable cama y se acercó cojeando hasta la ventana. Tanta elegancia la incomodaba. Abrió las cortinas y dejó que entrara la turbia luz. No sabía qué hora era y la luz del exterior no ayudaba. Estaban en mitad de una tormenta de nieve. Había montañas blancas por todas partes y nevaba con furia, golpeando los cristales. Sentía el frío que penetraba del exterior y corrió las cortinas con un escalofrío.

El fuego ardía con ganas, irradiando calor, y se acercó a la lumbre. Había una bata a los pies de la cama, y se la puso sin dudarlo.

Sentía como si la tormenta hubiera entrado en su cabeza. No acertaba a pensar con claridad. Había dormido demasiadas horas, aunque no había sido un sueño reparador, pero no podía permitirse mostrar debilidad.

Abrió la puerta, que daba a un corredor lleno de criados. Una de las doncellas dejó lo que estaba haciendo y se acercó a ella.

—Os habéis despertado, *mademoiselle* —dijo afirmando lo que era obvio—. La última vez que entré, seguíais profundamente dormida. Volved a la habitación. Os llevaré la cena...

Elinor miró hacia el fondo de la galería. Los criados estaban ocupados cubriendo los retratos y las ventanas de paños negros, algo muy extraño.

—Necesito ver a mi hermana —dijo—. ¿Podrías llevarme con ella?

La joven doncella vaciló.

—Su señoría dijo que no os dejáramos salir de la habitación y andar por ahí...

—Si me llevas directamente hasta mi hermana no tendré que andar por la casa —contestó ella cargada de razón—. Y si no me llevas, yo sola encontraré su habitación.

La doncella vaciló y, finalmente, asintió.

—¿Queréis vestiros antes, *mademoiselle*?

—No tengo ropa.

—He llenado vuestro armario, *mademoiselle*. Órdenes del señor.

Para colmo tendría que dar gracias también al Rey del Infierno por la ropa. La alternativa no era aceptable, en aquel momento al menos, pero la última vez que un hombre le proporcionara ropa había sido seis años atrás, y el recuerdo seguía revolviéndole el estómago.

—Quiero ver a mi hermana antes, gracias...

—Jeanne-Louise —dijo la chica—. Como queráis, *mademoiselle*. Acompañadme —dijo, echando a andar hacia las escaleras.

Elinor se detuvo.

—¿La habitación de mi hermana no está cerca de la mía?

—No, *mademoiselle*.

Aquello le resultó muy extraño. Sentía los ojos de los criados en ella mientras acompañaba a Jeanne-Louise hacia la grandiosa escalinata. Los pies le dolían aun con las vendas, pero estaba decidida a no cojear, y menos con tanto público. La escalera de mármol era dura y fría, y tuvo que apretar los dientes, pero subió. ¿Por qué estaría en otra planta? No tenía ningún sentido.

Al llegar a la otra planta, la chica giró hacia la derecha, en dirección a un ala distinta del edificio. A Elinor le costaba seguir su paso, pero se esforzó. En ese momento habría caminado sobre ascuas con tal de ver a su hermana. De hecho, probablemente dolería menos.

Aquella ala de la casa era más antigua, más pequeña y de techos más bajos. La doncella se detuvo delante de una puerta y llamó con los nudillos antes de abrir. Elinor se fijó en la habitación nada más entrar. Era un dormitorio con una pequeña zona de estar. Bonito y confortable, muy lejos de la opulencia de la habitación que se le había asignado a ella, que en esos momentos se le antojaba a un kilómetro de distancia. ¿Por qué demonios las habrían separado? ¿Y por qué sus habitaciones eran tan dispares?

Lydia, sentada junto a una ventana con un vestido de color gris, se volvió al oír la llamada.

—Oh, Elinor —exclamó, corriendo al encuentro con su hermana con lágrimas en los ojos. Elinor trastabilló un poco ante la fuerza del abrazo, pero acto seguido la estrechó entre sus brazos murmurándole palabras tiernas y reconfortantes.

Al cabo de un momento, condujo a Lydia hacia el sofá, temerosa de que los pies no pudieran sostenerla más y se dejó caer en él con gran alivio. Echó un vistazo hacia atrás esperando encontrar a Jeanne-Louise, pero la chica había salido cerrando la puerta tras de sí. A ver cómo iba a encontrar el camino de vuelta después, aunque, a decir verdad, no había razón para desear regresar a la opulenta habitación verde en la que había despertado. Nada la ataba a ella.

Pasó largo rato hasta que Lydia dejó de llorar. Elinor encontró un pañuelo de lino en el bolsillo de su bata y le secó con dulzura el rostro.

—¿Sabes, cariño? Eres la única persona que conozco que sigue estando radiante después de pasarse una hora llorando —le dijo con cariño.

—Oh, cállate —le dijo Lydia con contundencia. Elinor dejó escapar una suave carcajada—. ¿Qué vamos a hacer, Nell?

Elinor cerró los ojos un momento, abrumada ante la enorme magnitud de la situación. Sin embargo, enseguida recuperó la compostura.

—No te preocupes, cariño. Yo me ocuparé de todo. Tengo un plan.

—¿Un plan? —repitió Lydia, ilusionada.

—Así es —contestó ella, rezando para que Lydia no quisiera saber los detalles. Se le ocurriría algo, aunque en ese momento no acertara a pensar qué—. ¿Has visto al médico hoy?

—Etienne no deja de preguntar por mí —contestó Lydia con una reticencia que no le pasó desapercibida a Elinor—. He fingido que estaba dormida.

Elinor sintió un nudo de miedo en el estómago. Se le había olvidado la mirada de asco que Lydia dirigiera al doctor el día anterior.

—¿Sí? Creía que te gustaba Etienne.

Lydia consiguió estampar una sonrisa, aunque débil.

—Y me gusta. Me gusta mucho. Pero sé lo que quiere y no puedo darle la respuesta que espera. Aún no.

—¿Qué es lo que quiere, cariño? —le preguntó Elinor con dulzura, intentando ocultar la desesperación. Si Lydia no podía soportar la idea de casarse con Etienne, sería el fin para ellas.

—Casarse conmigo —contestó Lydia, como si la hubieran condenado a muerte.

Las palabras que aprendiera en los establos se precipitaron hacia la cabeza de Elinor, pero mantuvo la pasividad.

—¿No quieres casarte con Etienne? Creía que era un buen partido. Es apuesto, fiable y te adora.

—Sí, es todas esas cosas —dijo Lydia con tristeza—. El problema es que no estoy enamorada de él.

—El amor está... —Elinor no fue capaz de terminar. Tuvo que tomar aire profundamente para poder decir—: El amor está sobrevalorado, mi amor.

Lydia se volvió hacia ella con los ojos llenos de lágrimas.

—¿Quieres que me case con él, Nell? Porque lo haré si crees que es la mejor opción en este momento. Sé que he sido egoísta al permitirme soñar despierta. Si quieres que me case con él, lo haré sin pensarlo. Tienes razón, Etienne es amable y educado, y yo sería una buena esposa —estampó una radiante sonrisa en su bonito rostro, aunque no alcanzó sus ojos.

Elinor se quedó inmóvil momentáneamente. Era lo mejor. ¿Acaso no había aprendido a lo largo de los espantosos últimos años que había que aceptar ayuda cuando te la ofrecían? La seguridad se presentaba ante ellas. No dudaba de que Etienne la acogería a ella también en su hogar, simplemente porque le resultaría útil. Ya no tendría que preocuparles de dónde sacar comida, ni de los acreedores ni si se congelarían por la noche.

Miró a su hermana con una expresión decidida y alegre en el rostro.

—Pero es tan pelma —dijo Elinor.

Lydia estalló en una carcajada.

—Esa lengua, Nell.

—Nana Maude ya no está para controlarme. Sabes que pasé mucho tiempo en los establos cuando era más joven. No te cases con Etienne, Lydia. Recházalo con suavidad.

Lydia se quedó mirándola.

—¿Estás segura? ¿Y qué haremos? No lo había pensado en serio. Pero no parece que tengamos muchas opciones.

—Olvidas al primo Marcus. Aún tengo que averiguar en qué consiste ese pequeño legado de nuestro padre, pero con suerte será lo bastante para Jacobs, para ti y para mí. Y si no, tal vez nuestro primo sea un hombre caritativo.

—Cariño —dijo Lydia—, sabes tan bien como yo que el legado es sólo para ti, que el primo es sólo primo tuyo.

—Y tú sabes, cariño, que todo lo mío es tuyo —contestó Elinor con dulzura.

—Todavía podría casarme con Etienne. Creo que me aceptaría.

—¿Aceptarte? —se burló Elinor—. Ese hombre sería afortunado de poder besar la suela de tus zapatos. Lo cierto es que no quiero que te cases con Etienne. Nos volvería locas con sus sermones. Espero que podamos contar con la ayuda del primo Marcus. Si no... —no fue capaz de terminar la frase.

—¡Si no nos convertiremos en aventureras! —exclamó Lydia—. ¿Por qué no? No tenemos que preocuparnos por nuestra reputación. Viajaremos por Europa y seremos misteriosas y alegres. Los hombres nos adorarán y las mujeres querrán ser como nosotras. Llevaremos los mejores vestidos y seremos las más ingeniosas. Creo que deberíamos empezar por Venecia.

Elinor pestañeó.

—¿Y de dónde íbamos a sacar el dinero?

—Tendremos protectores —contestó Lydia alegremente—. Hombres adinerados que necesiten una amante. Pero los elegiremos nosotras, por supuesto. Sólo los más apuestos y los más amables podrán acercarse a nuestros dormitorios. Nos regalarán joyas fabulosas, que podremos vender si nos vienen mal dadas. ¿No te parece un plan fantástico?

—Fantástico —repitió Elinor—. Y muy poco práctico. Preferiría que te casaras con Etienne antes que convertirte en una cortesana, por pelma que sea.

Parte de la alegría desapareció de los ojos de Lydia.

—Tienes razón. Renunciar a toda una vida de seguridad y sobriedad por unos meses de pasión no parece de sentido común.

Elinor culpó a las sorpresas de los últimos días y a su agotamiento físico el no haberse dado cuenta antes de lo que estaba ocurriendo. Lydia no acababa de sacarse de la manga tan peregrina idea.

—Estás enamorada del señor Reading.

La mayoría de la gente habría creído que la burbujeante carcajada de Lydia era sincera. Pero Elinor no era la mayoría de la gente.

—¡No seas tonta, Nell! Si apenas lo conozco. No voy a negar que es apuesto, pero es muy desagradable y poco adulador. No es ni con mucho el tipo de hombre que una desearía.

—Ni con mucho —repitió Elinor, recordando la noche en que lo conoció en el castillo—. Sí que sería un buen compañero de aventuras, sin embargo. Para un mes o así.

La sonrisa de Lydia no parecía sincera.

—No te preocupes, Nell. Dijiste que tenías otro plan aparte del de apelar a la caridad de tu primo. ¿Cuál es ese plan?

Elinor sintió que se le caía el alma a los pies, pero consiguió fingir una sonrisa alegre.

—Espera a que intente ponerme en contacto con lord Tolliver antes —contestó—. Fue muy amable cuando vino a casa y me atrevería a pensar que él podría ser la respuesta a nuestros problemas. Intentaré convencerlo para que nos deje una de las casitas de campo en alguna de sus propiedades, y podríamos completar los ingresos con clases de pianoforte. Tú podrías casarte sin problemas económicos que pudieran empujarte a tomar una mala decisión.

—¿Y te dijo que te daría una casita de campo? —preguntó Lydia con escepticismo.

—No llegamos tan lejos. Mamá... —le salió un gallito extraño al llegar ahí y tuvo que detenerse antes de continuar- tuvo uno de sus ataques y lo asustó. Pero no tengo la menor duda de que escuchará la historia de nuestras penalidades y estará más que contento de proporcionarnos ayuda. No habría ninguna razón para que no lo hiciera, y no le gustaría enfrentarse a la desaprobación de la sociedad por abandonarnos.

—Si tú lo dices —dijo Lydia, que no parecía muy convencida—. ¿Qué haremos mientras tanto?

—Mientras tanto hablaré con lord Rohan para que envíe un mensaje a mi primo. No me gusta tener que depender de la caridad de Rohan, pero no sé qué es peor, dormir en su casa o aceptar su dinero e irnos a dormir a otra parte.

Lydia miró a su alrededor.

—Si esto es el infierno, a mí me resulta de lo más acogedor —dijo—. ¿Dónde has dormido tú? Pregunté por ti, pero nadie supo darme una respuesta.

—Esta casa es enorme. Estoy en otro piso y otra ala. Estoy segura de que no les importará que nos quedemos aquí las dos —no era cierto. No estaba segura de nada en ese momento, y no tener el control de su vida la estaba volviendo loca.

Fue a levantarse y se preparó para sentir el dolor en los pies.

—Iré a hablar con nuestro anfitrión. Tal vez ya lo haya arreglado todo. No creo que quiera tener a dos jóvenes decentes y educadas en esta casa cuando está punto de comenzar... —dejó las palabras en el aire.

—¿Qué está a punto de comenzar?

—Algo con lo que ni tú ni yo tenemos nada que ver.

—¿Sabes? Para ser el Rey del Infierno es un hombre encantador.

—No —dijo Elinor sin inflexión en la voz.

—¿No qué? Ya te lo he dicho, no tiene ningún interés en mí. No soy tan ingenua. Sé cuando un hombre me desea. Lord Rohan me trata como a una hermana.

Un frío helador se asentó en la boca del estómago de Elinor en sustitución del pánico.

—¿Cuántas veces lo has visto?

—Sólo dos, cariño. Una en nuestra casa, y la segunda esta mañana. Vino a contarme lo de nana y fue muy amable.

—¡Ja! —exclamó Elinor—. El Rey del Infierno no sabe lo que es la amabilidad. Seguro que estaba siendo irónico.

—Tal vez. Parece que tú lo conoces mejor. Lo único que sé yo es que me calmó, me expresó sus condolencias y me aseguró que aquí cuidarían de mí.

—Eso se le da bien —gruñó Elinor.

Lydia no dijo nada, pero se quedó mirando a su hermana largo y tendido.

—¿Por qué no quieres ver la verdad? —dijo al fin.

—¿Qué verdad? —preguntó Elinor, alarmada.

—Ese hombre no te resulta tan indiferente como pretendes hacerme creer. Si no te conociera, diría que te has enamorado del Rey del Infierno. Pero eso es imposible. Tú eres demasiado sensata y algo así sería un desastre —la observó más de cerca—. ¿No es así?

—Absolutamente —respondió Elinor con sinceridad—. La mera idea me horroriza. A ese hombre le gustan los juegos y de vez en cuando centra su maliciosa atención en mí. Sobre todo cuando yo hago todo lo posible para no dejar que gane. Pero créeme, lo que más me gustaría es alejarme todo lo posible de él.

—Ya lo creo —contestó Lydia sin dejar de observarla. Y entonces sacudió la cabeza—. Te creo. Es un hombre fascinante, pero a ti no te interesan los hombres fascinantes. Prefieres a alguien fuerte y estable. Te doy a Etienne —se ofreció.

Elinor soltó una carcajada.

—La verdad es que fue a casa para verme a mí en un principio. Rohan pensó que debería casarme. Pero entonces Etienne te vio y se le olvidaron los juegos de Rohan.

—¿Quiso pactar un matrimonio para ti? ¿Pero por qué?

Elinor no tenía intención de contarle la verdad, sobre todo cuando se trataba de la idiosincrasia de la casa de Rohan.

—Si me casaba, no tendría que seguir invirtiendo tiempo en actos de caridad.

—Pero ya no tiene que hacerlo. No nos une nada a él. Y no me digas que el fundador del infame Ejército Celestial es un hombre de actos de caridad. Sospecho que tiene motivos para todo lo que hace.

Elinor se levantó, negándose a dar muestras de dolor. La única forma de evitar aquella conversación era irse. Además, tendría que enfrentarse a Rohan tarde o temprano. No había motivo para dejarlo para después.

—Si tiene motivos, dudo que vaya a compartirlos, mi amor. Iré a hablar con él. Estoy segura de que, al menos, podré conseguir que me instalen en una habitación más cerca de la tuya.

—Eso sería un gran consuelo —dijo Lydia, levantándose también para dar a Elinor un beso en la mejilla—. No te preocupes por lo de tener que enfrentarte a él. Eres el contendiente perfecto para el caballero más diabólico del mundo.

Elinor consiguió sonreírle con calma. Abrió la puerta y salió a la galería donde su doncella la esperaba... acompañada por un inmenso lacayo más alto y con unas espaldas más anchas que ningún hombre que hubiera visto en su vida.

—¿Lista, *mademoiselle?* —dijo él.

—¿Lista para qué?

—Para volver a vuestros aposentos —respondió Jeanne-Louise.

—Sí, pero...

El lacayo la tomó en brazos sin esfuerzo, sosteniéndola con tanta facilidad que le dio la sensación de estar flotando.

—Su señoría dijo que no podías caminar. Antoine es muy fuerte —dijo Jeanne-Louise, echando a andar corredor adelante junto a ellos.

Era una sensación de lo más extraña.

—Esto es innecesario...

—Su señoría insistió —dijo Jeanne-Louise, como si no hubiera más que hablar.

Elinor se mordió el labio totalmente frustrada.

—Me gustaría estar más cerca de mi hermana. ¿Seríais tan amables de llevar mis cosas...? —de repente se dio cuenta de que no tenía nada, aparte de lo que él le había proporcionado—. ¿Podrías llevarme a otra habitación?

—Eso no depende de mí, *mademoiselle*. Tendréis que hablar con su señoría de eso.

—¿Podrías llevarme ante él entonces?

Jeanne-Louise sacudió la cabeza.

—Celebra una fiesta y no quiere que se le moleste. Le dejaré un mensaje de que queréis verlo, pero dudo que podáis hablar con él antes de mañana. Hay mujeres en la fiesta.

—Cómo no —dijo Elinor, recordando a la mujer con los pechos al aire que tenía en los brazos la noche que lo conoció. Desde aquella noche, Rohan se había comportado con toda educación, adoptando las formas del perfecto caballero. Pero no podía olvidar al verdadero vizconde Rohan, un hombre extraño y terrible que promovía el comportamiento más depravado que pudiera uno imaginar.

CAPÍTULO 16

El tremendo lacayo la posó sobre el canapé cubierto de brocado que había en el salón contiguo a su dormitorio como si fuera una delicada pieza de cristal.

—¿Necesita la *señorita* algo más?

—No, no necesita nada —respondió Jeanne-Louise. Elinor se sintió como una prisionera y pensó que Jeanne-Louise estaba allí para vigilarla. Le daba igual. Estaba feliz sabiendo que Lydia estaba bien, al menos por el momento.

Jeanne-Louise era muy amable aunque fuera como un guardia. La bañó y le cambió el vendaje de los pies. Los anteriores estaban empapados de sangre y daba miedo ver hasta dónde llegaban los daños, pero los cortes y las quemaduras habían empezado a curarse ya.

—Es mejor que no pongáis los pies en el suelo —le dijo Jeanne-Louise con tono severo.

La habitación estaba iluminada por gran cantidad de velas. Se había hecho de noche mientras visitaba a Lydia. Elinor se miró al espejo por primera vez. Y se quedó de una pieza.

Llevaba el largo cabello castaño suelto. No se había dado

cuenta de lo bonito que era ni de las ropas tan favorecedoras que Rohan le había proporcionado. Era inquietante.

Se negó a ponerse uno de los maravillosos vestidos que había dentro del armario, todos muy elegantes, de tejidos suntuosos y medio luto. No le cabía la menor duda de que le sentarían bien, igual que a Lydia el suyo. Rohan tenía poderes casi sobrenaturales en lo referente a que siempre conseguía lo que quería. En lugar de vestirse se bañó y se puso un camisón limpio. Todos eran de una delgada tela de batista y encima se colocó la bata para que no se le transparentara nada. Esas batas, que se ponían mientras te peinaban, solían ser muy voluminosas, pero a Elinor no le importaba. Se cubriría con una manta si la bata no le tapaba lo suficiente.

A la hora de la cena le llevaron tres bandejas a rebosar de una apetitosa selección de alimentos, que incluía pichón asado, salmón *à l'anglaise,* cordero en su punto y una delicada crema de nabos. Más de lo que podría comer, sin duda. Al destapar la tercera bandeja descubrió un plato con tostadas, y no supo si reír o llorar.

No tenía hambre. Se comió la mitad de las tostadas con un té y pidió que se llevaran lo demás. Cada vez que pensaba en su madre y en nana el estómago se le contraía y le entraban ganas de vomitar. Lo que fuera con tal de eliminar aquel dolor de impotencia. Ni siquiera las zalamerías de Jeanne-Louise consiguieron que probara bocado.

También había libros, y por primera vez después de haber visto a Lydia se sintió feliz. El vizconde había hecho una exquisita selección, y Elinor comenzó por una novela. Le apetecía una deliciosa narración gótica llena de misterio más que un tratado de filosofía, así que, libro en mano, se hizo un ovillo en la cama y se abandonó al placer de la lectura.

Cuando se despertó, la habitación estaba completamente a oscuras, exceptuando el resplandor de las ascuas que quedaban en la chimenea. Se giró hasta quedar de espaldas sobre la amplia y mullida cama, deleitándose en la suntuosidad de los cobertores y en el placer de sentirse acunada. Echó un vistazo hacia las ventanas y se preguntó qué hora sería, pero la poca luz que entraba del exterior provenía de las farolas de la calle. Calculó que sería entre el amanecer y la caída del sol, pero no sabría decir cuál de las dos cosas estaba más cerca.

Emergió de entre las sombras como la criatura oscura que era, y a Elinor no le dio tiempo a gritar. Por un momento le pareció una ilusión, pero entonces se dio cuenta de que la estaba esperando. Se preguntó cuánto tiempo llevaría allí.

—¿Querías verme, muñequita? —preguntó con su aterciopelada voz.

Ella carraspeó antes de contestar:

—Creía que teníais invitados a cenar.

—Hace tiempo que terminó la cena. Los he mandado a todos a su casa.

—¿A todos?

—¿Qué me estás preguntando, preciosa? Reading sigue aquí, pero confía en mí, está muy lejos de tu querida hermana. El resto se ha ido —hizo una pausa—. Excepto *madame* de Tourville, que me espera desnuda en mi cama. ¿Qué es lo que necesitas?

«Es un alivio que se haya olvidado de mí», pensó Elinor. Aunque con ello se cerrara una posibilidad de escapar a sus problemas, una posibilidad inaceptable, lo mejor era que el vizconde hubiera perdido el interés en ella y lo dedicara a esa *madame* de Tourville.

—No pretendía molestar, milord. Podría haber esperado hasta mañana.

Rohan le dedicó una resplandeciente sonrisa que iluminó la oscuridad.

—Palomita, tú nunca molestas. Dime lo que quieres y lo tendrás.

—Para empezar, me gustaría estar más cerca de mi hermana.

—Desafortunadamente, me temo que eso es imposible. Están reformando las habitaciones del ala sur. La que ocupa tu hermana es la única que está terminada.

—Entonces Lydia podría venir aquí. Hay sitio de sobra.

—Hay sitio, pero me temo que habría otro problema —respondió él con suavidad.

—¿Qué problema?

—Se acerca la Cuaresma y es tiempo de carnaval. Me temo que el Ejército Celestial se comporta con especial perversidad en dicha ocasión. En vez de festejar y alborotar las semanas previas a la Cuaresma como buenos cristianos, preferimos este periodo de ayuno y arrepentimiento para abandonarnos a los placeres de la carne. La gula, la lujuria o la pereza son algunas de nuestras actividades favoritas. Supongo que preferirás mantener a tu hermana lejos de todo ello.

—Podría quedarme con ella entonces.

—Su habitación es demasiado pequeña. Además, no me gustaría.

Elinor se quedó inmóvil.

—¿Por qué?

—Porque me gustaría tenerte más cerca, palomita. Ya te lo he dicho antes, tu hermana no me interesa. Me interesas tú. Desafortunadamente para ti se me ocurrió tomarla como rehén.

Por un momento, Elinor no fue capaz de respirar.

—¿Como rehén? —consiguió decir finalmente sin que le temblara la voz—. Sabéis que no tenemos dinero.

—Retenerla como rehén a cambio de que te portes bien. O mal, para ser más exactos. Tu hermana estará a salvo como la hermosa virgen inglesa que es siempre y cuando tú hagas lo que yo quiera.

Elinor sintió frío y calor al mismo tiempo. No lo veía con claridad pues las sombras lo envolvían.

—A ver si lo he entendido, lord Rohan —dijo ella con su tono de voz más pragmático—. ¿Mi hermana estará a salvo si accedo a acostarme con vos?

Él se echó a reír.

—No me tomes por alguien tan tosco, por favor, palomita. Tengo innumerables mujeres para satisfacer mis deseos carnales.

El frío se esfumó y entonces sólo sintió el calor, se puso roja de vergüenza. Claro que no la deseaba. ¿En qué estaba pensando para decir algo tan absurdo?

—¿Entonces qué es lo que queréis de mí? —preguntó sin que su voz delatara su tormento interior.

—Contigo no me aburro. Eso es mucho más valioso que lo que tienes entre las piernas.

Ella dejó escapar el aire en un siseo al oír las palabras deliberadamente escandalosas y lo vio sonreír.

—Ya ves. Eso es lo que encuentro tan encantador de ti —añadió.

—Pero podrías encontrar a muchas otras jóvenes a las que escandalizar, milord.

—Pero tú no eres sentimental. Ni siquiera eres virgen. Eres una mujercita muy original, mi querida Elinor. Una joven remilgada, correcta y almidonada joven de moral impecable a pesar de haber entregado su virtud. Confío en que un día de éstos me cuentes cómo ocurrió.

—Por encima de mi cadáver.

—No, cariño. Por encima de la virginidad de tu hermana.

Ella lo miró a través de las sombras.

—¡No seríais capaz! Ni siquiera vos sois tan depravado.

—Ay, preciosa, soy así de depravado y más. Pero la verdad es que concedería a Charles Reading la tarea de desflorar a la dulce Lydia. Es extraño, pero parece que se ha enamorado de tu hermana.

Elinor no pudo contener el gemido de dolor que brotó de su garganta.

—¿Cómo dices, preciosa? ¿Has dicho algo? —dijo él con exquisita cortesía. Ella no contestó, no podía, y él continuó—: Desafortunadamente, Charles parece obnubilado con ella, aunque se empeñe en negarlo. No llegará a buen puerto. Él tiene que casarse con una mujer rica, tu hermana no cumple el requisito, y él lo sabe. Tiene esa molesta vena de decencia, pero sé que no podrá resistirse si se la ofrezco. Me temo que será el fin de su reputación.

—Advertiré a Lydia. No es ninguna idiota.

—Ya lo creo, es más lista y más fuerte de lo que creía. Pero no le advertirás de nada. No te acercarás a ella hasta que alcancemos un acuerdo —un súbita luz los iluminó cuando encendió una vela, y Elinor alcanzó a ver su hermoso y brutal rostro, el de un ángel caído que reina en el infierno.

—Tengo un primo... —dijo Elinor, pero él la interrumpió.

—Marcus Harriman no te servirá de nada. Mis abogados se asegurarán de ello.

El frío la inundó de nuevo. No pensaba dejar en evidencia su único recurso.

—¿Ah, sí? —lo retó con frialdad—. ¿Cuáles son vuestras condiciones? ¿A qué clase de acuerdo queréis que lleguemos?

—Deberías estar contenta, preciosa. Estoy siendo bastante razonable y casi un caballero —aguardó un momento antes de continuar mientras ella se reía sin dar crédito—. No tengo ninguna intención de tener relaciones carnales con tu bonito cuerpo. Es tu inteligencia lo que quiero. Cualquiera con la suficiente inteligencia comprendería que ése es un sacrificio mucho más importante, pero las mujeres suelen atribuir demasiado valor a sus rajitas, y siempre y cuando yo no la toque ni haga nada con ella tu reputación estará a salvo.

—Qué lenguaje más vulgar.

—Soy vulgar, querida. ¿Aún no te habías dado cuenta? Pero mientras te prestes a hacerme compañía, tu hermana estará a salvo.

—¿Durante cuánto tiempo?

Rohan se mostró perplejo.

—No había pensado en ello —dijo—. Está claro que estás acostumbrada a regatear en el mercado. Mis respetos. ¿Cuánto tiempo? —se dio unos golpecitos en la barbilla con los largos dedos—. La verdad es que creo que no me aburriría nunca de ti, pero al final ocurrirá, tarde o temprano. Y soy un hombre justo... No te rías, preciosa. Será por un periodo razonable. ¿Hasta después de Semana Santa? Un hermoso simbolismo, ¿no te parece? Cuando tu Dios se levante de entre los muertos, quedarás libre.

—No es mi Dios —le espetó ella.

—Sigues asombrándome —comentó él—. Lo haremos de esta forma: enviaremos a tu hermana al castillo, con la señora Clarke. Ella la cuidará. Tú te quedarás aquí con algún pretexto. Se te da mejor mentir que a mí. Yo normalmente no tengo que tomarme la molestia de hacerlo. Le darás una excusa, lo que sea. Me harás compañía durante la Cuaresma y las celebraciones del Ejército Celestial, y el primer día de la Semana Santa te levantarás de entre los muertos y comenzarás una nueva vida. Con un generoso estipendio por mi parte que te asegure una vida próspera. ¿Qué te parece?

—Blasfemar no tiene ningún atractivo.

—Pensé que habías dicho que no era tu Dios —murmuró él—. Y no me preocupa en exceso que me encuentres atractivo o no, palomita.

—Porque no tenéis intenciones de hacer nada con mi cuerpo —terminó ella en su lugar.

—No, cariño. Porque ya estás absolutamente fascinada conmigo y nada podrá cambiarlo. No tiene nada que ver con lo que yo haga o diga. Estás atrapada, como una pequeña polilla en la tela de una araña.

—A lo mejor os equivocáis, milord. Es posible que sea una avispa lo que habéis atrapado en vuestra tela.

—Eso espero, criatura —respondió Rohan poniéndose en pie. Luego sopló la vela, sumiendo la habitación en la más absoluta oscuridad—. Tendré listo el acuerdo para que lo firmes mañana por la mañana.

—¿Vais a poner por escrito el acuerdo y esperáis que lo firme?

—Por supuesto. De esa forma me bastará con mostrar el acuerdo a algunas personas influyentes para destruirte por completo en caso de que se te ocurra incumplir lo acordado.

Elinor miró hacia el cuerpo que se ocultaba entre las sombras.

—No estoy muy segura de la diferencia que puede haber entre mi posición actual y la destrucción absoluta.

—Tu hermana es la diferencia, palomita. ¿Trato hecho?

Quería gritarle, demostrarle que estaba furiosa, golpearlo con los puños. No hizo nada de eso. Más tarde, cuando se quedó a solas en la oscuridad del dormitorio donde nadie podría verla ni oírla, daría rienda suelta a la pena y la rabia. Por el momento no haría ninguna exhibición.

—Trato hecho. Y ahora, ¿puedo dormir en paz? Estoy algo fatigada —dijo, bostezando con bastante credibilidad.

—Desde luego. *Madame* me está esperando y suele ser insaciable. Confío en no haberme demorado aquí demasiado y que tres hombres estén ocupando ahora mi lugar.

—¿Por qué tres?

—Querida, se necesitan tres para reemplazarme —dijo él.

Para su asombro, Elinor sintió una breve caricia en el rostro. Era imposible porque Rohan ya se había marchado. Encendió con manos temblorosas la vela que había junto a la cama. Para alejar las sombras quizá. Escrutó sus alrededores más allá de la oscuridad, pero estaba sola.

Se levantó de la cama y maldijo al sentir el dolor en los pies. Se le había olvidado, pero lo cierto era que iba disminuyendo. Se dirigió cojeando al salón contiguo, pero allí tampoco había señales de su presencia. Había dos puertas que conducían a su habitación. Se acercó a una de ellas para echar la llave, pero se la encontró echada desde dentro. Cruzó la estancia en dirección a la segunda puerta, la que comunicaba con el vestidor, y comprobó que aquella también estaba cerrada por dentro. ¿Cómo había entrado?

No importaba cómo lo hubiera hecho. No volvería a ocurrir. Arrastró un sillón hasta la puerta y lo encajó bajo el tirador de la puerta. Después repitió la operación con la otra puerta. Nadie podría atravesar su barricada. Luego se dirigió a la ventana. Ya no nevaba tan copiosamente, tan sólo unos pequeños copos, y vio los tejados de los edificios cercanos. Si fuera necesario, podría escapar por allí. No pensaba quedarse atrapada en aquella habitación por si se le ocurría volver a importunarla...

Se estaba engañando. No había motivo para huir. Mientras cumpliera las normas, Lydia estaría a salvo y ella sólo tendría que soportar la irritante compañía del vizconde, no el insulto de sus atenciones físicas.

¿Pero entonces por qué sentía que el verdadero insulto fuera que no tuviera interés en su cuerpo? ¿Y de dónde salían aquellas ideas tan peregrinas? ¿De dónde ese interés porque la deseara?

Él tenía la culpa de tales ideas. Formaban parte de los juegos que él se traía entre manos, los juegos que ella tendría que soportar durante las siguientes seis semanas si no recordaba mal el calendario litúrgico. Pero las normas no decían que tuviera que acatarlas sin presentar batalla. Él podría jugar todo lo que quisiera, lo que no implicaba que tuviera que ganar.

Regresó cojeando a la cama y echó un vistazo a los vendajes antes de apagar la vela. No estaban mojados de sangre, empezaban a curarse las heridas. Podría andar en breve. Correr. Bailar alrededor de Francis Rohan, quien como un idiota creía que se iba a salir con la suya. Pero ella no se lo permitiría. Se aseguraría de que enviara a Lydia al castillo donde estaría a salvo y entonces se las vería con él.

Podía hacerle la vida tan desgraciada que le suplicaría que se fuera.

Dos horas más tarde, Francis Rohan yacía atravesado en la cama junto a su amante del momento, desnudos. Juliette siempre tenía gran capacidad inventiva y él había estado especialmente inspirado esa noche. Era una pena que no dejara de imaginar que era el cuerpo de Elinor Harriman el que tenía debajo, encima o delante, pero a Juliette no le importaba siempre y cuando le proporcionara el arrebatador placer que exigía. Hasta ella estaba exhausta esa noche después de cómo la había llevado al límite y aun más allá, hasta el punto de hacerle suplicar que parara.

Era muy molesta aquella fascinación que sentía hacia su renuente invitada. Especialmente pesada porque bordeaba ya la obsesión. Sus amigos, si es que podía llamarlos así, se quedarían atónitos.

Sabía que la razón era bastante sencilla. Se estaba negando algo cuando normalmente tomaba lo que quería como el degenerado que era. En condiciones normales, a esas alturas ya habría seducido y olvidado a la señorita Harriman, pero algo le había detenido. Tal vez fuera su aire de calma y pragmatismo o la vena curiosamente vulnerable que mostraba de cuando en cuando. Lo que no podía negar era que estaba disfrutando mucho con ella, estaba disfrutando con el deseo, satisfaciendo aquella necesidad con otras mientras el premio final aguardaba. A menos que recuperase el sentido común antes de conseguir llevársela a la cama.

No sabía si ocurriría o no. Era la primera vez que le ocurría algo así, así que no tenía con qué comparar. Lo único que sabía era que hacía años que no se sentía tan vivo, quizá décadas. No se acordaba ya.

Salió de la cama, se alejó de Juliette, y frunció el ceño un momento. Él no sabía lo que era la culpa o el arrepentimiento, los consideraba sentimientos de tontos. Sin embargo, y a pesar del placentero agotamiento, se vio asaltado por la extraña sensación de que había hecho algo mal.

Qué tontería. Haz tu voluntad. La noche anterior deseaba desesperadamente estar con una mujer y Juliette estaba a mano. La vida era demasiado corta para privarse de los placeres, y si Elinor Harriman comenzaba a interferir, tendría que meterla en un barco con destino a Inglaterra, que era el lugar al que pertenecía. No pensaba dejar que nada ni nadie interfiriese en lo que era o hacía.

Juliette se removió dejando escapar un gemidito al hacerlo, y tendría que dar gracias por ello. ¿De verdad quería plantearse someter a Elinor a las cosas deliciosamente perversas que le gustaba hacer a veces? Tal vez quisiera hacerle el amor de forma casta, con el cuidado que pondría un recién casado.

Él no era el esposo de nadie. Conseguiría que se arrodillara ante él y lo tomara en su boca. La poseería de todas las formas imaginables y pensaría en alguna forma nueva. Existía un compendio de posturas y variaciones que los miembros del Ejército Celestial iban anotando. En muchas ocasiones llevaban el nombre de la dama dispuesta a estrenar una nueva postura. Lo mismo en diez años abriría el libro y se acordaría de Harriman.

La idea le resultó repulsiva en cierta forma, aunque no estaba dispuesto a reflexionar demasiado sobre el tema. No había normas dentro del Ejército, pero los miembros esperaban poder compartir pareja con liberalidad. No sería así con la encantadora señorita Harriman.

Cuando terminara con ella, la enviaría de vuelta a Inglaterra, junto con su hermana, con toda probabilidad. No sabía gran cosa de su primo, pero ya encontraría la manera de consignarle un generoso estipendio sin que nadie lo supiera y sin ofender a nadie. Había algo exquisito en la idea de mantener a una criatura tan almidonada como Elinor.

Juliette se removió nuevamente y abrió los ojos. Lo miró a la luz de las velas y le sonrió perezosamente al tiempo que le tendía una mano.

Rohan regresó a la cama.

CAPÍTULO 17

—No comprendo —dijo Lydia, mirando a su hermana con consternación—. ¿Por qué habría de irme a un castillo en el campo mientras tú te quedas aquí?

Lydia pensó que Elinor se mostraba inusualmente nerviosa. Su querida hermana mayor creía que ella, Lydia, no reconocía cuando se andaba con rodeos para no decirle la verdad, y en ese momento lo estaba haciendo.

—Ya te lo he dicho, cariño. Voy a ayudar a su señoría con la biblioteca. La verdad es que ha sido muy amable —continuó, pero Lydia no dijo nada—. Necesita a alguien con conocimientos de latín y buena caligrafía, y eso es, precisamente, lo único que se me da bien. Le han regalado una veintena de textos antiguos de gran valor, algunos de más de cien años, y necesita que alguien haga un registro de ellos y le informe del tema que tratan.

—¿No sabe latín? —preguntó Lydia extrañada. A todos los jóvenes de alto rango se les obligaba a aprender latín a fuerza de repetición durante interminables años, y a pesar del carácter disipado de lord Rohan, Lydia seguía teniendo la impresión de que era un hombre versado en los clásicos.

—Por supuesto que sí —respondió Elinor—. Simplemente no tiene tiempo para hacerlo él mismo. Tiene un calendario social muy ocupado...

—Ya lo creo —dijo Lydia con un resoplido muy poco favorecedor—. Todo París conoce su calendario social.

—Ya sabes que a la gente le gusta chismorrear, Lydia —dijo Elinor, intentando parecer razonable sin conseguirlo—. Dudo mucho que sus fiestas sean peores que las que tienen lugar en Versalles. A la gente le encanta inventar historias y extender rumores, cuanto más malvados, mejor.

—Creía que tú lo interrumpiste en mitad de una de esas infames fiestas —señaló Lydia. ¿Por qué demonios su hermana había cambiado de idea en cuanto a aquel hombre? ¿Era posible que hubiera comenzado a ver lo que ella había sabido desde el principio? Es decir, que su pragmática y poco romántica hermana mayor se sentía atraída por el apuesto y peligroso vizconde Rohan.

—Así es —replicó Elinor categóricamente—. Y no vi nada impropio. No sigas pensando que lord Rohan siente algo por mí. Puede conseguir a todas las mujeres que quiera, hasta la misma reina. Le parezco entretenida, nada más.

Lydia estudió detenidamente a su hermana. Llevaba un vestido gris que realzaba su esbelta figura, aunque dejaba a la vista más cantidad de piel en el escote de lo que Elinor solía permitirse. Se había puesto una pañoleta alrededor de los hombros para disimular, en vano. Con el pelo castaño que le caía suelto a lo largo de la espalda, el nerviosismo en sus ojos también castaños, los labios rojos y las mejillas sonrosadas estaba absolutamente preciosa, y lord Rohan era lo bastante experto como para saber reconocer su belleza.

—Qué ingenua eres —dijo Lydia con dureza—. Aunque seas mayor que yo, en muchos aspectos eres mucho más inocente. No quiero que ningún hombre se aproveche de ti.

Elinor le dedicó una sonrisa forzada.

—No creo que vaya a ocurrir tal cosa. Te juro que lo único que le interesa de mí es mi ingenio —dijo con inexpresividad, y sus palabras parecían sinceras.

Lydia lo reconoció. O al menos eso fue lo que creyó Elinor.

—Entonces es que está ciego.

Elinor soltó una carcajada.

—Cariño, tú no eres precisamente imparcial. Míralo de esta forma: el hecho de ser una mujer desabrida juega a mi favor. Me permite trabajar para su señoría sin tener que preocuparme por sus inoportunas insinuaciones. Jamás pensé que llegaría un día en que agradecería tener la nariz de los Harriman.

—Al cuerno con la nariz de los Harriman —exclamó Lydia, furiosa—. Tú no eres desabrida y nunca lo has sido. Mírate en el espejo.

—Eres una buena hermana —dijo Elinor, sin creerse ni una palabra—. Adorarás a la señora Clarke. Es amable y cariñosa. Y después de Semana Santa iré a buscarte y volveremos a Inglaterra. Viviremos en alguna confortable casita de campo. Puede que sea en las propiedades de nuestro padre o tal vez en un pueblo o a las afueras de alguno. Tendremos un jardín donde cultivaremos guisantes y lechugas y criaremos gallinas. Puede que también patos.

Lydia pensó que aquello no era más que un cuento de hadas, pero no quería quitarle las ilusiones a su hermana.

—Me encantan los patos.

—Pero gansos no. Pican.

—¿Y qué tal cisnes?

—Eso depende de si tendremos agua cerca. Sería muy agradable estar cerca de un río o un lago —dijo Elinor.

—Puesto que es nuestra fantasía, pensemos que estaremos en un lugar con agua —dijo Lydia—. Yo propongo que sea un riachuelo que desemboque en un lago, donde podremos tener los cisnes y los patos, y nada de gansos, y viviremos felices para siempre, dos hermanas solteronas. Creo que deberíamos tener gatos, muchos. No perseguirán a los patos, ¿verdad?

—Tendremos gatos que le tengan miedo a los patos —resolvió Elinor—. Pero no sé cuánto tiempo seremos dos hermanas solteras. Seguro que encontrarás marido.

—No si yo no quiero —afirmó categóricamente—. Y sospecho que no voy a querer. Siempre he sido muy testaruda y fiel, ¿sabes? Una vez doy mi cariño a alguien, no hay vuelta atrás.

—El truco está en no dar tu cariño a nadie —dijo Elinor a la ligera—. Espera a que lleguemos a casa y atraigas la atención de algún apuesto y rico caballero. Quiero tener sobrinos, ¿sabes?

—Me temo que es demasiado tarde, cariño —dijo Lydia, pero se apresuró a cambiar de tema antes de que Elinor pudiera decir nada—. Iré al castillo si es lo que quieres. Seguro que me sentará bien recluirme un poco. En cuanto a ti, prométeme que no te quedas para ser una... una... —no se atrevía a decirlo.

—¿Una mujer sin reputación? —sugirió Elinor—. ¿Una cortesana? ¿Una dama de la noche? No seas ridícula, criatura. ¿Acaso te parece que tengo aspecto de promiscua?

—Me pareces una mujer muy hermosa —dijo Lydia con toda sinceridad—. No quiero que te quedes aquí para que te hagan daño.

Elinor tenía una buena reserva de calma y sentido común, así como una extraordinaria habilidad para sobreponerse a los golpes. Sonrió a su hermana.

—Estaré bien, patito —dijo con una carcajada—. ¿Cuándo te he mentido?

Lydia se limitó a mirarla.

—Más de lo que sospecho.

No quería dejar allí a Elinor. No quería irse al campo, ni alejarse de la tentación de Charles Reading. Aunque el hombre no suponía ningún peligro. A pesar de la ternura con que la había abrazado la noche del incendio, no había vuelto a saber nada de él y dudaba mucho que volviera a verlo. Salir de la ciudad aseguraría que así fuera, uno de los motivos por los que su hermana había insistido en que lo hiciera, sin duda.

Elinor seguía mirándola con ansiedad oculta bajo su calmada fachada, y Lydia se sintió culpable.

—Iré —contestó. La sonrisa de alivio de Elinor era recompensa suficiente.

Siempre y cuando no se equivocara respecto a la extraña e irracional fe que tenía en lord Rohan. No le haría daño a Elinor. No se atrevería.

En caso de hacerlo tendría que vérselas con ella, y ya se aseguraría ella de que lo lamentara mucho.

Elinor durmió hasta tarde al día siguiente y se despertó con un gran sentimiento de culpabilidad. Se vistió a toda prisa, sin esperar a que llegara Jeanne-Louise para ayudarla, y salió de la habitación para darse de bruces con el inmenso lacayo de la víspera. El hombre la tomó en brazos sin darle tiempo a protestar.

—Su señoría dijo que os transportara, *mademoiselle*.

—Soy perfectamente capaz de caminar sola —dijo. Reprimió las ganas de oponer resistencia por el bien del pobre lacayo, que estaba sonrojado ya fuera de vergüenza o del esfuerzo.

—Sigo órdenes, *mademoiselle*. Su señoría me ordenó que os transportara y es lo que voy a hacer. Por favor, *mademoiselle* —percibió una leve nota de súplica en su voz y se apiadó de él. Desobedecer a Rohan no era algo que uno debiera tomarse a la ligera.

—Quiero ver a mi hermana.

El lacayo la miró todavía con más incomodidad, como si estuviera haciendo un esfuerzo mucho mayor que el de cargar con su cuerpo no tan pequeño. Y entonces asintió y echó a andar.

—No es por ahí —dijo ella.

Él volvió a asentir, a saber qué quería decir con ello, y Elinor sintió lástima de él. Lydia debía estar esperándola en otra parte.

La inmensidad de la casa seguía sorprendiéndola mientras atravesaban lo que le daba la impresión de ser kilómetros y kilómetros de corredores, muchos de ellos decorados con telas negras. Se alegró de no ir sola pues se habría perdido con total seguridad. En cuanto Lydia saliera de la casa tenía la intención de quedarse en su habitación. Con suerte, Rohan estaría distraído con la gran cantidad de lascivas tentaciones y se olvidaría de ella.

Entonces reconoció la galería en la que estaban entrando. Había estado allí antes, dos semanas antes, la noche que fue a verlo para enfrentarse a él cargada de razón.

—No creo que mi hermana esté en el dormitorio de lord Rohan —dijo y empezó a forcejear—. Será mejor que no esté ahí.

El lacayo no le hizo caso y llamó suavemente a la puerta sin soltarla antes de abrir la puerta.

Rohan estaba de pie dentro de la estancia, en mangas de camisa y calzoncillos hasta las rodillas mientras dos ayudas de cámara lo vestían. Rohan la miró, indiferente.

—Mi querida Elinor, qué deliciosa sorpresa. ¿Qué te trae por aquí?

—Vuestro servicial lacayo —replicó ella con mordacidad—. Y no os he dado permiso para llamarme por mi nombre de pila.

—Pensé que preferirías eso a los términos cariñosos —contestó él con un ronroneo–. Pero si quieres que utilice términos más íntimos...

–Podéis llamarme por mi nombre de pila –lo interrumpió ella, imaginándose las cosas que se le podrían pasar por la mente a aquel hombre–. Le he pedido a vuestro lacayo que me lleve a ver a mi hermana, y me ha traído aquí. Como Lydia esté en algún rincón de vuestro dormitorio, os sacaré el hígado.

Él parpadeó, sorprendido.

–Una imagen deliciosamente sanguinaria, Elinor. ¿Te lo comerías después? No sabía que tuvieras una vena tan violenta en tu interior.

–La tengo cuando se trata de mi hermana.

–Tu hermana está a salvo –contestó él–. Puedes soltarla, Antoine. Sugeriría que la pusieras en la cama, pero opondría resistencia. Tendrá que ser en el sillón verde.

Elinor notó que la posaban suavemente en uno de los sillones y se levantó como un resorte.

–Que alguien la ate –dijo Rohan con tono despreocupado–. Pero no la lastiméis –añadió. El lacayo le sujetó los brazos y la obligó a sentarse en el sillón, con cuidado de no ser demasiado rudo. Ella cedió, consciente de cuando una batalla estaba perdida.

–¿Dónde está mi hermana?

–Donde prometí que estaría –contestó él mientras los dos criados lo ayudaban a ponerse la suntuosa casaca que le sentaba como un guante–. Ahora mismo estará llegando al castillo y la señora Clarke la tomará bajo sus alas. El aire del campo le sentará de maravilla y, para cuando concluyan los festejos, estará feliz de verte y regresar juntas a Inglaterra.

–¿Por qué no me habéis dejado despedirme de ella?

Él sonrió con frialdad.

–¿Puedo decir que no me fiaba de ti? Doy por supuesto que le hablarías con delicadeza de lo que el futuro os depara, pero tienes un corazón ridículamente tierno debajo de esa fachada de calma, y creo que las lágrimas de tu hermana habrían hecho añicos ese admirable autocontrol.

—¿Estaba llorando? —dijo Elinor, quedándose sólo con el aspecto más prominente de la explicación.

—Pues claro. Acaba de perder a su madre y a su anciana niñera, por no hablar de las escasas posesiones que aún le quedaran, y su hermana, la persona con la que pensaba que podía contar, la ha abandonado.

Elinor apretó los puños, ocultándolos entre los pliegues de su falda.

—¿Por qué iba a pensar que la he abandonado?

—Mi querida Elinor, ¿de verdad piensas que se creyó esa ridícula historia que le contaste de que te quedabas aquí para trabajar como amanuense para mí? Es cierto, me aseguré de que hubiera alguien escuchando y me informara. No, no vuelvas a saltar. Deberías haber sabido que lo haría. Es inteligente no subestimarme.

Ella hizo todo lo posible por ocultar su amargura.

—Me esforzaré en el futuro.

Rohan se volvió para mirarse al espejo. La imagen que le devolvió fue claramente de su agrado.

—Tu hermana es mucho más inteligente de lo que pensaba —murmuró—. Ahora mismo, su imaginación da vueltas sin parar, pensando en las mil perversidades en que podrías verte envuelta. Tendrás que escribirle para tranquilizarla. No me cabe duda de que la señora Clarke conseguirá que se sienta mejor, sería capaz de levantarle el ánimo al mismísimo Satán.

—¿Os levanta el animo?

Él dejó escapar una suave carcajada.

—Oh, no, preciosa. Yo no soy Satán. Tan sólo uno de sus ángeles caídos —rechazó con un gesto de la mano la peluca que le ofrecían y dejó que le ataran el espléndido pelo negro veteado de canas en una coleta. Luego tendió las manos hacia sus criados, que le colocaron varios anillos en los largos y elegantes dedos, para terminar mirándola con la cabeza ladeada.

—La verdad es que me alegra que hayas venido a buscarme. Tenía algunas preguntas...

—No he venido a buscaros —le espetó ella—. Lo que más feliz me haría sería no volver a veros. Buscaba a mi hermana. Y puesto que ya no está aquí, regresaré a mi habitación, por mi propio pie. Podéis despedir al lacayo.

—Cuando me asegure de que se te han curado los pies —murmuró él—. ¿Quieres que te quite los vendajes o prefieres hacer los honores tú misma?

Ella escondió los pies bajo sus voluminosas faldas.

—No seáis ridículo.

—Ya te he visto los pies, muñeca —señaló él cargado de razón—. Unos pies muy bonitos. Pero te aseguro que, al contrario que el caballero Du Corvalle, yo no las considero las partes del cuerpo que más me estimulan. Aunque tienes unos empeines exquisitos.

Lo miró con evidente aversión.

—Debería haber imaginado que no podía confiar en vos. Hicimos un trato y me habéis engañado.

—Retaría a duelo a un hombre por decirme algo así —dijo con su voz aterciopelada—. No abuses de mi amabilidad.

—No vais a retarme a duelo. A decir verdad, me alegraría que lo hicierais. Disparar un arma no puede ser tan difícil, y no hay nada que me gustara más que meteros una bala dentro.

—Creo que me gustó más lo de sacarme el hígado, pequeña —dijo él con sentido crítico—. Las armas de fuego son tediosamente impersonales. Por no mencionar el ruido que hacen.

Ella lo fulminó con la mirada. Había llegado decidida a mantener la expresión y la voz calmadas, tenía años de práctica a sus espaldas. A lo largo del lento descenso a lo más bajo de la sociedad parisina había logrado convencer a su hermana, y a toda la familia en realidad, de que las cosas no estaban tan mal como parecía. Se le daba bien mentir, ocultar el miedo y otras turbulentas emociones. Y sin embargo lord Rohan parecía capaz de derribar todas esas mentiras tan deprisa como ella las construía.

—Sois un hombre verdaderamente despreciable, ¿verdad? —dijo sin andarse con remilgos.

Rohan la miró con una sonrisa encantadora, exquisita.

—Totalmente, preciosa. Un verdadero sinvergüenza. Será mejor que lo recuerdes. Al igual que deberás recordar que no tenías otra opción en lo referente a la seguridad de tu hermana. Si la querías fuera de aquí mientras mis amigos incumplen prácticamente todos los mandamientos, no podías hacer otra cosa que aceptar mis términos. Es así de simple.

Elinor no se molestó en discutírselo. Él le llevaba ventaja, lo cual era inquietante y endurecedor al mismo tiempo. Discutir con él no le estaba sirviendo para nada, y seguro que él estaba disfrutando. Tenía que mejorar su estrategia de ataque. Tomó una bocanada de aire para calmarse y se obligó a relajar las manos.

—Y dime, ¿cómo te sientes tras la muerte de tu querida madre? Espero que sientas un alivio inmenso.

Ella lo fulminó con la mirada.

—Qué despreciable sois —repitió.

—Déjalo ya, pequeña —dijo con tono cansino—. Le esperaba una muerte prolongada y dolorosa. Diría que el incendio fue un gesto de misericordia de Dios si creyera en criaturas míticas. No puedes esperar que crea que lloras su pérdida.

—Yo no espero que creáis nada —contestó ella con calma, mirando en derredor. Hizo una seña con la mano al lacayo inmenso, que se había quedado dentro de la habitación mientras ellos hablaban—. Ya puedes llevarme de vuelta a mi habitación, Antoine —le dijo, llamándolo por su nombre—. He terminado con su señoría por el momento.

Esperaba que Rohan frunciera el ceño para demostrarle que estaba enfadado, pero se limitó a sonreír. Y Antoine no se movió.

—Aún no has comido, ¿verdad? Yo tampoco. Pediré que nos sirvan la comida para los dos y aprovecharemos para sentar las bases de nuestra pequeña tregua.

—Preferiría volver a mi habitación y comer allí.

—Pero yo prefiero que comas conmigo —dijo él con el tono más empalagoso que le fue posible, aunque por debajo fuera duro como el acero—. Antoine, lleva a la señorita Harriman al salón verde.

—*Oui*, milord —dijo Antoine, acercándose.

Elinor clavó en el lacayo una mirada de advertencia y el hombre se detuvo, vacilante.

—Tócame y lo lamentarás —le espetó, apretando los dientes de rabia. El chico la miró tan asustado que casi se apiadó de él, eso precisamente era lo que la había metido en aquel barullo.

—¿Aterrorizando a los sirvientes, querida? Estás aprendiendo de mí —hizo un gesto con su elegante y pálida mano en dirección a Antoine—. Puedes irte, muchacho. Está claro que la dama prefiere que la lleve yo.

Elinor había jugado al *piquet* alguna vez y se supo vencida por un maestro.

—*Repique, monsieur* —dijo—. Antoine, ayúdame.

Antoine no se movió hasta que Rohan hizo un breve gesto de asentimiento.

—Me decepcionas, *ma Belle* —murmuró—. No eres liviana como una pluma, pero me las he arreglado para llevarte en brazos en más de una ocasión, y creo que estaré a la altura del desafío. Pero si prefieres que te lleve el joven Antoine, que así sea.

Antoine ya la había tomado en brazos con la deferencia debida cuando Elinor preguntó:

—¿Cuándo me habéis llevado en brazos?

—Cuando te saqué de la casa en llamas, cariño. Y cuando te desmayaste en mitad de la galería.

—Yo no me he desmayado en toda mi vida —protestó ella.

—No hace falta que te preocupes, palomita. Te llevé a tu habitación y las criadas se ocuparon de quitarte la mayor parte de las prendas. Tu virtud está a salvo de mí.

—¿Como que la mayor parte? —preguntó con voz gélida—. Yo no recuerdo nada de eso.

—Menos mal —respondió él despreocupadamente—. Llévatela, Antoine. Tengo que ocuparme de un asunto. Estoy seguro de que encontrará algo que hacer mientras me espera. Asegúrate de que así sea.

En otras palabras, que la vigilara como la prisionera que era. No podía hacer nada al respecto. Estaba atrapada y ella solita se había puesto en aquella situación. Al menos su interés en ella parecía tan básico y sin complicaciones como el de un gato que juega con un ratón. Le daría un poco de ventaja y entonces lanzaría sus zarpas sobre ella para retenerla.

Pero los ratones no gruñían ni plantaban cara, como ella. ¿Quería entretenerse con ella, con la novedad que lo sacara de su aburrimiento? Pues ella le daría entretenimiento. Tanto que le daría miedo irse a la cama por temor a que lo apuñalara mientras dormía.

Ella también sabía jugar. No era lo bastante fuerte como para retarlo a un duelo, no tenía recursos, pero sí creía en su capacidad de convertir su mundo en un infierno.

Y tenía toda la intención de hacerlo.

El señor Mitchum era un hombre intranquilo. Se ocupaba de propiedades y finanzas, no de los burdos asuntos relacionados con juicios y criminales, y había tenido la gran suerte de pasar la mayor parte de su vida tratando con la población emigrada a Francia que vivía en París. No había duda de que los jóvenes de la alta sociedad eran un hatajo de irresponsables, y su obligación consistía en asegurarse de que no terminaran en una prisión francesa por culpa de sus costumbres derrochadoras, pero por lo general no podía quejarse.

Hasta el momento. Sus clientes le mentían todo el tiempo, él esperaba que así fuera. Pero no estaba acostumbrado al fraude, la malversación, crímenes a un nivel inesperado. Tanto que no tenía ni idea de qué iba a hacer al respecto.

No podía entregar a aquel hombre a las autoridades francesas. Desconfiaba de los franceses como buen inglés que era, a lo que se unía la vergüenza nacionalista porque uno de sus compatriotas estuviera dispuesto a perpetrar semejante engaño. Estaba seguro de que en cuanto se enfrentara con el caballero en cuestión, sabrían tratar la situación con diplomacia y tacto. El impostor tendría que retirar la demanda y desaparecer.

Era asombroso que hubiera llegado tan lejos como había llegado, y no sentía gran respeto en esos momentos hacia sus colegas de Londres por no haberse percatado de las irregularidades en el caso. De no haber sido por sus propias diligencias, el hombre se habría salido con la suya. La mera idea le provocaba escalofríos. Creía en la inviolabilidad del matrimonio, la superioridad de la raza británica y la infalibilidad de la ley británica. Que alguien intentara violarlo era un golpe a todo lo que él consideraba sagrado.

Había enviado a casa a su secretario. Cuantos menos testigos hubiera, mejor. Se sentó tras su escritorio a esperar pacientemente mientras nevaba. Iba a llegar tarde a casa, y su querida esposa lo reñiría, más por la preocupación que por el enfado, pero él se tomaría una copa de borgoña y le contaría algún pequeño detalle de lo que lo había tenido preocupado los últimos días. Ella le daría un beso en la frente y le diría que era un buen hombre, y él se sentiría mejor.

El hombre en cuestión apareció por fin, media hora tarde. El señor Mitchum detestaba la impuntualidad, pero sintió compasión por el otro hombre. Aunque no era capaz de ponerse en su piel, pensó que si a él lo hubieran pillado haciendo algo indebido también se mostraría reticente a enfrentarse con su acusador.

Miró por la ventana. Se preparaba tormenta. La verdad era que el invierno y la primavera tardía estaban siendo inusualmente crudos. Cuanto antes llegara a casa, mejor.

Su cliente se deshizo en disculpas por llegar tarde, sacudiéndose la nieve del sombrero. Si tenía idea de lo que preocupaba a Mitchum, no dio muestras de ello.

Al cabo de un momento, y sin querer perder tiempo en sutilezas, el señor Mitchum tomó el tema en cuestión.

—Me temo —comenzó—, que he encontrado una irregularidad, señor Harriman. Vuestros documentos son falsos. No sois el heredero del barón Tolliver.

Marcus Harriman, hombre apuesto y afable, sonrió al abogado.

—Creo que debéis haber cometido algún error, señor Mitchum —dijo cortésmente. Se había negado a tomar asiento y estaba junto a la ventana viendo nevar—. ¿Alguien va por ahí vertiendo calumnias sobre mí? ¿Quién está al tanto de estas acusaciones?

El señor Mitchum se irguió en señal de que sus palabras ofendían su dignidad.

—Creo que soy un profesional discreto, señor —dijo con gesto desdeñoso—. Hasta el momento no he comentado mis sospechas con nadie. Me pareció que lo justo era daros la oportunidad de enmendar la situación.

—Lo justo —repitió Harriman con su cálida voz—. Aprecio la oportunidad de enmendar las cosas, Mitchum. ¿Podrías enseñarme en qué parte de mis documentos habéis encontrado la irregularidad?

El abogado estaba bien preparado y procedió a extender delante de su cliente las pruebas de identidad mientras el señor Harriman se colocaba tras él.

—Aquí —dijo el hombre señalando la falsificación—. Y aquí —añadió cuando Harriman se inclinó sobre él.

El señor Mitchum vio la sangre antes de sentir nada y se llevó las manos al cuello en un vano intento de restañar la herida. Pensó con alivio que al menos no le dolía. El rostro de su esposa se le apareció ante sus ojos y al cabo de un momento cayó hacia delante, muerto.

Marcus Harriman limpió la hoja de su cuchillo en el abrigo del viejo abogado y se lo volvió a guardar bajo el chaleco. Se movió a toda prisa. Recogió los documentos ensangrentados y los echó al fuego. Esperó a que se hubieran quemado por completo y después tomó la pequeña pala, recogió unas pocas ascuas y las espolvoreó por encima de la alfombra y el suelo de madera. El fuego prendió casi de inmediato.

Retrocedió un paso y admiró su trabajo. No se había atrevido a quedarse el tiempo suficiente en Rue du Pélican tras prender fuego a la casa. Aquello había sido una tentativa apresurada y no le salió bien. En esa ocasión sería más fácil.

Miró al abogado. Se le había torcido la peluca, que había terminado cayendo sobre el charco de sangre. Tenía un aspecto ridículo. Marcus soltó una suave carcajada. «Le está bien empleado al muy necio», pensó.

Un momento más tarde salió por la puerta, cerrando tras de sí, mientras el despacho ardía.

CAPÍTULO 18

Rohan avanzaba por las galerías a la luz de las velas, abriéndose camino entre las parejas. Sabía que tenía un aspecto impecable. Se había pasado varias horas arreglándose y todo estaba en su sitio. Desde la peluca perfectamente rizada y empolvada, pasando por la pechera de su casaca gris de raso enriquecida con perlas negras. Sus medias de bordadas eran de la seda más exquisita y sus zapatos de noche estaban adornados con diamantes en el tacón a juego con los que llevaba en los dedos y en una oreja.

Tenía sentimientos encontrados respecto a aquellos zapatos. Eran espléndidos y le habían costado una pequeña fortuna. Una de las muchas que se podía permitir el lujo de malgastar. Hacían juego con el traje que llevaba. Y el tacón aumentaba su altura, que ya era considerable, de forma que era el más alto de los presentes. El problema era que nunca había llegado a dominar el arte de caminar con ellos con la afectación que exigían. Él tenía tendencia a dar largas zancadas y ni siquiera la media vida que había pasado entre los perfumados saloncitos y dormitorios franceses había sido capaz de cambiar esa costumbre.

Las influencias que se tenían siendo joven solían ser las más fuertes, él lo sabía bien. Había pasado la primera década y media de su vida entre las vastas propiedades de su padre en Cornualles y las tierras de su abuelo en Escocia. Las ciudades eran literalmente desconocidas para un joven con exceso de energía, que prefería emplearla recorriendo la campiña. Solía llegar a casa cubierto de barro, acompañado por uno o dos spaniel igualmente sucios, unas veces con un par de faisanes, otras con varias truchas ensartadas en un cordón pescadas en un riachuelo cercano. A veces soñaba que se tumbaba junto a aquel riachuelo, con la caña de pescar dentro del agua, un spaniel olisqueando la hierba por allí cerca, soñaba que volvía a aquella vida perfecta. Pero entonces el agua se volvía roja de sangre y aparecían cadáveres por todas partes, y él sostenía a su hermano en los brazos, intentando detener la sangre mientras los ojos de Simon se volvían vidriosos. Entonces veía la pica que les lanzaban, sin posibilidad de evitarla.

Se despertaba gritando y cubierto de sudor. Hacía muchos años que no le pasaba, y había tenido suerte de no estar con nadie en la cama cuando le ocurría. Había llegado a la sensata conclusión de que las pesadillas no aparecerían si conseguía dormirse exhausto. Y qué mejor manera de agotarse físicamente que perdiéndose en las formas de una mujer.

Menos mal que no le había pasado lo mismo que a la madre de Elinor. Aunque no era tan difícil evitar la enfermedad española, al igual que otras desgracias menores, si uno elegía con cuidado sus parejas. En caso de duda, simplemente dejaba pasar la ocasión. Nunca había deseado a nadie tanto como para poner su salud en peligro. Siempre había otra persona con los mismos encantos y un historial médico más seguro.

Sin embargo, estaba deseando las normas de seguridad.

No sabía muy bien quién ni cómo había sido la desfloración de la señorita Harriman, pero lo cierto era que le daba igual que hubiera sido violada por una barcada de marineros infectados. La deseaba. Era así de simple. Además, existían medios de evitar la enfermedad, fundas hechas de tripa o lino empapadas en determinados productos químicos. Nunca los había utilizado, pero estaba dispuesto a ello con tal de estar con la señorita Elinor Harriman y ya había enviado a su ayuda de cámara a hacerse con un buen número. Tenía la fuerte sospecha de que le bastaría una vez con su encantadora y reacia invitada.

La verdad era que deberían estar a disposición de los miembros del Ejército Celestial, pero la precaución era la antítesis del «Haz tu voluntad» e imaginaba que sus compañeros de jarana condenarían la prenda. En ocasiones los juegos que se traían entre manos resultaban verdaderamente estúpidos.

Los festejos no comenzarían propiamente hasta la noche siguiente, pero los miembros ya habían empezado a llegar. Así como los aspirantes a formar parte del grupo. Había uno que le interesaba especialmente, aunque fingió no conocerlo. Marcus Harriman, lord Tolliver, había llegado con sir Henry Pennington, lo que distaba mucho de ser una buena recomendación. Sir Henry era un pequeño sapo de lo más irritante con una particular afición por el dolor, pero Rohan tenía suficientes amigos dentro de su estrecho círculo como para poder ignorarlo. Sin embargo, el nombre de Harriman le llamó la atención, y tenía curiosidad por conocer al hombre que había heredado la fortuna Harriman, obligando a Elinor a acceder a un depravado acuerdo con él, el Rey del Infierno. Aunque el tal Harriman no la vería. Tenía toda la intención de mantenerla fuera de la vista del Ejército. Aun así, tendría que encontrar alguna manera de expresar su gratitud.

Había recibido una nota de la señora Clarke. Lydia se había instalado perfectamente, como él sabía que ocurriría. Si Elinor quisiera dejar de pensar en ello, se daría cuenta de que dejarla al cuidado de la señora Clarke era una bendición por la que merecía la pena cualquier sacrificio. Su cariño, su calor y su pragmatismo curaba cualquier herida.

Él llevaba tres años exiliado en París cuando apareció de repente, con su esposo y su hija pequeña, y procedió a arrancarlo del negro pozo de desesperación en el que se había encerrado. No logró recuperarlo del todo. Nadie podía después de las cosas que había presenciado. No le importó. Ella lo ayudó a llevar una vida cuidadosamente dividida en dos, y cuando se cansara de los placeres –bastante discutibles– del Ejército Celestial, siempre podría esconderse en el mundo que la señora Clarke había creado para él.

Eso era justo lo que la señorita Lydia necesitaba en ese momento. El destino no había sido generoso con ella, claro que el destino era un penco veleidoso. Si su hermana estaba decidida a conseguirle que tuviera un final feliz, las cartas estaban en su contra.

Era interesante que su palomita pudiera considerar siquiera la posibilidad de un final feliz. Desde luego no creía que lo hubiera para ella, y no pudo evitar pensar una vez más en Etienne. Era un hombre aburrido y soso, pero Elinor era capaz de hechizar a cualquiera, incluso a un hombre hastiado de la vida como aquél. Quizá al cabo de unos años consiguiera hacerle reír.

Una cosa sí era segura: Etienne no iba a conseguir su deseo. No iba a quedarse con Lydia Harriman, por dulce que fuera ella con él. Esperaba que Charles Reading se ocupara del asunto.

Y Etienne no heredaría el título de conde de Giverney, junto con las considerables propiedades vinculadas a él hasta que a Rohan le diera la gana morirse, y no tenía intención de hacerlo por el momento. Como tampoco tenía intención de reproducirse, por lo que Etienne terminaría siendo un conde muy adinerado. Y Elinor, condesa. ¿Le gustaría ser condesa? Él tendría que estar muerto para que ocurriera. ¿Pensaría en él y en lo que le había proporcionado?

Era una pena que la influencia civilizadora de la señora Clarke no hubiera llegado más lejos. Etienne había presentado a sus abogados una sencilla forma de transferir las propiedades y el título. Él, Rohan, había heredado el título en un golpe de suerte, y si Etienne hubiera tenido el dinero podría haberlo impugnado. Habría tenido muchas posibilidades de que el rey francés lo hubiera favorecido a él como compatriota en contra de un inglés exiliado. Al fin y al cabo, habían sacado al Joven Pretendiente de sus costas en un tiempo récord una vez pasó a ser una carga.

A Rohan aquello le daba igual. Había visto al Gentil Príncipe Carlos sólo una vez, y de lejos, con su pelo rojo resplandeciente a la luz del frío sol, no lo bastante cerca como para ver sus famosos ojos azules. Había perdido todo respeto por el hombre cuya arrogancia había conducido al desastre de Culloden, colocándolos a merced de Cumberland el Carnicero, y se alegraba de no tener que volver a verlo. Roma estaba demasiado cerca.

—¿Te apetece unirte a la fiesta, Francis? —dijo una voz de mujer tratando de atraerlo. Juliette estaba tumbada en un sofá, con un hombre arrodillado entre sus piernas, bajo las voluminosas faldas. Le brillaban los ojos a la luz de las velas.

Él negó con la cabeza para no molestar al joven que se esforzaba en darle placer. A juzgar por el trasero diría que era milord Valancey, unos quince años más joven que el último compañero de cama de la dama en cuestión, y se permitió una pequeña sonrisa. Era una mujer infatigable. Se alegró de que hubiera escogido un joven rebosante de energía. Así habría menos posibilidades de que fuera a buscarlo a él.

Oyó las carcajadas que salían de un pequeño salón de baile. Al menos él supuso que aquellos entusiastas ruidos eran de diversión. Fuera lo que fuera, no era asunto suyo. En ese momento iba a visitar a su princesa cautiva, a ver si la convencía de que se soltara el pelo.

Sonaba música, un capricho reciente. Había descubierto el sorprendente placer de copular escuchando música, y la costumbre se había extendido entre los demás miembros. Un pequeño cuarteto tocaba en lo que a él le gustaba llamar el salón de noche. Tiempo atrás había sido un salón de día, con un diván para que se recostara alguna joven dama y un escritorio para que escribiera sus cartas. No había jóvenes damas entre los habitantes de aquella casa. El diván seguía allí, al cual se había dado un vigoroso uso, pero el escritorio había desaparecido y las ventanas, que daban al este, estaban cubiertas con lonas negras para evitar las miradas curiosas.

Dejó atrás el salón de juego y reprimió el gusanillo de echar unas manos de *piquet*. No estaba concentrado en el juego y se tenía por un hombre que prefería concentrarse en una sola cosa a un tiempo, pero hacerla extremadamente bien. Además, era demasiado fácil ganar cuando los otros jugadores tenían la cabeza en otro sitio, y ganar en esas circunstancias le parecía soberanamente aburrido.

Subió el tramo de escaleras que llevaban a la segunda planta. Eran tantos los invitados que ocuparían la mayor parte de las habitaciones de toda aquella planta y la inmediatamente superior, incluso parte del ala este, en la que se hospedara Lydia Harriman. Era obvio que había mentido respecto a la reforma. No quería que Elinor pasara demasiado tiempo con su hermana.

La comida que habían compartido había sido… interesante. Ella lo había mirado todo el tiempo como si fuera un zorro al acecho, segura de que la atacaría en cualquier momento. Él se había comportado más afable que nunca. Cualquier otra mujer habría estado cómoda. Por eso precisamente no quería a ninguna otra mujer. Elinor lo observaba con aquellos cálidos ojos castaños llenos de escepticismo, esperando que cruzara la línea en cualquier momento.

Cosa que él no hizo, claro. Tras la comida, el robusto Antoine la llevó de vuelta a su dormitorio, al que él había hecho llevar libros y dulces en su ausencia, y desde entonces no había vuelto a saber nada. Le habían informado de que había pedido algo ligero para cenar, pero aparte de eso se comportaba de forma autosuficiente en sus aposentos.

Pero él iba a cambiar las cosas.

París se convertía en una ciudad ruidosa con el cambio de hora. La fría noche se llenó de un repique de campanas por todas partes. Daban las once cuando llegó ante su puerta. Notó con asombro que se excitaba. Aunque esa parte de su cuerpo funcionaba perfectamente, fuera lo que fuera lo que le exigiera, hacía años que la anticipación no causaba en él esa reacción. Una anticipación que probablemente no llegara a nada.

Las once. Buena hora. La muchacha que le había asignado como doncella estaba sentada en una silla fuera de la habitación y tuvo la sensatez de estar despierta cuando llegó.

—Puedes irte —le dijo en voz baja.

—¿Adónde, milord? —preguntó ella, sobresaltada.

—¿Te parece que me importa? —replicó él, cáustico—. Lo bastante lejos como para no escuchar nuestra conversación, pero lo bastante cerca como para entrar en caso de que la dama te llame.

—Sí, milord —dijo ella, agachando la cabeza rápidamente, escabulléndose a continuación bajo la mirada impaciente de su señor.

La puerta estaba cerrada por dentro. La llave seguía en la cerradura del pomo, para evitarle la entrada, y sospechó que también habría encajado una silla por dentro para asegurarse aún más. Se rió para sí y la agradable tensión creció un poco más. Le gustaba jugar.

Había dos puertas de entrada a la suite en la que la había alojado y dos entradas secretas. En su momento, aquéllas fueron las habitaciones de su tía abuela, cuyo apetito de amantes dejó estupefactos incluso a los hastiados franceses. Siempre había una manera de que un hombre emprendedor entrara en aquella fortaleza.

Vio que Elinor había encontrado la primera de esas dos entradas secretas y la había bloqueado, lo que hizo que su interés aumentara aún más. Se trataba de un panel en la galería que se abría lateralmente cuando uno tocaba una determinada parte del querubín que había en la moldura. «*Tant pis*», pensó, dirigiéndose hacia la siguiente entrada, que se encontraba en un armario en la habitación contigua y cuya puerta quedaba justo al lado de la enorme cama con dosel. Como también hubiera encontrado ésa, llamaría a Antoine para que echara la puerta abajo.

La habitación contigua estaba en silencio. De día, el papel adamascado de las paredes era de un relajante tono gris azulado, pero la débil luz de las velas la sumía en sombras de negro y gris. Era una suite de gran tamaño, casi tan grande como la suya, y de repente tomó la decisión de hacer que le llevaran algunas prendas de ropa allí.

La luna, casi resplandeciente, le proporcionó la luz suficiente para ver por dónde iba. Apagó la vela que llevaba, abrió el armario y buscó el pomo.

Oyó el satisfactorio clic de apertura, abrió la puerta y entró en el dormitorio, tan silencioso como un fantasma.

La encontró sentada en el diván con una vela a un lado y un libro en el regazo. Y aquella preciosa pistolita apuntándole directamente al negro corazón.

—¿Cómo demonios has recuperado esa insignificante arma? —murmuró, entrando en la habitación.

—Charles Reading se la devolvió a Jacobs. Pensó que podríamos necesitar protección, viviendo aquí. ¿Dónde está Jacobs?

—¿Y quién, si puedo preguntarlo, es Jacobs? —se paseó por la habitación. La pistola seguía apuntándolo.

—Nuestro cochero.

—No teníais coche.

—No seáis pedante —le espetó ella con brusquedad—. Hubo un tiempo en que tuvimos varios. Vino con nosotras a Francia y se quedó para protegernos.

—Ah, el cochero ladrón. ¿Me permites señalar que su capacidad de protección dista mucho de ser satisfactoria?

—Lo hacía lo mejor que podía. ¿Dónde está?

—Yo diría que acompañando los cuerpos de vuestra madre y niñera a Inglaterra para darles sepultura.

La pistola estuvo a punto de caérsele, lo que habría sido bastante desafortunado en caso de que se hubiera disparado.

—¿Qué?

—Creí que las dos preferirían que las enterraran en suelo inglés. Lo arreglé para que las llevaran a una de las propiedades de tu padre y recibieran sepultura allí.

—¿Y no se os ocurrió preguntarme?

—Era obvio que teníamos cierto apremio, aunque el invierno haga tal encargo más llevadero. ¿No crees que es lo que habrían querido?

—Nana Maude sí, seguro. Siempre echó de menos Inglaterra. Mi madre se revolvería en la tumba de verse enterrada al lado de mi padre.

—Otra ventaja, desde luego —dijo él con absoluta seriedad—. ¿Crees que tu madre merecía descanso eterno?

—Creo que mi madre vivió un infierno —contestó ella.

—Cierto. Sin embargo, fue lo bastante generosa como para compartirlo con sus hijas, sobre todo con la mayor. Yo no creo en el Cielo ni en el Infierno, así que no alcanzo a imaginar qué importancia podría tener el lugar en el que la entierren, pero tendrás que permitirme el quijotesco gesto.

—Tampoco es que tuviera otra opción —replicó ella ásperamente.

—También es verdad. ¿Puedo sentarme?

—No.

—Pues me pones en un dilema. Si no te hago caso y me siento, simplemente estaré siendo grosero, ¿o vas a dispararme? Ya me has estropeado bastantes prendas de ropa hasta el momento y este traje me gusta especialmente. No me gustaría llenarlo de agujeros de bala.

—¿Por qué os sentáis a ver qué pasa? —a Rohan le pareció deliciosa la amenazadora nota en su voz. Casi merecería la pena hacerlo sólo por ver hasta dónde era capaz de llegar.

—Gracias, lo haré —contestó él, extendiendo los voluminosos faldones de la casaca hacia fuera antes de sentarse en el extremo del diván.

Ella dobló hacia sí las rodillas para alejarlas de él y aferró con fuerza la pistola.

—Os gusta tentar al destino, ¿verdad?

—¿Eres tú mi destino, palomita? He tenido esa inquietante sensación desde el día que te vi, encogida bajo aquellos harapos en mi castillo. La mayoría de los hombres echarían a correr en dirección opuesta, pero he de admitir que adoro el riesgo. ¿De verdad piensas dispararme?

—Es muy probable.

Él le sonrió.

—¿Por qué? ¿Sólo porque te fastidio? Una medida un tanto extrema. ¿Crees que voy a violarte?

Rohan percibió un leve respingo en Elinor, que estaba muy cerca de él, y agradeció que no hubiera apretado el gatillo, pues el arma seguía apuntando a su vientre. Notó también el enorme esfuerzo que le costó calmarse.

—No —respondió.

—¿Por qué no? He dejado bien claro que pretendo tenerte, aunque tú hayas optado por no creerme.

—Dijisteis que me queríais por la conversación, para entreteneros.

—¿Y te lo creíste? Criatura ingenua. Estás hablando con un libertino, un miembro del Ejército Celestial. No creo que se nos conozca por nuestra afición a la buena conversación.

Ella se quedó inmóvil.

—¿Entonces vais a violarme?

—Por Dios, no —respondió él con una suave carcajada, y Elinor pareció relajarse un poco—. Nunca tomo a la fuerza lo que puedo tomar con mi encanto.

Elinor dejó escapar una sincera carcajada llena de asombro, que habría herido el orgullo de alguien más sensible. A él le sirvió para que la deseara aún más.

—Como vayáis a confiar en vuestro encanto tendréis que esperar mucho, milord —dijo con aspereza.

—Puede —replicó él—. ¿Por qué no bajas el arma? Yo te la quitaría, y tú me lo permitirías, pero entonces tendríamos que pasar por el trámite de devolvértela de nuevo. Bájala, palomita. Sabes que no quieres dispararme.

—Os equivocáis. Nada me gustaría más que apretar el gatillo —dijo ella con tono inflexible.

Él soltó una carcajada.

—Admito que parte de ti querría hacerme un buen boquete, pero creo que el resto de ti preferiría tenerme de una pieza.

—No os quiero de ninguna manera.

—Eso, preciosa, es mentira —le quitó la pistola, desmontó el martillo y la dejó en el suelo de madera con mucho cuidado. No pensó que la tuviera preparada para disparar. Realmente no debía subestimarla.

Elinor no dijo nada.

Desarmada, abandonó las manos en el regazo. Rohan le tomó una de ellas y comenzó a acariciarle el interior de la muñeca con el pulgar, el resto de sus largos dedos rodeaban los de ella. Elinor intentó cerrar la mano en un puño, pero él se lo impidió, y ella no forcejeó más.

En su lugar inspiró una profunda bocanada de aire y se obligó a relajarse, aunque él podría haberle dicho que era un error. Era aconsejable mostrar recelo delante de un miembro del Ejército Celestial que quería algo de ti. Tiró de la mano y él la dejó ir, entonces se recostó en el respaldo del diván y lo escrutó con aquellos ojos deliciosamente pragmáticos.

—Creo, milord, que no habéis reflexionado sobre este asunto. Por alguna extraña razón decidisteis que queríais tener a alguien inocente y pura en vuestra cama. Tal vez tengáis la enfermedad francesa y creáis que una virgen os curará. Tal vez sea por la novedad. Sería irresistible después de tantas putas. Pero yo no soy la mujer que queréis. No soy inocente, no soy inexperta, no soy virgen.

Pobrecilla. Al cuerno la virginidad. No recordaba haber conocido nunca a una mujer más inocente. Casi se sintió culpable.

—Permite que lo dude —contestó él, sin dudar de ella un instante—. El hecho de que me hayas dicho libremente lo mismo dos veces me hace pensar que me mientes para distraer mi atención.

—No miento.

—Demuéstralo —la desafió él—. Has hecho un trato con el diablo, Scheherazade. Cuéntame tus aventuras amorosas y, tal vez, te deje ir.

Rohan prácticamente veía que los engranajes de su cerebro se ponían en funcionamiento para barajar sus opciones. La verdad o una elaborada mentira. Esperó pacientemente.

—Mi primer amante fue el profesor de música de mi hermana —respondió ella al cabo de un momento—. Aún vivíamos en Faubourg Saint-Martin. Mi madre tenía amigos muy generosos y éramos... felices. Éramos de la misma edad, diecisiete, y muy apuesto, con un largo pelo rubio y los ojos azules. Sus caricias eran muy tiernas. Me quería —terminó sencillamente.

—¿Y cómo se llamaba ese dechado de virtudes?

—Pascal de Florent —contestó ella sin vacilar, y por un momento casi la creyó.

—Déjame sitio.

Ella lo fulminó con la mirada.

—¿Por qué?

—Porque vas a contármelo y quiero estar cómodo. Este diván es lo bastante grande para los dos, a menos que quieras que pasemos a la cama. ¿No? Pues muévete y déjame sitio.

Ella vaciló, pero estaba claro que había conseguido aplacar sus ganas de llorar. Se movió y él se tendió en el diván junto a ella.

—¡Ay! —exclamó Elinor—. ¿Es necesario que llevéis tantas condenadas joyas?

—Pues claro que no, paloma mía —se desabrochó los botones en forma de diamantes engastados de la casaca y se la quitó. Había elegido una de las casacas menos rígidas para la velada, para asegurarse de que pudiera quitársela sin ayuda. La dejó caer en el suelo, sonriendo tibiamente al pensar en lo que diría su ayuda de cámara.

Se reclinó nuevamente muy cerca de ella.

—¿Podemos continuar?

Ella se volvió hacia él. A pesar de la tenue luz de la vela, Rohan pudo verla con claridad, las motas doradas de sus díscolos ojos castaños. Se preguntó si alguna vez se ablandarían.

Finalmente se reclinó junto a él. Estaban tan cerca de sus hombros... Elinor trató de apartarse, pero no tenía espacio.

—Bien, después llegó uno de los jóvenes admiradores de mi madre...

—No tan deprisa, preciosa. Vas a contarme una historia. Las aventuras de una doncella impura. Quiero oír todos los detalles. ¿Te enamoraste del profesor de música?

—Pues... claro que sí —hizo una pausa—. Era muy apuesto y gentil.

Rohan pensó que aquéllas no eran las palabras que se usarían para describir a un amante.

—Pues cuéntamelo. ¿Dónde teníais vuestras citas secretas?

Aquello debería resultarle fácil. No dudaba de la existencia real del profesor de música, ni de que fuera apuesto y gentil. Sin duda había pasado muchas horas fantaseando con él. Sin duda, él no la había tocado.

—Al principio usábamos mi dormitorio. Se escabullía después de la clase.

—¿Cómo fue, preciosa? ¿Te dolió?

Ella se volvió y lo miró con absoluta repulsión.

—Por supuesto que dolió. Pero eso no tiene nada que ver con que exista amor verdadero.

—Claro que no —contestó él con tono tranquilizador—. Entonces te desfloró en tu cama y fue tierno y maravilloso. Y doloroso. ¿Cuántas veces lo hicisteis?

Ella frunció el ceño.

—Una.

—¿Una vez la primera vez o sólo una vez con el profesor de música?

Rohan prácticamente podía sentir el enfado de Elinor. Desafortunadamente su cuerpo estaba pegado al de él, y por mucho que intentara separarse, el calor de su pierna contra la de ella, la sensación de su cuerpo junto al de ella, aun con todas aquellas capas de ropa entre los dos, ayudó a que se relajara un poco su tensión.

—Muchas, muchas veces —dijo apretando los dientes—. Lo hicimos en mi dormitorio, en el salón de música, en...

—¿Dónde, dentro del salón de música?

Ella volvió a mirarlo con repulsión.

—Debajo del pianoforte. Encima del pianoforte. Lamentablemente, nana Maude nos pilló, mi madre lo despidió y no volví a verlo.

—Qué trágico —murmuró él—. Pero encuentro estimulante tu inventiva. ¿Y después del profesor de música?

—Después llegó un actor de la Comédie Française. Se llamaba Pierre Duclos y era bastante apuesto, con el pelo oscuro y una sonrisa angelical.

Rohan se lo estaba pasando en grande. Scheherazade sabía contar historias entretenidas, pero no eran más que eso, historias.

—Al parecer te gustan los hombres atractivos. Suerte para mí.

Ella lo miró.

—No sufrís de falta de seguridad, ¿verdad?

—¿Por qué? Es una pérdida de tiempo. Los dos sabemos que soy un hombre exquisito —giró con gracia la muñeca haciendo revolotear los puños de encaje—. Mi ayuda de cámara se esfuerza muchísimo en que siempre tenga un aspecto impecable. Le afligiría mucho saber que ha fracasado. Lo mismo debería deshacerme de él.

—No ha fracasado —respondió Elinor, enfurruñada—. Estáis espléndido. Tanto que todos palidecen a vuestro lado, como un pavo orgulloso real rodeado de gallinitas marrones.

—¿Te ves como una gallinita marrón, cariño?

—Pensar en mí en esos términos sería un error muy grave —contestó ella, aparentemente indiferente.

Él se recostó contra el costado del diván y le sonrió.

—Yo no suelo equivocarme, preciosa. Y no te he subestimado desde el momento en que te vi. Sé perfectamente lo peligrosa que eres.

—¿Entonces por qué no dejáis que me vaya?

—¿Dejar que te vayas? No sabía que te tuviera prisionera. ¿Y adónde quieres ir exactamente?

Ella se mordió el labio, lo que lo irritó bastante. Quería ser él quien le mordiera el labio.

—¿Seríais tan amable de hospedarme en vuestro castillo?

—Podría ciertamente —dijo él con seriedad—. Puedo hacer que Charles te lleve a primera hora de la mañana.

—¿Podéis? —dijo ella, esperanzada. Rohan casi se detestó por aplastar sus esperanzas.

—Tampoco es aconsejable subestimarme a mí. Puedes irte, y Charles traerá a tu hermana para que te sustituya.

Ella lo miró con ojos entornados.

—Sois un bastardo, ¿lo sabíais? Un monstruo manipulador y sin corazón.

—Oh, yo no diría tanto. No soy un monstruo. Ni siquiera un mal hombre, diría yo. Simplemente no soy muy bueno —y diciendo esto le tomó una de las manos frías y flácidas, y se la llevó a los labios antes de que ella la retirara de un manotazo. Él no cedió, pero la depositó encima de sus faldas con dedos de acero, inflexibles.

Elinor inspiró una profunda bocanada de aire, intentando calmarse. Rohan casi se la imaginó contando hasta diez en un intento por no perder los estribos. Ya era mala suerte que a él le gustara despertar su ira. Le gustaba la idea de despertar otro tipo de sentimientos en ella, como la excitación, y eso era precisamente lo que se proponía. De una forma lenta, pero segura.

—Cuéntame la historia de ese guapo actor. Le he visto actuar. Es realmente bello, aunque su forma de actuar es mediocre. ¿Cómo se produjo el encuentro que derivó en aventura?

—Fácil. Le envié una nota en la que alababa su forma de actuar y le propuse que nos viéramos. Y así ocurrió.

—¿Y qué hicisteis?

Ella lo miró con calma.

—Fornicar —contestó ella.

Él soltó una suave carcajada.

—No sabía que conocieras la existencia de la palabra, querida.

—Solía pasar mucho tiempo en los establos.

—¿Y cuáles son tus posturas preferidas?

Rohan vio la momentánea confusión en los ojos de Elinor y disimuló una sonrisa.

—Pues... las que a él le apetecieran. Solía mostrarme bastante flexible.

—Estoy seguro de que lo eres —dijo él con tono tranquilizador—. ¿Y después de él? ¿La corte reunida del rey Luis?

Elinor podía fulminarlo con sus cálidos ojos castaños, pero nunca podrían mostrarse tan fríos como él sabía que podían ser los suyos.

—¿No me creéis? —exigió saber, claramente ofendida.

—Oh, imagino que hay algo de verdad en tu intrincada historia. Es evidente que estabas enamorada del profesor de música de tu hermana, puede que os dierais algún que otro beso. En cuanto a Duclos, rotundamente prefiere la compañía de los hombres.

—¿Seguís pensando que soy virgen?

—Sé que no lo eres, cariño. Simplemente me estás mintiendo acerca de cómo perdiste esa parte de tu anatomía particularmente inútil.

—¿Qué es lo queréis, milord? ¿Por qué no dejamos esta charada, decís qué es lo que queréis y yo os lo doy?

—¿Y eso qué tiene de divertido, palomita?

Ella se mordió de nuevo el labio y él no pudo soportarlo más.

—No hagas eso —le dijo con brusquedad, posando los dedos en su labio inferior para detenerla.

Elinor le mordió el dedo. A propósito. Él debería haber apartado la mano, pero no lo hizo.

Tenía unos dientes blancos muy fuertes y le mordió con ganas. Él no se movió.

—Criatura —dijo él con voz engañosamente cansina—, si no fuera porque aún me queda un ápice de inoportuna decencia, te tumbaría sobre este diván, te levantaría las faldas y te tomaría aquí mismo, ahora mismo, sin hacer caso de tus forcejeos. ¿Acaso no te dijo ninguno de todos esos amantes tuyos lo erótico que es morder?

Ella lo soltó al momento. Él sonrió amablemente.

—Por favor, idos, *monsieur le comte* —dijo con formal educación—. Debéis estar cansado ya de este juego absurdo e intrascendente.

—Mis juegos no son nunca intrascendentes, siempre y cuando me entretengan.

Ella cerró los ojos un momento totalmente frustrada.

—Esta casa está llena de hermosas mujeres...

—No hay tantas —dijo él con franqueza, reclinándose—. Aún queda un día para que den comienzo los festejos formalmente. Ahora mismo no debe de haber más de media docena de bellezas en la casa.

—¿Y por qué no vais a importunar a una de ellas? —le espetó.

—Porque no deseo a ninguna de ellas, cariño. Te deseo a ti.

Ella produjo un sonido deliciosamente parecido a un gruñido.

—No, no me deseáis.

Rohan no le había soltado la mano, pero antes de que Elinor pudiera hacerse una idea de lo que planeaba, la levantó y la colocó sobre su miembro lamentablemente duro.

Ella trató de apartar la mano, pero él apretó y no le dio más opción que dejarla donde estaba.

—Éste no es el miembro de un hombre que no te desea, palomita.

Elinor dejó de forcejar momentáneamente, y sus ojos se encontraron con los de él. Fue un momento de intimidad inusitada, algo que normalmente evitaba. Formaba parte del provocador peligro que tenía aquella muchacha. Elinor se quedó inmóvil, mirándolo, respirando entrecortadamente.

—No te muevas —dijo él con suavidad.

—¿Por qué? —preguntó ella en un susurro.

—Porque voy a besarte, sólo una vez, y después te dejaré tranquila durante... unas horas, tal vez. Si te mueves demasiado, podrías inspirarme para hacer algo más que besarte, y eso...

Elinor acalló el arrastramiento de palabras cubriéndole la boca con la suya. Era el primer beso que iniciaba ella, un beso encantadoramente torpe. Sus dulces labios ni siquiera estaban centrados en su objetivo. El miembro de Rohan palpitó bajo la mano de ella, que respingó sobresaltada.

—Y ahora, idos —dijo—. Lo prometisteis.

Él sonrió fríamente.

—No sabía que hubiera hecho una promesa, pero me basta por ahora. Puede que la próxima vez me cuentes la verdadera historia de tu desfloración.

Ella le sostuvo la cristalina mirada con actitud desafiante.

—¿Y por qué habría de hacerlo?

—Porque quiero saber cómo fue. Y siempre consigo lo que quiero, cariño —se inclinó y le rozó los labios en un suave beso, demorándose sólo un momento. Luego le quitó la mano de su entrepierna y se levantó—. *À bientôt*. Seguiremos mañana.

Ella se quedó mirándolo con ojos entornados que impedían ver su expresión.

—Tal vez mañana hayáis recuperado la conciencia o la cordura, y dejéis que me reúna con mi hermana.

—Mi conciencia ardió en las llamas del infierno hace mucho años.

—¿Y vuestra cordura?

—Estoy —dijo—, loco por ti, muñeca. Y no creo que cambie de opinión hasta que te consiga. Pero no te preocupes. No te voy a forzar. La caza es tan deliciosa como la captura.

Le soltó entonces la mano con toda dulzura y se alejó tranquilamente hacia la puerta, la abrió y se guardó la llave.

—Buenas noches, querida mía.

Estaba leyendo cuando llegara. Tomó el libro y se lanzó en una encantadora demostración de su fuerte carácter. Él le lanzó un beso a ella y desapareció en la galería, con una sonrisa en su rostro habitualmente impasible.

CAPÍTULO 19

Francis Rohan se subió muy despacio al estrado del gran salón de baile, escrutando a los invitados que se habían congregado allí. Conocía a la mayoría. Había que dar la bienvenida a unos cuantos miembros nuevos y hacía tiempo que había perdido el interés en investigarlos. Rolande se encargaba de hacerlo. Los recién llegados se habían colocado en una fila, ataviados todos como monjes y unidos unos a otros mediante las cuerdas que llevaban a la cintura. Los habían colocado alternando hombre y mujer, muy oportunamente, aunque dudaba mucho que siguieran así mucho rato. Se sentó en su sillón y trató de no tamborilear los dedos bajo los puños de encaje. Luego observó el ridículo ritual: beber de la copa sagrada, una vulgar pieza de cristal con forma de falo. No estaba muy seguro de lo que Rolande tenía planeado a continuación y tampoco le importaba especialmente, siempre y cuando él no tuviera que mirar. Se quedaría allí el tiempo suficiente para que sus invitados se escabulleran a dedicarse a sus pasatiempos favoritos y después iría a ver a su remisa invitada, algo que le resultaba mucho más interesante.

Sólo una cosa le llamó la atención. Parecía que Marcus Harriman, barón Tolliver, no estaba. Se suponía que era uno de los miembros nuevos. Al parecer había estado entre los invitados en el castillo de Giverney durante los últimos festejos y había estado a la altura. Sin embargo, parecía haber decidido ausentarse de la Fiesta de la Primavera. No era eso lo que le había dicho Rolande.

Pero no tenía intención de preocuparse. Elinor lo había visto sólo una vez y no le había ofrecido ningún tipo de ayuda. Si se sentía responsable por la diezmada familia Harriman, parecía haberlo olvidado, o sin duda le habría exigido que soltara a Elinor de sus garras lujuriosas.

Excepto que a lord Tolliver la lujuria le interesaba tanto como a él. Quizá más. El objeto de la lujuria de Rohan, sin embargo, era sólo uno, mientras que, según lo que le habían contado, Tolliver era mucho más generoso.

Aquel —¿retozar lo había llamado Elinor?— se prolongaría durante dos semanas. La idea le resultaba agotadora. Por lo menos, él no tendría que hacer acto de presencia más de una vez al día, para proclamar el lema y marcar el comienzo de los festejos. Eso hizo en ese momento. Se levantó, magnífico a la luz de las velas con su casaca bordada en hilos de oro.

—*Fais ce que tu voudras* —pronunció—. Haz tu voluntad.

La atronadora ovación hizo temblar las llamas de las velas, y Rohan sonrió tibiamente.

Acto seguido se dio media vuelta y se marchó, justo cuando las puertas contiguas se abrían y los festejos daban formalmente comienzo.

Charles Reading estaba en la biblioteca, tendido transversalmente en uno de los sillones de cuero, balanceando una pierna. Tenía una copa de Burdeos en la mano.

—¿No te has quedado? —le preguntó despreocupadamente.
—Ya lo ves. ¿No has asistido?
—Ya lo ves —respondió Reading con serenidad—. ¿Nos estamos haciendo viejos, Francis?

—Muchacho, eres un niño comparado conmigo —protestó Rohan.

—¡Déjalo ya, Francis! —dijo el otro con pereza—. Sólo tengo ocho años menos. No soy ningún niño. Me pregunto por qué te gusta considerarte más viejo y más sabio que los demás. Su Excelencia el duque de Leicester está aquí esta noche, y creo que ya ha cumplido los ochenta.

—Tengo entendido que lo que más le gusta a tan avanzada edad es mirar sencillamente —dijo Francis, sirviéndose una copa.

—No hay nada de malo en ello.

—¿Entonces por qué no estás ahí, mirando? A lo mejor te ayuda a quitarte otras cosas de la cabeza.

Charles le dirigió una mirada envenenada.

—¿Qué otras cosas?

—Cosas como ese patético cariño que sientes hacia la hermana de Elinor.

—Conque Elinor, ¿eh? No sabía que fuerais tan íntimos vosotros dos —dijo Charles con un toque de mofa.

Rohan se negó a ofenderse por aquello.

—Estoy disfrutando mucho del ascenso a la cumbre, querido amigo. Imagino que perderé el interés cuando la alcance, de modo que lo estoy posponiendo todo lo que puedo. ¿Y tú? Confío en que alguien más... asequible te haya llamado la atención.

—No.

—¿No? —repitió Rohan fingiendo estar horrorizado—. Querido muchacho, estás enfermo. «No me hables de la constancia, esa frívola pretensión».

—Tú no sabes lo que eso —dijo Reading en un tono bastante poco ecuánime.

—Verdaderamente soy «tan constante como una estrella polar» —citó Rohan alegremente—. «Nada es constante en este mundo sino la inconstancia».

—No estoy de humor para versos, Francis —dijo Charles.

—Querido muchacho, parece que estás de mal humor. Tal vez sería mejor que te acercaras al castillo de Giverney y cedieras a la tentación —le sugirió.

—¿Y arruinar su reputación?

—¿Desde cuándo se preocupan por eso los hombres como nosotros? *Fais ce que tu voudras,* muchacho. Haz tu voluntad. Ella no pondrá objeción, te lo prometo.

Reading giró la cabeza y clavó en su amigo su penetrante mirada.

—¿Qué quieres decir con eso?

—¿Me vas a retar a duelo, Charles? No he querido decir nada más que la pobre muchacha está enamorada de ti, y si así lo quieres, podrías aprovecharte de ello.

—No —respondió lacónicamente el otro—. Vamos a cambiar de tema.

—Claro. Haz tu voluntad —dijo Rohan con malicia—. ¿Eso ha sido un gruñido?

—Estuve echando un vistazo por la calle en la que te dispararon —dijo en tono grave, cambiando efectivamente de tema—. Me voy a abstener de decir que hubiera preferido que te dispararan más de cerca, pero es que a veces eres de lo más irritante, Francis.

—Forma parte de mi encanto.

—No creo que el disparo fuera un accidente. Era un disparo difícil, lo que me lleva a preguntarme por el tipo de persona que trata de llevarlo a cabo. Podría haberle dado a cualquier otra persona que viajara contigo en el carruaje, y fue deplorable.

—Deplorable —repitió Rohan con tono suave.

—¿Quién tendría tantas ganas de matarte?

—¿Aparte de ti en este momento? Me vienen a la cabeza los dos hombres que ansían conseguir mis títulos. Mi querido primo francés Etienne estaría encantado de verme muerto. Heredaría el título, las propiedades y ya no tendría que mancharse las manos tratando con el pueblo llano. Ese hombre es un esnob insufrible. Considera al populacho una especie infrahumana, creada sólo para servirlo.

—¿No somos todos así?

—Cielos, no me digas ahora que eres reformista —dijo Rohan profundamente afligido—. Yo prefiero que mi persona contribuya a un mundo más justo. Mis sirvientes me tienen miedo, y con razón. Nunca tengo que hacer nada para demostrarles lo execrable que puedo ser.

—Todo el mundo te tiene miedo y con razón, Francis.

—Excepto tú, muchacho —se detuvo un momento y añadió—: Y Elinor. Creo que eso forma parte de su encanto. ¿Te tiene miedo la señorita Lydia?

—No vamos a hablar de ella —contestó Reading con tono apagado—. ¿Crees que Etienne podría estar tras el intento de asesinato?

—Probablemente no. Me da la impresión que él sería más bien de usar veneno. No digo que sea imposible, pero no sería mi primera opción —Rohan se levantó y se sirvió otra copa de vino. Sostuvo el decantador en alto en una pregunta silenciosa y Reading aceptó la invitación adelantando la copa.

—¿Quién más?

—Está mi querido primo inglés, el que se atribuye equivocadamente mi título —dijo Rohan con una mueca de desprecio—. El encantador Joseph Hapgood.

—Contigo muerto no tendría que reclamar nada. Sería suyo sin obstáculos —señaló Reading.

—Ya hace uso del título sin obstáculos de ninguna clase, siempre y cuando yo siga exiliado so pena de muerte —dijo Rohan a la ligera—. Y no me apetece que me separen la cabeza del tronco en Tower Hill.

—Algo se podría hacer al respecto. Podrías acudir al rey...

—Dudo que el presunto rey me haya perdonado haberme

rebelado. Y mi caso podría resultarle demasiado familiar. ¿Un hombre a quien roban su título y un heredero legal que reclama lo que es suyo? —Francis sacudió la cabeza—. No creo que fuera magnánimo.

—Francis —dijo Reading con un tono inusualmente suave—, lo de Culloden pasó hace más de veinte años.

—Un abrir y cerrar de ojos, muchacho. ¿Qué te parece si hacemos un trato? Yo me abstengo de hablar de la señorita Lydia si tú dejas en paz el tema de mi lamentable pasado. Ya no me importa lo que ocurrió. Las causas perdidas son dolorosas. Volvamos al asunto del intento de asesinato. No va a ser Joseph Hapgood. ¿Te dije que me hizo una visita hace unos años? No recuerdo dónde estabas. Un hombre encantador. Odia Yorkshire. Él es granjero, ¿sabes? Tiene unas vastas propiedades en Cornualles, una esposa rechoncha y ocho hijos. Puede que más a estas alturas. Exhaustivamente fértil, tanto en cuestión de agricultura como en hijos. Dice que, en realidad, él nunca quiso el título ni las responsabilidades.

—¿Y lo creíste?

—Ciertamente. Creo que sigue teniendo un tufillo a estiércol. Renunciaría al título alegremente si pudiera.

—¿Y qué le dijiste?

—Que nunca pensé en él para el título en primer lugar —dijo Rohan con dulzura—. No muy considerado por mi parte en aquellas circunstancias, pero es de ese irritante tipo de hombres que se niegan a sentirse ofendidos. Y traté denodadamente de que se ofendiera. Así que no, él no me mataría para asegurarse de que no vaya a reclamarle el título. Preferiría no tenerlo.

—Eliminamos un sospechoso entonces. ¿Quién más?

Rohan se encogió de hombros.

—No tengo ni idea. Tengo una teoría totalmente opuesta, una teoría sin fundamento ni sentido, pero no he podido deshacerme de ella. Supón que no fuera yo el objetivo.

—¿Piensas que alguien trataba de matarme a mí? —Reading elevó una ceja—. Déjame decirte, Francis, que yo no puedo alardear de tener tantos enemigos como tú.

—Tú no, muchacho. Mi querida señorita Harriman. Acababa de llevarla a casa en aquel mismo carruaje poco antes. ¿Y si el asesino pensó que estaba en el carruaje conmigo y a quien quería matar era a ella?

—¿Y por qué querría alguien matar a la señorita Harriman?

—No tengo ni idea, pero ya sabes que siempre he sido una criatura imaginativa, y no he logrado descartar por completo la idea. También tengo mis dudas acerca del incendio. Lady Caroline no podía moverse ni hablar mas que en momentos de extrema agitación, y su cama estaba bastante alejada del fuego. ¿Cómo se las arregló para escapar e iniciar el fuego?

—¿Es eso lo que creen que ocurrió?

—Así es. Está claro que el fuego no se originó solo. Lo que significa que también pusieron en peligro a tu dulce Lydia.

Vio que Reading se ponía rígido durante un momento y que a continuación se relajaba deliberadamente. «Un hombre patético», pensó Rohan. Enamorado como un tonto, hechizado por unos ojos azules y un lindo rostro. Que el Señor no quisiera que él se obsesionara así con alguien.

—Eso no responde a la pregunta —dijo Reading—. ¿Por qué querría alguien matar a la señorita Harriman?

—¿Qué sabes del nuevo barón Tolliver? —le preguntó Rohan.

El contrato descansaba sobre la mesa, en elegante papel de tamaño folio, escrito con una preciosa caligrafía. La señorita Elinor Harriman se compromete a instalarse en la Maison de Giverney hasta pasada la Cuaresma, mientras que su hermana lo haría en el castillo. Y su firma en la parte inferior, escrita con trazo hostil.

No era el primer contrato que firmaba. Mientras que la mayoría de la gente entre la clase trabajadora de París se conformaba con un apretón de manos, seguía habiendo un buen número de asuntos referentes a su madre y su variopinta familia que habían requerido la redacción de un contrato de una u otra forma.

Y estaba a punto de incumplir uno.

Podía tratar de convencerse de que era culpa de él. Que la había obligado y chantajeado, y que ella sólo hacía lo que tenía que hacer. Se lo tenía merecido.

¿Qué se sentiría siendo una mujer sin principios?

Carecía de importancia. Alguien en aquella enorme casa se había apiadado de ella. Se había encontrado una capa corriente y unas botas nuevas ocultas dentro de la cama, como una almohada, junto con una bolsa llena de monedas y una nota: *Escapad cuando podáis*. Sería estúpida de no hacerlo.

Tenía amigos dentro del personal de aquella casa. Sabía que Willis y Jeanne-Louise sentían compasión por su situación.

Pero no era muy probable que ninguno de los dos supiera escribir, sobre todo con aquella pulcra caligrafía masculina.

Y entonces se le ocurrió. El señor Reading. Estaba enamorado de Lydia, aunque por alguna razón mantenía las distancias. Tal vez considerara una forma de ganarse el favor de su dama rescatar a su torpe hermana. El problema con aquella teoría era que el favor de Lydia ya estaba ganado y que era el señor Reading quien se mostraba inseguro.

«Lo de escapar está muy bien», pensó enojada. «¿Pero adónde voy aunque consiga salir de la casa?». Lo más obvio sería ir al castillo y liberar a Lydia. La señora Clarke no la detendría. ¿Pero cómo salir de allí cuando era prisionera? No sabía cómo hacerlo sin enemistarse con Jeanne-Louise, o, que Dios la perdonara, con el propio Rohan. Siempre estaba rondando por los corredores como un murciélago, dispuesto a atacar.

No sabía si los murciélagos atacaban o no. Y Rohan no se parecía en absoluto a uno de esos animales tan parecidos a las ratas, especie por la que no sentía ningún aprecio.

Rohan se parecía más a una especie de felino. Cuando era pequeña, nana Maude la llevó a una exposición de animales salvajes en Hyde Park. Había todo tipo de enormes y exóticos felinos. Rohan no era un león, sino que se parecía más a alguna de las otras especies. Un elegante gato negro y muy peligroso, con crueles ojos y una extraña belleza.

Y ella era un ratón. Un ratón que gruñía. Y tenía dientes. Un ratón furioso dispuesto a defenderse.

Por primera vez en lo que le pareció una eternidad se rió.

—¿Qué es lo que te hace tanta gracia, preciosa?

Elinor dio un respingo. Ya no cerraba con llave las puertas ni las atrancaba. Rohan siempre encontraba la manera de entrar. En esa ocasión lo hizo con toda tranquilidad a través del vestidor, moviéndose con absoluto silencio como... un gato.

Se rió sin poder evitarlo. Una vez allí, le resultaba muy difícil recuperar la compostura.

—Estaba pensando en vos, milord —contestó ella con tono melifluo.

Él enarcó una ceja. Estaba particularmente elegante esa noche, y entonces se acordó de que esa noche se iniciaban los festejos.

—¿Estabas pensando en mí y te reías? Un golpe duro para mi autoestima.

—En realidad me reía de mí. Os estaba imaginando jugando conmigo como un gran felino, pero en vez de ser un tímido ratoncillo, yo me defendía siseando y mordiendo.

—¿Siseando y mordiendo, cariño? Creo de verdad que no conoces tus encantos.

Elinor resopló, algo que nana Maude siempre reprobó.

—¿A qué debo el honor de vuestra visita, milord? Vuestra vasta orgía comienza esta noche. ¿No deberíais estar planeando arruinar la reputación de alguna inocente?

—Y eso es lo que estoy haciendo, palomita —se sentó en el diván y echó un vistazo a su alrededor con mucho interés. Elinor dio las gracias a Dios por haber tenido el sentido común de ocultar las ropas y el dinero—. ¿Qué has estado haciendo para pasar el rato? Hice que te trajeran una amplia selección de libros.

—Maravillosos, aunque entre ellos había algunos volúmenes ilustrados que no son de mi gusto. Desconozco las antigüedades de las que han sacado las ilustraciones y dudo mucho que semejantes contorsiones puedan llevarse a cabo en realidad. Permitidme que dude también del tamaño de ciertas partes de la anatomía de algunas de las personas representadas —consiguió reprimir el sonrojo que le subiría al rostro cuando abrió los libros.

—Bueno, es que muchos de ellos son dioses —contestó Rohan como si tal cosa—. Los dibujos se tomaron de ruinas romanas y templos de la India. Podemos estudiarlos juntos y así podré decirte qué aspectos están exagerados y cuáles no. Yo sí creo que la mayoría de las posturas son posibles. Podría dejarme convencer para llevar a cabo algunas de las más inverosímiles.

No le hizo ningún bien fulminarlo con la mirada.

—Me parecieron muy... instructivos, pero ya os los podéis llevar. No me servirán para la vida que tengo intención de llevar.

Elinor sintió que se sonrojaba. Desafortunadamente estaba recordando una lámina en particular en la que una joven, vestida únicamente con un cinturón de plata, estaba situada a horcajadas sobre un caballero indio de asombrosas proporciones. Parecía muy contenta en aquella postura y ella había imaginado inconscientemente a Rohan en el lugar del caballero.

—Ya veo. ¿No tienes intención de procrear? —murmuró Rohan.

—Esos libros no trataban de la procreación, sino de... —dejó las palabras en el aire incapaz de terminar la frase.

—¿Lujuria? ¿Depravación? ¿Perdición? —ofreció Rohan siempre servicial.

—Placer —contestó ella.

Acababa de sorprenderlo otra vez, lo que casi hacía que mereciera la pena tocar tan peligroso término.

—Discúlpame, mi querida Elinor. ¿Acabas de equiparar placer con copular?

—Debe de proporcionar placer —respondió con franqueza—. ¿Por qué se empeñarían en seguir haciéndolo si no? ¿Por qué habríais de seguir dando estas ridículas fiestas en las que la gente puede fornicar en público si no hallaran placer en ello?

Él le sonrió con una sonrisa encantadora que con seguridad habría seducido a un centenar de mujeres. O más.

—Hay mucho placer en ello, criatura. Me he ofrecido a enseñártelo más de una vez.

—Puedo pasar sin conocer ese placer, milord.

—Yo creo que no —replicó él suavemente. Había un brillo en sus acerados ojos azules que no se correspondía con aquella tibia y encantadora sonrisa y, por un momento, se dejó cautivar por aquella mirada. Entonces desapareció—. ¿Entonces por qué no me cuentas la verdad sobre ese escabroso pasado tuyo, querida mía? ¿Sabes? No me creo tus historias de profesores de música y actores. Serías mucho más receptiva a mis insinuaciones si fuera cierto que sabes lo que es... ¿cómo has dicho antes?... el placer.

Se recordó que iba a escapar de allí. Tenía el dinero suficiente para huir de él, el suficiente para comprar un pasaje a Inglaterra si eso era lo que quería. Él no podía regresar a su país, allí estaría totalmente a salvo.

Si decirle la verdad, algo que no le había contado jamás a nadie, servía para mantenerlo ocupado durante esa noche, que así fuera. Tomó una profunda bocanada de aire decidida a calmarse y no dejarse llevar por las emociones.

—Mi madre me vendió a un amigo suyo, un caballero que le tenía tanto miedo a la gonorrea que sólo se acostaba con vírgenes. Le serví durante tres meses, hasta que se cansó y me buscó sustituta.

—Ya —dijo él sin poner cara de espanto—. ¿Fue amable contigo?

—No. No me hablaba. Sólo copulaba como una bestia en celo.

—¿Y cuántos años tenías, palomita? —preguntó con voz aterciopelada.

—Acababa de cumplir diecisiete. No hace falta que os compadezcáis por mí. Yo acepté hacerlo. Acepté convertirme en una puta.

—¿Y por qué lo hiciste?

—Mi madre dijo que el hombre prefería a Lydia.

—Ah. ¿Y cómo se llamaba el caballero en cuestión?

Si le hubiera mostrado lástima, le habría resultado insoportable. Su serena curiosidad tuvo el efecto calmante deseado. Permitió que Elinor siguiera con su historia con tranquilidad e indiferencia.

—¿Por qué queréis saberlo?

—Simple curiosidad, palomita. ¿Su nombre?

—Sir Christopher Spatts. Regresó a Inglaterra, creo, y se casó.

—¿Se casó? —Rohan estaba muy tranquilo, casi de una forma antinatural—. ¿Y tu madre siguió vendiéndote a sus demás conocidos?

—No. He llevado una vida de bendito celibato desde entonces. No estoy hecha para ser cortesana. A sir Christopher sólo le servía porque era virgen. Sin eso y sin una cara bonita no tenía ningún valor para nadie.

Por alguna razón quería que él dijera algo. Que le dijera que para él sí tenía valor. ¡Dios bendito, quería que le dijera que era bonita! ¡Qué patético!

Rohan se levantó. Estaba realmente elegante con aquella casaca bordada en oro.

—Tenía intención de continuar con tu educación, mi querida Elinor, pero me acabo de acordar que tengo algo más importante que hacer. Sé que te destrozará saber que no voy a enseñarte nada referente a tus pechos esta noche, pero habrá más ocasiones.

Era extraño, pero sus palabras le provocaron un súbito y absurdo cosquilleo en los pechos, como si se los hubiera acariciado casi. En las láminas había visto a hombres adultos chupar los pechos de una de las mujeres como si fueran lactantes. Verlo la había sorprendido. En ese momento, con la tensión que sus palabras le habían provocado de forma inexplicable, empezaba a comprender el porqué.

Rohan atravesó la habitación con su elegancia innata; ella no se movió del sillón, ni siquiera respingó cuando le acarició la cara con una de sus esbeltas manos.

—Pobre, muñeca —dijo con suavidad—. Sin nadie que la resarza de los agravios.

Elinor deseó girar la cabeza y darle un beso en la palma. Estaba loca.

—Mi madre está muerta, señor. Creo que fue ella quien me vendió.

—Desde luego —murmuró él vagamente—. Te dejaré

descansar esta noche. Ya seguiremos mañana con tu educación.

—¿Y si yo no quiero aprender? —dijo ella, intentando no estremecerse ante el contacto.

Él le sonrió con franqueza y dijo:

—Querrás, pequeña. Te aseguro que querrás.

CAPÍTULO **20**

Francis Rohan avanzó por las vastas galerías de la Maison de Giverney entre el repiqueteo de sus enjoyados zapatos de tacón sobre el suelo de madera. Ya no se molestaba en tratar de andar con aquella ridícula afectación. La mayoría de sus invitados se habían retirado ya a lugares más íntimos, y los que todavía seguían retozando en público estaban demasiado absortos en sus parejas de juegos para fijarse en que el Rey del Infierno se paseaba entre ellos.

Encontró a Charles en una de las mesas de juego, mirando su mano con absoluta falta de entusiasmo. Se volvió interrogativamente al ver que Rohan se detenía tras él y un vistazo a su rostro le hizo dejar las cartas boca abajo sobre la mesa y levantarse, para seguir a su amigo hacia un corredor desierto.

–Tienes una cara horrible –dijo Charles–. ¿Tan mala es tu «muñeca» en la cama?

Rohan lo miró con comedimiento.

–¿De verdad quieres hablar de la hermana de tu amor verdadero con tanta ordinariez?

–No es mi amor verdadero –replicó Charles–. Y teniendo

en cuenta los esfuerzos que estás dedicando a conseguir a Elinor Harriman, creo que la pregunta no estaba fuera de lugar.

—Pues dilo de otra manera —le advirtió Rohan con una acerada nota en la voz.

Charles lo miró larga y pensativamente.

—Lo mismo te digo —dijo finalmente, contrito, pero sin dar tiempo a Rohan a decir nada añadió—: ¿No te ha ido como tu esperabas con la señorita Harriman?

—Hemos tenido una pequeña conversación. Debo hacer algo y necesito tu ayuda.

—¿Qué es?

—Tengo que matar a un hombre.

Los ojos soñolientos de Charles se abrieron desorbitadamente.

—¿Alguien en particular?

—El gordo que se ha unido al grupo esta noche. Sir Christopher Spatts.

—No voy a poner objeción, te lo aseguro —replicó Charles—. Un hombre desaliñado. Y corre el rumor de que es un ser con gustos ciertamente despreciables.

—¿Como qué?

—Como su preferencia por los niños, cuanto más jóvenes mejor. Quedó muy decepcionado cuando se enteró de que aquí no se permitían niños, pero decidió que ya buscaría otra forma de recibir placer. ¿Por qué?

Rohan no contestó.

—¿Tienes idea de dónde está en este momento?

—Creo que se fue con el joven Wrotham.

—¿Adónde?

—Madre mía, ¿pero qué es lo que ha hecho? —murmuró Charles, entornando los ojos—. Por Dios bendito, hombre, ¿llevas la espada? No puedes enfrentarte a él. No es rival para ti. Sería asesinato.

—Bien —dijo Rohan—. ¿Dónde está?

Charles se quedó inmóvil un momento y, al cabo, asintió.

—Ven conmigo.

Elinor pensó que aquél era tan buen momento como cualquier otro para escapar. Ya le había hecho la visita nocturna de todos los días, aunque irse sin tocarla, sin intentarlo siquiera, era diferente. Lo comprendía perfectamente. Le había contado lo que le había sucedido seis años atrás y le había dado asco. El atractivo exótico que aquel hombre veía en ella, que aunque particularmente no acertaba a comprender, había llegado a aceptar que existía, había desaparecido.

Se acercó a la ventana y miró hacia la calle. Se estaba comportando como una tonta, escapando cuando no había necesidad. Era más que posible que al día siguiente la metiera en un carruaje y la alejara de allí sin dar más explicación.

Igual que todos esos años atrás tras haber estado prisionera en la casa de aquel horrible hombre.

Su prisión actual no se parecía en nada a aquélla y trató de convencerse de que se alegraba de que Rohan se hubiera dado cuenta por fin de que se había equivocado. Simplemente no quería tener que hacerle frente cuando la dejara en libertad.

No, lo mejor sería escapar en ese momento, aprovechando que la casa estaba relativamente tranquila. Oía el ruido de la juerga y otros sonidos en la distancia, pero entonces recordó el frenesí con que se comportaban los invitados de Rohan aquella otra noche, en su castillo, cuando le puso una venda en los ojos.

Era evidente que Rohan estaría tomando parte en aquella algarabía y que se habría olvidado de ella por el momento, quizá para siempre. Cuando saliera de la casa, podría contratar un coche de alquiler para ir hasta el castillo, recogería a Lydia y volverían a Inglaterra donde nadie, al menos una persona en particular, las seguiría.

Se puso la capa alrededor de los hombros. Se había recogido el pelo en una trenza y se la había atado con un lazo. Por alguna razón, Rohan no la había provisto de horquillas y cosas por el estilo a pesar de que la había rodeado de todo tipo de caprichos que pudiera tener. Se puso el vestido más sencillo, puesto que no podía huir vestida con su harapiento y deshecho camisón, y las botas. Luego se guardó las monedas en el bolsillo y echó a andar hacia la puerta, pero se detuvo de pronto. El contrato seguía sobre la mesa, la pluma y la tinta a su lado. Lo tomó con intención de hacerlo pedazos, pero algo se lo impidió. Por alguna absurda razón tomó la pluma, la mojó en tinta y escribió *Lo siento* en la parte inferior de la hoja. A continuación salió al corredor desierto y se dirigió hacia la escalera del servicio.

Fue muy rápido. «¿De qué otra forma podría haber sido?», se preguntó Rohan un tanto aturdido. Era un experto espadachín, ligero de pies, totalmente despiadado. Sir Christopher Spatts era lento, gordo y estúpido, incapaz de comprender que estaba mirando a la muerte a la cara. Pensó que se trataba de un juego más de los muchos que se jugaban en el Ejército Celestial, una prueba más de cómo se mofaban de la vida y la muerte. No empezó a pelear en serio hasta que se dio cuenta de que iba a morir.

Asesinato. Simple y llanamente. No fue una lucha igualada y cuando Rohan le atravesó el corazón con la espada, el hombre chilló como un cerdo. Rohan sintió deseos de gritar de triunfo.

Sir Christopher yacía hecho una piltrafa en el suelo y

Rohan sencillamente se dio la vuelta y se fue, lanzando la espada al otro lado de la habitación. El hombre estaba muerto, ejecutado, como debería haber sido años atrás.

Salió a la terraza cubierta de nieve y miró al cielo intentando calmar los atropellados latidos de su corazón. Necesitaba un tiempo para que se calmaran sus ansias de venganza. Sir Christopher le había acertado un par de veces en un golpe de suerte propiciado por el pánico probablemente, y tenía manchas de sangre en la amplia manga y la pechera de su camisa blanca. Otro conjunto destrozado, pensó con un escalofrío.

Charles se colocó junto a él sin decir nada. Fue Rohan el que habló finalmente.

—¿Está muerto?

—Totalmente. Los padrinos están satisfechos. Ha sido un duelo justo.

Rohan lanzó una áspera carcajada.

—¿Dónde has visto tú la justicia? Ha sido como pelear con un niño.

—Deberías haber dejado que lo hiciera yo —dijo Charles—. No tengo reparos en matar a aquéllos que lo merecen.

Rohan lo miró.

—¿De dónde sacas que yo sí tengo remilgos?

—Francis, te conozco —dijo—. Has aborrecido la muerte y la violencia desde que te conozco. ¿Alguna vez habías matado a un contrincante?

—Yo no me bato en duelo.

—¿Y antes?

Rohan volvió la cabeza y miró más allá del alto muro de los establos.

—Antes fue Culloden, Charles —dijo con tono desabrido—. ¿Tú qué crees? Vi cómo asesinaban a mi padre y mi hermano. Vi ensartar con bayoneta a muchos hombres después de que se hubieran rendido. Vi muerte por todas partes. Vi de lo que eran capaces los hombres y juré que no volvería a quitarle la vida a nadie, por vil que fuera el hombre.

—¿Y qué te ha hecho cambiar de idea? —preguntó Charles—. ¿Por qué no dejaste que yo me ocupara?

—No te correspondía a ti librar esta batalla —miró hacia la casa, avergonzado consigo mismo—. Quiero que...

—¿Qué es eso? —lo interrumpió Charles.

—¿Qué es qué?

—Allí, junto al muro de los establos. Alguien ronda los alrededores. No sé si será un ladrón o una esposa furiosa, pero creo...

Rohan la vio claramente, aunque se ocultaba entre las sombras, segura de que no la vería. Reconoció su forma de andar, de moverse, incluso con aquella horrible capa. Había matado por ella, traicionado todo aquello en lo que creía, y ella se lo pagaba marchándose.

La ira gélida se apoderó de él, una rabia intensa que podría haberlo hecho explotar si hubiera sido un poco menos potente. Miró hacia abajo esperando ver que tenía sangre en las manos. Era la suya. Muy apropiado.

—Vete dentro, Francis —dijo Charles con suavidad—. Ve a buscar a Juliette o a Marianne. Yo traeré a la señorita Harriman de vuelta.

Rohan no quiso ni oír hablar del tema. La ira lo cegaba, nada parecía tener sentido.

—Vete, Charles —dijo con una voz fría como el hielo—. Esto es asunto mío.

Charles lo agarró del brazo y trató de detenerlo.

—No puedo dejar que le hagas daño, Francis.

Rohan le dio una bofetada. La misma bofetada retadora que le había dado a Christopher Spatts en la sonrosada mejilla tras tirarle una copa de vino a la cara.

—En cualquier momento y lugar —dijo con voz macabra.

—Ahora.

Rohan sonrió con maldad.

—No. Esta noche estoy ocupado —y echó a correr tras ella. Charles hizo un último intento de detenerlo agarrándolo por el brazo.

—No puedes hacerle daño —repitió con cierta desesperación.

Rohan se detuvo y se volvió a mirar a su viejo amigo que tan poco lo conocía.

—No pensaba hacerle daño —todo lo que había de insoportable de su vida desapareció dejando lugar sólo a la señorita Harriman. Había sido un tonto y había esperado demasiado. Pues la espera se había terminado—. Sólo voy a terminar lo que he empezado.

Elinor se mantenía pegada a la pared de los edificios. No era muy probable que la vieran. Había luz en las plantas superiores de la casa, pero los alrededores estaban prácticamente a oscuras. No creía que a los que aún estuvieran despiertos les diera por mirar por la ventana cuando podían disfrutar del entretenimiento más decadente en el interior. Seguro que se preocupaba sin motivo.

La Maison de Giverney era enorme, una casa del tamaño de una mansión campestre inglesa en el corazón de París. Los pies ya curados se le estaban congelando. Era una noche fría y seca como el corazón de Rohan. Se arrebujó en la capa y siguió adelante. Los altos muros terminaban en una estrecha verja, y casi le pareció ver un carruaje. Entre la oscuridad y las sombras no podría asegurarlo, pero parecía que su misterioso salvador no se contentaba con haberla ayudado a salir de la casa.

Se disponía a abandonar la protección de los establos cuando una voz y una manera de arrastrar las palabras muy familiares para ella le provocó un escalofrío.

—¿Te he dado yo permiso para que te vayas?

Se giró en redondo, como una tonta, cuando debería haber echado a correr. Rohan esperaba en medio de la oscuridad, una silueta nada más, pero había algo en su voz que le provocó escalofríos. Algo no iba bien, había ocurrido algo muy malo, y su primer instinto, por demente que pudiera parecer, fue el de acercarse a él, tranquilizarlo, abrazarlo...

Sabía que era una locura en cuanto la idea floreció en su corazón. Se giró para salir corriendo, pero ya era demasiado tarde. Rohan la agarró antes de que echara a correr, aprisionándole las muñecas con dedos ásperos que le hacían daño.

—Has incumplido tu parte del contrato —le dijo con voz glacial—. Y no me gustan nada los tramposos, señorita Harriman.

—No soy una tramposa —replicó ella con vehemencia.

—¿No? Aceptaste a quedarte aquí con tu hermana como rehén a cambio de que te portaras bien. Y me encuentro con que tratabas de huir en plena noche. Aunque tal vez estuviera equivocado y no fuera huir lo que pretendías. Tal vez sólo ibas a encontrarte con un algún amante y después tuvieras intención de regresar a tu habitación para seguir portándote como la orgullosa cuasivirgen, herida por una vida cruel.

Hablaba con tono burlón, frío. Diferente. Sólo lo había oído hablar así una vez, enfadado por algo que había hecho un sirviente, y recordaba el terror en los ojos de aquél. Ella sintió el mismo miedo inesperado en el corazón.

No serviría de nada, pero lo dijo de todos modos.

—Dejad que me vaya —trató de zafarse, pero él le ciñó la muñeca con más fuerza todavía, tanta que Elinor gritó de dolor.

—Me parece que no —dijo él echando a andar hacia la casa sin hacer caso de sus forcejeos. Elinor echó un último y desesperado vistazo al coche que la estaba esperando, pero en ese momento Rohan tiró de ella hacia delante.

Elinor se tropezó y cayó de rodillas en la nieve, pero él la levantó con un tirón brusco sin detenerse casi. Había varios sirvientes esperando para abrir las puertas y Elinor creyó que la soltaría para que uno de los lacayos la acompañara a su habitación, un guardia más que un lacayo. Pero no lo hizo. En su lugar siguió adelante por los amplios corredores tirando de ella, subió la escalinata de mármol y pasó por encima de algunos de sus invitados más escandalosos. Oyó silbidos, algún que otro grito de ánimo, pero Rohan los ignoró por completo, ignoró los intentos de Elinor de que bajara el ritmo porque se iba tropezando. Estaba decidido a conseguir su objetivo, furioso, y por primera vez desde que lo conociera comprendió a qué se debía el feroz apodo: Rey del Infierno. Estaba aterrada.

Intentó nuevamente hablar con él al llegar a la segunda planta, intentó razonar con él, y entonces él se detuvo y la arrastró hasta colocarla frente a él. Cuando le vio la cara sintió que un escalofrío le recorría todo el cuerpo. Era fría, inexpresiva, desprovista de emoción.

—Te ruego que te ahorres las excusas, señorita Harriman —dijo con voz fría y llena de furia—. Todavía no he pegado a una mujer a menos que me lo haya pedido en mitad de los juegos amorosos, pero siempre estoy abierto a probar cosas nuevas. Cállate.

Volvió a tirar de ella y la condujo por un corredor que se iba estrechando y oscureciendo. No la llevaba de vuelta a su habitación, y tampoco la llevaba a la de él, pequeño consuelo. No había luz, sólo el candelabro que le había entregado uno de los criados, y los asistentes a la fiesta no se habían adentrado tanto en la casa. Estaban solos, lejos de la vista y el oído de los demás.

No fue realmente consciente de lo peligrosa que era la

situación hasta que Rohan abrió la puerta de una patada. El imperturbable y elegante lord Rohan nunca había mostrado sus emociones en su presencia, y aquel arrebato de ira frente a los criados había sido algo más remoto y frío. La furia que sentía en aquellos momentos era un sentimiento intenso y cruel.

Dejó el candelabro y cerró la puerta tras de sí. Elinor trató de zafarse de él y él la soltó, de manera que acabó despatarrada en el suelo. Rohan no se molestó en ayudarla a levantarse, sino que se quedó de pie mirándola con expresión insondable.

—Hazme el favor de quitarte la ropa, señorita Harriman —dijo con un tono frío y lacónico que no se correspondía con la fiereza de su mirada.

Ella podía verlo con claridad, y lo que vio la dejó estupefacta. Iba con chaleco y camisa, y estaba sangrando. Tenía la manga rasgada, sangre húmeda en el brazo, un corte en el pecho y la ropa rasgada. Se quedó mirándolo sin comprender. ¿Qué le había pasado?

Él se movió hasta colocarse delante de ella, alargó la mano y le abrió la capa.

—¿Y quién te ha proporcionado los medios para huir? —preguntó con voz aterciopelada—. Ésta no se parece en nada a la capa que te di cuando se quemó tu casa. Mis gustos son más extravagantes —se la quitó y la tiró. El bolso que llevaba guardado en uno de los bolsillos cayó al suelo y se abrió, escupiendo monedas de oro y plata, resplandecientes a la luz de las velas. Rohan contempló el dinero con desdén—. ¿Es ése tu precio, señorita Harriman? A mí me resulta una miseria. Yo habría estado dispuesto a pagar un buen montón más por tus favores relativamente inexpertos. Eso tendiendo en cuenta que no me hayas estado mintiendo todo el tiempo.

La expresión lúgubre e impenetrable que cruzó por su

rostro la dejó estupefacta. Pero al cabo de un momento desapareció, dejando en su lugar una expresión de fría calma.

—Será mejor que no lo hayas hecho —continuó él—. No podría responder de las consecuencias. ¿Quién te dio la capa y el dinero?

Ella trató de levantarse. No tenía intención de quedarse tendida a sus pies como si estuviera en un harén.

—No lo sé —respondió ella, levantándose.

—¿Te he dado permiso para que te levantes?

—No necesito vuestro permiso —contestó ella en un arranque de furia que aplastó su miedo.

—Sí que lo necesitas —y con una de sus manos fuertes y pálidas la empujó sobre la alfombra de nuevo—. Te recomiendo que te quedes donde estás hasta que yo te diga lo contrario. Aún no quiero tocarte y sólo tú tendrás la culpa como me enfades más de lo que ya has hecho hasta ahora.

—¿Qué es lo que he hecho? —gritó ella—. Deberíais haber sabido que intentaría escapar si tuviera los medios. No tengo ni idea de quién me ayudó, pero habría estado loca de no haber aceptado la oportunidad.

Él se movió entonces y se puso a dar vueltas a su alrededor deliberadamente despacio. Sus ojos se mostraban duros y despiadados entre las sombras. Comenzó entonces a desabrocharse los pesados botones de plata del chaleco con la mano izquierda.

—¿No te he dicho que te quites la ropa?

Ella lo miró por un momento, casi como si estuviera soñando, mientras aquella pálida mano descendía por los botones de la prenda.

—Me dijisteis que no habíais violado a ninguna mujer en décadas, milord —dijo con tono mesurado—. ¿Tanto os aburrís que queréis experimentar algo tan desagradable?

—Desagradable para ti, señorita Harriman, no para mí —respondió él con tono meloso, quitándose el chaleco. La sangre del pecho era más oscura y parecía como si ya no sangrara o sangrara menos. La sangre seguía manando de su brazo, sin embargo, empapándole la manga de lino–. Pero no, no voy a violarte.

Ella se quedó mirándolo durante un momento, indecisa.

−¿Por qué habría de creeros?

−Porque yo sí cumplo mi palabra en aspectos de este tipo, al contrario que tú.

Elinor empezaba a odiar el sonido de su nombre, especialmente cuando lo pronunciaban con tanto desdén. Pero sabía que no le mentía.

Rohan se sentó sin dejar de mirarla.

−Tus ropas, señorita Harriman −repitió con aquella voz aterciopelada que seguía poniéndola nerviosa.

Llevaba puesto un vestido de cuello alto de medio luto de color gris pálido que ataba a la espalda con unos cordones que pasaban por unos estrechos ojetes.

−Entiendo que sólo queréis aseguraros de que no me vuelvo a escapar y creéis que dejándome en ropa interior lo conseguiréis. Como si la mitad de los presentes no se estuvieran paseando ahora mismo en ropa interior o menos por los corredores de la casa, pero no os preocupéis, no voy a volver a intentar escapar.

−Tus suposiciones no me interesan, señorita Harriman.

−¿Entonces qué es lo que os interesa?

−Tu obediencia.

Estaba tan nerviosa que soltó una carcajada.

−Ése nunca fue uno de mis puntos fuertes. Y me temo que no podré quitarme la ropa. Necesito que la doncella me afloje los cordones.

−Olvidas que tengo una vasta experiencia aligerando a una mujer incluso del atuendo más elaborado −dijo él−. Ven aquí para que te lo desate.

La sola idea le repugnaba, pero sólo deseaba que aquella

pesadilla se terminara y rápido, así que asintió y se intentó levantar.

—De rodillas, señorita Harriman —dijo él con tono sereno y casi hastiado.

Elinor no tenía demasiadas opciones, y ninguna le resultaba apetecible. Podía acercarse de rodillas como una suplicante. Podía levantarse y salir corriendo, ya que Rohan no había echado la llave y podría encontrar un lugar donde esconderse en aquel corredor a oscuras, al menos por el momento. O podía reunir la dignidad perdida, levantarse y dejar que Rohan decidiera qué le apetecía hacer con ella. Seguro que se le habría pasado un poco la furia, pero sus ojos seguían pareciéndole vacíos, como si un ser distinto habitara dentro de su cuerpo.

Optó por la sensata decisión de no incitarlo aún más. Se deslizó por el suelo y se dio la vuelta, apartándose la trenza para que pudiera desatarle el cordón.

Él le apartó la mano, tomó la gruesa trenza y tiró de ella. Elinor vio el brillo de la hoja de un cuchillo. Gritó y se llevó las manos a la cabeza, segura de que se encontraría con la mitad del pelo. Pero en vez de eso notó que su abundante cabellera le caía por los hombros. Dejó un suspiro de alivio y se odió por su debilidad.

Rohan le echó el pelo por encima de un hombro y Elinor notó sus manos en la espalda, le estaba desatando los cordones con el cuchillo.

—¿Qué creías que iba hacer, señorita Harriman? —preguntó con voz sedosa—. No voy a apuñalarte.

—Creía que me ibais a cortar el pelo.

—Qué interesante —dijo él, deteniéndose—. ¿Y por qué te importaría?

Ella se volvió para mirarlo.

—Es la única parte bonita de mi persona.

—¿Y por qué habría de importarte si eres bonita o no?

—dijo él reanudando la tarea de cortarle los cordones. Elinor se consoló pensando que se estaba tomando su tiempo, que se movía con cuidado de no cortarle la piel. Se dio cuenta de que también se movía despacio por culpa de su brazo herido y quiso preguntarle qué había ocurrido, pero tenía miedo de hacerlo. Fuera lo que fuera había sido la causante de aquella situación.

Miró a lo lejos, a la oscuridad. Había una cama. Pensó que la había llevado allí para eso, fuera violación o no.

Notó una presión en el pecho y como si le retorcieran el vientre, pero entonces se dio cuenta para su sorpresa de que no era miedo lo que sentía. Era algo mucho más vergonzoso y elemental. Era anhelo.

—Todas las mujeres quieren estar bonitas, milord —dijo en voz queda. Rohan había terminado con el vestido y se lo bajó por los hombros. Ella dejó caer los brazos y la prenda se derramó a sus pies. No preguntó, sabía lo que ocurriría a continuación, pero él no dio muestras de aprobación. Siguió con el corsé, prenda que se llevaba ceñida al cuerpo, y lo cortó con idéntico y exquisito cuidado.

—Tú no —murmuró él—. Tú insistes en que ningún hombre podría desearte. Finges que estás por encima de esas cosas, ignoras lo que eres y lo que deseas.

—¿Y qué es lo que deseo, milord?

El corsé cayó al suelo también dejándola sólo con una delgada camisola de algodón, las medias, las ligas y unos zapatos horrorosos.

—A mí, señorita Harriman. Me deseas desde la primera vez que me viste. Sencillamente eres demasiado cínica para admitirlo. Quítate los zapatos.

Elinor se reclinó hacia atrás y alargó las manos hacia los cordones de las botas que le habían proporcionado para escapar. No eran de la talla correcta, demasiado grandes para ella. Los zapatos que le había proporcionado Rohan en cambio eran perfectos. Quienquiera que fuera su salvador misterioso, no la conocía bien.

Se quitó los zapatos y los dejó a un lado, luego lo miró. Se estaba desabrochando la camisa. Elinor sabía que aquello iba a pasar, que nada lo detendría. Y sabía que Rohan decía la verdad. Ella lo deseaba, de una manera que no se había dado cuenta que era capaz de desear algo.

Se dispuso a levantarse, pero él la retuvo en el suelo.

—¿Adónde crees que vas?

—Iba a tumbarme en la cama —contestó ella—. No os preocupéis, no me resistiré. Prometo que no me moveré ni os molestaré mientras lo hacéis. Un poco de láudano sería una gran ayuda. Tuve suerte de que una de las doncellas de sir Christopher me diera un poco las noches que iba a verme. Pero intentaré estar muy quieta y no hacer ningún ruido —le dirigió una trémula sonrisa.

Rohan se quedó de piedra. Se había sacado los faldones de la camisa de los calzoncillos y se detuvo cuando se la estaba desabrochando para mirarla con incredulidad. Entonces cerró los ojos.

—Ay, muñeca —dijo, ahuecando una mano contra la mejilla de ella, que dejó escapar un sollozo ahogado de alivio y volvió la cara hacia su palma.

—Lo siento —dijo ella con voz descarnada—. Si se tratara sólo de mí, no habría intentado escapar, pero soy responsable de Lydia. Tengo que cuidar de ella y no podía estar segura de... No importa correr riesgos con mi propia vida, pero no con la de ella. Por favor, milord...

—No —la interrumpió él—. Te he hecho daño —dijo con una voz que delataba que se detestaba. Se levantó llevándola consigo, pero todas las ropas quedaron hechas un montón en el suelo, dejándola sólo con la delgada camisola. Entonces se apartó de ella—. Cúbrete. Vas a enfriarte. Llamaré a tu doncella.

Ella lo miró con incredulidad.

—¿Por qué?

—¿Que por qué? He estado a punto de descargar sobre ti toda mi ira y mi dolor. Te he hecho daño, sabía que lo estaba haciendo y no me importaba. Tienes suerte de que haya recobrado el sentido común. Hay mantas en la cama. Métete en la cama y tápate hasta que llegue alguien.

—No.

Rohan ya se estaba dando la vuelta cuando la oyó y se detuvo.

—¿No?

—No a menos que os metáis conmigo.

—Pequeña, no estoy de humor para consolar a nadie —dijo lacónicamente.

—No soy una niña. Y no es consuelo lo que quiero —quería acercarse, pero el montón de ropa a sus pies se lo impedía—. Si tengo que hacer... eso... de nuevo, quiero hacerlo con vos.

Estaba empezando a ver signos del antiguo Rohan, que se contenía para no soltar una carcajada.

—Una confesión halagadora, pero creo que será mejor para ti que renuncie al honor. Métete en la cama —se dirigió hacia la puerta, dejándola en medio de un montón de ropa—. Los sirvientes no tienen permitido venir a este corredor, así que tardaré un poco en encontrar a alguien para que venga a ayudarte. Te dejaré las velas.

Y antes de que Elinor pudiera detenerlo, salió por la puerta cerrando suavemente tras de sí.

Se quedó allí de pie, sin dar crédito. Entonces apartó toda la ropa y fue a sentarse en mitad de la cama. Contó hasta diez y empezó a gritar con toda la fuerza de sus pulmones.

CAPÍTULO **21**

Al cabo de un momento, Rohan abrió la puerta de par en par. Por su gesto parecía dispuesto a enfrentarse a un batallón de demonios. Sólo tenía que vencer a los suyos.

—¿Estás bien? ¿Qué ha pasado?

Con la garganta irritada de gritar, Elinor carraspeó antes de contestar:

—Ratas.

—¿Ratas?

—He visto una enorme en ese rincón. Era del tamaño de un erizo y me miraba con esos maliciosos ojillos negros. Si no hubiera gritado, me habría...

Rohan cerró la puerta y se acercó lentamente a la cama.

—Y tienes pánico a las ratas —dijo él con voz desprovista de inflexión.

—Verdadero pánico. No hay nada peor que las ratas. Nada. Y esta habitación está infestada de ellas. Están por todas partes. Necesito que me rescates.

Elinor vio la suave sonrisa que se dibujó en la boca de Rohan, lenta, reticente.

—¿Sabes lo que me estás pidiendo, muñeca?

—Sí, mi amor... Ven y hazme todas esas cosas escandalosas que sabes hacer —se tendió en la cama con los ojos cerrados, preparándose para lo que iba a ocurrir.

Sintió la suavidad de los cobertores contra su cuerpo cuando él se tendió a su lado. Dio un respingo cuando sintió que le tocaba la cara y abrió los ojos, sobresaltada. Aquello no formaba parte del asunto. Rohan la miraba con infinita ternura.

—Eres toda una virgen —murmuró él con suavidad, acariciándole la mejilla con sus largos dedos.

—No lo soy —se quejó ella—. He hecho esto muchas veces.

—Permíteme que te corrija. Los que vamos a hacer no lo has hecho en toda tu vida. Deja que lo demuestre —y diciéndolo se inclinó sobre ella y la besó, enmarcándole el rostro entre las manos.

Al principio fue tierno. Apenas le rozó la boca con sus labios, con la suavidad de una pluma, y Elinor se elevó para recibirlo, ansiosa.

Francis abrió la boca y la instó a hacer lo mismo. Elinor sintió la abrumadora caricia de su lengua dentro de la boca. Él seguía sosteniéndole la cara con una mano. Para ella, aquella clase de beso era algo totalmente desconocido, pero cerró los ojos y dejó escapar un suspiro de placer. Aquello le estaba gustando mucho. Le estaba encantando.

Alzó sus propias manos para acariciarle el rostro, pero se detuvo a mitad de camino. Había olvidado que estaban copulando, que se suponía que tenía que quedarse quieta, así que empezó a bajarlas para posarlas a lo largo de sus costados, cuando él la retuvo e hizo que volviera a levantarlas. Cuando Elinor le enmarcó el rostro con las manos, él puso más pasión en el beso, y por un momento no fue capaz de pensar, sólo podía sentir. Enterró los dedos en su largo cabello y tiró de él hacia ella, emitiendo un suave gemido ansioso.

Rohan apartó la boca de la de ella, que podía sentir la tensión en aquel tremendo cuerpo.

—Mi dulce palomita, no puedo hacerlo... No como necesitas que te lo hagan —intentó retirarse, pero ella lo rodeó con sus brazos y se colocó debajo.

—Así es como necesito que me lo hagan —contestó ella. La noche anterior, él le había puesto la mano sobre su miembro, duro de deseo. Tenía que ser algo que le gustara, así que hizo algo impensable: deslizó la mano entre el cuerpo de ambos y lo acarició en aquella parte dura de su anatomía.

Él gimió y se apretó contra su mano, demostrándole que no se equivocaba. Aquello le gustaba. Lo acarició con las puntas de los dedos por encima de la tela, y cuando él bajó la mano y liberó su miembro, el contacto con la piel caliente fue aún más maravilloso. ¿Cómo podía algo ser tan suave y a la vez estar tan duro como el acero? Iba a ser doloroso, lo sabía, y lo aceptaba, porque en esa ocasión ella quería que ocurriera. Porque aquello formaba parte de él, una parte elemental y muy poderosa, que él le entregaba, y por fin comprendió por qué a las mujeres les gustaba aquello.

Él se movió hacia un lado, sólo un poco, y ella se lo permitió. Entonces la instó a envolverle el miembro con sus dedos, a rodearlo. Después colocó la mano sobre la de ella y empezó a moverse, mostrándole lo que le gustaba. Le encantó el ritmo que imprimía él con su mano, que imprimía ella por debajo, y la forma en que rotaba las caderas al contacto.

Rohan tenía los ojos cerrados y Elinor percibió la tensión que vibraba en su cuerpo vigoroso, cobrando cada vez más fuerza. Sintió que se humedecía entre las piernas, aunque no entendía el porqué, pero no le importaba. Lo único que le importaba era él, su cuerpo pegado al suyo, su pulso vital palpitando en su mano.

De repente se dio cuenta con pasmosa claridad de lo que pretendía hacer. Pretendía terminar en su mano, dejar su cuerpo intacto. Y se quedó de una pieza.

–No... te pares... –gimió él.

–Quiero tenerte dentro de mí –susurró–. Quiero que termines en mi cuerpo.

El gemido que soltó él fue muy potente, su necesidad imperiosa. Sin decir nada se colocó sobre ella, le levantó la camisola y le separó las piernas. Elinor se preparó para sentir el dolor cuando la penetró de una vez, deslizándose hasta lo más hondo con una delicadeza que la dejó sin aliento, ávida de más.

Elinor clavó los pies en el colchón y arqueó las caderas con anhelo. Rohan le plantó las manos en las nalgas y la atrajo hacia él, hundiéndose aún más profundamente en ella, que gritó, no de dolor, sino presa de un ansia confusa que no alcanzaba a comprender.

–Es demasiado tarde –dijo Rohan con un gemido entrecortado–. No debería... Tú no...

–Termina –le susurró ella al oído.

Aquellas palabras aceleraron su culminación. Se hundió en ella con deslizamientos tersos, pero potentes, profundos. Elinor notó una tensión en la garganta, el torso, los senos, el estómago, pero sobre todo entre las piernas. Recordó lo que había sentido mientras lo sostenía en la mano, y en ese momento, Rohan se alzó y la besó con ansia arrolladora, de una forma posesiva. Ella intuyó que estaba a punto de alcanzar la culminación y supo que también iba a disfrutar de aquel momento de su unión, de cada sensación, de cada sonido, de cada...

Su propia culminación la golpeó tan fuerte que gritó sin poder contenerse. Se puso rígida y sollozó presa de una indescriptible necesidad, ansiando algo con más y más premura a medida que perdía el control de la realidad, sumida en un caos de luz y oscuridad, de dureza y suavidad. Dejó escapar un sonido ahogado y al cabo de un momento él estaba con ella dentro del remolino, derramándose en su interior, llenando un espacio vacío hasta el momento.

Lo estaba abrazando tan fuerte que sentía como si tuviera todas las articulaciones bloqueadas y de pronto se dejó ir, se desplomó sin fuerzas sobre el colchón; Rohan se desplomó sobre ella, cubriéndola con su tremendo cuerpo, pero Elinor lo acogió de buen grado. Aquello era poder, era anhelo, era seguridad, era un placer inigualable. Seguía dentro y ella deseó poder estar así para siempre. Por primera vez en su vida sentía que formaba parte de algo, de alguien, y le entraron ganas de reír de alegría.

Rohan salió de ella y Elinor trató de retenerlo, desesperada por mantener el contacto. Entonces la abrazó y le limpió el rostro húmedo con los dedos.

—Cariño, estás llorando. Te he hecho daño.

Ella negó con la cabeza, pero por alguna razón no era capaz de hablar. Consiguió sonreír a través de las lágrimas y tiró de su cabeza hacia ella para besarlo. Rohan se rió contra la boca empapada de lágrimas.

—Me vas a hacer llorar a mí también —dijo. Acto seguido rodó hasta ponerse de espaldas, llevándola consigo, y le quitó la camisola, de modo que la dejó sólo con las medias y el liguero bajo las sábanas de lino. Él todavía llevaba puesta la camisa y los calzones, ambas prendas abiertas, pero se desvistió a toda prisa, sin soltarla. Por último se tumbó, acomodándola bajo su brazo.

—Tienes que descansar, cariño —le susurró al oído—. Te prometo que lo haré mucho mejor dentro de un rato.

Ella abrió los ojos soñolientos y por fin logró encontrar la voz.

—¿Vamos a volver a hacerlo? ¿Esta noche?

—Podríamos hacerlo de nuevo inmediatamente, créeme,

pero es mejor que descanses. Te aseguro que volveremos a hacerlo esta noche. Y mañana por la mañana, y al mediodía, y después de comer, y a la hora del té, y...

—No podré caminar —lo interrumpió ella, alarmada y encantada ante la idea.

—Pues te llevaré en brazos. Duérmete.

Elinor cerró los ojos y se durmió.

Despertó horas después. La habitación estaba a oscuras y Rohan estaba inclinado sobre ella, estudiándola detenidamente.

—Has dormido mucho —murmuró—. Llevo rato esperándote.

—Podrías haberme despertado.

—Créeme, lo he intentado —dijo con tono contrito—. Tenemos trabajo pendiente, preciosa. Estás llena de recovecos deliciosos que no he podido apreciar lo suficiente con las prisas. Ahora te toca a ti. Aunque lo cierto es que es posible que yo lo disfrute más aún que tú.

—¿Disfrutar qué? —preguntó con curiosidad.

—Túmbate de espaldas, palomita, te lo demostraré.

Ella se acordó de la última vez que Rohan le había hecho una demostración práctica de algo, en aquel carruaje tiempo atrás, y se preguntó si podría haber algo más interesante que aquello. La besó en la boca, lenta y minuciosamente, haciéndole sentir escalofríos como si estuviera dentro de ella. Rohan despegó los labios de su boca y le recorrió la mejilla hasta llegar al lóbulo de la oreja. Entonces la mordió con fuerza aumentando el efecto de los escalofríos. Después siguió descendiendo por su cuello y le mordió suavemente en la base de la garganta. Ella alargó los brazos y lo conminó a colocarse encima de ella.

—No, dulzura —dijo, colocándole las manos a lo largo de

los costados–. Ahora es cuando sí tienes que estarte quieta. Confía en mí, disfrutarás más.

¿De qué iba a disfrutar más?, se preguntó, confusa. ¿Del acto del sexo? ¿Cómo se podía disfrutar aún más?

Entonces le tocó los pechos y ella intentó sentarse, pero él era más fuerte.

–Túmbate, muñeca. Aún no hemos empezado con tus pechos y son absolutamente deliciosos. ¿Te he dicho que me encantan tus pezones? Tan oscuros, parecen un par de moras.

Posó las manos sobre ellos y pasó el pulgar por el centro de ambos. Ella dio un respingo, pero no abrió los ojos, mientras la sensación se disparaba como una flecha directa entre las piernas.

–¿Cómo sabes de qué color son? –preguntó ella con voz descarnada–. No hay luz.

–Sabes que soy un hombre muy malo, muñeca. Puede que les echara un vistazo mientras dormías. Créeme, he sufrido lo mío por mis pecados. No he podido dejar de pensar en ellos desde hace días –pasó el pulgar una vez más por el centro haciendo que Elinor soltara un tímido gemido de placer–. Te gusta, ¿verdad? –murmuró–. Ya sabía que te gustaría. Pues esto te gustará aún más.

Y diciéndolo se inclinó sobre ella, colocó la boca donde antes tuviera el pulgar y succionó intensamente, mientras su largo cabello le hacía cosquillas en la piel.

Ella se retorcía aturdida por el placer. Le había dicho que mantuviera las manos a lo largo de los costados, pero tuvo que aferrarse a las sábanas para no moverlas cuando las primeras ondas de algo insondable y delirante comenzaron a removerle las entrañas.

Cuanto más le succionaba el pecho, más lo deseaba ella, y gimió cuando cambió al otro hasta que lo cubrió con la mano y lo estimuló con los dedos hasta enloquecerla casi por completo.

Rohan levantó la cabeza y sopló suavemente sobre el pezón humedecido.

—Quiero recorrer todos tus recovecos con mi boca, cariño. Quiero saborearte por completo. Después pondré mi miembro en todos esos lugares. Quiero hacerte cosas que nadie ha soñado con hacerte nunca. Quiero poseerte de tal forma que no exista nadie más, sólo tú y yo.

Ella emitió un suave lloriqueo. Entonces él deslizó la mano por encima de su estómago, entre sus piernas, y la colocó encima de aquel punto húmedo. Ella intentó cerrar las piernas para impedírselo, pero aquello le provocó una carcajada.

—Somos nosotros, preciosa. No tiene que darte vergüenza —y nada más decirlo introdujo un dedo en su interior.

Ella se arqueó en la cama con un gemido sordo. Rohan le acarició con el pulgar un poco más arriba haciendo que se retorciese, sintiendo que aquel lugar oscuro y desconocido tiraba de ella más y más. Entonces él puso más presión. Ella apretó el rostro en su hombro y se dejó llevar, mientras oleada tras oleada convulsionaban su cuerpo, más intensas que la vez anterior.

Él se movió deprisa y se colocó entre sus piernas, esperó a que el último estremecimiento pasara y se hundió en su interior. Estaba tan resbaladiza que nada impidió que se hundiera muy profundamente en ella. Elinor notó que su propio cuerpo lo estrujaba en su interior.

Los estremecimientos fueron suavizándose y justo cuando morían por completo, Rohan comenzó a moverse, a embestir. Se tomó su tiempo esta vez, sin embargo, se movió despacio, deliberadamente, marcando un ritmo perfecto para ambos. Parecía como si supiera cuándo estaba preparada para explotar otra vez y entonces bajaba el ritmo para reanudarlo a continuación haciéndola perder el control por completo. Soltó las sábanas y le hincó las uñas, suplicándole. Él accedió y la embistió una y otra vez, hasta que provocó la ansiada liberación, la de los dos. Elinor se abrió para que la llenara, clavándole las uñas en las caderas en el proceso intentando tomar aún más de lo que le daba. Se sintió codiciosa, egoísta, lo deseaba todo.

Esta vez fue él quien se quedó dormido, sin salir de su interior. Ella se quedó quieta, notando que parte de la humedad escapaba de su cuerpo, y le dieron ganas de bajar la mano e introducir el fluido que se había derramado hacia el exterior. No quería perder nada que fuera de él. Pero se quedó inmóvil. Él se volvió a endurecer mientras dormía, su miembro aún más grande que antes, y se despertó moviéndose, acariciándola por dentro mientras la acunaba entre sus brazos, cubriéndole los pechos, frotándole los pezones hasta que el clímax la barrió por completo. Ella se dejó llevar por la corriente, hacia aquel lado oscuro, hacia aquel sueño intensamente desconocido, y sintió que ya no volvería a ser la misma.

No volvería a ser el mismo. El sentimiento empezó a resquebrajarlo por dentro y se liberó del abrazo, conmocionado. La había dejado exhausta, y eso que sólo habían tenido sexo patéticamente tradicional. Ella de espaldas, él encima. Sin embargo, se sentía tan agotado como si hubiera sobrevivido a una orgía de una semana.

Peor. Nunca se había sentido así. Estaba vacío, conmocionado. Tomó sus ropas y las echó al pasillo para no despertarla, cerrando la puerta a continuación. No quería volver a mirarla. No podía hacerlo. Si la miraba, la tocaría, y si la tocaba, se perdería más en ella hasta que no quedara nada de su persona.

Él era un mal hombre. Un bastardo sin corazón, un depravado, un libertino, y nunca pedía disculpas. Jamás en su vida había sido fiel a nadie y no tenía intención de cambiar. Notó cómo se asfixiaba entre las playas de emoción pegajosamente dulce en las que nadaba Elinor. Lo más probable era que creyera que se había enamorado de él. Cuanto antes pusiera fin a aquello, mejor.

Se puso los calzones y la camisa. ¿Qué esperaría de él? Si tuviera un ápice de sentido común, no esperaría nada. Y Elinor Harriman siempre había tenía sentido común para dar y tomar. No veía motivo para sentirse culpable. No le había arrebatado su inocencia. Aquello le ocurrió tiempo atrás a manos de un hombre al que él mismo había ensartado despiadadamente. En caso de sentir alguna pequeña punzada, sería capaz de ignorarla. Al matar a sir Christopher Spatts se había ganado de sobra el privilegio de compartir cama con ella por una noche. Eso ella no lo sabía, y preferiría que no se enterase. Podría ver lo que no era en un gesto que simplemente...

No se le ocurrió ninguna excusa. Todavía tenía sangre de aquel hombre encima. Olía a sexo, al erótico florecimiento del deseo de Elinor... Maldijo en voz alta porque se estaba poniendo duro otra vez. Tenía que alejarse de ella. Lo había embrujado por completo y él no quería depender de ninguna mujer.

Avanzó por los corredores a oscuras casi a la carrera. Sus sirvientes recogerían el desastre que había provocado. La dejaría allí, lejos de todo, hasta que se le ocurriera qué hacer con ella.

Entre tanto, tenía que limpiarse la sangre y el sexo de su cuerpo. Borrar su contacto y su aroma de la piel. Borrar el recuerdo de la debilidad.

No podía permitirse olvidar quién y qué era. Francis Rohan, *comte* de Giverney, vizconde Rohan, barón de Glencoe. El Príncipe de las Tinieblas, el Rey del Infierno. Un hombre malo.

En cuya vida no había sitio para una buena mujer.

Cuando Elinor se despertó, estaba sola, y el sol lucía en lo alto. Parecía que era por la mañana temprano, y alguien había encendido la chimenea. También le habían dejado un jarro con agua templada sobre la cómoda. Ni rastro de Rohan.

Se sentó, aturdida. Estaba desnuda, excepto por las medias y las ligas. Se le había olvidado que las llevaba puestas. Una de ellas se le había soltado y andaría perdida entre el nido de sábanas. Se miró el cuerpo, tímidamente, y frunció el ceño. Tenía sangre encima. La sangre de Rohan. Ni siquiera le había preguntado qué había ocurrido.

Se sentó en mitad de la cama, desnuda, inmóvil, mientras meditaba en el extraño giro que había tomado su vida. No era tanto que se hubiera enamorado de un hombre muy malo, un libertino y un depravado. De aquello hacía semanas, pero no había estado atenta para cortarlo de raíz antes de que fuera a más. El resultado era que en esos momentos el sentimiento estaba en todo su esplendor, y no sabía qué, o si había algo, que fuera capaz de destruirlo.

También había descubierto por qué todo el mundo lo deseaba. El placer que le había proporcionado había sido abrumador. Si hacía lo mismo con otros, no le extrañaba que el mundo entero adorase al Rey del Infierno.

Seguro que se había acostado con cientos de mujeres. Y por fin la había conseguido también a ella, en cuerpo y alma. La cuestión era si seguiría deseándola o si sólo habría sido una más. Ya había experimentado la novedad, por lo que no había razón para seguir deseándola. No un hombre que estaba siempre a la búsqueda de nuevas sensaciones.

Tomó un paño de lino y comenzó a lavarse. No quería. Quería atesorarlo todo. La sangre, la simiente, las sensaciones, el sudor. Aquello era absurdo, se dijo, tratando de recuperar su habitual sentido común. Aunque no sabría decir en qué momento de la noche anterior había desaparecido. Cuando terminó de lavarse, se puso la camisola limpia que alguna atenta criada le había dejado.

También le había llevado ropa, pero ninguna señal de que Rohan hubiera estado allí, aparte de las manchas en las sábanas y en su cuerpo. Alguien, probablemente Jeanne-Louise, había elegido un vestido que pudiera ponerse sin ayuda, aunque tuviera que contorsionarse un poco para abrocharlo. Le dolía todo el cuerpo, le dolía en lugares que no sabía que pudieran doler y, por un momento, se preocupó.

Lo había visto en su madre tantas veces que sabía cómo funcionaban aquellas cosas. El sonrojo de la atracción, la pasión irrefrenable e irresponsable. Y luego la separación. Y el vizconde Rohan era conocido por sus separaciones.

Encontró también un par de botas fuertes. Y entonces se fijó horrorizada en su capa. No era la prenda insulsa y de poco valor con la que había tratado de huir, sino la que él le había proporcionado. Alguien había guardado el dinero en el bolso otra vez. Elinor se quedó mirando el conjunto un buen rato.

¿Quería él que se marchara? ¿Se había terminado todo después de haberla tenido? Desde luego eso era lo que parecía. ¿Significaba eso que Lydia también estaba libre?

Si pensaba que iba a escabullirse como un animalillo, estaba muy equivocado. Si quería que se fuera, tendría que decírselo a la cara. Agarró la capa y el bolso, y abrió la puerta.

Un lacayo la esperaba al otro lado, pero no era su amigo Antoine.

—Buenos días, *mademoiselle*. ¿Necesitáis ayuda?

—Necesito que me digáis cómo volver a mi habitación.
—Disculpad, *mademoiselle,* pero esa habitación ha sido ocupada por los invitados de su señoría.

Elinor no sabría decir si se había puesto blanca. Así se lo parecía, desde luego. Sintió como si se le hubiera escapado toda la sangre del cuerpo.

—Entonces quiero hablar con su señoría. ¿Puedes llevarme con él?

—Por supuesto, *mademoiselle.* No estoy muy seguro de dónde estará, pero os llevaré a la biblioteca y le indicaré que queréis hablar con él. ¿Puedo decirle de qué se trata?

—No —contestó ella, aferrando el bolso con saña, tras lo cual siguió al lacayo a lo largo del oscuro corredor.

Rohan estaba sentado en su escritorio examinando unos papeles cuando entró Charles Reading.

—¿Qué hiciste con ella?

Rohan levantó el rostro engañosamente sereno.

—¿Tú qué crees, Charles? Exactamente lo que dije que haría —alargó la mano y tomó la copa de borgoña—. ¿Te apetece una copa de vino?

—No. Quiero saber qué piensas hacer ahora.

—Mi querido Charles, ¿estás enamorado? Creía que era a la tontita de su hermana a quien querías —dijo Rohan con voz aterciopelada. Se fijó en que no le temblaba la mano. Había superado la debacle de las últimas doce horas bastante bien a su entender.

—No juegues conmigo, Francis —dijo Charles con tono amargo.

—La verdad es que me interesa mucho más saber qué ocurrió después de que... levantara el campamento anoche —respondió él—. ¿El difunto sir Christopher se está pudriendo en una de mis habitaciones?

Charles negó con la cabeza.

—Pues claro que no. Tu primo vino y se lo llevó. Se encargará de que el hombre reciba sepultura.

—Conociendo a Etienne, probablemente lo descuartizará antes para estudiar sus órganos —dijo Rohan con aire de total despreocupación—. ¿Entonces no se produjo ninguna consecuencia desafortunada?

—Que tus invitados están enfebrecidos. Parece que les gusta el olor de la sangre.

—Me alegro de haber sido útil —dijo el otro con voz meliflua.

—¿Qué vas a hacer con ella, Francis? Es una mujer noble. No puedes tratarla como a una de tus putas.

—Ay, mi querido Charles, eso es precisamente lo que hice y te aseguro que le gustó mucho —dijo sonriendo a Charles como un angelito—. Hay dos opciones, supongo. Mandarla de vuelta con el dinero suficiente para mantenerla durante un periodo razonable de tiempo. Después de todo, no creo que un revolcón de una noche sea motivo suficiente para tener que mantenerla económicamente de por vida. Pero quizá sí para enviarla de vuelta a Inglaterra.

—¿Y la otra opción?

—Bueno —se detuvo como si tuviera que pensarse lo que iba a decir—, había considerado la posibilidad de presentársela a algunos de los miembros del Ejército más moderados. Veronique estaba muy interesada en ella, y ya sabes cuánto le gusta tener público. Y a mí me agradaría enormemente verla pasearse por aquí ligera de ropa, pasándoselo en grande con algunos de los caballeros más jóvenes.

Charles lo miró larga y detenidamente.

—No te creo —respondió rotundamente—. Me estás mintiendo.

—Mi querido Charles, ¿por qué iba a mentirte? La señorita Harriman no significa absolutamente nada para mí.

Como soy un hombre caritativo, no tengo problema en ocuparme de que se instale cómodamente en otro lugar si no quiere formar parte de nuestro grupo.

–Anoche era Elinor.

–Pues hoy es la señorita Harriman.

–¿Y su hermana? –exigió saber Charles sin poder contener los estribos.

Rohan pensó con hastío que al menos algo bueno iba a salir de todo aquello.

–Creo que puede que me quede también con ella –dijo sonriéndole a su amigo–. La señorita Harriman hace unos ruiditos deliciosos cuando experimenta el orgasmo. Sería interesante ver si la señorita Lydia hace lo mismo.

Casi no le dio tiempo a terminar la frase cuando Charles saltó por encima del escritorio, derribando a Rohan.

Era justo lo que necesitaba. Una salida violenta, golpear y que lo golpearan. La pelea fue corta e inmediata, intercalada con gruñidos e imprecaciones que no se oirían fuera de los muros de los establos. Eran dignos rivales el uno del otro, pero al final acabaron los dos tendidos de espaldas en el suelo, respirando entrecortadamente, magullados y ensangrentados.

–No ha sido una pelea justa –jadeó Rohan–. Todavía estoy convaleciente de un duelo.

–Serás bastardo –dijo Reading, respirando agitadamente–. Como toques a la señorita Lydia te mato.

–Tal vez no me importaría, Charles –contestó el otro, riéndose de sí mismo–. Me estoy poniendo sensiblero –añadió mientras se incorporaba gruñendo de dolor–. Sólo hay una forma de protegerla de mí, Charles. Cásate con ella. Si lo que te preocupa es el dinero, considero que es una minucia comparado con el nauseabundo amor verdadero. Espero que encuentres la manera de manejar la situación.

Charles se quedó mirándolo.

—Nunca te había oído abogar por el matrimonio.

—¡Claro que sí! Pensaba que Etienne debería haberse casado con la señorita Harriman. Él pensaba que debería casarse con la señorita Lydia. Si lo hace, la chica será para mí. Y no creo que sea eso lo que quieres, ¿verdad que no?

Charles se levantó de un salto con una agilidad que Rohan envidiaría.

—No dejaré que la toques.

—Ya lo has dicho. Pues haz algo al respecto.

Charles salió del despacho dando un portazo. Con suerte no se daría cuenta de que lo había manipulado hasta después de llegar al castillo. Si ocurriera antes, podría darse media vuelta. Confiaba en que una mirada al exquisito rostro de Lydia Harriman y a sus ojos azules llenos de lágrimas acabaran con los reparos de su amigo.

El amor era un asunto tedioso, pensó con hastío mientras alargaba la mano hacia la jarra de cerveza. Se alegraba sinceramente de estar por encima de tal sentimiento. La noche anterior se había dejado llevar por un absurdo sentimentalismo, hasta que el placer físico desató en él algo parecido a la locura. *Amour fou* lo llamaban los franceses. Amor loco y apasionado, el tipo de amor que le hacía perder a uno la cabeza y el sentido.

Se alegraba mucho de haber podido atajarlo. No le costaría demasiado dar a Elinor dinero suficiente para irse. Quedaba la duda de si lo haría con o sin su hermana, pero confiaba en que, una vez se asegurara de que la dejaba en buenas manos, estaría más que feliz de abandonar Francia. Regresar al único sitio al que sabía que él no podría llegar.

Recobraría la cordura igual que la había recobrado él, y se sentiría asqueada. Cualquier cosa sería preferible a estar enamorada de él. El amor era lo único que él no soportaba.

Tal vez pudiera contar con la ayuda de Charles para ocuparse de disponer todos los detalles una vez comprobara que él, Rohan, no tenía interés alguno en su joven virginal. Entre tanto tenía que mantener las distancias con Elinor. El amor loco era para los jóvenes y muy resistentes.

No para los viejos, hartos ya de todo como él, que sabían que los finales felices no existían, ni tampoco el amor verdadero o la peligrosa y engañosa paz que se había adueñado de él la noche anterior.

Lo mejor sería prescindir de ello antes de que su contacto lo destruyera. Elinor estaría mucho mejor sin él. Sus manos y su alma estaban manchadas de sangre, tanta que no se podía eliminar.

Se reclinó en el sillón. Oyó a lo lejos el ruido que hacían sus invitados. La fiesta estaba en todo su apogeo. Cerró los ojos y los maldijo a todos.

Elinor retrocedió de la puerta.

«No puedes tratarla como a una de tus putas», había dicho Charles.

Y la devastadora respuesta:

«Eso es precisamente lo que hice y te aseguro que le gustó mucho... No creo que un revolcón de una noche sea motivo suficiente para tener que mantenerla económicamente de por vida».

Escuchó la conversación hasta que no lo pudo resistir más, hasta que sintió que se moriría si seguía soportando los incesantes golpes. Retrocedió, demasiado aturdida para llorar, hasta que chocó con alguien.

Se dio la vuelta dispuesta a enseñarle los dientes al primer miserable libertino que viera, pero con quien se encontró fue con el atractivo rostro de su primo.

—Primo Marcus —dijo, desconcertada—. ¿Qué haces aquí?

Marcus llevaba la capa puesta y le hizo un gesto para que la acompañara a una alcoba vacía para hablar en privado.

—Querida Elinor, he venido a buscarte. Sé que Rohan te retiene por alguna razón y vine a ayudarte. Hice que unos criados metieran a escondidas en tu habitación una capa y unas botas anoche y mi carruaje te estuvo esperando a la salida, pero no apareciste.

—¿Fuiste tú? —preguntó ella, confundida.

—Pues claro que fui yo —contestó él—. ¿Por qué si no iba a estar en este repugnante lugar? ¿Sabes que el anfitrión mató a un hombre anoche?

De ahí la sangre en su camisa y el camisón de ella.

—¿Eso hizo?

—Con el pretexto de un duelo, pero fue más bien un asesinato. El pobre hombre no resistió un asalto. Sólo por estar en el lugar equivocado, en el momento equivocado. Rohan estaba tan furioso por algo que necesitaba matar a alguien y ese pobre hombre fue lo primero que encontró.

Y ella lo segundo, pensó con tristeza. Entonces miró a su primo, con la misma nariz Harriman.

—Te estaría muy agradecida si pudieras sacarme de aquí —dijo en voz baja.

—Eso voy a hacer, prima. Me gustaría decirte unas cuantas cosas que me parecen interesantes y hacerte una proposición que tal vez encuentres apetecible.

—Tengo que ver a mi hermana —dijo ella, intentando que su voz no sonara tan absolutamente desdichada.

—Por supuesto, prima Elinor. Hablaremos también de eso. Ven conmigo.

Tenía en la mano la capa ribeteada de pieles de Rohan con su manguito a juego. Habría preferido la otra más tosca, pero no la encontró en la habitación. Se la colocó alrededor del cuello.

—Sí —dijo posando la mano en la de él—. Sí.

CAPÍTULO 22

Lydia estaba sentada junto a la ventana contemplando el día gris. Se había ordenado a sí misma no llorar. A Elinor siempre le había apenado verla llorar y, además, no servía para nada. No le devolvería a nana Maude ni tampoco borraría el incendio y la agónica muerte de su madre. Tampoco le servía para tener a su hermana a su lado cuando tanto la necesitaba. Las lágrimas eran una pérdida de tiempo y no tenía intención de darse el lujo cuando la señora Clarke y Janet se estaban portando tan bien con ella.

La verdad era que no estaba preocupada por Elinor. Lord Rohan no podía quitarle los ojos de encima y sabía que no le haría daño a pesar de su fanfarronería. Confiar que lo suyo tuviera un final feliz tal vez fuera demasiado optimista, pero se conformaba con que fuera feliz, aunque fuera por poco tiempo.

En cualquier caso se le antojaba ridículo pensar que la felicidad de su hermana habría de llegar de manos de un libertino como Rohan. Si tuviera un mínimo de sentido común, tendría miedo por el futuro de su hermana.

Pero ella tenía algo mejor que sentido común. Tenía un instinto casi infalible en lo que a la gente se refería. Sabía reconocer a las buenas de las malas personas, no según lo que dictaban las normas de las sociedad. A tenor de dichas normas, Rohan sería un ser despreciable y el hombre que ella creyó era su padre, un hombre honrado y leal.

Pues ese hombre había abandonado a su verdadera hija igual que a la ilegítima, y aunque no era rencorosa, sabía que un hombre decente jamás rechazaría a un hijo, por dudosa que fuera su paternidad. Rohan no lo haría.

No, Rohan no abandonaría, no forzaría. Y Lydia sabía que Elinor era la mujer perfecta para él. De lo contrario no se habría ido de París pacíficamente. Tendrían que habérsela llevado a la fuerza. Durante unas breves semanas, o tal vez sólo días, Elinor iba a disfrutar de la experiencia totalmente nueva del cortejo, el galanteo, incluso la seducción. Tendría que aceptar el hecho de que era una mujer muy bella, no sólo por dentro. Y si su virtud era el precio que había de pagar, sería decisión suya, y merecería la pena. Elinor no entregaría nada que no quisiera entregar.

Aunque en honor a la verdad, no estaba tan segura de que Elinor siguiera siendo virgen. Sabía que no se había entregado voluntariamente a nadie en el pasado, pero había secretos y mentiras en el seno de su pequeña familia. Comentarios furiosos que le había oído a nana Maude, la pena y la imagen de la pérdida que vio en el rostro de su hermana tras haber pasado varios meses desaparecida años atrás. Lo que quiera que hubiera ocurrido, había sido muy malo, pero había decidido no hurgar para no lastimar a su hermana.

Sabía instintivamente quién tuvo la culpa. La única persona a la que nunca podría perdonar, la persona que siempre la había adorado, a ella y sólo a ella. La causante de su destrucción. Su madre.

En algún momento, lady Caroline había perdido todo derecho a inspirar la compasión que Lydia tenía para todos los demás. No por su irresponsabilidad y el desastre al que las había arrastrado, sino por lo que le había hecho a Elinor. Lydia podía pasar por alto muchas cosas, perdonar muchas cosas, excepto cuando se refería a Elinor.

Si se había equivocado con Rohan, si le hacía daño a Nell, lo encontraría y le haría pagar por ello. Pero no se había equivocado. Había visto cómo la miraba cuando creía que nadie lo veía. Libertino o no, ella tenía fe en él. Quizá fuera el Rey del Infierno, pero la salvación aguardaba más allá del azufre.

Y ella, Lydia, podía poner algo de su parte. Había tomado una decisión, que no era un sacrificio muy grave. Tiempo atrás había aprendido que las cosas relucientes y bonitas estaban muy bien, pero que optar por otras cosas ordinarias y robustas era la opción sensata y generosa.

No quería decir con eso que hubiera que considerar a Etienne de Giverney ordinario y robusto. Era un hombre muy atractivo. Un hombre que no tenía mucho sentido del humor. Un poco tieso y con una gran capacidad para comprender la medicina, pero no la realidad del mundo. Había algo más, algo oculto bajo la superficie, que no comprendía muy bien. Aquello la inquietaba, pero decidió que no era más que su reticencia a aceptarlo. Reticencia que estaba decidida a ignorar.

Lo que no sería muy problemático. Su madre era igual, y siempre había sabido tratar con ella, haciendo que la conversación girara en torno a ellos, reorganizando la vida y el pasado de forma que se sintieran constantemente halagados. Etienne la veía como un bonito adorno para su futura vida y la trataría bien, no la golpearía nunca, le daría hijos y seguridad.

Pero más importante era lo que le daría a Elinor. Para ella significaría dejar de preocuparse por el bienestar de su hermanita.

Era un sacrificio menor después de todo lo que Nell había hecho por ella. Y tampoco tenía más opciones. Charles

Reading no había dicho ni hecho nada que sugiriera que sentía algo por ella. Ella sólo sabía que era un hombre bello y marcado, y que ella no era una rica heredera. Sólo lo había visto unas pocas veces, pero por alguna razón su instinto le fallaba con él. No era capaz de adivinar nada en su turbulenta mirada ni en su educado comportamiento. No era admiración ni deseo ni siquiera remordimiento. Y era una locura soñar con él.

Había sido Etienne quien la llevara hasta el castillo, cuando ella había deseado en secreto que apareciera Charles Reading. Había ido a visitarla todos los días, había tomado el té con ella y la había sometido a una interminable retahíla acerca de cómo el vizconde Rohan le había robado lo que era suyo por nacimiento. Ella había escuchado la letanía de ofensas y contestado lo que él quería oír. Etienne se había calmado y hasta se había pavoneado un poco.

Sin duda, aquél era un buen papel para una mujer en la vida. Era médico, un hombre que ayudaba a la gente. Y ella podría ayudarlo a él, aplacándolo, apoyándolo, suavizando su resentimiento y su obsesión de que había sido tratado injustamente.

Simplemente no era lo que ella quería.

Pero lo que ella quería no importaba. Por lo menos a ella. Nunca había podido hacer gran cosa por Elinor, nunca le permitió que la ayudara con la carga que suponía lady Caroline y, a pesar de todos los esfuerzos de su hermana, su madre sólo tenía ojos para su Lydia. Quería creer que pagaba con la hija el odio que sentía hacia el padre, pero había sido cruel y malvada, y Lydia la había odiado por eso.

Finalmente había llegado el momento de pagar a su hermana, aunque fuera un pago nimio. ¿Cómo podía amargarle tanto la oportunidad?

La puerta del dormitorio estaba entreabierta. La señora Clarke asomó la cabeza muy sonriente.

—Tenéis visita, querida.

Lydia se levantó. Etienne otra vez. Le había dicho que no iba a poder ir a visitarla, como si fuera un motivo de tristeza para ella. Lydia le había dicho lo que quería oír, claro. Sabía lo que tenía que hacer, se lo debía a Elinor. Se alisó la parte delantera del vestido, uno de los preciosos conjuntos que Rohan le había proporcionado, estampó una sonrisa perfecta y siguió a la señora Clarke por la escalinata de aquel castillo de extraña arquitectura.

Estaba dividido en dos. Una parte se mantenía cerrada, y la señora Clarke le había advertido que no se internara en aquellas habitaciones. La advertencia, claro está, disparó su imaginación, y desde que llegara no había dejado de intentar vislumbrar algo por las ventanas cuando salía a pasear por los jardines, pero todo le parecía decepcionantemente normal. Excesivos adornos, al contrario que las cómodas habitaciones del resto de la casa, entre ellas la habitación en la que dormía ella.

—Está en la biblioteca, señorita —dijo la señora Clarke sin poder ocultar la sonrisa. Lydia se detuvo ante la puerta y se recordó por qué hacía aquello. Estaba claro que la señora Clarke lo aprobaba, aunque no le había parecido que tuviera una gran opinión de Etienne hasta aquel momento, y él la trataba como si fuera una campesina. Sin embargo, si la señora Clarke había decidido que le gustaba, estaba claro que había algo más en Etienne de lo que ella veía.

Abrió la puerta y entró.

—Etienne, no sabía que podrías venir hoy... —sus palabras quedaron suspendidas en el aire cuando Charles Reading se volvió y la miró. Se quedó paralizada donde estaba, en mitad de la habitación.

—Lo siento, no soy Etienne —se disculpó él con una sonrisa de tristeza que le retorció el rostro.

Dios bendito, pensó ella, tragando el nudo que se le había formado. ¿Cómo iba a soportar aquello? Si le pudieran asegurar que no tendría que volver a ver a Charles Reading, que jamás estaría a solas con él, que jamás miraría aquellos ojos oscuros e insondables, tal vez podría ser capaz de cumplir con su obligación.

—¿Qué... qué hacéis aquí? —se trastabilló—. Lo siento, qué grosera he sido. Es que me habéis sorprendido. ¿Queréis que la señora Clarke nos traiga un poco de té? Habéis hecho un largo camino hasta aquí. Algo de comer, tal vez. No es ninguna molestia, os lo aseguro. Puedo...

Charles Reading atravesó la habitación mientras ella parloteaba sin cesar y le tomó la mano.

—Shh, Lydia. Shh.

Ella lo miró y un súbito miedo se apoderó de ella. Que la hubiera llamado por su nombre indicaba que había sucedido algo funesto.

—¿Le ha ocurrido algo a Elinor? ¿Está bien?

—Está bien. Rohan dice que puede marcharse, y he venido para preguntaros si queréis volver a París.

—¿Va a dejar que se vaya? —el pánico se convirtió en dolor. Elinor lo amaba. Lydia lo sabía igual que sabía lo que sentía ella misma, por imposible que fuera. Confiaba en que, por lo menos una de las dos, encontraría la felicidad. Si Rohan estaba dispuesto a dejarla marchar, sus esperanzas se hacían añicos.

—Así es.

De pronto se dio cuenta de que su mano seguía dentro de la mano enguantada del señor Reading, y la apartó de inmediato.

—¿Y adónde iremos?

—Es un hombre de honor...

—¿Lord Rohan? —dijo Lydia, apartándose de él. Su aprobación había desaparecido al saber que dejaba ir a Elinor. Era evidente que se había equivocado con él—. Permitidme que lo dude.

—Se rige por un código particular de honor. Se ocupará de que no le falte dinero para volver a Inglaterra y para que viva allí.

—Un precio muy alto por haber sido su puta durante unos días —dijo con amargura.

—No deberíais llamar esas cosas a vuestra hermana.

—Mi hermana no tiene la culpa. Y vos, vos formáis parte de esto. ¿Os la turnasteis?

Los ojos de Charles Reading se llenaron de hielo y su expresión completamente ilegible.

—Pues no.

—Ah, ya, la fiesta estaba en todo su apogeo. Probablemente tendríais media docena de mujeres a vuestro servicio.

Él la miró larga y detenidamente, y de pronto se le iluminó la mirada.

—No —replicó simple y llanamente.

—¿No? No me digáis que os habéis reformado.

—Yo no diría tanto, pero las putas dejaron de interesarme hace tiempo, me temo.

—Qué noble —Lydia no sabía que su voz podía sonar tan áspera—. ¿Y a qué os dedicáis ahora?

—A enamorarme de jóvenes e inapropiadas damas.

Aquello la acalló durante un momento, pero enseguida se recobró.

—¿Cuántas?

—¿Cuántas qué?

—De cuántas jóvenes e inapropiadas damas os habéis enamorado.

—Sólo de una.

Lydia estaba en mitad de la habitación, separada de él por el canapé. Le gustaba de aquella forma. Así no podría ver cuánto le temblaban las rodillas.

—¿Y qué pensáis hacer al respecto?

Él se giró de forma que ella sólo pudiera ver el lado de

la cicatriz. Lo hizo deliberadamente, el muy tonto, incapaz de ver que ella amaba las dos mitades. Amaba el conjunto entero.

—Se me ha ocurrido venir y ponerme en ridículo preguntándole si querría casarse conmigo de todos modos, en vez de con un médico adinerado y heredero de un título. Sería tonta si me aceptara, y no me parece que sea una mujer tonta, pero algo que dijo Francis me convenció de que no podía hacer la estupidez que está planeando él y volverle la espalda a lo que mi corazón desea en realidad.

Lydia tomó aire muy profundamente.

—Entonces quedamos en que ella sería tonta si os aceptara y vos serías tonto si no se lo pidierais. ¿Cómo demonios se podrían reconciliar ambas cosas? —dijo ella con expresión seria y preocupada, aunque por dentro su corazón cantaba de alegría.

—Creo que tendría que pedírselo para asegurarme de que he hecho todo lo que estaba en mi mano. Pero también querría hacerle una advertencia. No tengo dinero, ni perspectivas de futuro. Lo que sí tengo es un rostro muy desagradable y mi mejor amigo es el Rey del Infierno.

—¿Creéis que eso la detendría?

—No tengo ni idea. ¿Te detendría, Lydia?

Ella lo miró a los ojos, esos ojos insondables, y lo que vio la dejó aturdida por completo. Con razón no había sido capaz de leer nada en ellos. Estaba acostumbrada a la admiración, la lujuria, el coqueteo, la avidez. Era la primera vez que veía amor en los ojos de un hombre.

—Nada la detendría si te amara de verdad —contestó—. Y te ama, Charles. Ama la parte hermosa de tu rostro y la parte marcada por la cicatriz. Ama tu pasado y tu presente, pero, especialmente, ama tu futuro. Pídeselo.

—Cásate conmigo, Lydia.

Aquello habría sido motivo de aflicción para nana Maude. Lydia saltó por encima del canapé y se arrojó a sus brazos.

Charles la atrapó con bastante destreza y la besó como no la había besado nadie, con un deseo tan tierno que le entraron ganas de llorar. Cuando levantó la cabeza y la miró, sabía que tenía los ojos llenos de lágrimas.

–Lamento ser tan tonta como para quererte, cariño –se disculpó ella, mirándolo a los ojos–. Pero en vista de que ahora eres tan sabio, tendrás que instruirme.

Él la besó de nuevo, y no hizo falta ninguna clase de instrucción.

El carruaje de su primo era cálido y con una buena amortiguación, aunque distaba mucho de la elegancia del de Rohan. El vehículo se puso en movimiento en cuanto estuvieron acomodados, y en pocos minutos se alejaron de la Maison de Giverney. Lejos de Rohan y la frialdad de sus palabras.

Aún se sentía entumecida internamente. Se reclinó en un rincón del banco, arrebujada en la capa, perdida en una honda pena. Se sentó en silencio, perdida, hasta que vio que seguían el sentido el río. Por allí no se iba al castillo.

–¿Adónde vamos? Dijiste que me llevarías con Lydia –le dijo con aspereza. Otra traición más a manos de un hombre y...

–Mi querida prima –dijo él con tono empalagoso–. Te dije que tenía mucho que contarte. Tu querida hermana está bien. Está con su prometido, Etienne de Giverney. No tienes que preocuparte. En el castillo hay carabinas suficientes. Planean casarse en una celebración discreta en cuanto les sea posible. Te manda todo su amor y dice que no te preocupes por ella.

–¿Se va a casar con Etienne? –preguntó Elinor, suspicaz. Al principio les pareció la mejor solución, pero entonces se acordó de que Lydia le había confesado, llorando, que amaba a Charles Reading. Algo debía de haberle hecho recuperar el sentido común. El amor era un truco, una trampa, una ilusión. Etienne cuidaría de ella. No había nada que temer.

—Al parecer la ha estado visitando todos los días, presionándola para que aceptara, hasta que lo ha conseguido. Menos mal que la sacó de la casa de Rohan, ¿no te parece?

—Absolutamente de acuerdo —respondió ella, entumecida—. ¿Puedo verla?

—Sería más sensato no verla ahora. Aún no me has preguntado cuál era la propuesta que iba a hacerte.

Ella se obligó a mostrar interés.

—Por supuesto, primo. Estoy muy interesada.

Tal vez necesitara que alguien le hiciera compañía a una anciana tía suya o una institutriz para una prima. El problema era que no tenía familia. Su familia era la de ella también.

—Sé que esto te podrá parecer inesperado, pero lo he estado pensando detenidamente y me parece que sería la solución. Tal vez no sea lo que tú quieres, pero sospecho que podría funcionar, y...

—¿Qué es lo que tratas de decirme, primo? —lo interrumpió ella, recuperando parte de su antigua impetuosidad.

Él le tomó la mano e hincó una rodilla en el suelo del oscilante vehículo, mientras ella lo miraba horrorizada.

—Te estoy pidiendo que te cases conmigo, prima Elinor. Creo que nos llevaríamos bien, y no puedo evitar la sensación de que todas las cosas que he heredado deberían ser tuyas en realidad. Quiero compartirlas contigo.

—Primo... —dijo ella con cuidado, intentando ocultar la irritación.

—Siento un profundo respeto hacia ti, querida, y... y también cariño. Creo que podemos llegar a amarnos profundamente. Te suplico que consideres mi proposición.

Ella lo miró largo y tendido, mientras él trataba de no perder el equilibrio con los tumbos que daba el carruaje. Sería la solución, pensó entumecida. Rohan se enteraría de que se había casado y se olvidaría de ella, que era lo que ella quería. Si no podía tenerlo, prefería poner punto final a lo suyo.

Miró a su atractivo primo, que le sostenía la mano con ternura.

—Sí —contestó con su pragmatismo habitual—. Pero me gustaría regresar de inmediato a Inglaterra.

Él le sonrió con serenidad.

—¡Mi querida muchacha! Un pequeño barco nos aguarda en Calais. Podemos estar en Inglaterra mañana.

«Mañana». En un día estaría lejos de aquel lugar, del país en el que había vivido los últimos diez años, el lugar en el que había crecido, el lugar en el que había perdido a la única madre que había conocido. Y también a lady Caroline.

Rohan no podría seguirla. De nada serviría que repentinamente entrara en razón, que recordara las largas horas que habían pasado sumidos en los brazos del otro, que recordara el calor, la ternura. No podría seguirla, porque eso supondría poner en peligro su vida. Su miserable y degenerada vida.

—¿Y mi hermana?

—Su nuevo esposo y ella nos visitarán en cuanto nos hayamos instalado —contestó él—. Podemos casarnos con una licencia especial en cuanto lleguemos a Dorset. No sabes lo feliz que me has hecho, querida. No quise hacerme ilusiones.

Entonces se levantó y se sentó junto a ella, que dio un brinco y se sentó en el banco opuesto, reacia al hecho de tenerlo tan cerca.

—Hay algo que debo contarte, primo Marcus, porque podría hacerte cambiar de opinión.

—No se me ocurre nada que pudiera provocar tal cosa, querida.

—He tenido una... vida difícil estos últimos años.

Él asintió vigorosamente.

—Lo sé. Me enfurece que tu padre no te ayudara cuando más lo necesitabas.

—Me temo... Marcus, ya no soy virgen.

Él ni siquiera pestañeó.

—Estoy seguro de que no tuviste la culpa, querida. No es culpa de nadie. Serás una esposa recatada y fiel, y eso es lo único que me importa.

Ella se quedó inmóvil un momento.

—Sí, Marcus —dijo finalmente—. Entonces me casaré contigo.

—Querida prima —respondió él con una resplandeciente sonrisa.

No sería tan horrible, pensó Elinor, reclinándose en un rincón. Él sabía lo justo como para no querer intentar sentarse a su lado otra vez, ni tocarla ni besarla. Se comportaría con educación y paciencia. Y lo cierto era que sabía que podría tumbarse debajo de él y dejar que copulara con ella como un animal en celo, porque sabía que no haría nada más. No habría caricias potentes y luego suaves, ni besos. Podría soportarlo.

Tendría que encontrar a alguien que le procurase láudano. Lo mismo su cuñado sería tan amable de hacerle el favor, pensó sin alegría.

Miró hacia el que sería su esposo. Era bastante guapo en general, a pesar de la nariz Harriman. El pelo, sin un color definido, se le empezaba a clarear, no como la abundante cabellera negra de Rohan, y su boca...

Tenía que dejar de pensar en eso. Tenía que recordar sus palabras crueles y desgarradoras, y tenerlas siempre a mano en caso de que flaqueara, en caso de que lo deseara. Aquel hombre era una farsa. La verdad estaba delante de ella, dormitando apaciblemente rumbo a Calais.

CAPÍTULO **23**

La Maison de Giverney estaba a oscuras y en silencio. Charles Reading miró hacia arriba con sorpresa. Únicamente habían pasado cinco de los catorce que duraba la fiesta, pero el lugar parecía abandonado. Había estado fuera sólo tres días, y el miedo lo asaltó mientras escrutaba la oscuridad.

Había esperado demasiado, asegurando a Lydia, y a sí mismo, que Elinor estaría a salvo bajo la protección de Rohan. Francis la había comprometido, lo que sabía que ocurriría desde la primera vez que puso los ojos en ella, pero, a pesar de sus amenazas, Charles sabía que su amigo nunca le haría daño. Él, por su parte, había llevado a Lydia a ver al párroco inglés más cercano para que los casara a toda prisa antes de que algo o alguien pudiera impedirlo, incluida su propia conciencia. No era lo bastante bueno para ella, lo que no era nada práctico, pero le importaba un pimiento. Estaba enamorado de ella y ni todas las explicaciones racionales del mundo podrían cambiarlo.

El párroco más cercano se encontraba a medio día a caballo de París y pasaron la noche de bodas en una pequeña posada en el campo. Los siguientes dos días habían pasado en una explosión de deseo y ternura, y no se acordaron del rescate de Elinor hasta que no llegaron a París, al apartamento en el que vivía Charles en Place des Vosges, y logaron emerger de su capullo de felicidad.

No le había hecho ninguna gracia dejar a su esposa a salvo en su apartamento, con los ojos soñolientos y totalmente desnuda en la cama. Lo único que podía distraerlos de su mutuo disfrute era la duda persistente acerca de quién la había sacado de la casa y se la había llevado antes de que Rohan la dispensara.

Charles sabía perfectamente bien que a pesar de sus amenazas, Rohan no haría movimiento alguno hasta que concluyeran los festejos, y pudiera suavizar el golpe. A pesar de que Rohan fuera por ahí creyéndose el Príncipe de las Tinieblas, su alma vapuleada contenía una nobleza magullada que le horrorizaba. Rohan prefería creerse un hombre sin corazón.

Charles no sabía cómo se habría tomado Elinor Harriman el desprecio sufrido. Por lo que había visto le parecía una mujer muy fuerte. La veía capaz de volver y estampar un jarrón en la elegante cabeza de Rohan, pero no era el tipo de mujer que se sentaría en un rincón a llorar.

Claro que tampoco era el tipo de mujer que sucumbiría a los poderes de seducción de un infame como Rohan y lo había hecho. Además, los habituales métodos de Rohan no se correspondían en absoluto con la manera en que se estaba comportando. Reading no recordaba haber visto a su amigo como lo vio aquella noche, el salvajismo que mostró en su desigual duelo con el sir Christopher, la ira cuando fue a buscar a Elinor la noche que trató de escapar. Algo no iba bien en la vida de su amigo, y la oscuridad en que estaba sumida su casa era señal evidente de ello.

Sintió un poco de alivio al ver luz tras las ventanas que

rodeaban la vasta puerta principal, puerta que un adusto Willis abrió en cuanto se acercó. Durante un momento pensó si aquello no sería un nuevo juego del Ejército Celestial, pero enseguida supo que su primera suposición había sido la correcta. El lugar estaba desierto.

—¿Está aquí tu amo, Willis? —preguntó.

—Está aquí. Los demás se han marchado, incluida la mitad del servicio —masculló—. Me alegro de que estéis aquí, señor. Os necesita.

—¿Dónde está?

—En la biblioteca. Bebiendo o bebido, me atrevería a aventurar. Nadie se puede acercar a él. Cuando estuvo a punto de volarle la tapa de los sesos a Cavalle con su pistola de duelo, los sirvientes, los que quedan, guardan las distancias.

—A mí no me disparará —dijo Charles, dirigiéndose hacia el corredor en penumbra.

La casa estaba impoluta. No había signo alguno de la fiesta. Charles no podía imaginar cómo habría conseguido echarlos. Cuando el Ejército estaba en pleno apogeo, sólo el agotamiento era capaz de pararles los pies.

La puerta del estudio de Rohan estaba cerrada, y por primera vez no había ningún lacayo sentado en el corredor a la espera de órdenes. Llamó con los nudillos.

—Fuera, maldita sea —contestó Rohan desde el otro lado con un leve arrastramiento a causa del alcohol. Otra sorpresa. En todos los años que habían bebido juntos hasta la saciedad nunca le había visto perder el control.

—Soy yo.

—Vete al infierno, Charles.

Una bienvenida como otra cualquiera. Abrió la puerta y entró.

La última vez que había estado en aquella habitación intentaron matarse. Era obvio que Rohan había seguido intentándolo él solo en su ausencia.

La estancia estaba hecha un desastre. Era evidente que un loco había golpeado todas las superficies posibles con el atizador, aplastando y destruyendo en un ataque de furia ciega. El enorme escritorio estaba patas arriba, las sillas astilladas, los cuadros fuera de su sitio y las telas rasgadas. Rohan estaba en mitad de aquel caos, en un banco empotrado bajo la ventana que ni él podía destruir, con una botella de whisky escocés en la mano.

Tenía un aspecto horrible. Charles supuso que no había hecho más que beber y romper cosas desde que él saliera de allí.

Uno de los sillones volcados parecía tener las cuatro patas intactas, aunque le faltaba un brazo. Lo puso derecho, se sentó y miró a su amigo.

—¿Qué has hecho con el Ejército Celestial? —preguntó educadamente.

—Me he deshecho de todos. Los eché de la casa y no van a volver.

—No, supongo que no. Y menos cuando les han aguado la fiesta —observó Charles—. ¿Y dónde está la señorita Harriman? ¿He de suponer que también la has echado?

—No llegué a hacerlo —contestó él con una desagradable mueca—. Se fue ella sola.

Reading entornó los ojos.

—¿Cómo?

—Alguien la vio salir poco después de que te marcharas. ¿Fuiste lo bastante tonto como para ir a buscar a su hermana?

—Sabías que lo haría —contestó Reading.

—Sí. Todavía eres joven y lo bastante tonto como para creer en el amor.

—¿Y tú no, Francis? —dijo él con suavidad—. Yo creo que Elinor te ama.

—No te he dado permiso para llamarla por su nombre de pila —le espetó Rohan con tono ebrio.

—No sabía que necesitara tu permiso —replicó Reading con ironía—. ¿Dónde está?

—Maldito si lo sé.

—Así es como te sientes —dijo Reading sin perder la afabilidad—. ¿Cómo sabes que se ha ido?

—Regresé a su habitación. Habitaciones. La instalé en una que estuviera lejos del bullicio, y cuando fui a verla se había ido.

—Tal vez supiera que era eso lo que tú querías.

—¿Cómo demonios iba a saber ella lo que yo quería? —replicó Rohan con lógica de borrachos—. Ni yo mismo lo sabía.

Reading lo miró lleno de frustración.

—Esta vez la has hecho buena, Francis. Esto no es propio de ti, tú tienes más elegancia. Lo único que se me ocurre es que aquí esté pasando algo más. Algo relacionado contigo.

—Te lo suplico, Charles, ahórrame el sentimentalismo —dijo Rohan.

Reading sacudió la cabeza.

—Tengo que encontrarla, Francis, aunque sólo sea por el bien de su hermana. Pensé que te sentirías responsable en cierta forma...

—Nada de eso —lo interrumpió él escuetamente, dando otro trago a la botella—. Puede irse a donde le plazca y darse un revolcón con quien le plazca. Yo ya no tengo nada que ver con ella.

Charles se levantó y atravesó la habitación, le quitó la botella y la lanzó al fuego. Rohan se levantó de un salto. Estaba furioso, en los ojos una mirada asesina, pero, de pronto, se le borró toda expresión del rostro y, durante un momento, no se movió del sitio, desmayándose elegantemente en los brazos de Charles a continuación.

Charles dejó a su amigo en el suelo con sumo cuidado. Willis ya estaba esperando con café y comida en una bandeja, una palangana con agua tibia y ropa limpia doblada sobre el brazo.

—¿Qué pasó con la señorita, Willis?

—No estoy seguro, señor Reading, pero me dijeron que la vieron salir en compañía de un caballero.

La respuesta lo alarmó. Ni un solo miembro o invitado a la fiesta sería un acompañante adecuado para Elinor Harriman.

—Creo que era el barón Tolliver. Está recién llegado a la ciudad y al parecer es pariente de la señorita.

—Entonces está a salvo.

Willis vaciló.

—No estoy seguro de eso, señor Reading. Opté por investigar un poco para ver si averiguaba algo más de la situación. Alquiló un carruaje hacia Calais, lo que me hace suponer que planeaba volver a Inglaterra. Con la señorita Harriman.

Debería sentirse aliviado. Si estaba con el cabeza de familia, no tenía nada de qué preocuparse. Excepto que aquél era el hombre al que Rohan había estado investigando en secreto.

El momento de los secretos se había pasado.

—Trae agua fría, Willis. Creo que es hora de que lord Rohan se enfrente al desastre que ha causado.

—Desde luego, señor —dijo el hombre, asintiendo con la cabeza.

Charles no esperó a que Willis regresara. Abrió las puertas de la terraza cubierta de nieve y regresó junto al cuerpo inconsciente de Rohan. Era demasiado grande para levantarlo él solo, así que lo arrastró por el suelo hasta la puerta y lo dejó caer de bruces en la nieve.

Rohan volvió en sí con rapidez y la emprendió con Charles una vez más.

—Ya basta —bramó Charles, extendiendo un brazo para mantenerlo a distancia—. Ya has pasado bastante tiempo lamentándote. Es hora de ponerte serio y hacer algo.

—Podría hacerlo con tu prometida —dijo Rohan con deliberada maldad intentando provocar a Charles para que lo golpeara.

—Es mi esposa, bastardo degenerado. Y sabes perfectamente que no es la Harriman que tú deseas. Elinor se ha ido con ese primo suyo, probablemente esté en Inglaterra a estas alturas. Vamos a tener que ir a asegurarnos de que está... —se detuvo cuando Rohan empezó a maldecir—. ¿Qué?

Pero Rohan parecía haberse sacudido de encima todo el whisky que había consumido. Se puso en pie y se irguió todo lo alto que era.

—Llama a mi ayuda de cámara —le ordenó bruscamente—. Y pide mi carruaje.

—Willis ya está preparando agua y la ropa —dijo Charles con recelo—. ¿Pero para qué quieres el carruaje? A estas alturas estará en Inglaterra. No puedes estar pensando en volver, ¿no?

—¿No puedo, Charles? —dijo él con tono lúgubre, quitándose el chaleco y la camisa destrozados—. No estoy seguro de que esté a salvo con él. Hice que lo expulsaran de mi casa cuando comenzó la fiesta, pero debió de entrar de alguna forma.

—¿Y estará más segura contigo? Permíteme que lo dude —dijo Charles burlonamente.

—No me entiendes. Ese hombre no es su primo. No es el verdadero heredero de las propiedades de Harriman, pero presentó unos papeles en los que afirmaba que su hija había muerto en Francia.

Charles se quedó helado.

—¿Cómo te has enterado?

—Sabes que soy capaz de conseguir cualquier información —contestó Rohan con tono lóbrego—. El joven Marley, el duque de Mont Albe, todos habían oído hablar de ese supuesto Marcus Harriman. Es un impostor, Charles. Es en realidad el hermano bastardo de Elinor, y no creo que esté pensando en el bienestar de su hermana.

Charles sintió formársele en las venas el mismo hielo con que había despertado a Rohan.

—Maldita sea. Eso explicaría muchas cosas. Ni a ti ni a mí nos encajaba la teoría de que lady Caroline hubiera provocado el incendio, y tú mismo dijiste que el atentado contra tu vida podría haber estado dirigido hacia otra persona. La señorita Harriman había estado contigo unos pocos minutos antes, y a él no le habría costado mucho encontrar a un tirador profesional entre los muchos soldados desafectos que pululan por las calles.

Rohan se estaba lavando el cuerpo.

—Si se la ha llevado de vuelta a Inglaterra es para matarla. Y yo llevo aquí sentado varios días, bebiendo.

—Puede que nos estemos preocupando por nada —razonó Reading—. Al fin y al cabo, las propiedades están vinculadas. ¿Qué podría esperar conseguir?

Rohan sacudió la cabeza y se puso las manos en las sienes con un gemido.

—Maldito dolor de cabeza —murmuró, momentáneamente distraído. Luego levantó la acerada vista—. Las propiedades no están vinculadas. Ni siquiera el título. Ella es la heredera de todo, y cuando se case, su hijo heredará el título. No creo que nuestro supuesto barón Tolliver esté dispuesto a dejar que eso ocurra.

Se dirigió hacia la puerta vibrando de enfebrecida energía.

—¡Willis, maldito seas! —gritó al corredor en penumbra—. ¿Por qué tardas tanto?

—¡Ya voy, milord! —contestó Willis a lo lejos.

—Dime qué tengo que hacer, Francis —lo apremió Charles—. No tienes más remedio que quedarte aquí, pero yo sí puedo ir tras ellos. Puedo alcanzarlos antes de que ocurra algo malo.

—Tal vez ya sea demasiado tarde. Podría haberla lanzado por la borda —contestó Rohan con tono sombrío—. Pero no, no es lo que ha hecho. Yo lo sabría. En mi corazón, yo lo sabría.

Charles lo miró, atónito.

—¿Tienes corazón, Francis? No puede ser.

Rohan se volvió hacia él.

—Aún no hemos acordado fecha para nuestro duelo —replicó con actitud diabólica.

—¿De verdad quieres perder el tiempo con algo tan trivial? —dijo Reading—. No me mires con esa cara. Te conozco desde hace demasiado para dejarme intimidar por el Rey del Infierno. Tendrás que renunciar a ese título, ¿sabes? Serás expulsado del Ejército Celestial.

—Que Dios me libre de sus aburridos jueguecitos —respondió Rohan con aspecto hastiado.

—Bendito sea Dios, primero tienes corazón y ahora también tienes un dios. ¿Es que no vas a cesar de maravillarme? —bromeó Charles, volviéndose para cerrar la puerta de la terraza para evitar que entrara el frío y la nieve—. Una cosa es segura. No pienso dejar que te acerques a Inglaterra. No digo que seas tan estúpido de estar pensando en hacerlo, pero ahora mismo no razonas, y serías muy capaz de...

Algo le golpeó en la cabeza. En un momento estaba sermoneando a su viejo y disipado amigo, y al siguiente se derrumbó en el suelo sembrado de cosas de la biblioteca de Rohan, y todo se volvió negro.

Rohan no se detuvo a considerar qué era aquella fuerza que lo impulsaba, a considerar el riesgo que corría. No había tiempo. No sabía exactamente cuándo habría partido Marcus Harriman con su hermanastra, pero la ventaja que le llevaba le resultaba inaceptable. No había hecho otra cosa que beber en los últimos tres días. Podrían haberse ido en cualquier momento, mientras él se lamentaba.

Ató a su amigo con destreza, amargamente divertido al darse cuenta de que la única razón por la que sabía cómo se ataba a una persona era gracias a los juegos del Ejército Celestial. Charles tendría ganas de matarlo cuando despertara, pero así tendría algo de ventaja al menos. Sabía que Charles no se quedaría atrás ni permitiría que él, Rohan, pusiera su vida en peligro regresando a Inglaterra. De ninguna manera. También sabía que no había manera de que Charles pudiera detenerlo.

Actuó a toda prisa. No tenía línea de crédito ni cuenta bancaria en Inglaterra, por lo que tendría que sacar una gran cantidad de dinero en metálico de su banco en París. Envió a Willis por delante a Calais para que alquilara un barco. Necesitaba que estuviera listo para partir con la primera marea, y pidió a su ayuda de cámara que le preparase la ropa más sencilla que tuviera. Salió de la Maison de Giverney menos de una hora después de que llegara Charles, tomó su caballo y partió hacia la costa como alma que lleva el diablo.

Se detuvo sólo a cambiar de montura, pero continuó imponiendo un ritmo homicida. Fue una suerte que decidiera que era necesario un cambio más, de modo que se detuvo en una pequeña posada a unos dieciséis kilómetros de la costa. También fue una suerte que cuando aquel hombre lo abordó no le pegara un tiro.

Era el antiguo cochero de las Harriman, pero no se acordaba de su nombre. Daba lo mismo, el hombre sí sabía quién era él.

—Disculpadme, señoría —dijo el hombre—. La señorita Elinor y la señorita Lydia están en vuestra casa, ¿verdad? ¿Están bien?

Rohan lo miró. Jacobs, así se llamaba. La pregunta era, ¿a quién servía? ¿A las Harriman? ¿O al nuevo heredero?

—¿Por qué lo preguntas? —preguntó Rohan con un tono más cortés del que usaba habitualmente con los criados—.

¿No se suponía que estabas en Dorset, ocupándote de que se diera sepultura a lady Caroline y a la vieja niñera?

—No me quedé, señoría. Regresé en cuanto pude. Algo extraño está ocurriendo en la antigua mansión. Es ése hombre que dice ser primo de la señorita Elinor. Nadie lo conoce. Ha despedido a todo el servicio y cuando traté de averiguar qué estaba ocurriendo, nadie quiso decirme nada. Tenían miedo, milord, lo temen aun estando en Francia, a muchos kilómetros de distancia.

—Y con razón —dijo Rohan, cuyo rostro se había convertido en una máscara inexpresiva—. ¿Y qué sugieres que hagamos?

—Asegurarnos de que no vuelva a husmear alrededor de mi señorita —respondió el hombre con dignidad—. No me fío de él. Corren rumores acerca de gente que ha desaparecido. No quiero que la señorita corra peligro. Se lo prometí a nana Maude.

Rohan lo miró largo y tendido.

—Me temo que hemos fracasado —dijo al final, decidiendo confiar en él—. Tiene a la señorita Harriman.

—Ay, no, milord —se lamentó Jacobs—. No puede haber... Yo...

—Voy a buscarla. Confío en que no sea demasiado tarde. Tengo un barco esperando en Calais. Supongo que querrás acompañarme. ¿Me equivoco?

—No os equivocáis, milord —contestó el hombre, asintiendo vigorosamente—. Puedo mostraros la mejor ruta para llegar a Dunnet. Conozco los sitios en los que...

—¿Tienes caballo? —lo interrumpió Rohan.

—¿Yo, señor? No, señor. He viajado en la diligencia.

—Que traigan un caballo para este hombre —ordenó al posadero—. Deprisa —miró a Jacobs y le preguntó a continuación—: Sabes montar, ¿verdad?

Jacobs se irguió todo lo que le permitió su cuerpo encorvado.

—Nací y me crié en Dorset. Claro que sé montar a caballo.

—Pues ya basta de charla y pongámonos en camino —espetó con voz gélida.

El nuevo caballo estuvo ensillado en cuestión de un momento. Lo justo para que Jacobs pudiera escudriñar el rostro de Rohan.

—Disculpad, milord, pero, ¿os está permitida...?

—No veo por qué habría de importarte —lo interrumpió Rohan, maldiciendo a las Harriman y a su charlatana familia. ¿Es que lo sabían todo de él?—. Concéntrate en la señorita Elinor. Ya me ocuparé yo de mi seguridad.

—Sí, milord. ¿Y la señorita Lydia?

—Felizmente casada —contestó él, esperando impaciente a que Jacobs subiera a su caballo.

—¿Con el médico? —preguntó con tono desaprobador.

—Con el señor Reading.

Una amplia sonrisa iluminó su rostro.

—Entonces está bien.

—Eso está por ver —dijo Rohan.

Para su asombro, Jacobs le siguió el ritmo sin problema. Era casi medianoche cuando llegaron a Calais, y faltaban tres horas para la siguiente marea. Rohan caminaba de un lado para otro por la cubierta del barco, incapaz de quedarse quieto, cuando oyó una voz en el muelle. Se acercó al costado de la embarcación y miró hacia abajo. Charles Reading aguardaba con gesto de determinación.

Debería haberlo sabido.

—No harás que tenga que matarte, ¿verdad? —le gritó Rohan—. Preferiría no hacerlo.

Charles lo miró.

—Tengo órdenes de mi esposa. Se supone que he de llevaros de vuelta a los dos sanos y salvos, o más me vale no volver a casa. Por lo menos podré verte la espalda cuando te suicides.

Rohan esbozó una sonrisa de oreja a oreja. Tenía perfectamente claro lo que iba a hacer. Estaba serio y decidido. Por primera vez tenía la sensación de que aquella desesperada misión no fracasaría.

—Entonces bienvenido a bordo, viejo amigo.

—Acabarás en Tower Hill, sin cabeza —refunfuñó Charles mientras subía a la cubierta detrás de Rohan.

—Entonces tendrás dos mujeres Harriman de las que cuidar —contestó él como quien no quería la cosa.

—Suponiendo que lleguemos a tiempo y suponiendo que logremos llegar a Francia sin enfadar a los hombres del rey, ¿qué pretendes hacer con la señorita Harriman?

Rohan observó el mar oscuro, más allá del puerto.

—¿Es asunto tuyo? —preguntó Rohan con tono seco.

—Lo es. Ahora que estoy casado con su hermana, ella es responsabilidad mía.

Rohan soltó una carcajada hueca.

—Mi querido Charles, me parece que no te va a gustar oírlo.

—Eso no importa. ¿Qué piensas hacer?

—Supongo que casarme con ella —contestó, incapaz de mostrar alegría ante la perspectiva.

—¿Por qué?

—Dios bendito, Charles, ¿es que tengo que darte explicaciones? ¿No te basta con saber que voy a hacer lo correcto?

—No. Si no quiere casarse contigo, no tiene por qué hacerlo.

Rohan se volvió y lo miró.

—Te sugiero que no te metas —le advirtió—. Pero se casará conmigo quiera o no. No pienso darle opción.

—¿Por qué? —volvió a decir Charles.

Rohan lo maldijo entre dientes.

—Lo sabes tan bien como yo, maldito seas. Me guste o no, parece que tengo corazón. No sé qué demonios hacer con él, pero ahí está, llamando a gritos a Elinor. No puedo vivir sin ella.

Charles asió el hombro de su viejo amigo con una mano.

—Bienvenido a la familia, viejo amigo.

Había momentos en que Elinor tenía la impresión de que llevaba viajando días sin parar. El cruce del canal había sido bastante incómodo. Su primo se había pasado todo el tiempo vomitando en el camarote, mientras ella disfrutaba en la cubierta del mar embravecido. El mar estaba como su humor, sombrío y turbulento. Cuando llegaron a Dover, Marcus estaba un poco mejor, pero se pasó el primer día del viaje tendido en el asiento de su espaciosa berlina, gimiendo débilmente.

Elinor iba sentada muy recatadamente en el asiento de enfrente, con la mirada gacha. No debería alegrarse del malestar del prójimo, pero el estómago sensible de Marcus le iba que ni pintado. No deseaba recibir señales de afecto, como su primo parecía querer justo antes de que se empezara a marear. Había algo en sus tímidos besos que le resultaba molesto, algo extrañamente indecente.

Sabía la razón, claro. Él no era Rohan. La idea de los labios de otro hombre sobre los suyos le resultaba repugnante. Otra cosa a la que tendría que acostumbrarse.

Se casarían al llegar al pueblo de Dunnet, en la costa de Dorset, el lugar en el que se encontraba la confortable residencia de campo de su padre. Hacía doce años que no la pisaba. Sin embargo, no sentía ninguna curiosidad sentimental por volver. Su mundo había pasado de una intensa gama de colores a una insulsa combinación de blanco y negro, y suponía que así sería hasta el día que muriera. Así era antes de que las cosas acabaran tan mal con el Rey del Infierno, que le había mostrado todos los colores del universo.

«Ese cerdo de Rohan», pensó echando un vistazo a su primo, que seguía tumbado en el banco de enfrente. Marcus era un hombre atractivo, sin duda, más alto que la media y con una robustez que, con el tiempo, pasaría a ser gordura. Era una lástima que le resultaran más atractivos los hombres altos y elegantes, de cuerpo esbelto y piel dorada. Marcus tenía el suyo cubierto de una densa mata de vello, tal como evidenciaba lo que asomaba por los puños de su camisa y el severo pañuelo de corbata, que le provocaba escalofríos cada vez que lo miraba. Había superado ya su enamoramiento de Rohan. También podría superar aquello.

La mejor cura posible sería casarse y acostarse rápidamente. Cuando antes cumpliera con el trámite, antes podría dejar de suspirar por lo que en ningún momento fue real.

Cuando llegaron a la vieja casa estaba tan agotada que se sintió un poco mareada. La excitación de Marcus había ido aumentando a medida que se acercaban, hasta que su malestar se desvaneció por completo.

—Las cosas han cambiado mucho desde que te fueras, Elinor —le dijo con su habitual empalago—. Como hace muy poco que he tomado posesión de la casa, aún no he podido estampar mi sello personal en ella —un pensamiento obviamente desagradable pareció cruzar por su rostro—. Y tú querrás dar tu opinión también, claro.

—No —respondió ella, agotada—. No diré nada. Estoy segura de que conoces este sitio mejor de lo que yo lo conocí. Además, es tu casa, no la mía.

Los ojos oscuros de Marcus se llenaron de una honda satisfacción.

—Cierto. Pero cuando nos casemos será la casa de los dos.

No lo notó tan entusiasmado con la idea como habría esperado, pero la casa y las tierras no le preocupaban excesivamente. De hecho, dudaba que llegaran a importarle. Lo único que quería era una cama y que el mundo dejara de moverse.

Llegaron al anochecer. Mientras varios lacayos con librea los ayudaban a bajar del carruaje, Elinor contempló la mansión esperando sentir un alivio, una familiaridad que le levantara un poco el ánimo. No ocurrió. Miró a su alrededor, confiando en ver a alguno de los antiguos criados, como la hermana pequeña de nana Maude, Betty, entre el servicio que aguardaba en una fila para darles la bienvenida. No se la veía por ninguna parte, como tampoco a ninguno de los otros criados a los que recordaba con cariño. No conocía a nadie, ni siquiera al hombre con el que había viajado. Un escalofrío le recorrió el cuerpo.

Al cabo de un momento se sintió arrastrada al interior y llevada a las antiguas habitaciones de su madre. Experimentó una momentánea sensación de repugnancia. Al igual que el resto de la casa, aquellas habitaciones habían sido reformadas, supuestamente por su madrastra, que tenía un gusto horroroso, a juzgar por aquello. En aquella habitación todo era nuevo y bastante chillón, lo que la llevó a preguntarse cómo podría haberse casado su padre con una mujer con un gusto tan pésimo. Lo único que podía decirse en favor de lady Caroline era que siempre tuvo un gusto exquisito.

Elinor miró a su alrededor, a las lujosas cortinas de terciopelo que no eran del color más apropiado, y no debería haberle llegado ningún recuerdo. Ciertamente, recordar su niñez con melancolía sería una buena manera de no aferrarse a los pensamientos sombríos y los anhelos que no la dejaban en paz. La doncella que la acompañó era una chica joven y nerviosa. Elinor se lavó un poco el polvo del viaje, pero se negó a dormir siesta. Había estado atrapada dentro de aquel carruaje demasiado tiempo. Le apetecía estirar las piernas, recorrer los jardines y ver si también ellos habían experimentado un cambio tan drástico.

Aquello, al menos, le resultó familiar. Dejó atrás los árboles frutales, desnudos tras el invierno, y el jardín floral que empezaba a florecer tímidamente con la llegada de la primavera. Recordó cómo habían jugado en él Lydia y ella, lejos de la mirada de sus padres, y sintió unas intensas ganas de ver a su hermana, tan intensas que le entraron deseos de llorar. Sería feliz. Estaría a salvo siendo la señora de Giverney, pensó, y su estado de ánimo empezó a caer en picado. Si se había casado con aquel idiota pomposo y engreído había sido por culpa de ella. Había arruinado la felicidad de Lydia tanto como la suya propia.

Reprimió las lágrimas como pudo. Las lágrimas eran una pérdida de tiempo. En breve ella también estaría casada, sería la señora de la casa a la que no pensó que regresaría jamás. En secreto había añorado Inglaterra, la casa y los jardines, la vida que se había terminado para siempre. Sin embargo, en esos momentos todo aquello se le antojaba tan hueco como sus sueños.

Regresó a la casa y entró por la puerta lateral que utilizaba cuando era pequeña. Ni el nuevo ni el antiguo barón Tolliver vivían con la formalidad del vizconde Rohan. Allí no había lacayos apostados junto a las puertas, listos para obedecer órdenes. De hecho, el servicio de la casa le había parecido extrañamente escaso.

Marcus estaba en el vestíbulo. Parecía impaciente.

—Me preguntaba dónde te habías metido, querida —dijo con tono melifluo—. Estaba preocupado. Estos últimos días parecías desconsolada.

—¿De veras? —preguntó ella, sorprendida. Se había esforzado mucho por ser amable y cortés. Puede que su prometido fuera más sensible de lo que ella había pensado—. Los viajes resultan siempre agotadores.

—Claro —se apresuró a reconocer él—. Y yo no voy a poder descansar todavía. Quería decirte que tendré que pasar en Londres lo que queda de semana. Asuntos relacionados con la propiedad. Espero que no te importe, querida Elinor. Supongo que estaré de vuelta el lunes. Todo estará listo para que nos casemos ese mismo día.

Ella estampó una sonrisa afable.

—Me parece muy bien.

¿Por qué demonios habría aceptado aquella disparatada proposición? La respuesta era que estaba tan desesperada por abandonar Francia que habría saltado al canal y lo habría atravesado a nado.

Marcus se inclinó sobre ella y depositó un beso húmedo y pegajoso en su mano. Elinor tuvo que reunir toda su determinación para no apartarla.

—Te voy a echar de menos, querida —dijo, mirándola—. No tardaré.

—Yo también te echaré de menos, Marcus —contestó ella, conteniendo el aliento hasta que se quedó sola.

Creyó que la mansión le resultaría más familiar sin Marcus, pero no fue así. Algunas habitaciones seguían igual. Por algún motivo, a la persona que se encargó de la remodelación no le interesaban las cocinas ni los establos. Pero aparte de las habitaciones, no logró encontrar a nadie que viviera allí cuando su padre era el barón, y al final optó por dejar de preguntar.

No había nada que capturara verdaderamente su interés. Desde luego la comida no, porque la nueva cocinera parecía tener inclinación por las salsas fuertes y grasientas. En condiciones normales habría encontrado algo interesante que leer incluso en la parca biblioteca de su padre, pero la palabra escrita no llamaba demasiado su atención. De hecho, lo único que quería era dormitar junto al fuego. Tenía sueños extraños y llenos de color, aunque casi nunca aparecía Rohan, y cuando lo hacía se mostraba contrito. Se despertaba llorando, pero no podía culparse. Creía que con el tiempo dejaría de llorar, pero por alguna razón no podía dejar de hacerlo.

Los días pasaron en un santiamén y se alegró de no haber tenido que ver a Marcus hasta la mañana de su boda. Para su sorpresa no habría testigos ni más invitados que los oficiales del registro, pero se puso obedientemente el vestido lleno de encajes en colores berenjena y lavanda, y se dejó acomodar en el carruaje por su futuro esposo.

Lo escrutó con gesto crítico desde el asiento de enfrente. Era verdaderamente guapo. Tenía unos labios carnosos, casi demasiado, y un color saludable. Ese mismo día la besaría con aquellos labios, pensó. Y ella se lo permitiría.

O puede que no la besara, como sir Christopher. Para ella sería preferible.

Fue una ceremonia rápida, a la que sólo asistieron la esposa del párroco y el escribano. Marcus dedicó una inesperada cantidad de tiempo a comprobar que se había dejado perfecta constancia del matrimonio y que todos los documentos estaban en regla. Cuando quedó satisfecho por fin y se encaminaron al almuerzo de celebración, el apetito de Elinor había pasado de inexistente a las náuseas. Tal vez lo que había tenido su esposo en el barco no fue un mareo causado por el vaivén del barco, sino algún tipo de molestia estomacal, y se la había pegado. La idea no la tranquilizó demasiado.

Como tampoco el beso que le diera cuando se quedaron a solas en el carruaje. No podía quejarse. Su esposo estaba en todo su derecho a tocarle un pecho, a susurrarle junto a la boca y a comerle los labios como si estuviera muerto de hambre. Pensar que tendría que pasar el resto de su vida con él no ayudaba, pero optó por mantenerse inmóvil, agradeciendo que Marcus, al igual que sir Christopher, lo prefería así.

—Había pensado que podríamos dar un paseo junto al mar —dijo Marcus cuando por fin la soltó—. A menos que prefieras que volvamos y nos retiremos a nuestros aposentos.

—Me apetece dar un paseo —se apresuró a decir ella, intentando no mirar aquellos labios.

Desde los riscos que dan al puerto la vista es particularmente asombrosa, ¿no te parece?

—Ya lo creo —contestó ella. Recordaba aquellos riscos. Se elevaban por encima de las rocas cerca de las ruinas de la antigua abadía. Desde allí se tenía una vista espectacular de la costa. Si por ella fuera, estarían paseando hasta la medianoche, a pesar de las inclemencias del tiempo.

La abadía estaba justo sobre los riscos. De pequeña había ido muchas veces de picnic a aquella zona. Se levantó un viento mordiente cuando bajaron del carruaje, y se arrebujó en la capa al tiempo que levantaba la vista hacia el oscuro cielo. Era la capa que le regaló Rohan, que había pasado de ser una prenda despreciada a ofrecerle cierto consuelo indescriptible. Aceptó el brazo que le ofrecía su esposo. Él le puso la mano enguantada encima y echaron a andar por la hierba alta.

Elinor miró aquella mano. Era muy distinta de la mano blanca, lánguida y sorprendentemente fuerte de Rohan. La de Marcus era un mano corriente, gruesa como un jamón y con dedos gordos. Aquellas manos torpes la tocarían esa misma noche.

Los huecos de las ventanas del muro que aún se tenía en pie tenía un aspecto fantasmagórico en un día tan lúgubre como aquél. Dejaron atrás la construcción y se dirigieron hacia los riscos. Lydia y ella jugaban al escondite entre las ruinas cuando eran pequeñas. Había montones de sitios en los que esconderse. Elinor no pudo evitar el escalofrío que le provocó pensar en ello. Aquellos acantilados eran demasiado escarpados para que dos niñas jugaran por los alrededores sin vigilancia de algún adulto, pero las débiles piernas de nana Maude le impedían acompañarlas, y la doncella que estaba al cargo de ellas tenía más interés en coquetear con alguno de los lacayos que las habían llevado hasta allí.

El viento cobró ímpetu a medida que se acercaban al

borde del precipicio, y Elinor creyó percibir una extraña excitación en su esposo. Lo miró. Los ojos le brillaban de expectación y se lamía los gruesos labios. El corazón le dio un vuelco. Era evidente que estaba más entusiasmado por la noche de bodas que ella. Los hombres eran criaturas muy extrañas. Casi no la conocía y, sin embargo, parecía ansioso por hacer todo tipo de cosas íntimas con ella.

El suelo se volvía cada vez más irregular y la suela de sus delicados escarpines resbaló. Él estaba allí para sujetarla, pero no pudo evitar la risita nerviosa.

—De haber sabido que íbamos a andar por terreno tan pedregoso me habría puesto botas —comentó.

—Debería habértelo advertido.

Elinor percibió una nota extraña en su voz.

—¿Lo tenías planeado, Marcus?

Él le sonrió.

—En cierta forma, sí.

Estaban en el margen del sendero que bordeaba los riscos, demasiado cerca del borde, incómodamente cerca. Pese a no tener un particular miedo a las alturas, los riscos de Dunnet eran conocidos por los accidentes que había sufrido más de un excursionista desprevenido. Y ella tenía mucho respeto por el borde.

—Ven, querida —la instó él, tirándole del brazo.

—Aquí es suficiente —respondió ella con firmeza, intentando zafarse.

No pudo. Aquella mano gorda la sujetaba como si fuera una garra de hierro. Elinor miró el bello rostro de su esposo y se sintió ligeramente mareada. No había amor en sus ojos, tremendamente parecidos a los suyos en forma y color. Había maldad.

E intenciones homicidas.

De pronto, Elinor lo vio todo claro. Se quedó inmóvil en el sitio, mirándolo.

—He sido una estúpida, ¿verdad? —dijo con un hilo de voz.

—Querida, vamos —Marcus seguía tirando de ella.

—Vas a matarme, ¿verdad? —preguntó Elinor con un tono engañosamente sereno—. No comprendo el porqué, pero es lo que tenías planeado desde el principio, ¿verdad?

—Querida Elinor —dijo él, aferrándole la mano con fuerza—. ¿De dónde te has sacado esa idea?

—De tus ojos, Marcus. Conozco tus ojos.

La sonrisa del hombre cambió repentinamente, pasando de solícita a algo rayano en la perversidad.

—Confiaba en que no te dieras cuenta hasta que fuera demasiado tarde, querida Elinor. Estabas tan afligida por culpa de tu amante aristocrático que apenas te has parado a mirarme, y temí no poder contenerme en más de una ocasión. He tardado mucho tiempo en llegar hasta aquí y me permitirás que disfrute de mi momento de orgullo.

—¿He de hacerlo? —respondió ella con calma—. ¿Pero por qué quieres matarme, primo?

Marcus seguía tirando de ella hacia el borde del acantilado, y el terreno cada vez se volvía más irregular. Iba a morir.

—Querida, me temo que te he mentido. Y al resto. Casi he conseguido convencer a todo el mundo de que soy tu primo lejano, Marcus Harriman. Tu matrimonio conmigo se encargará de dar respuesta a cualquier otra pregunta que pueda surgir.

—¿Si muero el día de mi boda?

—Será una enorme tragedia —contestó él con solemnidad—. Pero todo el mundo sabía lo temeraria que eras de joven. Además, todo el mundo te ha visto muy apagada últimamente, lo cual me viene que ni pintado, y he dejado correr el rumor de que has sufrido un desafortunado desengaño amoroso. Me he quitado de encima a la mayoría de los antiguos sirvientes, aunque algunas de las familias siguen viviendo por aquí, y te recuerdan. Lo considerarán uno más de tantos desafortunados accidentes o un suicidio en un ataque de melancolía. No me importa que sea una cosa u otra, pero siempre me gusta tener un plan de emergencia.

—Podría arrastrarte conmigo —dijo ella con voz fría, empezando a sentir ya los primeros escalofríos de miedo.

—No, querida, no podrías. Soy mucho más fuerte que tú —dijo dándole unas palmaditas en la entumecida mano—. Vamos, Elinor. Me gustaría estar de vuelta para tomar el té.

«Una locura», pensó. Aquello era una locura, no la alocada felicidad que se sentía cuando uno se enamoraba de otra persona.

—Si no eres mi primo, ¿quién eres?

La sonrisa de suficiencia de Marcus le resultó sumamente desagradable.

—¿Aún no lo has adivinado? He de confesar que has estado muy torpe ahí. Pues la verdad es que soy tu hermanastro, por lo que no puedo heredar según marca la ley inglesa, mientras que tu hermana, a pesar de su paternidad desconocida, tiene más derecho sobre el título que yo. Comprenderás que es una ofensa. Tenía que hacer algo. Tengo más derecho a recibir todo esto que tú.

La estupefacción le dio fuerzas suficientes para tirar y zafarse.

—¡Te has casado conmigo! —exclamó horrorizada—. Me has tocado...

—Y me habría acostado contigo con mucho gusto. No soy muy quisquilloso para esas cosas. Si pudiste abrir las piernas para Rohan, podrías hacerlo también para mí. Pero como quisiste venir me pareció más sensato acabar aquí con todo esto —miró por encima del hombro y frunció el ceño—. Parece que tenemos compañía. Será mejor que nos demos prisa —se acercó a ella, pero la había subestimado.

Elinor no quería morir. No tenía intención de dejar que aquel hombre la matara. Se mantuvo muy quieta y sólo se movió en el último momento, golpeándole en un lado de la cabeza con el pequeño bolso. No llevaba muchas cosas dentro, pero le sirvió como elemento sorpresa. Entonces se agachó para librarse del brazo de él y echó a correr en dirección a las ruinas. Había un millar de sitios en los que ocultarse. Rogó a Dios que le permitiera encontrar un buen sitio.

Francis Rohan no se había sentido tan aterrorizado en toda su vida. Ni cuando siguió a su padre y a su hermano a la batalla con sólo diecisiete años a una derrota casi segura. Ni mientras estrechaba a su hermano moribundo entre sus brazos mientras uno de los hombres de Cumberland el Carnicero le clavaba una pica.

Ni tampoco durante su huida a través del canal en una interminable noche, acurrucado en una pequeña embarcación, decidido a no llorar, intentando con todas sus fuerzas no orinarse encima.

Habían avanzado sin descanso, cabalgando como posesos por la cara sur de la costa. Habían perdido a Jacobs a las afueras de Dover, pero, para entonces, el hombre ya les había contado cómo llegar a Dunnet y a la mansión. Jacobs sólo habría servido para retrasar su avance, y Rohan le había dado dinero para que regresara a París y se ocupara de cuidar de Lydia, tras asegurarle que llevarían a la señorita Elinor de vuelta sana y salva.

Charles y él se dirigieron a toda prisa a la oficina del registro y descubrieron que habían llegado sólo unas pocas horas tarde. Harriman la había desposado. Lo que significaba que Elinor estaría muerta en cuestión de horas, a no ser que llegaran a tiempo. Entonces sería ella la viuda.

Una visita a la posada del pueblo les resultó también muy útil. La feliz pareja había ido a dar un paseo por los acantilados antes de regresar a la mansión. Si se daban prisa, los alcanzarían y podrían felicitarlos personalmente, les habían dicho. Rohan no había esperado siquiera a Charles. Se había subido al caballo de un salto en dirección a los acantilados.

Desde donde estaba podía ver la figura de una mujer cerca del precipicio, corriendo entre la hierba alta, seguida muy de cerca por otra persona. Por muy poco no habían llegado demasiado tarde.

Picó espuelas justo cuando Charles le daba alcance. No sabía si Harriman pretendía violarla o asesinarla, pero le daba lo mismo. Le iba a sacar el corazón con sus propias manos y después se lo comería.

Rohan no esperó a que su caballo se detuviera por completo antes de saltar. Echó a correr espada en mano tras Elinor y Harriman, que habían desaparecido entre las ruinas. Charles lo seguía de cerca. Y en lo más hondo de su corazón frío y negro, Rohan rezó.

Elinor sollozaba de miedo con Marcus pisándole los talones. Vio una rama muerta en el suelo a lo lejos y se detuvo lo justo para agarrarla. Él la alcanzó en ese momento y ella le aplastó la rama en la cara.

Marcus gritó de dolor, momentáneamente ciego, y ella aprovechó para salir corriendo. Los cimientos del antiguo refectorio estaban a la derecha. Se había escondido allí montones de veces. Lydia nunca había querido aventurarse hasta allí para buscarla, pues creía firmemente que por allí rondaban los fantasmas de los monjes muertos a los que el rey Enrique quemó vivos. Corrió a lo largo del antiguo pasillo y encontró el pequeño pozo en el que solía esconderse.

Saltó al interior y se agachó entre las sombras, cubriéndose la cabeza con la capucha de la capa para que su tez clara no delatara su presencia en la oscuridad. El pozo era más pequeño de lo que recordaba, aunque lo más probable fuera que ella había crecido. Esperó con el corazón martilleándole dentro del pecho.

Primero oyó el eco de sus pasos sobre el suelo de piedra.

—Estás aquí, ¿verdad, hermana mía? —la llamó con aquella voz meliflua—. Es inútil que corras. Te harás un favor si sales de tu escondite por tu propia voluntad —el sonido de los pasos se apagó momentáneamente, pero no se atrevió a moverse. Entonces los oyó de nuevo—. ¿Sabes? No ha sido muy astuto por tu parte esconderte aquí, aunque he de darte las gracias. No tendré que hacer más que romperte el cuello y dejar tu cuerpo aquí hasta que este lugar quede otra vez desierto, y entonces lo tiraré por el precipicio. Si aparecieran testigos y preguntaran dónde nos habíamos metido, siempre podré decir que estábamos consumando nuestro matrimonio.

Las náuseas de los últimos días empeoraron, pero se tapó la boca con la mano y esperó, rezando sin palabras. La acometió el peregrino pensamiento de que debía de creer en Dios al fin y al cabo, por injusto que creyera que había sido con ella. Tal vez la ayudara en ese momento, por una vez.

Los pasos se fueron acercando más y más. Marcus tenía una pisada firme. Elinor cerró los ojos, desesperanzada. Se estaba acercando y no podía hacer nada por evitarlo. No tenía ninguna pistolita adornada como aquélla con la que amenazara a Rohan una vez. No tenía más medio de defensa que sus manos.

Tenía un broche, un objeto grande y espantoso que su... hermano le había dado como regalo de bodas. Lo desabrochó con manos temblorosas. No le serviría de gran cosa, pero podría intentar clavárselo en los ojos, lo que fuera con tal de detenerlo.

Y de repente se acabó la espera. Marcus se alzaba junto a su escondite, y supo que tendría aquella sonrisa afable en sus gruesos labios.

—Aquí estás, esposa —dijo gentilmente, alargando las gordezuelas manos para sacarla a la fuerza.

Rohan, pensó Elinor, agarrando el broche con la punta del alfiler hacia fuera. Si iba a morir, quería hacerlo teniendo en la mente la imagen de Rohan. Marcus la sacó del pozo, y ella se tiró a sus ojos con el alfiler.

Marcus la soltó, aullando de dolor, y Elinor aprovechó para salir corriendo, soltando el alfiler por el camino. Entonces levantó la vista y lo vio. Vio a Rohan y le entraron ganas de llorar. La muerte se estaba apiadando de ella. Rohan iba a ser lo último que viera antes de morir. Una visión o un sueño, ¿qué más le daba?

—Aléjate de ella —ordenó en voz baja y letal. Y muy, muy real.

Elinor levantó la cabeza. Rohan estaba allí, era él de verdad. Acompañado por Charles Reading. Parecía la ira de Dios personificada. Trató de levantarse y de correr hacia él.

Pero la mano gorda de Marcus la agarró por la capucha y tiró de ella hacia él.

—Me parece que no.

—No vas a salirte con la tuya, Harriman —dijo Rohan.

—Lord Tolliver para ti —contestó el otro, envarado—. Y sí que voy a hacerlo. Si alguien se entera de que estás en el país, te ejecutarán por traidor. ¿Y a quién te parece que creerán, a una sabandija como Reading o a un par del reino?

—Has robado el título —dijo Reading—. Pertenece al hijo de Elinor.

Marcus le rodeaba la garganta con su grueso brazo. La estaba ahogando, pero ella forcejeaba, intentando liberarse. «El hijo de Elinor» había dicho Reading. De repente supo, con súbita certeza, que llevaba un hijo en su seno. El hijo de Rohan.

Una oleada de furia se apoderó de ella, dándole las fuerzas necesarias para lanzar el codo hacia atrás y hundírselo en su blando estómago. Marcus gruñó de dolor, pero no la soltó. Ella siguió forcejeando, dándole patadas, pero él la aferró con más fuerza aún, hasta que Elinor sintió que todo se volvía negro. Subió las manos y le clavó las uñas, pero él siguió apretando.

—No seas estúpido —dijo Rohan con su forma perezosa y elegante de arrastrar las palabras—. No creerás que tu plan puede funcionar. Si le haces daño, te destriparé aquí mismo ante tus propios ojos, y Reading me ayudará. Estaré de camino a Francia antes de que encuentren tu cuerpo. Pero estoy dispuesto a tratarte como el caballero que afirmas ser —su voz destilaba desprecio—. Porque te consideras un caballero, ¿verdad? Estoy dispuesto a pelear contigo por ella. No irás a rechazar el desafío.

—¿Para que me ensartes como hiciste con aquel pobre bastardo gordinflón? —Marcus soltó una carcajada—. No soy idiota. Soy mejor espadachín que sir Christopher Spatts, pero no soy rival para alguien como tú. Yo...

Oír aquel nombre la dejó estupefacta. Provocó en ella una reacción tan visceral que le pegó una nueva patada y acertó a darle en algún punto especialmente sensible. El caso es que Marcus la soltó con un grito de dolor y ella se escabulló a toda prisa en dirección a Rohan. Lo necesitaba con toda su alma.

Pero Charles se colocó delante de ella, la agarró por los brazos y la apartó del medio. Rohan ni siquiera la miró con aquellos ojos acerados.

—Vas a pelear conmigo, Harriman —dijo—. Porque voy a matarte de todas formas. Así tendrás una oportunidad al menos.

Se produjo un silencio, roto finalmente por Marcus con tono bravucón.

—Me temo que no tengo espada.

—Charles, préstale tu espada si eres tan amable —dijo Rohan con su desidia habitual. Sus ojos tenían un brillo asesino, sus movimientos eran deliberados–. Y llévate de aquí a tu cuñada.

Charles se quitó la espada sin soltar a Elinor y se la entregó a Rohan, que la probó antes de pasársela al otro hombre.

–Una buena hoja, Harriman. Más de lo que te mereces.

–Ven conmigo, Elinor –dijo Charles, tirando de ella hacia el exterior.

Ella intentó negarse.

–¡No! –exclamó–. ¿Y si ocurre algo?

–Algo va a ocurrir sin duda –respondió Rohan sin mirarla–. Tu falso esposo va a morir. Vete –su voz sonó como el hielo.

–No –volvió a decir. No quería dejarlo allí. Le daba miedo que Marcus pudiera vencerlo. Pero otra parte de su ser, una parte despiadada y oscura, deseaba ver derramada la sangre de Harriman.

–Si te quedas, me distraerás y eso me podría causar la muerte –dijo Rohan con calma, sin mirarla. Elinor no tenía opción.

Charles la sacó del refectorio y, en comparación, el día nublado se le antojó resplandeciente. Se había torcido el tobillo en algún momento de la huida, pero no se había dado cuenta antes. Sin embargo, Charles la rodeó con un brazo y le prestó su apoyo hasta que llegaron a un lugar seguro. Elinor apoyó la mano en una de las muchas piedras y miró a Charles con desesperación.

–¿Y si lo mata? –preguntó con voz estrangulada.

–Lo hará –contestó Charles.

–No, quiero decir... Marcus. ¿Y si le hace daño?

–No tiene ninguna oportunidad –respondió Charles con su sonrisa torcida–. No has tenido que oírlo durante esta última semana. Ese hombre firmó su sentencia de muerte en el mismo momento que se atrevió a mirarte –dijo Charles, y sin dar tiempo a Elinor para digerirlo, continuó–: Y lo siento, pero ahora soy tu cuñado. Me temo que ni Lydia ni yo podíamos soportar a Etienne.

Ella consiguió sonreír tibiamente.

—Si te digo la verdad, yo tampoco —intentó levantarse, pero el tobillo le dolió y tuvo que volver a sentarse—. ¿Estás seguro de que Rohan no resultará herido? ¿Y qué ha querido decir Marcus con lo de que ensartó a un hombre?

—Sir Christopher Spatts —respondió Charles con cierta nota lúgubre en el tono—. No tengo la menor idea de qué lo llevó a hacer tal cosa. Entró en... esto... en una de las habitaciones durante la fiesta, se acercó a sir Christopher y le echó una copa de vino a la cara. El hombre no era rival para él. Jamás había visto un comportamiento tan violento en Rohan, ni tan letal.

Elinor esbozó una suave sonrisa.

—Me alegro —dijo en voz baja, lo cual sorprendió a su cuñado, aunque no le preguntó nada.

—Me temo que Rohan no planeó bien esto. Tendrás que volver en el carruaje de Marcus...

—No —respondió ella con un escalofrío, volviendo la cabeza hacia la entrada de las ruinas—. ¿Crees que tardará mucho.

—Depende —contestó él, encogiéndose de hombros.

—¿De qué? —preguntó ella, intentando no chillar.

—De la habilidad del oponente. Y de cuánto quiera Rohan hacerle sufrir. Imagino que querrá que tenga una muerte lenta y dolorosa.

—Seré paciente —dijo Elinor inexorablemente.

—Eres una criatura sedienta de sangre, ¿verdad? —dijo Charles.

—A veces.

Charles sacudió la cabeza y dejó escapar una suave carcajada.

—Hacéis mejor pareja de lo que creía.

Empezaron a andar poco a poco hacia los caballos. Elinor

se apoyó en el brazo de Charles. Cuando huía hacia las ruinas le había parecido una distancia corta, pero en esos momentos se le hacía interminable. No dejaba de mirar hacia atrás en un intento por ver a Rohan.

Llegaron por fin a los caballos. El sol había empezado a descender en el horizonte, el viento se había calmado y se oía los graznidos y el chirleo de aves acuáticas que sobrevolaban los acantilados.

Cuando miró hacia atrás, vio que Rohan salía de las ruinas subterráneas colocándose la casaca. Esperó, sintiendo cómo la furia iba creciendo en su interior, mientras él se dirigía tranquilamente hacia ellos.

Estaba de una pieza, ileso, pero seguía sin mirarla cuando le devolvió la espada a Charles.

—¿Qué estás haciendo aquí? —exigió saber Elinor, con voz trémula de ira apenas contenida.

Él la miró y sus labios esbozaron una leve sonrisa.

—Creo que salvarte la vida.

Ella ignoró la traicionera sensación de ablandamiento que le producía aquella sonrisa.

—¿Por qué? «Un revolcón de una noche no es motivo suficiente para tener que mantenerla económicamente de por vida». No veo por qué te habría de importar tanto como para cruzar el canal —casi se echó a reír al ver el gesto de horror de Rohan—. Afortunadamente, parece que he heredado la fortuna de mi padre después de todo, así que no tendrás que pagar por tu momentánea debilidad.

Él se quedó inmóvil. Y al cabo de un momento, simplemente se dio la vuelta y echó a andar hacia su caballo.

—¿Y ya está? —le gritó ella, furiosa—. Me seduces, me insultas y después te das la vuelta cuando te echó a la cara que te has comportado como un cerdo.

Él se detuvo y se dio la vuelta. Parecía cansado y tenía sangre en la manga. Elinor sabía que no era suya. Era la sangre del hombre que la había puesto en peligro, y sintió un gozo secreto por ello.

—No creo que pueda decir nada más.

No la quería. El golpe cayó sobre ella como un mazazo. No importaba que hubiera ido hasta allí sólo para salvarle la vida. La verdad era que no la quería.

Elinor produjo un extraño sonido gutural. Rohan se iría y ella lloraría de pena. Entre tanto se mantendría estoica, serena. No le mostraría su debilidad.

Se le escapó un sollozo, pero intentó disimularlo tosiendo. Estaba tan ensimismada en su propia desgracia que no se dio cuenta de que Charles Reading se había alejado discretamente, y que Rohan se había colocado frente a ella.

—¿Qué es lo que quieres de mí, Elinor? —le preguntó con voz descarnada.

—Nada... jamás podrías darme... —se atragantó con un nuevo sollozo—. No pasa nada, lo entiendo. No me quieres. ¿Por qué habrías de quererme? Pero no entiendo por qué mataste a sir Christopher y por qué has venido hasta aquí si no te importo.

—¡Ya basta! —exclamó él con brusquedad.

—¡No! —respondió ella con una voz lamentablemente cercana al llanto—. Eres un cerdo miserable y te odio.

—Pues claro que me odias —respondió él con denuedo—. Tienes toda la razón del mundo y siempre has sido una mujer razonable.

—Pues sí —dijo ella con recelo y el rostro empapado de lágrimas—. Vete.

—Eso pretendía hacer —señaló él.

—¿Y qué te lo impide?

—Tú.

—He tenido un día horrible —dijo ella, intentando controlar la voz—. Me he casado, mi hermano me ha besado —se estremeció de asco al pensarlo—, han estado a punto de matarme, me han salvado en el último momento de una muerte muy desagradable y ahora te plantas aquí sin decir nada.

—¿Qué quieres que te diga, pequeña?

—¡No soy una niña pequeña! —chilló, pataleando como una cría de dos años.

Una tibia sonrisa afloró a los labios de Rohan.

—Te lo preguntaré de nuevo. ¿Qué es lo que quieres de mí? ¿Quieres que me arrastre? No sería un castigo muy duro. Fui cruel, estúpido y cobarde, las tres cosas que más detesto en este mundo. ¿Qué es lo que quieres?

«Quiero que me quieras», deseó gritarle ella.

—Quiero que sepas que normalmente no lloro. Es que todo esto ha sido muy duro para mí —dijo ella, limpiándose las lágrimas.

—Verdaderamente —dijo él con cortesía—. ¿Vas a responder a mi pregunta?

—No importa —dijo ella—. No me quieres, pero estaré bien sola.

Él se quedó mirándola y parte de la severa tensión que le atenazaba el cuerpo empezó a relajarse, dando paso a una tibia sonrisa.

—¿De dónde te sacas que no te quiero, muñeca? Permíteme señalar que en este país han puesto precio a mi cabeza, pero no me importó y aquí estoy. Tendría que estar loco para no amarte y yo seré muchas cosas, pero nunca me he considerado un loco.

Ella se quedó mirándolo.

—¿Tú me amas? —preguntó sin dar crédito.

—Más que a mi vida —respondió él simple y llanamente, estrechándola entre sus brazos. Había una luz danzarina en aquellos duros ojos azules—. Te prometo que no habrá más depravación. He abandonado al Ejército Celestial y tengo la intención de convertirme en un caballero serio y honorable. Ahora tendrás que casarte conmigo.

Ella se quedó mirándolo.

—¿Y si creo que sólo lo haces por un sentido de la decencia que no es propio de ti?

—Está claro que cualquier sentido de la decencia es impropio de mí —respondió alegremente—. Jamás hago nada que no quiera hacer.

—¿Y si yo no quiero?

—Míralo de esta forma, muñeca. Podrás pasarte el resto de la vida haciéndome sufrir —y la besó.

El beso fue desconcertante, asombroso, extático, y la abrazaba como si no fuera a soltarla nunca. Elinor se derritió contra él, dejando que la rabia, el miedo y la pena se desvanecieran por completo. Le rodeó el cuello con los brazos y la estrechó con fuerza, devolviéndole el beso. Era suyo, y ella era suya.

—Creo que será mejor que nos vayamos —dijo Charles Reading, interrumpiéndolos.

Rohan llevó la boca hacia la oreja de Elinor y la mordió suavemente, produciéndole un escalofrío de placer que le recorrió todo el cuerpo.

—¿Te he dicho, querido Charles, que aquí estás de más? —murmuró contra la piel de su amada.

—No tanto como los hombres del rey si alguien se entera de que estás aquí. Venga, vamos. El barco nos espera en Bournemouth. Cuanto antes salgamos de aquí, mejor.

Rohan echó la cabeza hacia atrás y soltó una carcajada.

—Tiene razón. Vamos, amor mío. Bueno, suponiendo que aceptes al miserable bastardo que soy.

Había una chispa de incertidumbre en sus duros ojos azules. Probablemente sería la única vez que la vería, y Elinor la guardaría como un tesoro el resto de su vida.

—Creo que voy a aceptaros, milord —respondió ella suavemente—. Después de todo, es mejor que las ratas.

Títulos publicados en Top Novel

La novia pirata – SHANNON DRAKE
Secretos entre los dos – DIANA PALMER
Amor peligroso – BRENDA JOYCE
Nuevos amores – DEBBIE MACOMBER
Dulce tentación – CANDACE CAMP
Corazón en peligro – SUZANNE BROCKMANN
Un puerto seguro – DEBBIE MACOMBER
Nora – DIANA PALMER
Demasiados secretos – NORA ROBERTS
Cartas del pasado – ROSEMARY ROGERS
Última apuesta – LINDA LAELL MILLER
Por orden del rey – SUSAN WIGGS
Entre tú y yo – NORA ROBERTS
El abrazo de la doncella – SUSAN WIGGS
Después del fuego – DEBBIE MACOMBER
Al caer la noche – HEATHER GRAHAM
Cuando llegues a mi lado – LINDA LAELL MILLER
La balada del irlandés – SUSAN WIGGS
Sólo un juego – NORA ROBERTS
Inocencia impetuosa/Una esposa a su medida – STEPHANIE LAURENS
Pensando en ti – DEBBIE MACOMBER
Una atracción imposible – BRENDA JOYCE
Para siempre – DIANA PALMER
Un día más – SUZANNE BROCKMANN
Confío en ti – DEBBIE MACOMBER
Más fuerte que el odio – HEATHER GRAHAM

www.ingramcontent.com/pod-product-compliance
Lightning Source LLC
LaVergne TN
LVHW030335070526
838199LV00067B/6290